Wolfgang Wettstein

Mörderzeichen

Kriminalroman

Wolfgang Wettstein

Mörderzeichen

Kriminalroman

Bibliografische Information der Deutschen Nationalbibliothek:
Die Deutsche Nationalbibliothek verzeichnet diese Publikation in der
Deutschen Nationalbibliografie; detaillierte bibliografische Daten sind
im Internet über http://dnb.d-nb.de abrufbar.

Umschlaggestaltung: Felipe Wettstein
Lektorat: Irène Kost, Biel/Bienne (CH)

Herstellung und Verlag: BoD – Books on Demand, Norderstedt

ISBN: 9783755798859

Für meine Freundin, Frau und Geliebte

Carmen

Ein Buch ist ein Spiegel:
Wenn ein Affe hineinguckt,
so kann freilich kein Apostel
heraussehen.

Georg Christoph Lichtenberg

EINS

»*Sehr geehrter Sokrates,*

ich hoffe, Sie verzeihen mir, dass ich Sie so nenne wie Ihre Arbeitskollegen. Aber der Name, den Ihnen Ihre Kommilitonen während des Medizinstudiums in Göttingen verliehen haben, ist klug gewählt. Denn Sie sind dem griechischen Philosophen wie aus dem Gesicht geschnitten: eine hohe Stirn, die von einem klaren Verstand zeugt, eine Nase mit breitem Rücken, Ausdruck moralischer Integrität, ein Mund, der anzeigt, dass Sie weltlichen Genüssen nicht abgeneigt sind, sich aber zu beherrschen wissen und ein energisches Kinn, das Willenskraft bedeutet. Sie sind unbeirrt und lassen sich vom Ziel nicht abbringen. Die Wangenknochen unterstreichen Ihre Entschlossenheit. Sie sind kräftig ausgebildet und in manchen Momenten fast grausam verhärtet. Aber sie zeigen auch Mitgefühl, Anteilnahme und Warmherzigkeit, mehr als es Sokrates je vermocht hätte, dessen Gesicht grobschlächtiger ausgefallen war.

Die Summe Ihres Charakters spiegelt sich in Ihren Augen. Sie blicken wach, zwar mit einer Trauer umflort, die Sie zu verbergen suchen, aber mit der Fähigkeit ausgestattet, hinter die Masken zu sehen, welche die Menschen tragen. Sie betrachten die Welt mit einem analytischen, unbestechlichen Blick.

Ihr Gesicht lese ich wie ein aufgeschlagenes Buch: Sie sind ein schöner Mann mit einer schönen Seele, auch wenn das oberflächliche Menschen, die nur auf das Äussere bedacht sind, nicht zu erkennen vermögen. Leider gibt es von diesen Zeitgenossen viele: blinde, dumpfe Menschen, die ihr Leben lang vor sich hin vegetieren, ohne je die Schönheit eines Geschöpfes gesehen zu haben, seine innere Schönheit, sie bleibt ihnen verschlossen. Doch Sie sind anders, unverbogen, ein Mann, der hinter dem vordergründig Hässlichen die Wahrheit sieht, ein Mann von grosser Vernunft.

Einzig Ihr Buckel scheint nicht recht ins Bild zu passen. Er deutet eine seelische Verkrümmung an, einen Schmerz, der auf Ihren Schultern lastet. Etwas bedrückt Sie schon seit Jahren, vielleicht ein Verlust. Aber dieser Schönheitsmakel ist geringfügig, eine unbedeutende innere Verwachsung, die sich auf Ihrem Körper abzeichnet. Sie täuscht nicht über die Schönheit Ihrer Seele hinweg.

Schon als ich Sie das erste Mal sah, auf einem Foto in der Zeitung, habe ich erkannt, dass Sie verstehen würden, warum ich diese Menschen getötet habe, ja töten musste. Kein dunkler Wahn trieb mich dazu, kein niederer Instinkt zwang mich, ihr Leben auszulöschen, kein Eigennutz begründete mein Handeln. Die Welt sieht in mir ein Monster, das unschuldige Menschen hinrichtet. Aber sie irrt sich. Meine Taten sind wohlbegründet und zeugen von Menschenliebe.«

***

»... drei, vier, fünf, sechs, sieben«, zählte Sokrates, als er an der Haltestelle Kunsthaus auf das Tram wartete. Seine Haare schimmerten feucht, eine Locke klebte auf seiner Stirn. Er kam von Eva. Jeden Morgen liess er sich in ihrem Herrensalon am Neumarkt die Haare waschen. Für ihn öffnete sie eine Stunde früher, noch bevor die ersten Kunden kamen. Er mochte es, wenn sie ihm die Kopfhaut massierte. Schon seit Jahren gönnte er sich diesen Luxus. Er liebte dieses Ritual vor der Arbeit. Eva verlangte dafür von Anfang an fünf Franken. Einmal hatte er ihr angeboten, mehr zu bezahlen. Sie lehnte ab. Er solle ihr lieber von seiner Arbeit erzählen, während sie ihm das Shampoo aus den grauen Locken wusch und sein Haar mit einem Handtuch trocken rieb, das war die Abmachung. ... vierzehn, fünfzehn, sechzehn, siebzehn, zählte Sokrates in Gedanken und blickte Richtung Bellevue, woher das Tram Nummer 9 kommen musste. Wenn ich bis siebenundzwanzig einsteigen kann, wird es heute ein guter Tag. Ohne weitere Leichen, davon habe ich momentan genug. Kein Tram zu sehen. Er zählte langsamer, als ob er damit sein Schicksal beeinflussen könnte. Aber an diesem Tag wollte er sein Glück erzwingen. Er schaute auf seine Uhr, eine Jaeger-LeCoultre von 1956, seinem Geburtsjahr, die ihm seine verstorbene Frau vor dreissig Jahren zur Doktorarbeit geschenkt hatte, kurz bevor er zu ihr in die Schweiz gezogen war. Sieben Uhr einundfünfzig. Sokrates hauchte in seine Faust und knöpfte sein graues Jackett zu, das an den Ärmeln etwas abgestossen war. Es war kühl an diesem Herbstmorgen, die ersten Blätter hatten sich bereits gelb verfärbt. Schon bald würde der Laubwald beim Dolder rostrot leuchten und Kinder am Wochenende mit ihren Eltern durch die raschelnden Blätter stapfen. Wanderer würden sich auf den Weg machen und die herbstliche Idylle in sich aufnehmen. Warum nur gefällt den meisten Menschen der Anblick eines Herbstwaldes mit seinen abgestorbenen Blättern?, wunderte sich Sokrates, doch vor dem Kadaver eines Tieres empfinden sie Abscheu. Tote, verwelkte Blätter, in denen kein Saft mehr sie am Leben erhält, haben merkwürdigerweise ihren Reiz, doch die Leiche eines Menschen

9

erregt Ekel. Dabei ist ein toter Körper genauso organischer Abfall wie das Geripppe eines Blattes, aus dem das Chlorophyll entwichen ist – eine leblose Hülle.

Sokrates streckte sich unmerklich. Sein Buckel zwackte, ein untrügliches Zeichen, dass das Wetter in wenigen Stunden umschlagen würde. Er schaute nach oben und drehte seinen Kopf, bis ein Halswirbel knackte. Am Himmel bildeten sich Schäfchenwolken. Bald wird es regnen. Zum Glück hatte er einen Regenschirm dabei. Es roch nach Herbst. Er atmete die Luft tief ein und genoss ihre modrig-süsse Würze, die sich ausgebreitet hatte.

»Fünfundzwanzig, sechsundzwanzig, siebenundzwanzig«, zählte Sokrates. Das Tram war nicht in Sicht. »Mist«, murmelte er und schob sich mit dem Zeigefinger seine Brille auf die Nase. Auf den Brillengläsern bemerkte er Striemen, die seine Sicht behinderten. Das Morgenlicht brach durch die verschmutzten Gläser und verzerrte seinen Blick. Er klaubte ein Papiertaschentuch aus seinem Jackett, hauchte auf die Gläser und putzte die Flecken weg. Seine schwarze Tasche aus Nylon hatte er dazu auf den Boden gestellt. Sie enthielt einen Reflexhammer, ein Leichenschauformular und weitere Utensilien, die ein Rechtsmediziner bei seiner Arbeit benötigte. Sokrates trug die Tasche immer bei sich, wenn er Brandtour hatte. Bei diesem Dienst musste er Tag und Nacht erreichbar sein. Sobald in der Stadt eine Leiche gefunden wurde, deren Todesursache unklar war, rief die Polizei einen Rechtsmediziner, der feststellen musste, woran der Mensch gestorben war, ob er einen natürlichen Tod fand, oder ob er einem Verbrechen zum Opfer fiel.

Bei zweiundvierzig kam das Tram, zu spät für einen guten Tag. Sokrates stieg ein und setzte sich wie immer auf die linke Seite. Das Tram fuhr los, leicht bergauf, vorbei an der Universität, vorbei an der Eidgenössischen Technischen Hochschule. Ein Primarschüler, neun oder zehn Jahre alt, der gegenüber Sokrates sass, hauchte seinen Atem ans Fenster und malte mit dem Zeigefinger Strichmännchen auf die beschlagene Scheibe, die Mundwinkel nach unten gezogen. Punkt, Punkt, Komma, Strich, fertig ist das Angesicht. Seine Augen blickten abgekämpft, wie von einem alten Mann. Die braunen Haare standen ihm struppig vom Kopf. Sein Gesicht war blass, die Wangen eingefallen. Zwischen Nasenflügel und Mundwinkel hatten sich Falten gebildet. Die Fingernägel waren abgekaut, am linken Daumen klebten Flecken eines grünen Filzstiftes. Der Junge malte immerzu Strichmännchen auf das

Tramfenster. Dann wischte er sie weg. Sokrates stellte sich vor, wie das Röntgenbild von der Hand des Jungen aussehen würde – die siebenundzwanzig Einzelteile, Elle und Speiche des Unterarms, die Fingerglieder, die Handwurzelknochen mit den Wachstumsfugen, die anzeigten, wie gross der Junge einmal werden würde.

Sokrates schaute aus dem Fenster. Noch drei Haltestellen. Er fuhr bis zum Milchbuck, eine Station weiter als nötig. So musste er den Irchelpark durchqueren, fünf Minuten im zügigen Tempo die Treppen hoch steigen, seine morgendliche Gymnastik. Er lief durch ein Birkenwäldchen, über eine Wiese, am Ententeich entlang. Ein Holzsteg führte auf eine breite Treppe zu, die aus massiven Steinquadern gebaut war. Stufe um Stufe eilte Sokrates hinauf. Sein Bauch wölbte sich unter dem Hemd. Er spürte sein Alter. Schweisstropfen quollen ihm aus den Stirnporen. Oben angekommen, nahm er ein Taschentuch aus dem Jackett und wischte sich über das Gesicht. Vor ihm standen die Universitätsgebäude Irchel. Ein schmaler Schotterweg zweigte vor dem Museum für Anthropologie nach links ab. Etwas versteckt, wie verschämt im Boden halb versenkt, lag ein mausgraues Gebäude, das Institut für Rechtsmedizin.

»Guten Morgen Paula, was verheissen uns die Sterne heute?«, fragte Sokrates, als er am Empfang ankam. »Ich hoffe nur Gutes.« Er zog eine Augenbraue belustigt nach oben.

»Keine Angst, als Widder hast du nichts zu befürchten«, antwortete Paula gut gelaunt. »Du wirst in dieser Woche einer Frau begegnen, die du schon lange kennst, aber noch kaum beachtet hast.«

Sie blickte ihn verschmitzt an, die Lachfältchen an ihren Augenwinkeln zeichneten sich deutlich ab. »Nimm dich aber vor rothaarigen Weibern in acht.«

Paula Kaltenrieder war eine attraktive Frau, Anfang vierzig, mit einem schmalen Gesicht, mahagonifarbenen dichten Locken, die im Sonnenlicht rötlich schimmerten und ihr weit über die Schultern fielen. Sie trug eine schwere Kette mit gedrechselten Holzkugeln, die sie ständig mit ihren schmalen Fingern berührte, als wollte sie ihren Hals schützen.

Sokrates wusste, dass Paula jeden Tag die Horoskope aller Mitarbeiter des Instituts in irgendwelchen Zeitschriften las, bevor sie zur Arbeit ging. Sie glaube nicht wirklich daran, hatte sie einmal zu ihm gesagt, na ja, vielleicht ein bisschen, gestand sie, aber nur, wenn das Horoskop günstig ausfiel.

»Ist es nicht so, Paula«, fragte Sokrates, »dass wir uns zutiefst wünschen, die Sterne hätten uns etwas mitzuteilen? So hoffen wir im Nachthimmel eine Botschaft zu erkennen, die es in Wahrheit gar nicht gibt?«

»Wer weiss, vielleicht gibt es zwischen Himmel und Erde mehr als wir mit unseren Spatzenhirnen erfassen können.«

»Absolut.«

Er hob die Hand zum Gruss und stieg die Treppe hinunter in den Keller, wo sich der Obduktionsraum befand. Daneben lag eine kleine Garderobe, an dessen Stirnseite mehrere Spinde montiert waren. Sokrates ging hinein und öffnete seinen Spind, der mit Max Noll beschriftet war, sein richtiger Name. Er stellte seine Tasche ab und zog eine Hose aus Vlies an, dazu ein kurzärmeliges Hemd aus grünem reissfestem Papier mit plastifizierter Vorderseite. Bevor Sokrates die Latexhandschuhe überstülpte, nahm er seine Brille von der Nase und putzte die Gläser sorgfältig mit einem Taschentuch.

Vor dem Obduktionsraum lag die Einsargung. Sokrates trat ein und sog die Luft, wie jeden Morgen, tief in seine Nase. Der Raum war heruntergekühlt und roch nach verrosteten Eisenbahnschienen. An der Wand links von der Tür standen Kühlfächer mit dicken Chromstahltüren. Sie reichten von der Decke bis zum blauen Linoleumboden. Die einundzwanzig Fächer waren zur Hälfte belegt. Die Leichen lagen nackt auf den Schragen. An ihren grossen Zehen am linken Fuss waren Zettel aus braunem Karton geknotet, mit Eingangsdatum, Name und Fallnummer.

Vor einem Kühlfach, das kleiner war als die anderen, blieb Sokrates stehen. Darin lagerte ein rechter Arm, der am Ellenbogen abgetrennt war. Der Rest des Menschen, der mit dem Arm und der dazugehörigen Hand einst gearbeitet, gegessen und die Zähne geputzt hatte, war nicht in der Kühlzelle untergebracht.

Gleisarbeiter hatten den Unterarm einen Tag zuvor am frühen Morgen um vier Uhr fünfundvierzig gefunden, las Sokrates im Polizeirapport. Das Gliedmass war vor dem Hauptbahnhof gelegen, wenige Meter vom Brockenhaus entfernt, wo nachts die Güterzüge rangierten. Die Arbeiter hatten die Bahnpolizei gerufen, die sofort mit der Kantonspolizei angerückt war. Spurensicherer markierten den Fundort und suchten die Umgebung nach Leichenteilen ab. Sie konnten nichts finden. Daraufhin setzten sie Diensthunde ein, erweiterten den Suchradius, aber es war aussichtslos gewesen. Eine Leiche oder jemand, dem der rechte Unterarm fehlte, blieb verschwunden. Die Polizisten nahmen von der Hand Fingerabdrücke und sicherten mögliche Spuren, mehrere Zigarettenkippen, eine Wäscheklammer, zwei gebrauchte Papiertaschentücher. Eine Fotografin vom Forensischen Institut legte neben den Arm ein Meterband und fotografierte die Hand von allen Seiten. Als es nichts mehr zu tun gab, zog Theodor Glauser von der Kripo, der dem Treiben die ganze Zeit aufmerksam zugeschaut hatte, ein Paar Wegwerfhandschuhe an. Er nahm den Unterarm und steckte ihn in einen Klarsichtbeutel mit Druckverschluss, der normalerweise in Haushalten verwendet wird, um darin Essensreste einzufrieren. Mit seinem Dienstwagen fuhr er die Hand, die er praktischerweise im Handschuhfach verstaut hatte, um vorbeilaufende Passanten nicht zu erschrecken, in die Rechtsmedizin.

Sokrates legte den Unterarm auf ein Tablett und ging damit in den Obduktionsraum. Niemand da. Sein Assistent Nik würde wohl bald kommen. Er hob seine Nase und schnupperte. Der Obduktionsraum roch nach Metall, Desinfektionsmitteln und süsslichem Moder, der typische Leichengeruch. Die Wände waren weiss gekachelt, Neonröhren an der Decke warfen ein kaltes Licht. Sokrates platzierte den Arm auf einem drehbaren Chromstahltisch, an dessen Fussende eine Wasserbrause angebracht war. Er nahm ein Diktafon und schaltete es ein.

»Rechter Unterarm, Alinea«, protokollierte er.

Er bückte sich und schaute sich die Hand genau an. Sie war verdreckt von Karrenschmiere, am Stumpf waren Sand und Laub zu einer Pampe verklumpt. Der Arm sah abgequetscht aus, die obere Hautschicht war gedehnt und bedeckte die durchtrennten Muskeln und Sehnen wie ein schmutziger Putzlappen.

»Abgetrennt durch Quetschung, Alinea.«

Auf den ersten Blick konnte Sokrates keine weiteren Verletzungen erkennen. Er benetzte einen Schwamm mit Wasser von der Brause und reinigte den Unterarm vorsichtig von der grauen Schmiere. An der Handoberfläche waren mehrere Schürfungen zu sehen. Sokrates nahm ein Lineal und vermass die Verletzungen. Dann befestigte er eine Körperschemazeichnung auf ein Klemmbrett und markierte die Stelle, wo der Unterarm abgequetscht war, mit einem grünen Farbstift. Die Schürfungen hielt er mit einem braunen Stift fest. Auf der Unterseite des Armes erkannte er Blutergüsse. Er nahm einen blauen Stift und malte die Stellen ebenfalls auf die Körperschemazeichnung.

Sokrates war sich nicht ganz sicher, ob der Arm einem Mann gehört hatte. Er konnte es nur vermuten. Der Handteller war kräftig geformt, die Nägel der breiten Finger waren kurz geschnitten und rissig. Rückstände von Nagellack fand er keine. Handrücken und Unterarm waren braungebrannt. Wie alt das Opfer war, vermochte Sokrates nicht zu sagen. Der Rechtsmediziner drehte die Hand um und berührte mit seinem Zeigefinger die Handballen. Durch den Latexhandschuh fühlte er schwach ausgeprägte Schwielen. Fingerkuppen und Knöchel waren rau, Handcreme hatte das Opfer keine benutzt. Millimeter um Millimeter untersuchte Sokrates den Unterarm. Er entdeckte keine Tätowierungen, kein auffälliges Muttermal und auch keine Narben am Handgelenk, die auf einen früheren Suizidversuch hingewiesen hätten. Jeden Befund diktierte er ins Aufnahmegerät.

Er griff nach einem Skalpell, klappte den Hautlappen vom Stumpf zurück und schnitt vom darunterliegenden Muskel ein fingernagelgrosses Stück ab. Die Probe steckte er in einen Plastikbecher. Sie würde später für eine DNA-Analyse gebraucht. Wer weiss, vielleicht war das Erbgut bereits registriert und die eidgenössische DNA-Datenbank CODIS spuckte einen Hit aus. Dann wäre die Suche nach der Identität des Opfers abgeschlossen.

Kaum hatte Sokrates seine Arbeit beendet, klingelte sein Handy. »Ja, was gibt's?«

»Nik hat sich gemeldet«, antwortete Paula, »er hat einen Einsatz. Ein AGT im Seefeld. Theo Glauser von der Kripo ist bereits unterwegs. Du brauchst vorerst nicht zu gehen.«

Bei jedem AGT, einem aussergewöhnlichen Todesfall, verständigte die Kantonspolizei das Institut für Rechtsmedizin, das IRM. Über den Pager riefen sie seinen jungen Assistenten Niklaus Mooser an, der auf Brandtour den ersten Dienst hatte. Sokrates verrichtete als Oberarzt den Hintergrunddienst und wurde von der Kripo nur beigezogen, wenn es sich um ein Kapitalverbrechen handelte. Wenn im Seefeld ein Mord passiert wäre, hätte man ihn aufgefordert, zum Tatort zu kommen. Das war offensichtlich nicht der Fall.

***

Theo Glauser stieg eine breite Steintreppe mit geschwungenem Handlauf nach oben in den ersten Stock eines Jugendstilhauses. Der Bau aus dem 19. Jahrhundert stand in einem Garten mit altem Baumbestand, nahe am See gelegen, an einer Seitengasse, die von der Dufourstrasse abzweigte. Glauser prägte sich jedes Detail ein. Das Gebäude war aufwändig renoviert worden. Stuckarbeiten, Täfer und Blumenornamente an den bleiverglasten Eingangstüren zierten die Villa.

Als er im ersten Stock ankam, begrüssten ihn zwei Stadtpolizisten, die im Entree der Jugendstilwohnung warteten. Sie berichteten ihm, dass sie vom Nachbarn im oberen Stock verständigt worden waren. Der hatte gehört, wie im Badezimmer ein Stock tiefer während der ganzen Nacht das Wasser lief. Die Streife hatte die Leiche entdeckt, den Hahnen zugedreht und die Einsatzzentrale informiert.

»Der Staatsanwalt und der Rechtsmediziner sind soeben angekommen«, sagte ihm ein Polizist, »gehen Sie durch die Wohnung ins Schlafzimmer, im angrenzenden Badezimmer finden Sie den Toten.«

Glauser betrat die Wohnung. Das Luxusappartement war grosszügig geschnitten, die Decke erstreckte sich in vier Metern Höhe, der neue Parkettboden mit breiten Riemen aus geräuchertem Eichenholz war englisch verlegt. Er ging durch den Flur ins Esszimmer und blickte sich um. Das Zimmer hatte der Banker so eingerichtet, wie es sich für einen gutverdienenden Mann aus seiner Branche ziemte. Mitten im Raum stand eine Kochinsel, eine Bulthaup-Küche mit allen Extras, blitzblank, als sei sie noch nie benutzt worden. Auf der Chromstahlabdeckung entdeckte Glauser keinen einzigen Wasserflecken, kein Kochtopf hatte den Glaskeramikherd zerkratzt, kein gebrauchtes Geschirr lag in der Spüle.

Glauser gelangte in das angrenzende Wohnzimmer, das zur Küche hin offen war. In einer Ecke stand die obligate Corbusier-Liege. Auf einem Salontischchen aus Glas und Stahlrohr bemerkte er eine zusammengefaltete »Financial Times« von gestern. Die Zeitung war für ihn der einzige Hinweis, dass jemand in der Wohnung lebte. In einem Büchergestell aus weisslackiertem Holz reihten sich Geo-Hefte aneinander, die allesamt wie neu aussahen, einige waren noch in Folie geschweisst. Bücher konnte Glauser keine ausmachen. Auf dem Gestell stand eine Stereoanlage von B&O, links davon registrierte er zwei kleine Modell-Segelboote, die in Flaschen ausgestellt waren, Buddelschiffe mit drei Masten und Takelage.

»Die Freiheit in Flaschen«, murmelte Glauser.

Auf dem winzigen Balkon mit gusseisernem Geländer stand ein Klappstuhl aus Aluminium. Sonst nichts. Keine Blumen. An den

Wänden im Flur hingen Zeichnungen von Segelschiffen. Er ging weiter in ein geräumiges Schlafzimmer. Das Bett war frisch bezogen, auf dem gestärkten Leintuch lag ein Kopfkissen. Der Mann lebte offensichtlich alleine. Gebrauchte Kleider sah Glauser nirgendwo herumliegen. Die Wohnung wirkte auf ihn wie ein Hotelappartement.

Auf der rechten Seite des Schlafzimmers führte eine Tür ins Badezimmer. Davor standen Konrad Pfister von der Staatsanwaltschaft IV, die für Gewaltverbrechen zuständig war, und Rechtsmediziner Nikolaus Mooser vom IRM, den Glauser schon von früher her kannte.

»Guten Morgen, die Herren«, begrüsste sie Glauser und schüttelte beiden die Hand. »Zuerst möchte ich mir von der Situation ein Bild machen.«

Er betrat das Bad. Der Anblick, der sich ihm bot, war grotesk. Die Leiche lag nackt im Badezimmer, bis auf eine Feinrippunterhose, die zur Kniekehle runtergerutscht war. Der Tote, ein Investmentbanker der UBS, Anfang fünfzig, war von mittlerer Statur. Die schütteren Haare hatte er mit Gel streng nach hinten gekämmt. Auf dem schmächtigen Rücken zeichnete sich die Wirbelsäule ab, die Haut schien bleich wie gefrorenes Hühnerbein. Sein Brustkorb lag in einer Badewanne aus weissem Carrara-Marmor. Seine dürren Beine knieten davor, der nackte Hintern krümmte sich über den Beckenrand und ragte absonderlich nach oben. Aus den Waden quollen graublaue Krampfadern hervor wie Würmer. Es stank widerlich nach Fäkalien, ein süsslichsaurer Geruch, der Übelkeit verursachen konnte. Der Banker hatte vor seinem Tod das Klo benutzt und nicht gespült. Die blütenweisse Unterhose war an zwei Stellen mit Kotflecken verschmiert.

Glauser sah sich um. Er konnte nichts Ungewöhnliches feststellen, das auf ein Kapitalverbrechen hingewiesen hätte.

»Ich glaube nicht, dass der Mann Opfer eines Verbrechens wurde«, fasste er seine Beobachtungen zusammen und wandte sich an Nik, »aber wer weiss. Vielleicht können Sie uns etwas über die Todesursache sagen.«

»Mal schaun«, erwiderte Nik wie jedes Mal, wenn er eine Leiche untersuchen sollte, »wo kann ich mich umziehen?«

»Am besten hier im Schlafzimmer«, antwortete Glauser.

Nik öffnete eine kleine Kiste mit seiner Ausrüstung und zog einen weissen Overall aus Vliespapier an, dazu Überschuhe und Latexhandschuhe. Dabei bewegte er sich etwas unbeholfen, als ob er nicht jederzeit mit Sicherheit sagen könnte, wo sich momentan seine schlaksigen Arme und Beine aufhielten. Doch der Eindruck täuschte, wusste Glauser. Der junge Assistenzarzt von Sokrates verfügte über eine schnelle Auffassungsgabe, er arbeitete effizient und präzis.

Nachdem sich Nik umgezogen hatte, begleitete ihn Glauser ins Badezimmer. Pfister blieb vor der Türe stehen, weil er den Gestank unerträglich fand, wie er sagte.

»Warten Sie noch einen Augenblick«, erwiderte Nik, »ich bin mit der Messung gleich fertig, danach können wir die Fenster zum Lüften öffnen.«

Nik nahm ein Thermometer aus der Kiste, mass die Zimmertemperatur und trug sie in ein Notizbuch. Einundzwanzig Komma drei Grad. Er schaute sich die Leiche ein paar Minuten konzentriert an, wie sie vornübergebeugt in der Wanne lag. Die aschblonden Haare fielen ihm dabei in die Stirn, seine abstehenden Ohren leuchteten rot.

»Bitte helfen Sie mir, die Leiche auf den Boden zu legen«, bat Nik Glauser nach einer Weile.

Gemeinsam fassten sie den Toten an den Oberarmen und zogen ihn aus der Badewanne. Die Totenstarre war vollständig ausgeprägt. Die Gliedmassen liessen sich kaum mehr bewegen, die Leiche verharrte in gebückter Haltung. Der Mann musste vor mindestens zwölf Stunden gestorben sein, teilte Nik seine Beobachtung mit, aber nicht länger als achtundvierzig Stunden, weil sich dann die Totenstarre wieder zu lösen begann. Vorsichtig legten sie den Toten auf die Seite. Er lag wie ein Embryo zusammengekrümmt auf dem weissen Marmorboden. Nik entfernte die Unterhose von den Beinen. Mit dem Thermometer mass er rektal die Körpertemperatur der Leiche und notierte sie: dreiundzwanzig Komma acht Grad.

»Sie können jetzt die Fenster im Schlafzimmer öffnen«, sagte Nik zum Staatsanwalt.

»Gott sei Dank«, seufzte Pfister und eilte zum Fenster, »der Geruch ist ekelhaft. Und das in dieser Herrgottsfrühe auf nüchternem Magen.«

Glauser drückte die Klospülung.

Nik begann mit der Legalinspektion. Der Banker hatte beide Augen weit aufgerissen, aus dem Gesicht ragte eine spitze Nase, im halb geöffneten Mund war die Zunge zu sehen. An den Unterarmen und Schienbeinen hatten sich Leichenflecken gebildet. Bereits zwanzig Minuten nach dem Tod beginnt das Blut in den Gefässen nach unten abzufliessen und die Kapillaren zu füllen, hatte Glauser auf der

Polizeischule gelernt. Arme und Unterbeine waren die tiefstliegenden Körperteile des Toten, das abgesunkene Blut hatte sie blauviolett verfärbt. Vom Gesäss war das Blut entwichen. Weil der Hinterteil auf dem Badewannenrand lag, hatten keine Leichenflecken entstehen können.

Während Glauser die Arbeit von Nik aufmerksam verfolgte, steckte seine rechte Hand in der Hosentasche. Dort hatte er Münzen verstaut, die er nicht in seinem Portemonnaie aufbewahren wollte. Inmitten des Kleingeldes befand sich eine blaue Glasmurmel mit braunroten Sprengseln, die er mit seinen Fingerspitzen berührte. Sie sah aus wie eine Miniatur-Erde, wie der blaue Planet im Hosentaschenformat. Sein Sohn hatte sie ihm vor siebzehn Jahren zum Geburtstag geschenkt. Till brachte sie ihm vom Kindergarten mit nach Hause. Seither war die Murmel sein Glücksbringer. Sie erinnerte ihn an glückliche Zeiten, als seine Frau noch gesund war. Es beruhigte ihn, wenn er sie zwischen seinen Fingern drehte.

»Sehen Sie«, sagte Nik zu ihm und zeigte auf die Beine der Leiche. Er ging in die Hocke und presste seinen Daumen auf ein verfärbtes Schienbein. Nur mit Mühe konnte er das Blut wegdrücken, der violette Fleck blieb bestehen. Ein weiteres Zeichen, dass der Mann seit mindestens zwölf Stunden tot war, informierte er Glauser. Mit einem Hämmerchen schlug Nik auf den Beugemuskel des Oberarms. »In den ersten sechs Stunden nach dem Tod zieht sich der Muskel zusammen und bildet eine kleine Wulst.« Nichts geschah. Zentimeter um Zentimeter schaute sich Nik die Leiche an. Weitere Totenflecken fand er am Bauch, aber keine am Rücken.

Glauser schloss seine Augen, so wie gestern Nacht und in den Nächten zuvor, als er in seiner Wohnung blind umhergeirrt war. Jeden Abend, wenn er von der Arbeit erschöpft nach Hause kam, stülpte er sich eine Schlafmaske über die Augen und tapste in absoluter Dunkelheit durch Küche, Esszimmer und Bad. Mittlerweile fand er sich in seiner Wohnung auch mit verbundenen Augen gut zurecht. Seit Monaten übte er jeden Handgriff: Kühlschrank öffnen, Sherryflasche greifen, einschenken ohne zu verschütten, in Richtung Esszimmertisch steuern, Achtung Türschwelle!, den Stuhl zurechtrücken, hinsetzen, das Glas an die Lippen führen, trinken. Wenn er eines Tages sein Augenlicht verlieren sollte, wie sein verstorbener Grossvater, der mit sechzig Jahren nach einer Netzhautablösung erblindet war, wäre er gut vorbereitet. Glauser wollte nichts dem Zufall überlassen.

»Der Mann wurde nach seinem Tod nicht bewegt«, hörte er Nik sagen, »es scheint merkwürdig, aber er starb in dieser knienden Haltung.«

»Können Sie etwas Näheres zum Todeszeitpunkt sagen?«, fragte Glauser, nachdem er seine Augen wieder geöffnet hatte.

»Nein, er starb höchstwahrscheinlich gestern am Abend, den genauen Zeitpunkt kann ich Ihnen erst sagen, wenn ich sie mit dem Temperaturnomogramm ermittelt habe.«

»Das wird vielleicht gar nicht nötig sein, der Nachbar hatte ausgesagt, er habe kurz nach neun Uhr gehört wie im Badezimmer der Hahn aufgedreht wurde, und das Wasser die ganze Nacht lief. Wir haben jetzt zehn Uhr, das war also vor dreizehn Stunden.«

Er rieb sich mit seiner grossen Hand das Kinn. »Können Sie die Todesursache herausfinden?«

»Mal schaun«, sagte Nik und zwinkerte ihm spitzbübisch zu. Eine Zahnlücke grinste zwischen den Schneidezähnen. Die Sommersprossen um seine Nasenflügel schienen zu tanzen. Augenblicklich wurde er wieder ernst.

Er kniete sich hin und betrachtete die Krampfadern auf den Waden des Toten. Sie bildeten dicke blauviolette Knollen. Mit einem Ruck stand er auf, steuerte auf den Badezimmerschrank zu und öffnete die Spiegeltür. Glauser trat neben ihn. Das Waschbecken vor dem Schränkchen war blitzblank geputzt: keine Kalkflecken auf den Vola-Armaturen, keine Haare im Ausguss und auch keine Zahnpastaflecken auf dem Porzellan. Hinter der Spiegeltüre hatte der Banker alles perfekt aufgeräumt: eine elektrische Zahnbürste, fünf Shampoos derselben Marke, alle mit dem Etikett nach vorne ausgerichtet, ebenso fünf Gesichtscremes. Dazu fünf Handcremes, fünf Zahnpastatuben, fünf Rasierwasserflaschen, fünf Parfums und fünf Seifen. Alle Produkte standen in Reih und Glied.

»Der Banker hatte in seinem Leben alles unter Kontrolle, alles war perfekt organisiert, klinisch sauber«, sagte Nik zu Glauser, »aber er bricht unerwartet über der Badewanne zusammen und stirbt mit verschissener Unterhose. Welche Ironie.«

Glauser nickte. In einer kleinen Plastikkiste lagen Schachteln mit Medikamenten wie in einem Setzkasten angeordnet. Nik nahm sie hervor. »Sieh an«, sagte er, nachdem er die Etiketten geprüft hatte, »Venensalben und rezeptpflichtige Tabletten gegen Krampfadern. Herr Glauser, ich denke, ich weiss, was die Todesursache war.«

»Na dann schiessen Sie los.«

»Der Mann hatte starke Krampfadern, er war deswegen in ärztlicher Behandlung und nahm regelmässig Medikamente.«

Er zögerte kurz, ging zur Kloschüssel und setzte sich darauf. »Gestern Abend sass er auf der Toilette, um sein Geschäft zu verrichten. Vielleicht hatte er Verstopfung, er drückte, um sich Erleichterung zu verschaffen.«

Glauser schaute Nik entgeistert an. Der fuhr unbeirrt fort: »Der Druck führte dazu, dass sich ein Blutgerinnsel von einer Krampfader löste und dieser Pfropf in seine Lunge wanderte.«

Nik erhob sich vom Klo und ging zur Badewanne. »Er war am Ersticken. Voller Todesangst richtete er sich auf, ohne sich vorher den Hintern zu säubern, die Unterhose hochzuziehen und zu spülen. Dazu reichte ihm die Zeit nicht mehr. Sein Herz schlug im roten Bereich. Er torkelte zur Badewanne und drehte den Hahn auf, weil er sich vom Wasser Linderung erhoffte.«

Nik beugte sich zum Hahnen, öffnete ihn und liess sich plötzlich auf den Wannenrand fallen, seine Füsse knieten vor der Wanne, sein Oberkörper lag darin. »Der Mann brach tot zusammen. Herzversagen.«

Nik rappelte sich wieder auf und sah Theo Glauser an. »Er starb an einer Lungenembolie. Da bin ich mir sicher. Er wäre nicht der erste, der auf dem Klo an einer Embolie verstorben ist.«

Glauser räusperte sich. »Danke, gute Arbeit. – Selbst auf der Toilette ist man also vor dem Tod nicht sicher.« Er drehte seinen Kopf zur Badezimmertür. »Wo zum Teufel bleibt der Leichenbestatter?«

»Der ist bereits hier, im Entree bei der Streife«, antwortete Pfister, der die Untersuchung von der Türe aus mitverfolgt hatte. Er wandte sich an Nik. »Eine Obduktion halte ich für unnötig, es liegt kein Verbrechen vor, Sie können gehen.«

Glauser wollte gerade aufbrechen, um sich in seinem Büro den Stapeln von Straffällen zu widmen, da ertönte die Melodie »In der Halle des Bergkönigs« von Edvard Grieg. Er nahm sein Handy aus der Jackentasche, klappte es auf und hörte kurz zu.

»Wir kommen sofort«, antwortete er knapp. »Eine Tote im Kreis 6, in Unterstrass«, informierte er Nik. »Packen Sie Ihre Sachen, wir müssen gleich los.«

»Schon wieder eine Leiche, wir haben erst halb elf«, entfuhr es Pfister.

»Es geht um Mord«, entgegnete Glauser ruhig.

»Wie können Sie das jetzt schon wissen?«, fragte Pfister verärgert.

»Der Frau wurde eine Hand abgeschnitten«, antwortete er trocken.

***

In dem Moment, als Sokrates den Unterarm wieder ins Kühlfach schloss und Paula die Kassette aus dem Diktafon zum Abtippten bringen wollte, klingelte sein Handy. Nik berichtete ihm von dem Mord. Sokrates machte sich sofort auf den Weg, der Tatort lag ganz in der Nähe des Instituts. Mit dem Tram Nummer 7 fuhr er vom Milchbuck eine Station bis zur Guggachstrasse. Von dort waren es nur wenige Minuten zu Fuss. Der Himmel war mittlerweile vollständig bedeckt, von Westen her brauten sich dunkle Wolken zusammen. Seinen Schirm hatte Sokrates im Institut vergessen. Er beeilte sich. Kurz vor dem Ziel benetzte eine Windböe seine Brille mit Sprühregen. Energisch wischte er die Tröpfchen mit dem Ärmel seines Jacketts weg.

In Unterstrass erreichte er die Arbeitersiedlung aus den dreissiger Jahren, in der eine gemeinnützige Baugenossenschaft günstige Wohnungen anbot. In Zürich herrschte Wohnungsnot, las Sokrates immer wieder in den Zeitungen, wer eine dieser begehrten Stadtwohnungen ergattern konnte, behielt sie für viele Jahre. Eilig ging er an den ockerfarbenen Häusern der Siedlung entlang, die rostroten Fensterläden glänzten vor Nässe. Er überquerte einen Gemeinschaftsgarten mit grosser Spielwiese für Kinder, worauf alte Birken, Ahornbäume und Holundersträuche wuchsen. An der Hausnummer 22 drückte er die Klinke. Die Tür war unverschlossen. Sokrates trat ein. Das Treppenhaus roch nach feuchtem Gips und Putzmitteln. Er stieg die Stufen nach oben, der Tatort lag im zweiten Stock. Es gab zwar einen Lift, doch den hatte die Polizei mit einem weiss-rot gestreiften Plastikband versperrt.

Fitness im Alltag, dachte Sokrates und zählte die Stufen. »Wenn es weniger als siebenundzwanzig sind, haben wir Glück und der Fall ist schnell gelöst«, sagte er sich.

»Zehn, elf, zwölf«, schnaufte Sokrates und hielt sich am Geländer fest.

Auf dem Treppenabsatz im ersten Stock versperrte ihm eine Streife der Stadtpolizei den Weg. Sokrates hörte auf zu zählen und stellte sich vor.

»Gehen Sie nach oben«, wies ihn ein Polizist in Uniform an, »die

Spurensicherung hat bereits mit der Arbeit begonnen.«

Er hob das Polizeiabsperrband. Sokrates bückte sich und schlüpfe hindurch. Vor der Wohnungstüre im zweiten Stock sah er Nik, der dabei war, einen Ganzkörperanzug anzuziehen.

»Guten Morgen Nik«, begrüsste ihn Sokrates etwas ausser Atem, als er die letzte Stufe erklommen hatte. »Weisst du schon mehr über den Fall?«

Nik ging auf Sokrates zu, seine Ohren glühten rot vor Tatendrang. »Hallo Sokrates, ich weiss nur, dass die Tote eine Krankenschwester im Waidspital war, zweiunddreissig Jahre alt, ledig. Eine Arbeitskollegin hat sie heute Morgen gefunden, weil sie zwei Tage nicht zum Dienst erschienen war. Das Verrückte an dem Fall ist, dass der Täter der Leiche eine Hand abgeschnitten hat.«

Sokrates nickte. »Ja, das ist in der Tat interessant.«

Er nahm ebenfalls einen Overall aus der Kiste, schlüpfte in Überschuhe und zog Latexhandschuhe an.

»Die Leute vom Forensischen Institut haben soeben erst begonnen«, berichtete Nik, »das wird noch zwei Stunden dauern. Bis wir dran sind, können wir uns im Schlafzimmer aufhalten. Dort warten auch Theo Glauser und die andern.«

Sokrates und Nik betraten die Diele. Es schlug ihnen der modrigesüssliche Gestank von Verwesung entgegen. Nach dem Geruch zu urteilen, musste die Leiche schon drei bis vier Tage gelegen haben, schätzte Sokrates. In der Diele stand eine kleine Holz-Kommode mit geschwungenen Beinen und Marmorabdeckung, die Schubladen waren mit Intarsienarbeiten verziert. Darüber war eine Garderobe aus den fünfziger Jahren befestigt, ein Messinggestell mit einer Ablage aus Schnüren, die mit gelbem Kunststoff ummantelt waren. An der Wand hing ein ovaler Spiegel mit eingravierten Blumenmustern, der an einigen Stellen blind war. Links und rechts davon bemerkte Sokrates grosse Porzellanvasen mit weissen Orchideen, die schon etwas verwelkt die Köpfe hängen liessen.

»Hübsch eingerichtet, alles ausgesuchte Stücke«, staunte Nik, »vieles davon stammt vermutlich aus der Brockenstube.«

Von der Diele führte eine Türe in die Essküche. Sokrates nahm den Geruch von Kräutern wahr. Er blickte nach links. Neben dem Gasherd ging ein kleiner Balkon ab, auf dem Sara Helbling einen prächtigen Gewürzgarten geschaffen hatte: Oregano, Thymian, Rosmarin, Salbei, Schnittlauch, Basilikum, Koriander und Dill wuchsen in Tontöpfen. Für das Auge von Sokrates war der Anblick eine wahre Freude. Er war leidenschaftlicher Koch und würzte seine Speisen mit zahlreichen Küchenkräutern, die er auf seiner Dachterrasse zog.

Eine weitere Tür führte ins Schlafzimmer und eine ins Wohnzimmer. Links vom Eingang befand sich das Bad. Sokrates und Nik gingen am Wohnzimmer vorbei, worin die Forensiker Spuren sicherten. Die Leiche lag auf dem Boden, konnte Sokrates beim Vorbeigehen erkennen.

Zusammen mit seinem Assistenten begab er sich ins Schlafzimmer. Dort blickte Pfister übelgelaunt aus einer Ecke. Neben ihm stand Brandtouroffizier Otto Lerch, der Vorgesetzte von Glauser, der so aussah, als ob er Wichtigeres zu tun hätte als einen Mordfall an einer jungen Krankenschwester aufzuklären. Sokrates nickte Glauser zu, der gerade dabei war, zwei Polizisten Anweisungen zu geben. Er grüsste mit Handzeichen und fuhr leise fort:»Befragt alle Nachbarn aus der Arbeitersiedlung und die Arbeitskollegen von Sara Helbling im Waidspital, ob sie in den letzten Tagen etwas Verdächtiges wahrgenommen haben.«

Franz Ulmer, ein drahtiger Mann, Mitte vierzig, mit schwarzen Knopfaugen und kantigem Schädel, machte sich Notizen. Er arbeitete mit einer jungen Polizistin zusammen, blonder Pagenschnitt, vor Aufregung gerötete Wangen, die Sokrates zuvor noch nie gesehen hatte.

»Sollen wir danach fragen, ob die rechte Hand auffällige Merkmale hatte?«, fragte Ulmer. »Vielleicht erfahren wir dann, warum der Täter die Hand abgeschnitten hat.«

Glauser überlegte einen Augenblick. »Nein, von der fehlenden Hand soll vorerst niemand wissen, diese Information behalten wir für uns. Auch die Presse erfährt davon nichts. Die wichtigste Frage ist, ob und wann jemand einen Schuss gehört hat. Weiter müssen wir in Erfahrung bringen, ob Sara Helbling Feinde hatte, wer ihr nahe stand und so weiter. Ich möchte mir ein Bild machen können, wer sie war.«

»Auf geht's zum Klinken putzen«, hörte Sokrates den Polizisten seiner Kollegin zuraunen.

»Wann treffen wir uns?«, wandte sich Ulmer wieder an Glauser. Er schaute auf seine Uhr. Es war elf Uhr zehn. »Zur Sachbearbeiterkonferenz um halb sechs.«

»Verstanden«, antwortete Ulmer und verliess mit der jungen Polizistin das Schlafzimmer.

»Wie geht es Tina?«, fragte Sokrates leise.

Glauser drehte sich um. Mit seinen Fingern rieb er sich die Stirn.

»Nicht gut, Sokrates, sie hat Krämpfe. Seit Wochen schon. Nachts ist es am schlimmsten. Die Ärzte können nichts dagegen tun.« Glauser blickte Sokrates ernst an. Um seine Augen hatten sich dunkle Ringe gebildet. »Till leidet am meisten darunter.« Er biss auf seine Zähne.

Sokrates nickte ihm fast unmerklich zu, wie wenn er sagen wollte, ich weiss, was du durchmachst. Er kannte Theo Glauser schon seit Jahren. In mehreren Mordfällen erlebte er ihn als besonnenen Mann, den nichts so leicht erschüttern konnte. Glauser war etwas jünger als er, von gross gewachsener Statur, schlank, aber kräftig. Er hatte braune, an den Schläfen graumelierte Haare, eine hohe Stirn, in die sich zwei waagrechte Falten gegraben hatten, dunkelbraune wache Augen mit buschigen Brauen und eine wulstige Nase über einem markanten Kinn. Seine grossen Hände ruhten an der Seite. Es schien Sokrates, als wäre sich Glauser über jede seiner Bewegungen bewusst.

Sokrates liess Glauser wieder seine Arbeit machen und gesellte sich mit Nik zum Staatsanwalt, der mit dem Polizeioffizier auf der anderen Seite des Zimmers wartete. Er sah sich um. Das Schlafzimmer war spartanisch eingerichtet. In der Mitte befand sich ein ein Meter sechzig breites Bett, auf dem ein kleines Kopfkissen lag, die Bettdecke war zurückgeschlagen. Auf beiden Seiten säumten Tontöpfe das Zimmer. Darin hatte Sara Helbling Fettpflanzen gezogen. Ein mächtiger Wurzelholzschrank nahm eine ganze Wandseite ein, zwei Thonetstühle, schwarz lackiert, mit geflochtener Sitzfläche standen links und rechts vom Bett, ein Ausstellungsplakat vom Museum für Gestaltung hing an der weissen Wand, und eine runde Papierlampe von Ikea strahlte ein warmes Licht von der Decke. Der Parkettboden, als Fischgrätmuster verlegt, roch schwach nach Möbelpolitur, konnte aber den Verwesungsgeruch, der auch im Schlafzimmer in die Nase von Sokrates stieg, nicht überdecken.

Es ertönte »In der Halle des Bergkönigs«. Glauser klappte sein Handy auf, hörte kurz zu und sagte:»In Ordnung, ihr könnt aufhören. Sichert jetzt die Videoaufnahmen von den Überwachungskameras im Umkreis von drei Häuserblocks und wertet sie aus, ob etwas Verdächtiges darauf zu sehen ist. Beeilt euch.«

Glauser wandte sich an Otto Lerch.»Meine Leute haben die Hand und die Tatwaffe nicht gefunden, obwohl sie den Suchradius erweitert hatten, ohne Erfolg. Sollen wir Leichenspürhunde einsetzen?«

»Nein, das ist nicht nötig. Der Täter hatte offensichtlich einen triftigen Grund, die Hand abzuschneiden. Da wird er sie nicht achtlos weggeworfen haben.«

»Das sehe ich auch so«, sagte Glauser.

Lerch schaute auf seine Uhr. »Theo, ich muss los. Du weisst, was zu tun ist. Ich übertrage dir die Verantwortung für die Ermittlungen.«

Sokrates vermutete, dass Lerch mit der Sache nichts zu tun haben wollte und sich einfach davon stahl. Pfister, der um die Nase herum blass aussah, weil ihm der Leichengeruch offensichtlich auf den Magen schlug, kam dazu und sagte zu Glauser: »Wir brauchen dringend Ergebnisse, Theo. Ich habe jetzt eine Sitzung mit dem Oberstaatsanwalt und werde mit ihm den Fall besprechen. Dieses Tötungsdelikt ist für die Medien ein gefundenes Fressen. Wir können uns keine Fehler leisten.«

Glauser nickte. Nachdem seine Vorgesetzten gegangen waren, begab er sich zum Wohnzimmer. Er bat Sokrates mitzukommen. Zwischen dem Türrahmen blieben sie stehen. Sokrates musterte die Leiche von Sara Helbling. Sie lag auf dem Rücken. Ihr blondes Haar war gekämmt, die Augen hatte sie geschlossen. Sie sah aus, als ob sie schliefe. Ihr geblümter Rock und die hellblaue Bluse mit Puffärmeln waren geordnet, Zeichen von Kampf konnte Sokrates keine ausmachen. Die linke Hand lag auf ihrem Schoss. Sein Blick fiel auf den blutverschmierten Armstumpf. Ein wenig Blut war auf den Parkettboden gesickert. Kurz blitzte der Gedanke an die Hand auf, die in einem Kühlfach des Instituts lagerte. Er verwarf den Gedanken sogleich. Die Hand von Helbling war viel zierlicher. Auf der Höhe ihres Halses bemerkte Sokrates eine kleine Blutlache, die eingetrocknet war. Daran klebte eine goldene Halskette. Sokrates begann sich ein Bild von der Tat zu machen, während er die Arbeit der Kriminaltechniker aufmerksam verfolgte.

Die Forensiker arbeiteten ohne ein Wort zu wechseln. Sie trugen weisse Overalls mit Kapuzen, dazu Mundschutz und Handschuhe. Lara Odermatt, die Sokrates von früheren Einsätzen kannte, machte mit einer Vermessungskamera Fotos vom ganzen Raum. Fasziniert schaute Sokrates ihrer Arbeit zu. Die Fotografin bewegte sich wie eine Balletttänzerin mit einer natürlichen Grazie. Wenn sie ging, drückte sie die Schultern leicht zurück, sodass ihre kleinen Brüste durch den Overall stachen. Ihren Kopf hielt sie aufrecht, das rote Haar trug sie unter der Kapuze hochgesteckt. Sie hatte grüne Augen, die schräg geschnitten waren, hohe Wangenknochen, eine schmale Nase und ein Kinn mit einem Grübchen. Obwohl sie zerbrechlich wirkte, sah sie aus, als ob sie nichts aus dem Gleichgewicht werfen könne. Sokrates hatte mit Lara Odermatt schon mehrmals zu tun gehabt, noch bevor die Kriminaltechnische Abteilung KTA der Kantonspolizei, wo sie damals arbeitete, und der Wissenschaftliche Dienst der Stadtpolizei Zürich nach heftigem politischem Gezänk zum Forensischen Institut zusammengelegt wurden.

Er wandte seinen Blick von Lara ab und beobachtete die Arbeit der Forensiker. Auf dem Parkettboden war ein Zugangsweg mit einem Band markiert. Die Spezialisten bewegten sich ausschliesslich auf diesem Trampelpfad, wie sie ihn nannten, damit sie im Zimmer nicht versehentlich Spuren vernichteten. Einer suchte den Boden Zentimeter für Zentimeter mit einer mobilen Tatortleuchte nach Spuren von Schuhsohlen ab. Er benutzte dazu eine Lampe, die ein intensives Streiflicht warf. Abdrücke fand er nur wenige. Ein gut erhaltener Schuhabdruck war die beste Ausbeute. »Grösse sechsundvierzig«, gab er bekannt. Der Forensiker nahm eine Lupe. Die Sohle war glatt, sie hatte kein Profil. Er sicherte die Spur vorsichtig auf einer Folie und markierte den Boden mit einer Ziffer.

Neben ihm trug Philip Kramer, der das Team der Kriminaltechniker leitete, mit einem feinen Zephyrpinsel an alle Türen Magna Brush Pulver auf, um Fingerabdrücke sichtbar zu machen. Auf jeden Abdruck presste er eine schwarze Gelatinefolie und zog die Spur ab. Einbruchspuren konnte er keine entdecken. Das Schloss der Eingangstüre war intakt.

»Sara Helbling musste ihrem Mörder die Tür geöffnet haben«, sagte Glauser leise zu Sokrates.

Ein Forensiker sammelte mit einer Pinzette Haare vom Stoffbezug eines Sessels, markierte die Fundstelle und verwahrte die Spuren in einem Pergaminsäckchen. Der Sessel war vor einem schwarzen Nierentisch platziert, auf dem ein halb volles Glas mit Wasser stand. Kramer pinselte Pulver darauf und sicherte mehrere Fingerabdrücke. Das Glas steckte er in einen Klarsichtbeutel, den er zuvor beschriftet hatte, und notierte die Angaben auf der Asservatenliste. Die Kriminaltechniker arbeiteten sich Schritt für Schritt zur Leiche vor.

Nach zwei Stunden hatten sie es geschafft. Die Tote lag vor einem zierlichen Sekretär, der neben dem Fenster stand. Mit ihrer Schulter berührte sie das Bein des Thonetstuhls, der zum Sekretär gehörte.

»Lara, schau dir das an«, sagte Kramer plötzlich und zeigte auf die Schreibtischplatte des Sekretärs. Vor Schubladen, die mit Briefkuverts, Filzstiften, Klebebändern und Post-it-Blöcken gefüllt waren, lag auf einer Schreibunterlage eine weisse A6-Postkarte. Sokrates sah, wie Lara um die Leiche herum ging, einen Massstab neben die Karte legte und mit ihrer Digitalkamera mehrere Fotos schoss. Anschliessend nahm Kramer die Karte vorsichtig vom Tisch. Er beschriftete einen Klarsichtbeutel, steckte die Karte hinein und trug die Daten in die Asservatenliste ein.

»Theo, das wird dich interessieren«, sagte er und reichte dem Kriminalpolizisten den Klarsichtbeutel.

Glauser betrachtete die Karte von allen Seiten. Er bat Sokrates ebenfalls einen Blick darauf zu werfen. Sokrates nahm seine Brille ab und las den Text, ein Gedicht mit sechs Versen. Das weisse Papier war mit blauer Tinte beschrieben. Das Schriftbild sah gleichmässig aus, die Buchstaben waren sorgfältig gesetzt, die Bögen von l und b geschwungen.

»Vielleicht hat Sara Helbling die Karte verfasst, aber wahrscheinlich hinterliess der Täter eine Botschaft, es sieht ganz danach aus«, sagte Sokrates und wiegte seinen Kopf hin und her. »Was er damit sagen will, ist mir schleierhaft.«

»Ein merkwürdiger Text«, pflichtete ihm Glauser bei, während er seinen Notizblock aufklappte.

Kramer nahm die Karte wieder an sich. »Mögliche Fingerabdruckspuren auf der Karte sichern wir im Labor. Es wäre zu heikel, dies hier zu tun.«

Glauser blickte von seinen Notizen auf. »Fertige von der Karte eine Kopie an und bring sie zur Sachbearbeiterkonferenz mit. Vielleicht hat jemand eine Idee, was der Text bedeuten könnte.«

Kramer hatte damit begonnen, den Sekretär zu inspizieren. Sokrates, der ganz begierig darauf war, weitere Hinweise auf den Mörder zu erhalten, beobachtete jede Handbewegung des Forensikers. Auf der Schreibtischplatte entdeckte Kramer zwei eingetrocknete Blutstropfen. Er markierte die Fundstelle. Nachdem Lara Fotos geschossen hatte, holte er aus einer Kiste mehrere kleine Schachteln. Er öffnete eine und nahm einen Wattetupfer heraus. Aus einer Plastikflasche, die destilliertes Wasser enthielt, befeuchtete er den Wattebausch und tupfte damit das eingetrocknete Blut ab. Die Probe verstaute er in einer Swab Safe Box, einer zusammenfaltbaren Kartonschachtel, die er zuvor beschriftet hatte.

Auf der gebogenen Stuhllehne waren weitere Blutflecken zu sehen. Sokrates erkannte rostrote Punkte. Kramer entnahm auch von dort

Proben. Eine dünne Blutspur lief vom oberen Lehnenbogen nach unten. An der Unterseite klebte ein eingetrockneter Tropfen. Lara dokumentierte die Spur mit der Kamera. Die Kriminaltechniker inspizierten den Boden. Auf dem Parkett fanden sie noch mehr Blutstropfen. Kramer nahm sie unter die Lupe. »Paul, lass bitte die Rollläden runter, wir wenden die Luminolmethode an.«

Während ein Forensiker das Zimmer verdunkelte, holte Kramer aus einer Kiste eine Sprayflasche und besprühte damit den Parkettboden und den Schreibtisch. Er knipste eine Tatortlampe an. Um den Stuhl herum leuchteten mehrere violette Punkte auf, winzige Tropfen Blut. Kramer musterte sie.

»Kannst du schon etwas sagen?«, fragte Glauser, nachdem die Rolläden wieder hochgezogen waren.

»Nein, noch nicht, ich möchte keine voreiligen Schlüsse ziehen«, antwortete Kramer, »obwohl die Blutspuren eine eindeutige Sprache sprechen. Aber zuvor muss ich noch die Wunde am Genick sehen. Danach kann ich dir vermutlich den Tathergang schildern.«

Er warf einen kurzen Blick auf Sokrates. »Du kannst loslegen.«

***

Der Leichenbestatter rief um dreizehn Uhr siebzehn an, als Maria Noll gerade ihre Mails auf dem PC ausmistete. Sie arbeitete als Fernsehredaktorin in der Nachrichtensendung »Schweiz aktuell«. Heute hatte sie A-Dienst, sie war auf Pikett und musste sofort losrennen, sobald etwas passierte. Doch bisher war nicht viel los, ihr war langweilig.

»Maria Noll, vom Schweizer Fernsehen«, nahm sie den Anruf entgegen und stellte das Birchermüesli weg, das sie zuvor aus der Kantine geholt hatte.

»Guten Tag, Frau Noll, Bodmer ist mein Name. Ich arbeite beim Bestattungsamt Zürich. Sie wissen vielleicht noch, wer ich bin. Vor sechs Jahren haben Sie mich interviewt, zum Mordfall in Witikon.«

»Ja, ich erinnere mich«, erwiderte Maria Noll nach kurzem Zögern. Die Morde in Witikon hatten die Stadt lange Zeit aufgewühlt. Ein Familienvater hatte seine Frau erschossen, seine beiden Kinder und den Hund, weil er finanziell vor dem Ruin stand. Der Leichenbestatter hatte sich ihr damals für ein Interview förmlich aufgedrängt, so sehr wollte er einmal ins Fernsehen.

»Was kann ich für Sie tun, Herr Bodmer?«, fragte Maria und strich eine Locke ihrer kastanienbraunen Haare aus dem Gesicht.

Am anderen Ende der Leitung hörte sie ein kurzes Räuspern. »Ich möchte eine Meldung machen: In Unterstrass, in der Wohnsiedlung beim Milchbuck, ist eine Krankenschwester ermordet worden. Ihr wurde in den Kopf geschossen und eine Hand abgeschnitten. Die Hand ist verschwunden. Das interessiert Sie vielleicht.«

Maria fiel fast vom Stuhl, als sie ihre Füsse vom Schreibtisch nahm, um sich einen Notizblock zu greifen. »Ein Mord im Kreis 6«, wiederholte sie, während sie nach einem Kugelschreiber suchte. »Woher wissen Sie das?«

»Ich stehe hier im Treppenhaus vor der Wohnung und warte. Ihr Vater ... Rechtsmediziner Noll ist doch Ihr Vater? ... ist noch bei der Toten und untersucht sie.«

»Ja, Max Noll ist mein Vater. Sind die Leute von der Spurensicherung schon gegangen?«

»Ja, vor etwa zehn Minuten.«

»Weiss die Kripo etwas über den Täter oder das Motiv?«

»Nein, ich glaube nicht, aber hier draussen bekomme ich nicht viel mit.«

»Hm, okay, vielen Dank für den Hinweis. Ich gehe der Geschichte nach. Geben Sie mir bitte die Adresse.« Sie notierte sich Strasse und Hausnummer und legte auf, bevor der Bestatter sich für ein Interview anerbieten konnte.

»Ein skurriler Mord«, sagte Maria halblaut zu sich selbst, »endlich mal wieder etwas Aufregendes.«

Ihr gegenüber runzelte Hugo Stalder fragend seine Stirn. Er hatte gespannt gelauscht. Maria schaute ihn aus ihren graublauen Augen an, die wie bei ihrem Vater je nach Lichteinfall grün schimmerten. Ihr Redaktionskollege war ein seltsamer Kauz. Mit seinem gedrungenen Körperbau sah er aus, als ob er etwas zu verbergen hätte. Auf seinem kleinen Kopf, den er oft gesenkt hielt, wuchs schütteres Haar. Im fleischigen Gesicht stand eine kleine knollige Nase, die viel zu grosse Löcher hatte, die Pupillen schwammen in wässrigen Augäpfeln. Seine Backen hingen spannungslos nach unten und zogen die Unterlippe mit, die nach aussen gestülpt immer etwas feucht schimmerte. An den Rändern waren Abdrücke von Eckzähnen zu sehen, weil er ständig auf der wulstigen Lippe herumkaute. Er hatte kleine, gerötete Hände, als ob er in heissem Wasser Geschirr gespült hätte. Wenn er einem die Hand gab, fühlte sich seine kraftlos an wie ein feuchter Waschlappen. Maria schüttelte es, wenn sie daran dachte.

Aber Hugo tat ihr auch leid. Sie wusste, dass er darunter litt, weil er andern auf dem Trottoir immer ausweichen musste. Ihm ging niemand aus dem Weg, hatte er ihr einmal erzählt. Er hasste sich, weil er sich nicht traute, etwas zu sagen, wenn sich Menschen in einer Schlange an ihm vorbei drängelten.

Maria war ganz anders. Heute Morgen hatte sie im Tram zwei Sekundarschüler zusammengestaucht, weil die ihre dreckigen Schuhe lässig auf den Polstersitz gelegt hatten. Sie hatte sich immer gefragt, wie es Hugo bloss geschafft hatte, TV-Reporter zu werden.

Hugo war gerade dabei gewesen, einen Filmtext über das Bienensterben im Thurgau zu schreiben, als Marias Telefon geklingelt hatte.

»Ein Mord im Kreis 6, was ist passiert?«, fragte er, kaum hatte sie das Gespräch beendet. Er konnte seinen Neid nur schwer verbergen, weil Maria einer tollen Story auf der Spur war.

Maria schaute auf die Uhr. »In fünf Minuten haben wir Sitzung, dann wirst du es erfahren.«

Um den Sitzungstisch, der inmitten eines modernen Grossraumbüros stand, versammelten sich Redaktionsleiter Oskar Lehmann, Produzent Eugen Voss und alle Reporter, die nicht gerade mit einem Kameramann auf Dreh oder auf dem Schnittplatz waren. Maria nahm auf einem Stuhl Platz und blickte in die Runde.

Lehmann ordnete ein Dutzend Artikel, die er aus Lokalzeitungen gerissen hatte. Ihr Chef war ein alter Hase im Nachrichtengeschäft. Maria bewunderte seinen Instinkt für interessante Themen.

Lehmann war gross und hager, auf seinem dünnen Hals zeigten sich Sehnen. Um die Backenknochen spannte sich die Haut, sein Gesicht schien fahl und ungesund. Die angegrauten Haare standen ihm vom Kopf, wie wenn er gerade vom Bett aufgestanden wäre. Er hatte einen wachen Blick und roch sofort, ob an einer Geschichte etwas dran war, ob sie Fleisch am Knochen hatte.

Heute hatte Lehmann wieder einmal schlechte Laune. Er bemühte sich erst gar nicht, sie zu verbergen. Maria merkte, wie gereizt er war. Vermutlich hatte er, wie er das jeden Morgen tat, wenn er die Tageszeitungen las, auch einen Blick auf die Todesanzeigen geworfen. War jemand gestorben, der jünger war als er, konnte das seinen Tag verderben, hatte er Maria einmal bei einer Redaktionsfeier verraten, als er schon ziemlich angeheitert war. Noch schlimmer war es, hatte er ihr offenbart, wenn er unter den Toten seinen Jahrgang fand, 1959, das hielt er für ein besonders schlechtes Omen.

»Die Nachrichtenlage ist so miserabel, wie schon lange nicht mehr«, begann Lehmann ohne zu grüssen und gestikulierte dabei fahrig mit seinen langen dünnen Fingern. »Auch die Kollegen von der ›Tagesschau‹ jammern. Was haben wir bisher in der Sendung, Eugen?«

»Ja, es sieht düster aus«, antwortete der Produzent und schaute auf sein iPhone, worin er seine Themenplanung organisierte. »Gemüsebauern beklagen Ernteausfälle wegen Hagelschäden und fordern vom Bund Hilfszahlungen. Die St. Galler SVP-Regierungsrätin Huber tritt zurück, weil sie ein Kind erwartet. Und: Bienensterben im Thurgau. Mehr haben wir nicht.« Er wandte sich an Hugo Stalder. »Du wirst hoffentlich mit deinem Knüller fertig?«, fragte er spöttisch.

»Ja, aber es wird knapp«, antwortete Hugo und biss sich auf die Unterlippe. Maria hatte Mitleid mit ihm.

»Du hattest genügend Zeit, du warst gestern drehen, zwei Tage für zwei Minuten dreissig, mehr bekommst du nicht«, herrschte ihn Lehmann an.

»Die Geschichte ist komplizierter als du denkst«, maulte Hugo leise und starrte auf die Tischplatte.

Lehmann ignorierte ihn. »Wer hat Ideen für heute Abend? Rückt raus damit, ihr werdet dafür bezahlt.«

»Ein Mordfall im Kreis 6«, begann Maria, »ein Leichenbestatter, der vor Ort war, rief mich vor zehn Minuten an und erzählte mir, eine Krankenschwester sei erschossen worden.«

»Okay, nicht schlecht«, sagte Voss, »das hilft uns.«

»Es scheint kein gewöhnlicher Mord zu sein«, fuhr Maria fort, »der Täter schnitt seinem Opfer die Hand ab und nahm sie mit. Die Kripo steht vor einem Rätsel.«

Die Laune von Lehmann hob sich schlagartig. Sein Zeigefinger fuchtelte nervös über der Tischplatte. »Ein grausamer Mord. Eine verschwundene Hand. Dieses Verbrechen wird die Schweiz länger beschäftigen. Wir übernehmen die Themenführerschaft und machen daraus eine Fortsetzungsgeschichte.« Er blickte Maria an. »Hat dein Vater etwas mit diesem Fall zu tun?«

»Ja, er wird die Krankenschwester obduzieren«, antwortete Maria. »Aber du weisst, dass er mir nichts sagen darf.«

»Ruf ihn trotzdem an, er wird dir sicherlich

Hintergrundinformationen off the record geben können«, warf Lehmann ein und wandte sich an Voss. »Kannst du Maria morgen aus dem A-Dienst rausnehmen?«

»Ja, kein Problem.«

Voss zeigte mit dem Kugelschreiber auf Maria. »Du kannst sofort loslegen, Leo ist in Bereitschaft. Er wartet unten auf dich.«

Maria nickte und stand auf. Von ihrem Schreibtisch griff sie sich noch rasch das Birchermüesli, bevor sie zum Lift rannte.

***

Philip Kramer nahm aus einer Kiste ein Band mit durchsichtiger Klebefolie, als Sokrates und Nik das Wohnzimmer betraten.

»Bevor ihr die Tote entkleidet, müssen wir noch Stofffasern an der Bluse und am Rock sichern. Aber das dauert nicht lange«, sagte Kramer. Er hockte sich vor die Leiche und setzte sein linkes Knie vorsichtig neben die eingetrocknete Blutlache, die sich unter dem Hals der Toten gebildet hatte. Zone für Zone drückte er das Klebeband auf Bluse und Rock. Als er seine Arbeit beendet hatte, stand er auf und verstaute die Spuren, die auf dem Klebeband anhafteten, in einer Kiste.

»Jetzt seid ihr dran«, wandte sich Kramer an Sokrates. »Wir müssen die Leiche auf den Bauch drehen, damit wir die Schmauchspuren sichern können. Nur so finden wir heraus, wie Sara Helbling erschossen wurde. Wir haben nirgendwo ein Projektil oder eine Hülse gefunden.«

Gemeinsam drehten Sokrates und Nik die Leiche um. Die Bluse war auf Höhe der Schulterblätter blutverschmiert. Am Genick sah Sokrates eine Schusswunde mit starken Schmauchrückständen, die Haut war sternförmig aufgeplatzt. Ein paar blonde Haare klebten am Wundrand fest. Lara Odermatt ging neben Sokrates in die Hocke und schoss Fotos. Kramer betrachtete die Wunde. »Es ist eindeutig. Sie ist erschossen worden«, sagte er, »und zwar mit einer aufgesetzten Waffe. Es war ein absoluter Nahschuss, das zeigt die andreaskreuzfömige Einschussplatzwunde.«

Er zog seine Latexhandschuhe aus und streifte sich zinkfreie Gummihandschuhe über. Das war nötig, wusste Sokrates, denn die Schmauchrückstände gängiger Patronen enthielten Zink. Und zinkhaltige Handschuhe würden das Ergebnis verfälschen. Aus der Kiste holte Kramer ein kreisrundes Filterpapier, das mit verdünnter Weinsäure getränkt war. Er beschriftete das Papier mit Name und

Datum und drückte es eine Minute lang auf das Einschussloch. Sokrates fixierte dazu den Kopf der Leiche mit beiden Händen. Anschliessend nahm Kramer einen Heissluftföhn, trocknete das Filterpapier und besprühte es mit Natriumrhodizonat. Wie erwartet, stellte er rot-orange Verfärbungen fest, wie sie bei Schmauchspuren typisch sind. Nachdem er die Schmauchspuren gesichert hatte, wandte er sich an Glauser. »Jetzt kann ich dir den Tathergang erklären.«

»Schiess los.«

»Sara Helbling sass auf diesem Stuhl vor dem Sekretär. Was sie dort tat, wissen wir nicht. Der Schreibtisch ist aufgeräumt«, begann Kramer und zeigte auf den Thonetstuhl. »Der Mörder kam von hinten, drückte seine Waffe auf ihr Genick und erschoss sie. Das zeigen die Blutspuren auf der Lehne.«

Sokrates stutzte, als er die Ausführungen des Kriminaltechnikers hörte.

»Von dort tropfte das Blut auf den Boden«, führte Kramer weiter aus. »Das sehen wir an der Tropfenspuren-Morphologie.« Er wies mit der Hand auf den Parkettboden. »Die Sekundärspritzer hier belegen, dass die Blutstropfen senkrecht aus circa einem Meter Höhe nach unten fielen. Die Tropfen sind rund und nicht kegel- oder bärentatzenförmig, wie sie bei Blutspritzern mit Schleuderspur vorkommen.«

»Das ist seltsam. Der Schuss war aufgesetzt. Und zwar von hinten«, wiederholte Sokrates nachdenklich. »Sara Helbling musste ihrem Mörder vertraut haben. Sie drehte sich nicht zu ihm um, als er an sie herantrat, sie war offensichtlich arglos.«

Theo Glauser nickte. »Ja, stimmt. Wir haben es vermutlich mit einem Beziehungsdelikt zu tun.« Er blickte auf die Leiche. »Was geschah danach?«

»Sie kippte nach vorne auf den Sekretär, deshalb sind auch auf der Schreibunterlage ein paar Blutflecken zu sehen. Anschliessend legte sie der Täter auf den Boden. Dort schnitt er ihr die Hand ab.« Kramer kniete sich neben die Leiche und begutachtete den Armstumpf. Er rappelte sich wieder auf, ging auf die andere Seite und musterte die kleine Lache Blut auf dem Boden. »Schnittspuren sind auf dem Parkett keine zu sehen. Der Täter muss eine Unterlage verwendet haben.«

Er nickte Sokrates zu. »Du kannst mit der Legalinspektion beginnen.«

Sokrates schob sich die Brille auf die Nase. »Entkleiden wir die Leiche«, sagte er zu Nik und ging in die Hocke, »aber pass auf die

Blutlache auf, damit du sie nicht verwischst.«

Sie zogen der Toten die hellblaue Bluse und den Rock mit dem Blümchenmuster aus und entfernten BH, Strumpfhose und Slip. Sokrates nahm einen elektronischen Thermometer mit Digitalanzeige aus seiner Nylontasche. Er mass die Raumtemperatur und führte das Messgerät rektal acht Zentimeter tief in die Leiche ein, um die Körpertemperatur zu bestimmen. Nik schrieb beide Daten auf das Leichenschauformular.

»Wir können jetzt die Fenster öffnen«, sagte Sokrates. Kühle, regengeschwängerte Luft strömte in das Zimmer und vertrieb den Verwesungsgestank. Glauser atmete tief durch.

»Drehen wir die Leiche wieder auf den Rücken«, wies Sokrates seinen Assistenten an.

Mit geübten Handgriffen rollten sie die Tote auf die Seite. Sokrates bewegte den linken Arm der Toten, beugte den Ellenbogen und drückte das linke Knie durch. »Die Totenstarre hat sich wieder vollständig gelöst«, erklärte er. »Sara Helbling ist seit mindestens achtundvierzig Stunden tot, eher zweiundsiebzig.«

Nik und Glauser notierten den Befund. Lara Odermatt legte einen Massstab neben das Opfer und drückte auf den Auslöser ihrer Kamera.

Sokrates musterte den Armstumpf der Toten und die kleine Blutlache. »Theo, ich kann die Ergebnisse der Spurensicherung bestätigen. Der Täter schnitt die Hand erst ab, als Sara Helbling bereits tot war. Es trat nur wenig Blut aus der Wunde. Hätte das Herz noch geschlagen, wäre viel mehr Blut geflossen.«

Sokrates stand auf, ging um die Leiche herum und untersuchte den linken Arm.

Kramer hatte einen Wattetupfer in der Hand. »Einen Augenblick, Sokrates, ich muss noch eine Probe vom Fingernagelschmutz nehmen und die Fingerabdrücke sichern.«

Er hockte sich hin, Sokrates hob die Hand der Leiche vom Boden und hielt die schlanken Finger fest. Daumenballen und Fingerkuppen waren dunkelviolett verfärbt. Kramer drehte den Wattebausch unter den Fingernägeln hin und her. Anschliessend klemmte er den Wattetupfer in die Halterung der faltbaren Kartonschachtel. Zuletzt nahm er von jedem Finger einen Abdruck.

»Wir sind fertig. Ihr könnt zusammenpacken«, sagte Kramer zu seinen Leuten. »Ich bleibe hier und helfe bei der Legalinspektion.«

Die Kriminaltechniker machten sich an die Arbeit. Sie schleppten fünfzehn Kisten mit der Ausrüstung und den gesicherten Spuren aus dem Wohnzimmer und packten sie in den Mercedes-Transporter des Forensischen Instituts.

Sokrates und Nik begannen mit der äusseren Besichtigung der Leiche. Das Gesicht war bleich, die glatten, blonden Haare bedeckten ihre Stirn. Sie hatte eine kleine Stupsnase und einen schmalen Mund, der halb geöffnet war. Sokrates musterte ihr Gesicht, schob eine Hand unter ihren Kopf und tastete mit der anderen den Schädel ab. »Es ist nirgends eine Austrittswunde auszumachen«, sagte er. »Vielleicht steckt das Projektil noch im Schädel. Das werden wir bei der Obduktion herausfinden.«

»Wir haben das Zimmer nach einer Hülse abgesucht und nichts gefunden«, sagte Kramer. »Entweder hat sie der Täter mitgenommen, oder er schoss mit einem Revolver.«

»Ohne Austrittswunde muss es sich um eine kleinkalibrige Waffe handeln«, stellte Glauser fest.

»Sobald wir die Schmauchspuren analysiert haben, wissen wir mehr«, erwiderte Kramer.

Mit einer Pinzette klappte Sokrates die Augenlider hoch; er konnte auf der Iris keine roten Pünktchen einer Stauungsblutung entdecken. »Es gibt keinerlei Zeichen, dass Sara Helbling gewürgt worden wäre«, sagte er. »Mit Sicherheit kann ich das euch erst nach der Obduktion sagen.«

Nik nahm ein Klemmbrett aus der Kiste, worauf eine Körperschemazeichnung befestigt war und malte mit einem roten Farbstift eine Linie auf der Höhe der abgeschnittenen Hand.

Sokrates stülpte währenddessen die Lippen der Toten um und sah sich auf der Innenseite die Schleimhäute an. Keine Auffälligkeiten. Er inspizierte den Oberkörper, konnte aber nichts Ungewöhnliches feststellen, keine Blutergüsse von Schlägen, keine Zeichen von Gewalteinwirkung, keine Verteidigungsspuren. Sara Helbling hatte sich vor dem Tod nicht gewehrt.

Sokrates drehte zusammen mit Nik die Leiche auf den Bauch. Er schaute sich die Schusswunde am Genick an. »Der Täter hatte die Waffe direkt unter dem Haaransatz aufgedrückt. Die Kugel zerstörte vermutlich das Kleinhirn«, mutmasste Sokrates. »Sara Helbling war sofort tot.«

Mit Nik suchte er den Rücken Zentimeter um Zentimeter ab. Die Haut war von den Totenflecken dunkelviolett verfärbt. Nur Schultern und Gesäss waren davon ausgenommen, dort hatte der Körper aufgelegen, das Blut konnte nicht in die Kapillaren der Lederhaut fliessen. Sokrates presste seinen Daumen auf einen fast schwarzen Leichenfleck, doch er konnte ihn nicht wegdrücken. »Nachdem sie der Täter getötet hatte, legte er Sara Helbling innerhalb von zwanzig Minuten auf den Boden, danach wurde sie nicht mehr bewegt. Sonst würden wir das den Totenflecken ansehen.« Er richtete sich auf. »Der Tod trat vor zweiundsiebzig Stunden ein, vielleicht auch ein paar Stunden früher.«

»Die Maden von Schmeissfliegen, die wir um die Leiche herum eingesammelt haben«, warf Kramer ein, »deuten ebenfalls darauf hin, dass Sara Helbling vor drei Tagen ermordet wurde.«

Sokrates wusste, wovon er sprach. In Göttingen hatte er sich lange mit der forensischen Entomologie beschäftigt, der Insektenkunde. Die metallisch blauen oder grün schimmernden Schmeissfliegenweibchen nehmen eine Leiche schon wenige Minuten nach dem Tod wahr und fliegen sie an. Sie legen ihre Eierpakete in Körperöffnungen wie Nase, Mund oder Ohren. Bei geschlossenen Augen nutzen sie den Spalt zwischen den Lidern in den Augeninnenwinkeln. Besonders gern legen sie ihre Eier in offene Wunden. In warmen Räumen schlüpfen die Larven nach zwei bis drei Tagen, wachsen heran, entleeren am Ende ihren Darm und verpuppen sich in einem Tönnchen, woraus nach einer Metamorphose eine erwachsene Fliege schlüpft. Die Polizisten hatten im Wohnzimmer zahlreiche lebende Maden entdeckt. Ein Kriminaltechniker asservierte sie in einem Glasbehälter, verschloss das Glas mit Gazestreifen und Gummiband, damit die Larven nicht starben. Auch die Grösse der Maden zeigte den Ermittlern an, dass Sara Helbling seit drei Tagen tot sein musste, nicht viel länger, sonst hätten sie Puppen gefunden.

Glauser schaute auf die Uhr. »Der Todeszeitpunkt liegt also zwischen Freitagabend und Samstagvormittag.«

Sokrates stand auf und drückte seinen Buckel durch. »Mehr können wir momentan nicht tun. Wir müssen die Ergebnisse der Obduktion abwarten.«

»Danke, Sokrates, die Leute vom Bestattungsamt warten im Treppenhaus. Ich werde sie anweisen, die Leiche in die Rechtsmedizin zu bringen.«

***

Leo Oberholzer löste gerade ein Sudoku in seinem VW-Lieferwagen, als Maria die Wagentüre schwungvoll öffnete. Mit Leo arbeitete sie am liebsten zusammen. Der Kameramann besass eine eigene Firma, TVart, die fünf Mitarbeiter beschäftigte. Seine grössten Aufträge bekam er vom Schweizer Fernsehen. Maria lächelte ihn an. Leo war zweiunddreissig Jahre alt, gross gewachsen und drahtig. Er hatte ein lausbubenhaftes Gesicht mit weizenblonder Strubbelfrisur, blaue Augen mit vielen Lachfältchen und einen breiten Mund.

Als Maria Leo vor drei Jahren das erste Mal gesehen hatte, war ihr sein Gang sofort aufgefallen. Bei einem Mann achtete sie sehr darauf, wie er sich bewegte. Sie war überzeugt, dass sie an seinem Gang erkennen konnte, ob er gut war im Bett oder nicht. Leo ging aufrecht mit leicht wiegendem Schritt, ohne dabei affektiert zu wirken, wie das sonst nur Schwarze können. Auch seine Hände gefielen ihr. Grosse, kräftige Handteller, breite, eher kurze Finger, gepflegte Nägel. Bei Menschen schaute Maria zuerst auf die Hände, weil sie schöne Hände mochte. Sie konnte sich nicht vorstellen, mit jemanden befreundet zu sein, der hässliche Hände hatte.

»Hallo Leo.«

»Guten Tag, schönes Frollein«, neckte er sie. »Wohin des Weges?«

»Fahr los, Richtung Stadt. Ich erklär es dir unterwegs. Wir haben es nicht weit.«

Leo startete den Motor und überquerte die Schärenmoosstrasse. Das Schweizer Fernsehen lag am Stadtrand. Noch vor wenigen Jahren war aus den Bürofenstern im Hochhaus ringsum nur Ackerland zu sehen gewesen. Mittlerweile waren aber etliche Blocks mit Mietwohnungen gebaut worden, Cafés und Restaurants hatten aufgemacht, und die Stadt hatte einen Park mit einem kleinen Badesee angelegt.

»Es geht um einen Mord im Kreis 6, wir müssen zur Guggachstrasse«, erklärte Maria und löffelte dabei ihr Birchermüesli. »Wir haben nicht viel Zeit, die Geschichte muss noch heute über den Sender.«

»Was hast du vor?«

»Interviews führen mit Nachbarn und mit der Polizei, zu mehr wird es nicht reichen.« Sie stellte den Becher in die Seitenablage und klaubte ihr Handy aus den Jeans. »Sei einen Moment ruhig, ich rufe den Polizeisprecher der Kapo an.« Maria kannte die Nummer auswendig.

»Ja, Kantonspolizei Zürich, Wenger am Apparat, was kann ich für

Sie tun?«

»Guten Tag, Herr Wenger, Maria Noll vom Schweizer Fernsehen«, rief Maria in ihr Handy, weil gerade ein Presslufthammer dröhnte. »Ich habe ein paar Fragen an Sie zum Mord an der Krankenschwester in Unterstrass.«

»Donnerwetter, das ging aber fix. Wer hat Ihnen diese Information gesteckt?«

»Das kann ich Ihnen nicht verraten«, antwortete Maria und verdrehte die Augen, »Quellenschutz. Das wissen Sie doch.«

»Ja, ja, schon gut, wann wollen Sie mich interviewen, ich nehme an, das soll vor der Kamera sein?«

»Genau. Ich wäre froh, wenn wir das Interview in der Arbeitersiedlung führen könnten.«

Wenger überlegte kurz. »Einverstanden, in einer halben Stunde treffen wir uns dort. Ich muss vorher noch eine Medienmitteilung über das Tötungsdelikt schreiben. Sie verstehen, dass wir das Schweizer Fernsehen nicht exklusiv informieren können.«

»Ja, ich kenne die Spielregeln. Bis gleich.«

Leo liess den Milchbuck hinter sich und bog in die Guggachstrasse ein. Vor der Arbeitersiedlung fuhr er im Schritttempo. Maria las die Hausnummern. »Nummer 22. Hier ist es«, sagte sie, »du kannst anhalten.«

Leo stoppte seinen Lieferwagen, stieg aus und öffnete die hintere Türe zum Laderaum, wo er seine Kameraausrüstung in mehreren abschliessbaren Kisten untergebracht hatte.

»Bereite alles vor. Ich gehe schon mal voraus und sehe mich um«, sagte Maria. »Wir treffen uns vor dem Haus.«

»Verstanden.«

Während er seine HD-Kamera aus der Kiste nahm, eine Diskette einschob und das Stativ hervorholte, ging Maria an zwei Ahornbäumen vorbei durch einen grossen Garten. Er war menschenleer. Auf dem Rasen lagen ein Kinderfahrrad und ein gelber Plastikball mit roten Punkten, der schon etwas Luft verloren hatte. Von irgendwoher plärrte ein Radio. Am Himmel türmten sich die Wolken. Vor dem ockerfarbenen Haus Nummer 22 blieb Maria stehen. Sie schaute sich die Klingelschilder an und schrieb sich auf einen Notizblock die Namen auf.

Sie drückte auf den unteren Klingelknopf mit dem Namen Gretel Tanner. Sie wartete. Keine Reaktion. Sie wollte gerade im ersten Stock läuten, als der Türöffner surrte. Maria stiess die Tür auf. Vor ihrer

Wohnungstüre im Parterre stand eine alte zerbrechliche Frau mit feinen grauen Locken, die ein faltiges Gesicht umrahmten. Sie hatte einen Buckel und krumme Beine. Um ihren dünnen Bauch trug sie eine Schürze mit braunen und beigen Karos. Ihre schmalen Schultern hielt sie mit einer hellblauen Strickjacke bedeckt. An den Füssen schlappten Pantoffeln. Ihre runzlige Hand umklammerte ein Papiertaschentuch.

»Wer sind Sie, was kann ich für Sie tun?«, fragte sie leise und blickte Maria aus geröteten Augen an.

Sie hat geweint, dachte Maria betroffen. »Ich heisse Maria Noll und arbeite beim Schweizer Fernsehen. Ich komme wegen der Krankenschwester, die hier ermordet wurde. Kennen Sie das Opfer?«

Gretel Tanner fing still zu weinen an. »Ja, es ist Frau Helbling.« Sie stockte, nahm die Brille und wischte sich mit ihrem Taschentuch über die Augen. »Sie war ein Engel. So hilfsbereit. Sie machte Besorgungen für mich, weil ich nicht mehr gut zu Fuss bin. Jeden Tag hat sie nach mir geschaut.«

»Es tut mir sehr leid«, sagte Maria leise, »dass Ihnen der Tod von Frau Helbling so nahe geht. Wissen Sie, wer die Polizei rief, waren Sie das?«

»Nein, das war eine Krankenschwester vom Waidspital, eine Arbeitskollegin von Sara. Ich konnte sie oben schreien hören. Sie kam nachher zu mir, völlig verstört. Es war schrecklich. Wer nur tut so etwas?«

»Was ist dann passiert?«

»Wir riefen die Polizei an, die sind sofort gekommen. Bis um zwei Uhr waren sie oben bei Frau Helbling. Sie haben alle Nachbarn befragt. Mich auch. Aber niemand wusste etwas.«

Mittlerweile war Leo eingetroffen. In der rechten Hand trug er die Kamera, in der linken das Stativ. Das Handmikrofon hatte er sich von vorne in den Gürtel seiner Jeans gesteckt. Der Anblick weckte in Maria lüsterne Gedanken.

»Das ist mein Kameramann«, stellte ihn Maria vor. »Darf ich Ihnen ein paar Fragen stellen, für unsere Zuschauer?«

»Lieber nicht«, antwortete Gretel Tanner. »Ich weiss gar nicht, was ich sagen soll.«

»Da müssen Sie sich keine Sorgen machen. Wir können es einfach mal versuchen. Wenn Sie danach nicht wollen, dass wir das Interview ausstrahlen, bringen wir es nicht. Das verspreche ich Ihnen. Einverstanden?«

Die alte Frau zögerte kurz. »Also gut, aber können wir das hier im Treppenhaus machen?«

»Ja, das ist überhaupt kein Problem.« Heute ist mein Glückstag, jubelte Maria innerlich, schon die erste Nachbarin gibt mir ein Interview.

Leo stellte das Stativ auf den Treppenabsatz, schob seine Kamera auf den Schlitten bis sie einschnappte und gab Maria das Mikrofon. Er blickte durch den Sucher, um die Schärfe einzustellen. Mit gerunzelter Stirn richtete er sich auf und knipste die Treppenhausbeleuchtung an. »Jetzt haben wir genügend Licht. Du kannst anfangen«, sagte er zu Maria.

Maria stand rechts von der Kamera und blickte die gebrechliche Frau ruhig an, die vor ihrer angelehnten Wohnungstüre stand.

»Versuchen Sie die Kamera zu vergessen«, sagte sie, »schauen Sie nur mich an, wenn Sie mit mir reden.« Sie schaltete das Mikrofon ein. »Frau Tanner, Ihre Nachbarin Frau Helbling ist ermordet worden. Wie haben Sie davon erfahren?«

Gretel Tanner blickte kurz auf ihre Hände, dann hob sie den Kopf und sagte mit dünner Stimme: »Heute Morgen habe ich auf meinem Balkon Blumen gegossen, als plötzlich jemand laut schrie. Ich bin erschrocken und wollte nachsehen. Da hat es bei mir an der Wohnungstür geklingelt.«

Die alte Frau stockte, in ihren Augen lag ein verzweifelter Blick. »Eine Arbeitskollegin hat Frau Helbling entdeckt, weil sie mehrere Tage nicht zur Arbeit erschienen war. Sie zitterte am ganzen Körper und war völlig aufgelöst. So habe ich erfahren, dass Sara tot ist. Es ist so furchtbar.«

»Sie kannten Sara Helbling seit vielen Jahren?«, fragte Maria weiter. »Haben Sie eine Ahnung, warum sie ermordet wurde?«

»Das ist es ja eben, ich verstehe das alles nicht. Sara war der liebste Mensch, den man sich vorstellen kann. Immer fröhlich, immer hilfsbereit. Sie hat mir meine Medikamente aus der Apotheke besorgt, weil ich Arthrose habe. Sie konnte niemandem etwas zuleide tun. Es ist schrecklich, dass sie so sterben musste.«

Bei den letzten Worten hatte die alte Frau wieder zu weinen begonnen. Sie nahm ihr Taschentuch und schnäuzte hinein. Maria blickte zu Leo und nickte. Der schaltete die Kamera aus.

»Frau Tanner, das war's schon. Ich will Sie nicht länger belasten. Vielen Dank, dass Sie uns ein Interview gegeben haben, obwohl Sie eine schwere Zeit durchmachen.«

Maria holte aus ihrem Portemonnaie eine Visitenkarte und reichte sie der alten Frau. »Wenn Sie noch Fragen haben, rufen Sie mich an. Ich bin jederzeit erreichbar.«

»Danke ... Können Sie mit dem Interview etwas anfangen?«, fragte sie unsicher.

»Ja, das haben Sie sehr gut gemacht. Wir müssen leider schon wieder gehen. Auf Wiedersehen. Ich wünsche Ihnen alles Gute.«

»Auf Wiedersehen.« Gretel Tanner schloss leise die Tür.

Leo nahm seine Kamera vom Stativ und wollte gerade nach draussen gehen, als Maria sagte: »Warte, wir gehen noch in den zweiten Stock und machen ein paar Aufnahmen von der Wohnungstür. Wir nutzen die Zeit, bis der Pressesprecher der Kantonspolizei kommt.«

Sie stiegen die Treppen hoch. Leo drehte Bilder von der Türe, die mit einem Polizeikleber versiegelt war. Danach gingen sie nach unten in den Garten.

»Mach noch ein paar Aussenaufnahmen«, ordnete Maria an, »eine Totale von der ganzen Siedlung, ein paar Einstellungen vom Haus und vom Balkon im zweiten Stock.«

»In Ordnung«, antwortete Leo und grinste, »du bekommst wie immer ausgezeichnetes Bildmaterial von mir.«

Maria streckte ihm die Zunge raus. Leo begann mit den Dreharbeiten. Nach zehn Minuten hatte er alles im Kasten. Zum Schluss machte er noch Nahaufnahmen vom Kinderfahrrad und vom platten Plastikball, um die Stimmung in der Arbeitersiedlung zu dokumentieren, die wohl nie mehr so friedlich sein würde, wie vor dem Mord. Maria fragte sich, wo der Polizeisprecher nur steckte und trat neben Leo unruhig von einem Fuss auf den andern. Da tauchte er endlich auf. Maria ging auf ihn zu. »Guten Tag, Herr Wenger. Schön, dass Sie den Weg hierher gefunden haben.«

»Das ist mein Job, dafür werde ich bezahlt«, knurrte Wenger.

Maria wandte sich um. »Leo, wir müssen uns beeilen, es ist schon vier Uhr. Ich denke, wir machen das Interview mit Herrn Wenger vor dem Haus.«

Leo schaute nach oben, die Wolken wurden immer dunkler. »Das Licht ist nicht optimal, aber es sollte gehen.« Er gab Wenger die Hand. »Herr Wenger, wir drehen zuerst eine Einführungsszene.« Der Kameramann zeigte auf zwei Holunderbüsche. »Laufen Sie bitte von dort drüben links an mir vorbei vors Haus. Und blicken Sie dabei nicht in die Kamera.«

Der Polizeisprecher tat wie ihm geheissen.

»Sehr gut«, sagte Leo. »Jetzt stellen Sie sich bitte dorthin, wo der Ball liegt. So habe ich Sie und das Haus schön im Bild.«

Dominik Wenger positionierte sich wie gewünscht, Maria hielt ihm das Mikrofon hin.

»Schweizerdeutsch oder Hochdeutsch?«, fragte Wenger.

»Schweizerdeutsch«, antwortete Maria.

»Kamera läuft«, sagte Leo leise und tippte Maria auf die Schulter.

»Herr Wenger, heute Morgen wurde eine tote Frau aufgefunden, die Opfer eines Gewaltverbrechens ist. Wissen Sie schon Näheres über die Tatumstände?«

»Nein. Kurz vor Mittag hat eine Nachbarin die Einsatzzentrale der Kripo informiert, dass eine junge Frau tot in ihrer Wohnung liege. Unsere Spezialisten rückten sofort aus und sahen, dass die Frau erschossen worden war, also ein Tötungsdelikt vorliegt. Über Täter und Tatmotiv wissen wir noch nichts. Die Ermittlungen laufen auf Hochtouren.«

»Der Täter hat der Frau eine Hand abgeschnitten und mitgenommen. Wissen Sie, warum er das getan hat?«

Wenger erstarrte kaum merklich. »Woher wissen Sie das schon wieder?«, fragte er gereizt. Er wandte sich an Leo. »Schalten Sie die Kamera aus.«

Sofort drückte Leo auf den Knopf und schwenkte die Kamera nach unten.

»Frau Noll, von der fehlenden Hand weiss niemand ausser Ihnen«, sagte Wenger. »In meiner Medienmitteilung steht nichts darüber. Wir haben diese Information aus taktischen Gründen zurückbehalten.«

Danke für die Bestätigung der Information, dachte Maria und grinste innerlich.

Wenger kämmte mit der Hand sein kurzgeschnittenes Haar. »Ich weiss, ich kann Sie dazu nicht zwingen, aber ich bitte Sie, in Ihrem Bericht auf die abgeschnittene Hand zu verzichten.«

Maria schüttelte den Kopf. »Das kann ich Ihnen nicht versprechen, auch wenn das die Ermittlungen der Kripo etwas erschweren sollte. Wenn nicht gerade Menschenleben auf dem Spiel stehen, nutzen wir alle Informationen, die wir haben.«

»Das habe ich mir schon gedacht. Haben Sie noch weitere Fragen an mich?«

»Ich nehme an, Sie haben mir schon alles gesagt, was Sie sagen dürfen.«

»So ist es.«

»Dann war's das. Danke, dass Sie für ein Interview extra hierher gekommen sind. Ich weiss dies sehr zu schätzen. Auf Wiedersehen, Herr Wenger. Wir müssen los.«

***

»Sokrates, erkläre uns bitte, wie Sara Helbling getötet wurde«, begann Glauser die Sitzung. »Ich möchte, dass alle auf dem gleichen Informationsstand sind.«

Glauser leitete die Sachbearbeiterkonferenz, nachdem Staatsanwalt Konrad Pfister an alle appelliert hatte, den Täter schnell zu fassen, und dann wegen eines unaufschiebbaren Termins, wie er sagte, gegangen war. Sokrates hörte, wie die Uhr der nahe gelegen St. Jakobskirche zwei Mal schlug. Es war siebzehn Uhr einunddreissig. Die Sitzung fand im Kripogebäude an der Zeughausstrasse 11 statt, ein schmuckloses Gebäude aus den siebziger Jahren mit vorgehängter schmutzigblauer Fassade. Gegenüber lag das Kasernenareal. Darauf war auf einer grossen Wiese das Polizeigefängnis errichtet worden. Propog hiess es, provisorisches Polizeigefängnis. Ein Provisorium sollte es sein, hatten die Politiker damals versprochen. Die schäbigen Baracken, die für Sokrates so aussahen wie aufeinander gestapelte Baucontainer, taten schon seit vielen Jahren ihren Dienst. Sie zeichneten eine robuste Langlebigkeit aus, wie sie vielen Provisorien zu eigen ist.

»Sara Helbling starb mit grosser Wahrscheinlichkeit an einem Genickschuss. Andere Gewalteinwirkungen konnten wir bislang keine ausmachen«, antwortete Sokrates und schob mit dem Zeigefinger seine Brille auf die Nase, die kaum merklich runtergerutscht war. »Todesursache war vermutlich die Zerstörung des Hirnstammes mit dem Kleinhirn. Nach der Obduktion kann ich mehr sagen.«

Sokrates schaute in die Runde. Das Sitzungszimmer war karg eingerichtet. An den kahlen Wänden hing kein einziges Bild. Graues Linoleum mit Tupfern bedeckte den Boden, an manchen Stellen dunkel verfärbt. Die Luft roch abgestanden. Neonröhren warfen ein grünliches Licht von der Decke, das die Kriminalpolizisten und die Experten vom Forensischen Institut krank aussehen liess. Die Tische standen wie ein U. Am Kopf sass Glauser neben einem Hellraumprojektor. »Kannst du uns den Todeszeitpunkt nennen?«

»Sara Helbling starb vor etwa drei Tagen, also am Samstagmorgen, vielleicht schon vor Sonnenaufgang, das zeigen Leichenstarre und Totenflecken.«

»Es ist also ausgeschlossen, dass sie früher starb, also bereits am Freitagabend?«

»Einen so frühen Todeszeitpunkt halte ich für unwahrscheinlich, die Fäulnisbildung war noch nicht so weit fortgeschritten.«

»Theo«, warf Franz Ulmer ein, »der Täter konnte Sara Helbling nur am Samstagmorgen ermordet haben. Sie hatte am Freitag Spätschicht und war nicht vor dreiundzwanzig Uhr zu Hause, eher später. Wenn der Täter sie in der Nacht aufgesucht hätte, wäre der Schuss von ihren Nachbarn gehört worden. Beide Nachbarn befanden sich von Freitag auf Samstag in ihren Wohnungen.«

»Okay, das leuchtet ein«, sagte Glauser und dachte kurz nach. »Haben die Nachbarn zu einem späteren Zeitpunkt einen Schuss gehört?«

»Nein, aber das bedeutet nichts. Beide haben ihre Wohnungen am Morgen zeitig verlassen.« Ulmer blätterte in seinen Unterlagen. »Die Rentnerin im Erdgeschoss fuhr zu ihrer Tochter in das Toggenburg. Der Student im ersten Stock baute auf dem Flohmarkt am Bürkliplatz einen Stand auf.«

»Schon gut«, unterbrach ihn Glauser ungehalten, »so genau wollte ich das gar nicht wissen, war's das?«

Sokrates blickte Glauser erstaunt an. Bisher hatte er ihn noch nie so ungeduldig erlebt.

»Auch sonst hat niemand in der Arbeitersiedlung etwas Ungewöhnliches bemerkt«, schloss Ulmer.

Glauser machte sich Notizen. »Philip, geben die Schmauchspuren irgendwelche Hinweise auf die Waffe?«

»Nein, ich konnte den Schmauchring noch nicht analysieren, dazu fehlte die Zeit. Morgen kann ich dir mehr sagen«, antwortete Kramer. »Helbling wurde mutmasslich mit einer kleinkalibrigen Waffe getötet, vielleicht mit einem Revolver. Der Schuss war aufgesetzt, trotzdem gab es keine Austrittswunde. Wir fanden kein Projektil und keine Hülse.«

»Die Obduktion wird uns weiterhelfen«, sagte Glauser. »Sokrates, wann beginnst du morgen mit der Autopsie?«

»Um acht.«

»Sehr gut, ich werde da sein.«

»Was hat die Spurensicherung noch ergeben?«, bohrte Glauser weiter.

»Wir konnten Fingerabdrücke sicherstellen, allerdings nur ein paar. Die Wohnung war blitzblank geputzt«, gab Kramer zur Antwort.

»Vom Täter?«

»Ich denke nicht. Normalerweise gehen Täter systematisch vor, wenn sie Spuren beseitigen wollen. Das war hier nicht der Fall. Wir konnten die wenigen Fingerabdrücke in allen Zimmern finden.« Als Glauser wartete, fuhr Kramer fort: »Morgen werden wir die Abdrücke mit denen von Sara Helbling vergleichen. Alle Fingerabdrücke, die nicht von ihr stammen, geben wir ins AFIS ein. Vielleicht haben wir Glück, und die Datenbank spuckt einen Hit aus.«

Glauser rieb sich mit seinem Daumen das Kinn. »Ihr habt keine Einbruchspuren entdeckt. Wie kam der Täter in die Wohnung?«

»Wir sind uns sicher, dass Sara Helbling ihrem Mörder die Türe geöffnet hat. Warum, wissen wir nicht, vielleicht kannte sie ihn.«

»Gab es sonstige Spuren?«

»Ja, Textilfasern und Haare, allerdings ebenfalls sehr wenige. Ich bin skeptisch.«

»Schuhabdrücke?«

»Mehrere Abdrücke Grösse sechsundvierzig in der Diele und im Wohnzimmer«, las Kramer aus seinen Notizen. »Ich werde die Spur weiterverfolgen.«

»Findet heraus, wen Helbling kannte, der so grosse Füsse hat«, appellierte Glauser an seine Leute.

Glauser ging zum Hellraumprojektor und warf ein Foto vom Armstumpf an die Wand, das ihm Lara Odermatt kurz zuvor per interner Post geschickt hatte. Sokrates spürte, wie die Polizisten im Raum gespannt die Abbildung in Grossaufnahme anstarrten. »Der Täter schnitt Sara Helbling die Hand nach ihrem Tod ab«, wandte sich Glauser an ihn, »hast du bei der Legalinspektion gesagt. Der geringe Blutverlust aus der Wunde würde darauf hindeuten.«

»Ja, das ist so, das Opfer war mit Sicherheit bereits tot.«

»Die Form der Blutstropfen auf Stuhllehne und Boden lassen ebenfalls nur diesen Schluss zu«, ergänzte Glauser. »Ist dir an der Leiche sonst noch etwas aufgefallen?«

»Mir schien es seltsam, dass der Täter mit Sara Helbling sehr behutsam umgegangen war, fast zärtlich. Er hat sie zwar getötet, aber er wandte dabei keine Gewalt an, so merkwürdig das klingen mag.«

Sokrates hielt kurz inne. »Nachdem er sie erschossen hatte, legte er sie vorsichtig auf den Boden, strich ihr die Haare aus dem Gesicht, kämmte sie und ordnete den Rock. Er schloss ihre Augen und bettete ihre linke Hand in ihren Schoss. Sie sah aus, als ob sie schliefe. Die rechte Hand hat er sorgfältig abgetrennt. Ich kann keinen Hass oder andere Leidenschaften erkennen.«

»Mir ist das auch aufgefallen«, erwiderte Glauser nachdenklich. »Sara Helbling war so zurecht gemacht, als wollte der Täter seine Tat wieder gut machen, ihr die Abscheulichkeit nehmen. Wir erleben solche Verhaltensweisen meistens bei Tätern, die ihre Opfer gut kannten und aus Eifersucht oder verletztem Stolz getötet haben.«

»Doch in unserem Fall handelte der Täter überlegt, er hatte offensichtlich alles sorgfältig geplant«, ergänzte Sokrates.

»Ihr wollt also damit sagen, dass der Täter so kaltblütig war, Sara Helbling hinterrücks abzuknallen, während sie am Schreibtisch sass«, meldete sich Lukas Oppliker zu Wort, ein grossgewachsener Polizist, Anfang dreissig, Gelfrisur. »Doch nach der Hinrichtung liess er sie nicht einfach liegen, wie das eiskalte Killer tun würden, sondern kümmerte sich noch fürsorglich um sie?«

»So ist es, sein Verhalten passt nicht zusammen«, stimmte ihm Sokrates zu.

***

Die Uhr tickte. »Schweiz aktuell« begann in zwei Stunden. Maria rannte zum Ingest-Raum, der hinter den Schnittplätzen lag, und las die Diskette mit den Videoaufnahmen in den Server ein. Sie informierte sich auf dem Tagesplan, wie ihr Cutter hiess. Orlando Lenzin. Bingo, freute sie sich. Die Schnittplätze für die tagesaktuellen Sendungen befanden sich wie die Redaktion »Schweiz aktuell« auf dem dritten Stock. Fünf klimatisierte Kabäuschen standen in einem grossen Raum, verschalt mit Aluminiumplatten. In ihnen summten Server. Kleine Fenster, so gross wie Schiessscharten, erhellten die Schnittplätze vom Flur her. Alle Schnittplätze waren besetzt, bemerkte Maria, als sie daran vorbei lief. Die Cutter blickten konzentriert auf die Monitore, die auf einem grossen Arbeitstisch montiert waren. Rechts vom Cutter schrieben die Journalisten ihre Filmtexte.

Atemlos setzte sich Maria im letzten freien Kabäuschen neben Lenzin, der sich wie immer auf seinen Stuhl fläzte. Sie knuffte ihm in die Rippen. »Hallo, Orlando. Aufwachen. Uns rennt die Zeit davon.« Der Cutter murrte gespielt und richtete sich auf. Er trug ein rot-weiss kariertes Holzfällerhemd, das sich um seinen Bauch spannte, der mittlere Knopf drohte wegzuspringen. Seinen Kopf stützte er mit der linken Hand, die Tastatur für die Schnittsoftware bediente er mit der rechten. Maria freute sich, dass sie ihm zugeteilt worden war. Obwohl er immer etwas gelangweilt aussah, arbeitete er blitzschnell und dachte mit.

»Wir beginnen mit dem Polizeisiegel an der Wohnungstür, montiere anschliessend eine Aussenaufnahme von der Arbeitersiedlung«, wies ihn Maria an, während sie auf ihrem Laptop das Programm öffnete.

»Wie viele Sekunden brauchst du?«, fragte Lenzin.

»Einen Moment, ich bin noch am Texten.« Maria haute in die Tasten des Laptops. »Die Zürcher Stadtpolizei hat heute in einer Arbeitersiedlung im Kreis 6 eine Krankenschwester tot aufgefunden. Sie ist erschossen worden«, las sie laut vor. »Zehn Sekunden, Orlando, mehr brauche ich nicht.«

Sie schaute kurz auf den Monitor. Lenzin schnitt eine schöne Aufnahme der Siedlung mit dem Holunderstrauch im Vordergrund hinter das Bild mit dem Polizeisiegel.

»Jetzt brauche ich die Nahaufnahme vom Fenster im zweiten Stock, wo die Krankenschwester gewohnt hatte und dann das Statement von der Nachbarin«, sagte sie, ohne ihren Blick vom Laptop abzuwenden. Es war kurz nach achtzehn Uhr. Maria arbeitete konzentriert, ihr blieben nur wenige Minuten, die Sendung begann um neunzehn Uhr. Vorher musste der Bericht noch vom Produzenten abgenommen werden. Für die Vertonung reichte die Zeit nicht mehr, sie würde ihren Filmkommentar live lesen müssen.

»Eine Nachbarin hatte am Morgen laute Schreie gehört«, tippte Maria.

Lenzin setzte ein Bild mit Maria und der Nachbarin auf die Timeline, dahinter platzierte er das Statement von Gretel Tanner: »Eine Arbeitskollegin hatte Frau Helbling entdeckt, weil sie mehrere Tage nicht zur Arbeit erschienen war. Sie hat am ganzen Körper gezittert und war völlig aufgelöst. So habe ich erfahren, dass Sara tot ist. Es ist so furchtbar.«

»Orlando, gib mir das Einführungsbild mit dem Polizeisprecher, am Schluss der Diskette.«

»Schon gefunden.«

»Daraufhin wurde die Einsatzzentrale der Kriminalpolizei alarmiert«, schrieb Maria und las mit: »Fünf Sekunden, Orlando, und dann kommt das Statement.«

Lenzin kürzte die Einführungsszene. Aus den Monitorlautsprechern hörte Maria, was Dominik Wenger in ihr Mikrofon gesagt hatte.

Produzent Eugen Voss steckte seinen Kopf durch die Türe des Schnittplatzes. »Alles klar?«, fragte er, »wann kann ich zur Abnahme kommen?«

»In zehn Minuten«, antwortete Maria, ohne aufzublicken.

Voss schaute auf die Uhr. »Okay, bis gleich.«

Maria textete weiter: »Die Kripo will das nicht offiziell bestätigen. Aber ›Schweiz aktuell‹ weiss: Der Täter schnitt seinem Opfer die Hand ab und nahm sie mit. Die Polizei tappt im Dunkeln.« Maria wandte sich an Lenzin. »Für diesen Satz haben wir einen Bildnotstand. Nimm am besten den Zweier mit mir und dem Polizeisprecher.«

Fehlt nur noch der Schlusssatz, dachte Maria. Auf dem Monitor sah sie, wie Lenzin das Bild mit dem gelben Plastikball, aus dem die Luft entwichen war, auf die Timeline zog. Sie überlegte und schrieb: »Der Mord an der Krankenschwester Sara Helbling hat die Idylle in der Arbeitersiedlung jäh zerstört.«

Maria griff zum Telefon und rief Eugen Voss an. »Fertig. Du kannst kommen.«

Nachdem der Produzent den Bericht gesehen und nichts daran auszusetzen hatte, packte Maria ihren Laptop und rannte in die Studioregie 11 im Erdgeschoss des Filmtrakts. Es war achtzehn Uhr siebenundvierzig. Die Regie war vollbesetzt. In der Mitte sass der Regisseur, links von ihm nahm Voss Platz und rechts die Bildmischerin. Am Rand hatten der Bildtechniker und die Tonregie ihre Plätze. Alle schauten gebannt in die Dutzend Bildschirme, die vor ihnen montiert waren.

Maria setzte sich in die Kabine für die Off-Sprecher und schloss ihren Laptop an. Im Studio stand bereits die Moderatorin und übte vor dem Teleprompter ihre Texte. Maria kontrollierte auf Open Media die Anmoderation ihrer Geschichte. Alles bestens. Sie öffnete ihr Mailprogramm, siebenundsechzig Mails in nur fünf Stunden. Sie suchte die Pressemitteilung der Kripo. Kein Wort von der abgeschnittenen Hand. Auch in den kurzen Agenturmeldungen stand nichts davon. Sehr gut, dachte Maria, der Polizeisprecher hat kein weiteres Communiqué verschickt, das ist fair. Ich habe heute Abend einen Primeur in der

Sendung, freute sie sich. Punkt neunzehn Uhr begann »Schweiz aktuell«. Marias Geschichte war der Aufmacher.

»Die Zürcher Stadtpolizei hat heute in einer Arbeitersiedlung im Kreis 6 eine Krankenschwester tot aufgefunden«, sprach Maria ins Mikrofon. »Sie ist erschossen worden.« Als sie in ihrem Filmkommentar an die Stelle kam, wo der Täter seinem Opfer die Hand abgeschnitten hatte, spürte Maria, wie sie damit die Leute in der Regie elektrisierte. Alle hörten aufmerksam zu. Regisseur, Bildmischerin und Tontechniker hatten in ihrem Leben schon vieles gesehen und gehört, aber so eine Geschichte noch nie.

***

Theo Glauser verschränkte seine grossen Hände auf der Tischplatte. »Franz, eine Arbeitskollegin hat Sara Helbling gefunden. Die Leute im Waidspital werden deshalb wohl wissen, dass der Täter seinem Opfer die rechte Hand abgetrennt hat. Konnten sie dir Hinweise geben, warum er das tat?«

»Wir haben den Spitaldirektor und die Stationsleiterin befragt«, antwortete Ulmer. »Sie wussten tatsächlich von der fehlenden Hand.« Er blickte zu Emma Vonlanthen, die neben ihm sass und in ihren Notizen blätterte. »Emma hat ihre Antworten notiert.«

Glauser sah der jungen Polizistin die Aufregung an. Sie hatte noch nie mit einem Mordfall zu tun gehabt. Ihre blonden Haare waren verwuschelt, auf der geröteten Stirn trat eine Ader hervor.

»Vielleicht schnitt der Täter die Hand ab, weil sie ihn verraten hätte. Womöglich steht irgendein Zeichen darauf, das uns zu ihm führen würde«, sagte Glauser freundlich zu Emma. »Könnte das sein?«

»Äh, nein, das heisst, das wissen wir nicht«, begann Emma stockend und strich sich eine Locke hinters Ohr. »Wir bekamen keinerlei Hinweise, die erklären könnten, warum der Täter die Hand mitnahm. Sara Helbling trug keinen Ring oder sonstigen Schmuck.«

»Tätowierungen?«

»Nein, nichts, auch keine Narben oder sonstigen Merkmale.«

»War sie Rechtshänderin?«

»Ja. Der Spitaldirektor war sich nicht sicher, aber die Stationsleiterin konnte das bestätigen.«

Glauser blickte in die Runde. Er sah ratlose Gesichter. »Wer hat Ideen, wozu der Täter die Hand benötigt? Los, Leute, wir brauchen einen Faden, an dem wir ziehen können.«

Im Raum herrschte betretenes Schweigen. »Konnten wir die Daten bereits ins ViCLAS eingeben?«, fragte Ulmer. ViCLAS stand für Violent Crime Linkage Analysis System. Diese Datenbank half Serientäter aufzuspüren. Ein Programm wertete Falldaten aus, die zuvor ins System eingegeben worden waren. Die Daten umfassten Angaben über das Opfer, den Täter und die Tatumstände, wie zum Beispiel die verwendete Waffe oder die Art von Verletzungen, die das Opfer davon getragen hatte. Anhand von hundertachtundsechzig Fragen erstellten Experten ein Täterprofil. Fallanalytiker konnten anschliessend feststellen, ob es bereits unaufgeklärte Taten mit gleichem Vorgehen gegeben hatte, oder ob sonstige Hinweise auf einen Serientäter vorlagen.

»Nein, das war in der kurzen Zeit unmöglich«, antwortete Kramer gereizt, »es braucht Stunden, die Daten einzugeben. Wir machen uns heute Nacht daran.«

»Lasst eure Phantasie spielen«, begann Glauser nochmals, »was könnte der Grund sein, dass der Täter ihre Hand abschnitt?«

»Häufig ist es so, dass ein Täter seinem Opfer die Finger abschneidet, um die Identifizierung zu erschweren. Doch das ist in unserem Falle offensichtlich nicht das Motiv«, machte Kramer den Anfang. »Die Identität von Sara Helbling ist zweifelsfrei belegt. Das wusste der Täter.«

»Vielleicht ist es ein Irrer, der sich in die Hand verliebt hat, ein Händefetischist«, brachte Ulmer vor.

»Oder er stopft ihre Hand aus und benutzt sie als Aschenbecher«, witzelte Lukas Oppliker und hielt dabei seine rechte Hand waagrecht in die Höhe.

»Es könnte auch sein, dass der Täter impotent ist und sich nur mit einer toten Hand eine herunterholen kann«, orakelte Ulmer mit ernster Miene.

Emma schaute ihn entgeistert an, Kramer verdrehte die Augen. »Franz, also wirklich, das geht zu weit.«

»Nein«, widersprach Glauser, »jede Idee, und sei sie noch so abstrus, könnte uns weiterhelfen. Wir haben es mit einem Täter zu tun, der ausserhalb jeglicher Normalität agiert. Wer hat Vorschläge zum Tatmotiv, die nicht sexuell motiviert sind?«

»Rache oder Hass. Womöglich hat ihm Sara Helbling eine gescheuert, als er sich ihr näherte. Er fühlte sich zutiefst erniedrigt und hat sie deshalb mit dem Tod bestraft. Die Hand ist das Corpus Delicti, die er als Trophäe mitnahm«, traute sich Emma zu sagen.

»Das ist denkbar, sehr gut Emma«, sagte Glauser. »Allerdings fanden wir am Tatort, wie wir gehört haben, keine Anzeichen von heftigen Gemütsregungen des Täters. Das widerspricht deiner Theorie.« Glauser stand auf. »Wer war Sara Helbling? Franz und Emma, was habt ihr in Erfahrung bringen können?« Emma wischte sich mit einer nervösen Bewegung eine blonde Strähne aus der Stirn und blätterte in ihrem Notizblock.

Ulmer schüttelte resigniert den Kopf. »Uns hat heute die Zeit gefehlt, um uns vom Opfer ein vollständiges Bild zu machen. Doch was wir bisher vom Spitaldirektor und der Stationsleiterin gehört haben, musste Sara Helbling ein herzensguter Mensch gewesen sein. Sie arbeitete im Waidspital in der Akutgeriatrie. Sie pflegte und betreute vor allem demenzkranke Alte. Dabei ging sie mit den Kranken äusserst behutsam um, sie war sehr liebevoll mit ihnen. Patienten und die Stationsschwestern haben sie gemocht.«

»Keine Neider, Feinde, verflossene Liebhaber, die ihr den Tod gewünscht haben?«, bohrte Glauser nach.

»Nein, bisher haben wir nichts dergleichen gehört«, antwortete Ulmer. »Die Stationsleiterin war sichtlich erschüttert über ihren Tod. Auch für die Nachbarin im Erdgeschoss brach eine Welt zusammen. Sara Helbling machte Besorgungen für sie und kümmerte sich auch sonst um sie. Sie versteht nicht, wer ihr das antun konnte.«

»Hatte sie Angehörige?«

»Ja, eine Mutter in Winterthur und eine Schwester, zu der sie aber den Kontakt abgebrochen hatte.«

»Wie lauten Name und Adresse der Mutter?«, fragte Glauser. »Ich werde sie nach der Sitzung über den Tod ihrer Tochter informieren.« Nachdem er sich die Adresse notiert hatte, fragte er: »Hatte sie einen Freund?«

»Nein, vermutlich nicht. Ihre Nachbarn und die Stationsleiterin konnten das nicht mit Sicherheit sagen«, antwortete Ulmer.

»Vor etwa einem halben Jahr trennte sie sich von ihrem Lebenspartner, mit dem sie acht Jahre zusammen war, einem Oberarzt, der im Unispital arbeitet«, ergänzte Emma.

»Verfolgt diese Spur. Befragt den Arzt heute Abend oder spätestens morgen Früh«, wies Glauser sie an. Beide nickten.

Glauser dachte nach. »Konntet ihr mit der Arbeitskollegin sprechen, die das Opfer gefunden hatte?«

»Nein, das Waidspital schickte sie nach Hause, nachdem sie eine Beruhigungsspritze bekommen hatte«, antwortete Ulmer. »Sie war mit Sara Helbling auch privat befreundet. Der Tod hat sie verständlicherweise sehr mitgenommen. Emma und ich wollen sie heute Abend nach der Sitzung befragen.«

»Einverstanden. Fragt sie, ob es in der Vergangenheit von Sara Helbling einen Zwischenfall in der Geriatrie gegeben hat, ein Patient, der unerwartet starb, wütende Angehörige, die ihr die Schuld dafür gaben und dergleichen.« Glauser wandte sich an Lukas Oppliker. »Was ergaben die Videoaufnahmen der Überwachungskameras?«

»Nichts. Wir kamen zu spät. Die Aufnahmen waren schon gelöscht. Leider erlaubt es das Gesetz nicht, Bilder von Überwachungskameras länger als zweiundsiebzig Stunden aufzubewahren.«

Glauser blickte in die Runde, er sah müde und erschöpfte Gesichter. »Wir haben bisher sehr wenig in der Hand«, fasste er den ersten Tag zusammen. »Wer noch etwas zum möglichen Tatmotiv sagen möchte, soll das jetzt tun.«

Sie spekulierten eine Weile erfolglos über die Beweggründe des Täters. Nach zwanzig Minuten stand Glauser auf und schaltete den Projektor ein. Ein Lichtbild mit der Karte, die auf dem Sekretär von Sara Helbling lag, wurde an die Wand geworfen. »Philip, du bist ausgebildeter Spezialist für Handschriften. Was sagt uns das Schriftbild über den Täter aus?«

Kramer verschränkte seine Hände und schüttelte den Kopf. »Theo, das machen wir nicht. Wir sind keine Graphologen, wir können aus einer Handschrift nichts herauslesen. Wir vergleichen nur Schriftproben miteinander, um die Urheberidentität zu ermitteln«, antwortete Kramer.

»Ich weiss«, erwiderte Glauser ruhig. »Aber du hast viel Erfahrung. Wer könnte die Karte geschrieben haben, Mann oder Frau, jung oder alt, impulsiv oder beherrscht?«

»Es tut mir leid, Theo, das wäre wie Lesen im Kaffeesatz. Die Handschrift verrät nichts über unseren Charakter. Ein Bauarbeiter hat eine ungelenke kraxelige Schrift, das heisst aber nicht, dass er unbeständig ist. Ein Kind schreibt mit kindlichen Buchstaben. Wenn es erwachsen ist, ist seine Handschrift nicht wieder zu erkennen, obwohl es der gleiche Mensch geblieben ist mit den gleichen Charaktereigenschaften. Wenn jemand friert oder müde ist, sieht sein

Schriftbild anders aus, als wenn er sich wohl fühlt. Die Handschrift drückt nicht unsere Wesenszüge aus. Davon bin ich überzeugt.«

Glauser hörte aufmerksam zu. Er stimmte Kramer zu, doch er musste in diesem Fall neue Wege gehen, sein Instinkt sagte ihm, dass er nicht ans Ziel kam, wenn er den Täter mit herkömmlichen Ermittlungsmethoden kriegen wollte.

»Soviel ich weiss, lässt die kantonale Verwaltung, wenn Kaderstellen neu besetzt werden, die Bewerbungsbriefe hin und wieder von einem Graphologen analysieren«, meldete sich Ulmer. »Vielleicht kann ein graphologisches Institut weiterhelfen.«

»Hm«, sagte Glauser bedächtig. »Ich werd's mir überlegen.«

Kramer zuckte mit den Schultern. »Du verschwendest deine Zeit, Theo. Aber wer weiss, vielleicht bringt uns das auf neue Ideen.«

»Wir werden sehen.«

Glauser nahm einen Kugelschreiber vom Tisch und zeigte auf das Lichtbild, das der Projektor an die Wand warf. »Lest den Text auf der Karte«, forderte er seine Leute auf. »Was könnte er bedeuten, ist es eine Botschaft des Täters? Und wenn ja, was will er uns damit sagen?«

»Soviel ich gesehen habe«, begann Sokrates, »wurde die Karte mit einem Füllfederhalter geschrieben und nicht mit einem Kugelschreiber oder einem anderen Stift. Wer benutzt heutzutage noch einen Füllfederhalter? Das wird kaum Sara Helbling gewesen sein. Sie war jung, und in den Fächern ihres Sekretärs bewahrte sie nur Kugelschreiber und Bleistifte auf.«

»Danke, Sokrates, das sehe ich auch so«, erwiderte Glauser. »Wir gehen also davon aus, dass es der Täter war, der eine Botschaft hinterliess. Was bedeutet sie?«

Alle blickten angestrengt auf das Lichtbild und versuchten den Sinn der Worte zu erraten: »Antlitz funkeln.« »Harre im Dunkeln.« Was konnte das heissen? Oder »Wonne bald wird deine Qual.«

»Es scheint ein Sinnspruch zu sein«, sagte Ulmer, »der einen Menschen trösten soll, der in Trauer ist.«

»Der Spruch enthält altmodische Worte, fast schon mystisch« ergänzte Oppliker. »Das passt zum antiquierten Füllfederhalter.«

»Ja, vielleicht haben wir es mit einem älteren Täter zu tun«, zog Glauser den Schluss. »Lukas und Franz, recherchiert nach der Sitzung in den Datenbanken und im Internet, woher der Text stammen könnte. Vielleicht bringt uns das weiter.«

Glauser rieb sich seine Schläfen. Seit ein paar Minuten hatte er pochende Kopfschmerzen. »Leute, wir beenden die Konferenz. Jeder weiss, was er zu tun hat. Morgen muss ich wissen, mit welcher Waffe Sara Helbling erschossen wurde. Zudem brauche ich die Ergebnisse von den Fingerabdrücken und von den Fussspuren.«

»Die kriegst du«, erwiderte Kramer. »Mögliche DNA-Spuren sind aber erst in ein paar Tagen ausgewertet.«

Glauser nickte und wandte sich an die Polizisten: »Morgen treffen wir uns um elf Uhr zum Rapport.« Er stand auf und packte seine Unterlagen zusammen. Er war frustriert. Der Tag endete ohne einen Ermittlungsansatz. Noch nie gab es bei einem Tötungsdelikt so wenige Spuren, die zudem nirgendwo hinführten. Glauser versuchte, sich nichts anmerken zu lassen, er verbarg seine Enttäuschung so gut es ging.

***

»Ja, wer ist da?«, schepperte eine heisere Männerstimme aus der Gegensprechanlage.

»Kriminalpolizei. Wir wollen mit Ina Roos sprechen. Ist sie hier?«

»Ja, aber ihr geht es schlecht. Kommen Sie morgen wieder.«

»Machen Sie bitte die Türe auf. Wir müssen mit ihr reden. Es dauert nicht lange.«

Emma Vonlanthen hörte, wie am andern Ende der Leitung getuschelt wurde. Der Türöffner summte. Zusammen mit Franz Ulmer stieg sie die Steintreppe nach oben in den ersten Stock eines frisch renovierten Reihenhauses aus den siebziger Jahren in Höngg. Oben angekommen, erwartete sie ein muskelbepackter Mann Mitte dreissig, in ausgebeulten Adidas-Trainerhosen und verschwitztem Feinripp-Unterhemd. Seine Brustwarzen stachen hervor wie bei einer stillenden Mutter und nässten den Stoff des Hemdes. Sein Gesicht war von Akne gezeichnet. Auf seinem Schädel spriesste ein Bürstenschnitt.

»Kommen Sie rein«, sagte er mit feindseligem Blick, »aber machen Sie's kurz.« Seine buschigen Augenbrauen kniff er dabei misstrauisch zusammen. Auf seiner Stirn perlten Schweisstropfen. Sobald er den schmalen, blutleeren Mund schloss, mahlte er mit seinen Zähnen, sodass die Kiefermuskeln unter den buschigen Koteletten hervortraten. Auf seinen mächtigen Bizeps quollen blaue Adern hervor.

Der schluckt Steroide, dachte Emma und blickte auf seine Füsse. Er war barfuss. Auf seinen Zehen wuchsen borstige Haare, die Fussnägel waren rissig. Vermutlich Nagelpilz.

Neben ihm stand eine zierliche Frau mit bleichem Gesicht. Die braunen Augen lagen in dunklen Höhlen. Ihre Haare waren matt und hingen strähnig nach unten. Sie trug ein lilafarbenes T-Shirt mit Batik-Muster, das am Saum verwaschen war. Ihre Schultern liess sie hängen. Über Po und Schenkel schlabberte eine Pluderhose.

»Lass es gut sein, Jakob«, sagte Ina Roos mit leiser Stimme. »Vielleicht kann ich mithelfen, herauszufinden, wer Sara ermordet hat.« Sie trat einen Schritt zurück und liess die Polizisten herein. Emma ging hinter Jakob her, der sie ins Wohnzimmer führte. Sie liess ihren Blick umherschweifen. In einer Ecke stand ein Plüschsofa mit rotem Stoffherzen als Kissen. An den Wänden hingen Poster mit Formel-1-Boliden und Bruce Lee in Kämpferpose. Oje, dachte Emma und warf einen kurzen Blick auf Jakob, da ist einer in der Pubertät stecken geblieben. In einer Vitrine bemerkte sie neben halbleeren Spirituosenflaschen Nippes aus aller Welt: eine schwarze Gondel aus Venedig mit goldfarbenem Gondoliere, der Eiffelturm mit Musikwalze und das Kolosseum aus Kunststoff. Sie setzten sich an einen ovalen Plastiktisch, der schon etwas vergilbt war.

Jakob sah aus, als ob er jederzeit aufspringen würde. Emma registrierte, dass Ulmer mit seiner rechten Hand zum Pistolenhalfter griff.

Ina Roos legte ihre knochigen Hände auf den Tisch, die Haut schien transparent wie Butterbrotpapier, an den Rändern der Fingernägel klebten noch Spuren von Lack. »Was wollen Sie von mir wissen?«, fragte sie leise und schaute Emma an.

Emma klappte ihren Notizblock auf. »In welcher Beziehung standen Sie zu Sara Helbling?«

»Sie war meine beste Freundin«, antwortete Roos schnell und starrte auf ihre Finger.

Merkwürdig, dachte Emma, sie schienen gar nicht zusammenzupassen, ihre Geschmäcker für Männer waren komplett verschieden. Sara war mit einem Arzt befreundet und wohnte in einer geschmackvollen Wohnung. Und Ina Roos? Na ja, andere Wohnung, anderer Mann.

»Erzählen Sie uns, wie Sie das Opfer gefunden haben.«

Roos senkte den Kopf und schluckte. Ihre Haare fielen ihr wie ein Schleier vor die Augen. »Sara war am Montag nicht zur Arbeit erschienen. Sie hatte sich nicht krank gemeldet. Das war gar nicht ihre

Art. Wir machten uns Sorgen.« Sie blickte auf. Als sie sah, dass Emma wartete, fuhr sie fort: »Als sie am Dienstagmorgen schon wieder fehlte, wies mich die Stationsleiterin an, nach ihr zu schauen. Sara hatte mir einen Schlüssel gegeben, weil ich regelmässig ihre Pflanzen goss, wenn sie in die Ferien fuhr.«

Roos stockte. Emma sah ihr an, wie sie versuchte, die Bilder zu verdrängen, die in ihr aufstiegen. »Um zehn Uhr kam ich bei ihr an. Schon im Treppenhaus spürte ich, dass etwas nicht stimmte. Ich schloss die Wohnungstüre auf, da schlug mir Verwesungsgestank entgegen.«

Roos liess ihre Schultern noch mehr hängen. »Im Wohnzimmer habe ich sie entdeckt, wie sie auf dem Boden lag, so friedlich, die Augen geschlossen, mit gekämmten Haaren.«

Roos schüttelte den Kopf, um die Erinnerung zu verscheuchen. »Ich weiss nicht, was ich dann tat. Ich glaube, ich habe geschrien und bin aus dem Zimmer gerannt. Im Parterre klingelte ich bei der Nachbarin. Dort verständigten wir die Polizei.«

»Ist Ihnen in der Wohnung etwas aufgefallen?«, fragte Emma.

»Nein, ich glaube, es war so wie immer. Aber ich hatte einen solchen Schock, dass ich nicht darauf geachtet habe, ob etwas anders war.«

»Die Wohnung war sehr sauber, als ob sie erst kürzlich gründlich geputzt worden wäre«, fuhr Emma fort.

Ein gequältes Lächeln huschte über das Gesicht von Roos. »Ja, Sara war sehr reinlich. Sie hat ihre Wohnung ständig geputzt. Sie konnte es nicht ausstehen, wenn in der Spüle schmutziges Geschirr stand, oder wenn sie auf dem Esstisch einen Kaffeefleck entdeckte. Den Putzlappen hatte sie stets zur Hand.«

»Bis vor Kurzem hatte sie einen Freund, einen Oberarzt am Unispital, mit dem sie lange zusammen war«, sagte Ulmer. »Wissen Sie, warum die Beziehung auseinander ging?«

Roos blickte erstaunt auf. »Ja, das stimmt. Sie waren acht Jahre lang ein Paar. Sie wollte Kinder, das war ihr grösster Wunsch, er wollte keine. Sie hat sich deswegen von ihm getrennt.«

»Können Sie etwas über den Arzt sagen?«

»Er stammt von der Goldküste. Reiches Elternhaus. Gute Manieren. Ehrgeizig, kontrolliert, langweilig. Aber Sara liebte ihn. Und er mochte sie auch, glaube ich. Sie haben beide unter der Trennung gelitten.«

»Wann war das?«

Ina Roos runzelte die Stirn. »Vor etwa fünf Monaten, es ging ihr mies. Aber in den letzten Wochen war sie wieder ganz die alte.«

»War sie wieder mit jemandem zusammen, hatte sie einen Freund?«

»Nein, das hätte sie mir erzählt. Ich glaube, sie hatte vorerst genug von den Männern.« Roos warf einen kurzen Blick auf Jakob und schob die Unterlippe nach vorne. Der zuckte mit den Schultern.

»Hatte Sara Feinde?«, führte Emma die Befragung fort. »Gab es jemanden, der sie hasste, vielleicht jemand aus der Vergangenheit?«

»Nein, ich kann mir das nicht vorstellen. Sie war der liebste Mensch. Humorvoll. Grosszügig. Hilfsbereit. Alle haben sie gemocht. Ich verstehe nicht, wer ihr den Tod wünschen konnte.« Roos schaute unsicher auf Emma. Dann senkte sie ihren Blick. »Warum hat er ihr die Hand abgeschnitten?«, fragte sie mit wispernder Stimme.

Jakob rutschte auf seinem Stuhl hin und her.

»Das wissen wir noch nicht«, antwortete Emma. »Aber wir werden es herausfinden.« Sie zögerte einen Augenblick. »Sie trug offensichtlich keinen Schmuck, auch Narben oder Tätowierungen sahen wir nicht. Gab es Merkmale auf ihrer Hand?«

»Nein, da war nichts. Ich verstehe das nicht. Wer konnte ihr so etwas antun?« Roos stockte, und ihre Augen füllten sich mit Tränen.

»Schluss jetzt«, schnaubte Jakob und seine Halsadern traten hervor. »Sie sehen ja, dass es ihr nicht gut geht. Gehen Sie! Verlassen Sie unsere Wohnung!«

Ulmer blickte ihn ungerührt an. »Verhalten Sie sich ruhig, sonst bringe ich Sie auf den Polizeiposten. Wir haben noch ein paar Fragen, die für unsere Ermittlungen wichtig sind. Wir müssen einen Mord aufklären.«

Roos nahm ein Taschentuch aus ihrer Hosentasche und schnäuzte sich. »Jakob, es geht schon.« Sie wandte sich erneut an Emma. »Fahren Sie bitte fort.«

Emma kritzelte noch die letzte Antwort in ihr Notizbuch. »Hatte Sara Familie?«

»Ja, eine Mutter. Sie wohnt in Winterthur. Wenn Sara am Sonntag keinen Pflegedienst hatte, fuhr sie mit der Bahn zu ihr. Sie assen zusammen Obstkuchen, den Sara jeweils gebacken hatte, tranken Kaffee und vertrieben sich die Zeit mit Brettspielen. Ihre Mutter hat sonst niemanden, der sich um sie kümmert. Saras Vater ertrank vor langer Zeit, als sie noch ein Kind war, bei einem Badeunfall im Roten Meer. Er tauchte nie wieder auf, bis heute blieb er verschwunden.«

Ina Roos grub ihren rechten Daumennagel in den linken Handballen. »Sara hatte ihren Vater immer vermisst, auch noch, als sie schon lange erwachsen war. Ihr Vater unterrichtete Mathematik auf einem Gymnasium. Ein feiner Mann. Sie bewunderte ihn. Er roch immer nach Pfeifentabak, wenn sie abends auf seinem Schoss sass, sagte sie mir einmal, den Duft habe sie gemocht.«

Emma machte sich Notizen. »Hatte Sara weitere Angehörige?«

»Eine jüngere Schwester. Aber sie hat mir nie von ihr erzählt. Als ich sie einmal darauf ansprach, reagierte sie unwirsch, was sonst nicht ihre Art war. Sie wolle nicht darüber reden, sagte sie.«

Wir müssen diese Spur verfolgen, dachte Emma, da stimmt etwas nicht.

»Sara Helbling hat wie Sie in der Klinik für Akutgeriatrie im Waidspital gearbeitet. Was war ihre Aufgabe?«

»Sie pflegte und versorgte alte Menschen, die im Sterben lagen«, antwortete Roos und richtete sich auf ihrem Stuhl auf. Sie schien lebhafter. Ihre hellbraunen Augen glänzten.

Emma spürte, dass sie ihren Beruf liebte und diese Leidenschaft mit Sara geteilt hatte. »Wie muss ich mir ihre Arbeit vorstellen?«

Emma warf einen Blick auf Jakob. Der schien gelangweilt. »Unser Ziel ist es, Menschen, die am Ende ihres Lebens stehen, einen würdevollen Tod zu ermöglichen. Viele von ihnen sind dement, sie können nicht mehr sagen, was sie brauchen. Wir versuchen, sie zu verstehen. Die meisten haben Schmerzen. Wir versuchen ihre Qualen zu lindern.«

»Sie leisten also Sterbehilfe«, setzte Emma entgegen, dabei klang ihre Stimme lauter als ihr lieb war.

»Nein, das machen wir nicht. Wir sind keine Sterbehilfeorganisation wie Exit oder Dignitas«, erwiderte Roos ruhig, als ob sie diesen Vorwurf schon oft gehört hatte. »Im Waidspital tun wir alles, um unsere Patienten zu heilen. Wir scheuen keine Mühen und keine Kosten. Aber wenn es auf das Ende zugeht, zwingen wir unsere Patienten nicht zu essen. Wir stecken ihnen keine Röhre in den Rachen, um ihnen Flüssigkeit einzuflössen. Das ist unwürdig. Wir geben ihnen Medikamente, die ihre Schmerzen lindern.«

Ina Roos hielt inne. Sie blickte Emma an und hob den Kopf. »Haben Sie einmal einen alten Menschen vor Schmerzen wimmern gehört? Alte Menschen schreien nicht, sie wimmern. Das geht Ihnen durch Mark und Bein.«

Emma und Ulmer hörten gebannt zu.

»Wir verabreichen ihnen starke Schmerzmittel, auch Morphium«, erklärte Roos, »obwohl wir wissen, dass diese Medikamente ihre Körper belasten und die Lebensdauer womöglich verkürzen.« In den Augen von Roos funkelte es. »Aber das ist mir egal, wir müssen dieses Leiden stoppen. Es ist unerträglich.«

Ulmer klappte sein Notizbuch zu. »Vielleicht gibt es Angehörige von alten Menschen, die das anders sehen.« Er blickte Roos in die Augen. »Gab es Vorfälle, in denen es zum Streit mit Verwandten kam? Vielleicht hat jemand Sara Helbling beschuldigt, für den Tod eines Menschen verantwortlich zu sein.«

Roos knetete ihre dünnen Finger. »Nein, das kann ich mir nicht vorstellen. Es gibt immer wieder Diskussionen mit Angehörigen, wie wir die alten Menschen pflegen sollen. Wir versuchen ihnen jeweils zu erklären, was wir tun. Aber Streit ... Nein.«

Emma blies sich eine blonde Locke aus dem Gesicht. »Wie verhielt sich Sara Helbling am Freitagabend? War sie bedrückt? Fiel Ihnen etwas auf?«

Roos dachte nach. »Nein, sie war wie immer. Fröhlich. Ein Energiebündel. Nach der Arbeit gingen wir im Restaurant Waid ein Bier trinken. Die Aussicht auf die Stadt war traumhaft. Wir haben getratscht und gelacht.«

Roos schluchzte. Tränen liefen über ihre Wangen. Jakob schaute finster.

»Frau Roos, vielen Dank, dass Sie sich für uns Zeit genommen haben. Ich weiss, es ist nicht einfach für Sie«, sagte Emma und erhob sich von ihrem Stuhl.

Ulmer nickte seiner jungen Kollegin anerkennend zu, als er mit ihr die Wohnung verliess, als wollte er sagen: gut gemacht. Emma freute sich.

***

Sokrates trat aus der Helvetia Bar, wo er nach der Sachbearbeiterkonferenz noch ein Bier getrunken hatte, um seine Gedanken zu ordnen. Es begann zu regnen. Er blickte nach oben. Prompt traf ein Regentropfen seine Brille, der ihm die Sicht verschleierte. Sorgfältig putzte er die Gläser und spannte seinen Regenschirm auf. Als er zur Haltestelle Stauffacher lief und auf das Tram Nummer 3 wartete, wollte er anfangen zu zählen, liess es dann aber sein. Kurz darauf tauchte das Tram auf. Er klappte den

Regenschirm zu, stieg ein und schaute aus dem Fenster. Es regnete immer stärker. Die Tropfen liefen die Scheibe hinunter und zogen ihre Bahnen. Sokrates verfolgte einen Tropfen und versuchte zu erraten, welchen Weg er einschlagen würde, nach rechts oder links. Er war müde und legte seine Stirn an die Scheibe, sie war kühl. Sein Atem beschlug das Fenster. Das Tram ratterte leise, der Regen prasselte aufs Dach. Sokrates schloss seine Augen. Das Trommeln der Tropfen erinnerte ihn an ein Kindheitserlebnis, als er zehn Jahre alt war. Mit seinem Vater und seinen Geschwistern hatte er die Sommerferien auf einem Campingplatz am Gardasee verbracht. Zu fünft hatten sie tagelang im Zelt ausgeharrt, weil es ununterbrochen regnete. Die Langeweile vertrieben sie sich mit Kartenspielen und Rätselraten.

»Wie alt ist diese Frau?«, fragte sein Vater und zeigte eine Zeichnung.

»Achtzehn Jahre«, rief sein jüngster Bruder, »einundzwanzig«, sagte seine Schwester, »zweiundachtzig«, erwiderte er. Und schon ging das Geschrei los.

»Spinnst du? die Frau ist doch jung.«

»Ach was, das ist eine alte Hexe mit krummer Nase, guck genau hin.«

Der Vater lachte, er hatte seine Kinder mal wieder drangekriegt.

Es hatte lange gedauert, bis Sokrates in der alten Frau die junge entdeckte. Eine optische Täuschung. Seither mag er Vexierbilder: Die Maus und den Mann mit Brille, die Vase und die Gesichter, den Saxophonspieler und die Frau. Damals hatte er gelernt, dass vieles, was er zu sehen glaubte, nur so schien. Hinter dem Offensichtlichen verbirgt sich manchmal sogar das Gegenteil. Seither nahm er sich vor, immer wieder die Perspektive zu ändern. Sobald er vor einem Problem stand, versuchte er jeweils, einen Schritt zur Seite zu treten und die Dinge aus verschiedenen Blickwinkeln zu betrachten. Nur so konnte er vermeiden, einem Trugbild zu erliegen, auch wenn ihm dies nicht immer gelang.

Das Tram hielt am Neumarkt. Der Regen hatte etwas nachgelassen. Sokrates stieg aus und lief durchs Niederdorf. Er zählte die Strassenlaternen. Bis zu seiner Wohnung waren es weniger als siebenundzwanzig. Gut so. Allerdings wusste er das bereits. Sokrates schloss die Tür auf. Im Treppenhaus roch es nach gebeiztem Holz, Seife und gedünsteten Zwiebeln. Sokrates sog die süsslichen Schwaden ein und nahm ganz schwach noch einen anderen Geruch wahr. In den Dunst von Zwiebeln mischte sich der Duft von Paprika und feuchter Erde. Das konnte nichts anderes bedeuten, als dass seine Nachbarin Kürbissuppe kochte.

Anna Zuberbühler wohnte im zweiten Stock, sie war alleinstehend, Mitte sechzig, eine dralle, kleine Frau mit glattem, kupferrot gefärbtem Haar, das ihr bis zum Kinn reichte. Ihr Gesicht war stets geschminkt, kirschroter Lippenstift, Rouge und Wimperntusche. Die kurzen Finger an ihren Händen, die von zahlreichen Leberflecken übersät waren, hatte sie sorgfältig maniküert. Sie trug mehrere schwere Goldringe mit Halbedelsteinen. Ohne einen Hut hatte sie Sokrates noch nie aus dem Haus gehen sehen. Sie besass Dutzende davon. Bordeauxfarbene, turmhohe Kreationen mit pfirsichroten Bommeln wie von einer Zipfelmütze, die sie zu einem giftgrünen Mantel trug. Dazu trug sie orangefarbene flache Schuhe, mit denen sie durch die Altstadt tänzelte, ja sogar hüpfte. »Sie sieht aus wie ein LSD-Trip beim Altersturnen«, hatte seine Tochter einmal zu ihm gesagt. Anna Zuberbühler verreiste oft wochenlang in die Ferien. In dieser Zeit holte Sokrates für sie die Post aus dem Briefkasten, das war nicht viel, und legte sie vor ihre Türe.

Sokrates stieg die Treppe hoch, die Stufen knarrten. Er wohnte ganz oben im dritten Stock. Die Post vor ihrer Türe war weg. Also war sie zurück.

Sokrates schloss seine Wohnung auf. Er hatte sie gekauft, als seine Tochter ausgezogen war und seine Frau noch lebte. Die vier Zimmer waren klein, die Holzdecken niedrig, die Wände mit Täfer bedeckt. Vom Wohnzimmer gelangte Sokrates über fünf Treppenstufen auf eine winzige Dachterrasse. In Tontöpfen zog er Basilikum, Rosmarin, Thymian, Schnittlauch und Origano. Auf einem bequemen Rattansessel blickte er abends oft in den Innengarten, wo ein grosser Kirschbaum stand.

Sokrates stellte seine Tasche in den Vorraum und hing sein Jackett über einen Kleiderbügel. Sein Buckel schmerzte, er streckte sich, bis die Rippen knackten. Das Esszimmer, das neben der Küche lag, hatte er nur mit dem Nötigsten ausgestattet: ein Esstisch aus Nussbaumholz, vier Ameisen-Stühle und eine weiss lackierte Kommode, worauf eine Musikanlage stand, dazu eine Sammlung von CDs. Das war alles. Sokrates mochte es nicht, Dinge anzuhäufen, die er nicht brauchte. Den einzigen Luxus, den er sich gönnte, waren seine Bücher, die drei Wände des Wohnzimmers ausfüllten. In weissen Regalen, die bis zur Decke reichten, standen Dutzende Kunstbände, Klassiker der deutschen, französischen und südamerikanischen Literatur, Fachbücher und wissenschaftliche Zeitschriften.

Sokrates ging in die Küche und goss sich aus einer angefangen

Flasche Rioja ein Glas ein. Aus einem Korb nahm er eine Zwiebel und schnitt sie in kleine Würfel. Er goss Olivenöl in eine Pfanne, presste drei Knoblauchzehen hinein und briet sie zusammen mit der Zwiebel goldbraun an. Er liebte den Duft von Knoblauch, der in Olivenöl brutzelte. Nachdem er eine Tasse Risotto dazugegeben und mit Weisswein abgelöscht hatte, klingelte das Telefon.

»Ja, Noll.«

»Hallo Max, ich bin's, Maria.«

Seit seine Tochter vierzehn Jahre alt war, sprach sie ihn nicht mehr mit Papa an, sondern mit seinem Vornamen. Sie sei jetzt erwachsen und kein Kind mehr, hatte sie erklärt. Am Anfang war Sokrates deswegen wehmütig gewesen, doch er hatte sich schnell daran gewöhnt.

»Heute hatte ich eine spannende Geschichte in der Sendung. Mord an einer Krankenschwester. Deswegen rufe ich dich an. Ich habe gehört, dass du an diesem Fall –«

»Maria, du weisst, dass ich dir nichts über Ermittlungsergebnisse sagen darf«, unterbrach sie Sokrates. »Ich kann dir leider nicht helfen.«

»Du bist der Letzte, den ich in Schwierigkeiten bringen möchte«, sagte Maria schnell, »aber vielleicht kannst du mir Informationen off the record geben, die ich absolut vertraulich behandle. Hintergrundinformationen würden mir bei meiner Recherche sehr helfen.«

Sokrates warf einen Bouillon-Würfel in den Risotto. Er überlegte. »Das ist heikel. Aber ich vertraue dir. Alles, was du von mir erfährst, bleibt unter uns. Du erzählst kein Wort darüber in deiner Redaktion. Einverstanden?«

»Einverstanden. – Wer von der Kripo ermittelt in diesem Fall?«

Sokrates rührte mit der Holzkelle den Risotto um, damit er nicht anbrannte. »Du kennst ihn, es ist Theo.«

»Ah, Theo, sehr gut. Ich schlage vor, dass du unsere Vereinbarung mit ihm besprichst. Sollte er dagegen sein, lassen wir es bleiben.«

Sokrates streute ein Tütchen Safran in den Risotto. »Gut, ich rede mit ihm, das ist sicherlich der beste Weg. Wenn Theo und auch der Staatsanwalt einverstanden sind, kannst du viel leichter deine eigenen Rechercheergebnisse veröffentlichen, ohne auf mich Rücksicht nehmen zu müssen. Die Kripo hegt dann nicht den Verdacht, dass sie von mir stammen könnten.«

»Sag Theo, dass er womöglich auch von meinen Recherchen profitiert. Normalerweise gebe ich meine Unterlagen nicht weiter, aber bei einem Mordfall ist das etwas anderes.«

»Mach ich«, versprach Sokrates und holte Crevetten aus dem Gefrierfach. »Ich gebe dir Bescheid, wenn ich mit Theo geredet habe.«

»Danke. Gute Nacht, Max«, antwortete Maria und legte auf.

Sokrates hätte liebend gerne noch ein paar Worte mit seiner Tochter gewechselt. Schweren Herzens mischte er die Crevetten unter den Risotto, rührte nochmals um und nahm die Pfanne von der Herdplatte. Er löffelte sich eine grosse Portion auf einen Teller, nahm sein Glas Rotwein und setzte sich an den kleinen Küchentisch. Seit seine Frau gestorben war, ertrug er es nicht, alleine am Esszimmertisch zu sitzen. Es war sehr ruhig in der Wohnung. Von Ferne hörte Sokrates ab und zu ein Tram, der alte Parkettboden knarrte, wenn er sich bewegte, der Kühlschrank summte leise.

Es gilt zwei Rätsel zu lösen, dachte Sokrates, während er ass. Warum nahm der Täter die Hand mit, und was bedeutet die Botschaft, die er hinterlassen hat?

Er nahm einen Schluck Wein. Vielleicht würde Maria etwas herausfinden. Morgen wissen wir mehr, dachte er.

Als Sokrates fertig gegessen hatte, blieb er lange ruhig sitzen und trank die Flasche Wein zu Ende. Er dachte über das Rätsel nach. Es fiel ihm nichts ein, was nicht schon erörtert worden wäre.

Er stand auf, stieg ein paar Treppenstufen hinunter ins Schlafzimmer, das ans Wohnzimmer angrenzte. Im Schlafzimmer stand sein Bett mit weisser Perkal Bettwäsche, daneben ein Nachttisch mit einem Radiowecker und ein grosser Einbauschrank. Auf der gegenüber liegenden Seite war ein weisses Regal montiert, worin Dutzende Kinder- und Jugendbücher nach Autoren in alphabetischer Reihenfolge angeordnet waren, allesamt deutsche Klassiker: »Max und Moritz« von Wilhelm Busch, sämtliche Märchen von Wilhelm Hauff und den Gebrüdern Grimm, »Die rote Zora und ihre Bande« von Kurt Held, »Der Struwelpeter« von Heinrich Hoffmann, »Emil und die Detektive«, »Das fliegende Klassenzimmer« und »Das doppelte Lottchen« von Erich Kästner, die Bücher von Karl May, Werke von Otfried Preussler, darunter »Der Räuber Hotzenplotz« und »Die kleine Hexe« und viele mehr.

Sokrates liebte es, Kinderbücher zu lesen. Wenn er nicht schlafen konnte, weil ihn der Tag umtrieb, holte er eines der Bücher aus dem Regal. Sokrates zog sein Pyjama an, legte sich ins Bett und nahm vom Nachttisch »Jim Knopf und Lukas der Lokomotivführer« von Michael

Ende, eines seiner Lieblingsbücher. Mit der Hand strich er über den Buchrücken, das beruhigte ihn. Er schlug die Seite 113 auf, wo er gestern stehen geblieben war und las, wie seine beiden Helden mit der Lokomotive Emma durch die chinesische Wüste fuhren und sie dort grosse Eisberge über den Himmel schwimmen sahen. Plötzlich tauchte der Eiffelturm auf, dann eine Windmühle, die auf dem Rücken von zwei Elefanten stand und ein halbes Riesenrad. Sokrates betrachtete die Bleistiftzeichnungen im Buch und las weiter: »Jetzt wird's mir aber wirklich zu toll!«, sagte Lukas. »Wir träumen doch nicht etwa?«

Erst nach einer Weile ging dem Lokomotivführer ein Licht auf. Er erkannte, dass sie vom Spiegelkabinett einer Fata Morgana genarrt worden waren. Er erklärte Jim, was das ist: »Ein Spiegelkabinett gibt es ja manchmal auf dem Jahrmarkt. Es ist eine Art Zimmer aus lauter Spiegeln. Wenn man da hineingeht, kann man ganz irr werden, weil man niemals weiss, was Spiegelbild und was Wirklichkeit ist.«

Sokrates fiel das Buch aus der Hand. Er war eingeschlafen.

***

»Mach mir den Oskar«, befahl Maria, schlug die Bettdecke auf und drehte sich auf den Rücken. Sie war nackt. Ihre kastanienbraunen schulterlangen Locken fielen auf das Kissen und umrahmten ihr Gesicht. Ihre graublauen Augen schimmerten grün. An den Augenwinkeln zeigten sich Fältchen, die sich schalkhaft zusammenzogen, wenn sie lächelte. Ihre kleine Nase schaute nach oben und bildete an der Spitze ein kleines spöttisches Grübchen. Wenn sie lachte, öffnete sie ihren Mund so weit, dass das Halszäpfchen zu sehen war, das hinter ihren Zähnen hüpfte. Aber jetzt war sie ruhig. Ihr kleiner Mund mit den vollen Lippen glänzte feucht. Leo sah sie kurz an, dann glitt sein Blick nach unten auf ihren Bauchnabel. Er war eben und rund, mit einer kraterförmigen Einbuchtung. Ein vollkommener Nabel.

»Himbeere, Zitrone oder Waldmeister?«, fragte er, seine Stimme klang rau.

»Zitrone«, sagte sie, »beeile dich, ich will nicht warten.« Als sie mit vierzehn Jahren »Die Blechtrommel« von Günther Grass gelesen hatte, über Maria Matzerath, deren Beine zu zucken und zu strampeln begannen, sobald Oskar die Brause aus ihrer hohlen Hand leckte und sie ihre Augen vor Lust verdrehte, wenn er seinen schäumenden Speichel aus ihrem Nabel schlürfte, wollte sie es ihrer Namensschwester gleichtun. Der Gedanke ging ihr nicht mehr aus dem Kopf. Es musste sein. Sie war noch Jungfrau, aber ihre Unschuld bedeutete ihr ohnehin nichts, sie war ihr geradezu lästig. Nur zu gerne war sie bereit, sich irgendjemandem für dieses Erlebnis hinzugeben. Er musste nur schöne Hände haben und gut riechen.

Schon am nächsten Tag fragte sie einen Schulkameraden, der ihr auf dem Pausenplatz immer wieder verstohlene Blicke zuwarf, ihr diese Gefälligkeit zu tun. Er schien überrascht, warum sie gerade ihn auserkor. Maria wusste um ihre Reize. Sie war hübsch, mit runden Brüsten, die sich verheissungsvoll unter ihrer Bluse abzeichneten, sie musste ihn nicht lange bitten. Maria kaufte mehrere Tütchen mit Brause, dazu ein paar Tütchen zur Verhütung. Noch am gleichen Nachmittag spielten sie die Szene aus der »Blechtrommel« nach. Gegenseitig leckten sie sich das Pulver vom Körper, bis ihre Zungen und Lippen taub waren von der sauren Brause. Seither konnte Maria nicht genug davon bekommen und forderte von jedem ihrer späteren Freunde, ihr den »Oskar« zu machen. Sie hatte viele Liebhaber gehabt und wusste wohl zu unterscheiden, denn im Laufe der Jahre wurde sie eine wahre Expertin im Brauselecken aus dem Bauchnabel.

Leo griff mit der rechten Hand in die Nachttischschublade, klaubte eine Papiertüte mit Zitronenbrause hervor und riss das Tütchen auf. Auf der Ahoj-Brause stand wie jeher stramm der blaue Matrose. Maria sah auf Leos Hand, als er seinen kleinen Finger mit der Zunge befeuchtete und damit etwas Brause aus der Tüte kostete. Leos Hände waren perfekt: mittellange breite Finger mit gepflegten Nägeln an grossen kräftigen Handtellern, die zupacken konnten. Mit dem Zeigefinger schnippte er etwas vom weissen Pulver auf ihre Lippen. Sie öffnete den Mund und schleckte sich die Brause weg. Es kribbelte, die Geschmacksknospen auf ihrer Zunge schlugen Alarm. Sie seufzte. In ihrem Mund schäumte es. Er beugte sich zu ihr runter und küsste sie. Seine Lippen fühlten sich trocken an. Er drang mit seiner Zunge in ihren Mund, weil er etwas von der Brause naschen wollte. Das Papiertütchen mit der Zitronenbrause war noch halb voll. Er richtete sich auf und streute den Rest des Pulvers in ihren Bauchnabel. Dann sammelte er Speichel, spitzte den Mund und liess einen weissen Spucketropfen an einem Faden in ihren Nabel gleiten. Die Brause fing sofort an zu zischen. Maria wand sich und stöhnte. Mit seinem Zeigefinger rührte er Pulver und Spucke zu einem Brei. Die Bauchdecke von Maria hob und senkte sich immer schneller. Er schleckte den schäumenden Brei aus ihrem

Nabel. Maria drückte seinen Kopf nach unten in ihren Schoss.

Leo stülpte sich die Bettdecke über den Kopf und berührte mit seiner Nase ihre Scham. Ihr Geschlecht roch nach Gewürztraminer, als er mit seiner Zunge an ihrer Spalte entlang strich, die sich sofort schwellend öffnete. Sie stöhnte, drückte ihr Becken nach oben und griff in seine Haare, als wolle sie nicht, dass er jemals von ihr liesse. Immer dieser Oskar, dachte Leo, aber es gefiel ihm. Nach zwei Stunden stand er auf, zog sich an und verschwand. Maria schlief bereits. Sie konnte es nicht ausstehen, hatte sie ihm nach dem ersten Sex gesagt, wenn ein Mann bis zum Morgen blieb. Sie wollte mit ihm keine feste Beziehung, ab und zu Sex, okay, aber mehr nicht. Ihm war es recht so.

ZWEI

»Lassen Sie mich ausführen, Sokrates, warum ich getötet habe. Ich beginne mit einer Beobachtung, die jeder Mensch von klein auf macht. Unsere Gesichter sind lesbar. Wir sehen die Gemütsverfassung eines Menschen wie Buchstaben auf seinem Gesicht geschrieben. Jeder kann sie entziffern: Wut, Trauer, Zorn, Freude, Bitterkeit. Die zerfurchte Seelenlandschaft, unsere Innenwelt mit ihren Abgründen, spiegelt sich in unseren Gesichtszügen wider. Jeder augenblickliche Gedanke, jede momentane Empfindung zeichnet sich auf dem Gesicht ab.

Im Laufe des Lebens prägen sich diese seelischen Zustände dauerhaft ein. Ein vielmals wiederholter Zug hinterlässt einen bleibenden Eindruck auf den weichen Teilen des Angesichts. Wangen, Stirn und Kinn eines Neugeborenen sind wie unberührte Knetmasse, in welcher der Charakter nach und nach Spuren hinterlässt. Die bevorzugte Mimik, Ausdruck seiner Seele, formt sein Gesicht. Einem alten Mann steht sein ganzes Leben ins Gesicht geschrieben. Seine Vergangenheit lässt sich darin ablesen. Die Mundwinkel eines Menschen, der jahrelang bittere Gedanken hegte, sind dauerhaft nach unten gezogen. Seine innere Bitterkeit ist der Griffel, der auf dem Körper bittere Buchstaben schreibt. Wer jahraus, jahrein mit zornigem Herzen zu Bette geht, dem haben sich die finsteren Gedanken auf seine Stirn eingraviert. Die Zornesfalten oberhalb der Nasenwurzel sind ausgeprägt. Ein lasterhafter Mann, der zotige Witze reisst, eine triebhafte Frau, die lüsternen Blickes umherschweift oder ein zügelloser Trunkenbold, der seiner Sucht frönt, tragen ihre verdorbene Seele offen zur Schau. Ihr Gesicht ist von ihrer Verderbtheit gezeichnet.

Jeder Gesichtszug ist eine Hieroglyphe, jede noch so feine Verästelung einer Falte die Ziffer eines tausendbuchstäbigen Alphabets. Hinter diesen Zeichen verbirgt sich ein tieferer Sinn, eine Bedeutung, eine significatio, die Seele heisst. Jeder, der Augen hat, kann die Botschaft sehen. Doch er muss sie zu deuten wissen. Das lehrt die Pathognomik. Sie ist die Wissenschaft, im Gesicht eines Menschen seine Vergangenheit zu lesen. Denn wie alle Dinge in der Natur sind auch die menschlichen Körper eine mit natürlichen Zeichen geschriebene Geschichte aller Veränderungen, die sie erfahren haben. Sie verweisen auf Zurückliegendes. Wie ein Teller, dessen Schnitte, Stiche und Quetschungen von allen Mahlzeiten erzählen, die er erlebt hat. Einer, der wie ich die Pathognomik mit grossem Eifer studiert und sie bis zur Vollkommenheit *weiterentwickelt hat, kann im Gesicht eines jeden Menschen seine Gedanken, Absichten und Gefühle ablesen, die er hatte, auch wenn sie schon Jahre zurückliegen. Denn sie haben alle Spuren hinterlassen, für ungeübte Augen oft unmerklich, aber dennoch vorhanden. Mir kann ein Mensch seine bösen Pläne, die er einst schmiedete, nicht verbergen. Sie sind in sein Gesicht geschrieben.*

Schon als ich Sara Helbling das erste Mal begegnet bin, blickte ich in ihre Abgründe. Ihre Krankenschwester-Uniform konnte nicht darüber hinwegtäuschen. Seit ihrer Jugend hegte sie schreckliche Gedanken. Die kleinen Falten um ihren Mundwinkel zeugten davon, es war offensichtlich für jeden, der ein wenig Menschenkenntnis hatte. In jeder ihrer Gesichtsporen waren alle schlechten Pläne aufgezeichnet, die sie je gewälzt hatte. Als Kind wünschte sie ihrer jüngeren Schwester den Tod. Sie war getrieben von Eifersucht und Neid. Immer wieder stellte sie sich vor, wie sie in der Badewanne den Kopf ihrer Schwester unters Wasser drückte, um sie wie eine Katze qualvoll zu ersäufen. Doch die vergangenen Empfindungen, die ihre Seele verdunkelt hatten und sich in ihrem Gesicht abzeichneten, wären kein hinreichender Grund gewesen, sie zu töten. Aber da ich wusste, dass sie böse war von Jugend auf und imstande, schreckliche Verbrechen zu begehen, behielt ich sie im Auge.«

***

»In der Nacht hat uns eine weitere Kaltfront erreicht mit vielen Wolken und Regenschauern. Auf dem Satellitenbild sehen wir dahinter eine Zone mit Auflockerungen. Die Temperaturen sinken auf elf Grad.« Sokrates streckte sich und schaltete den Radiowecker aus. Sein Schlaf war tief und traumlos gewesen. Er schlug die Bettdecke zurück, öffnete das Fenster und stieg unter die Dusche. Während er sich einseifte, achtete er darauf, dass seine Haare nicht nass wurden. Vor dem Spiegelschrank trocknete er sich ab. Zwei graublaue Augen blickten ihm entgegen, an deren Winkeln sich Fältchen gebildet hatten. Sie sahen aus, als ob er schon lange Zeit nicht mehr gelacht hätte. Er kniff die Augen zusammen, weil er ohne Brille alles nur verschwommen sah. In die hohe Stirn hatten sich Furchen gegraben, der Mund war zusammengepresst. Sokrates cremte sein Gesicht ein. Als er seine Brille aufsetzen wollte, bemerkte er Schlieren. Er hauchte auf die Gläser und putzte die Flecken mit einem Taschentuch sorgfältig weg. Er schlurfte zum Kleiderschrank, holte ein frisches Hemd hervor und zog sich an. Die Kräuter auf der Dachterrasse musste er heute nicht giessen, es hatte genug geregnet. Ohne zu frühstücken verliess er seine Wohnung, in der

68

Hand hielt er die schwarze Nylontasche. Auch den Schirm hatte er dabei. Im Treppenhaus nahm er noch schwach den Geruch von Kürbissuppe wahr. Er trat auf die Gasse, die gesäumt war von kleinen Handwerkerbetrieben, Boutiquen und Cafés. Die Morgenluft war kühl, Sokrates knöpfte sein Jackett zu. Am Himmel stauten sich die Wolken, aber es regnete nicht mehr. Sokrates drückte seinen Rücken durch, der Buckel schmerzte. Das Wetter würde wieder umschlagen, dachte er. Er lief durch das Niederdorf und bog in den Rindermarkt.

Gegenüber einem Uhrenhändler, der in einem vergitterten Schaufenster Klassiker von IWC, Patek Philippe und Breitling ausstellte, befand sich der »Herrensalon Eva«.

Sokrates betrat das Coiffeurgeschäft durch eine Glastüre. Der Duft von Shampoo und Rasierwasser schlug ihm entgegen. Der kleine Salon war geschmackvoll eingerichtet. An einer Wand hing ein breiter Jugendstil-Spiegel mit reichverzierten Ornamenten. Mehrere originale Werbegrafiken aus den fünfziger Jahren mit Motiven einer Kosmetikfirma waren in Aluminiumrahmen gefasst. Sokrates steuerte auf ein Holztischchen mit Marmorabdeckung zu. Links und rechts davon schmückten grosse Vasen mit Sonnenblumen den Salon. Ein mächtiger Kronleuchter aus Kristall warf von der Decke ein warmes Licht.

»Guten Morgen, Sokrates«, begrüsste ihn Eva, die aus einem Nebenzimmer gekommen war, »haben Sie gut geschlafen?«

Sie trat auf ihn zu. Ihre dunkelbraunen Augen blickten freundlich, die vollen Lippen waren dezent geschminkt. Auf den Wangen hatte sie etwas Puder aufgelegt. Ihr ebenmässiges Gesicht umspielten schwarze, sorgfältig frisierte Locken, die ihr weich über die Schultern fielen.

Sie sprachen sich mit dem Vornamen an, das hatte sich irgendwann einmal so ergeben und drückte ihre Vertrautheit aus.

»Guten Morgen, Eva. Ja, die Nacht war erholsam und der Schlaf wie immer ohne Träume. Und wie geht es Ihnen, haben Sie geträumt?«

Sokrates wusste, dass Eva ihre Träume aufschrieb, sobald sie erwachte und darüber nachsann, was sie bedeuten könnten. Sie glaube daran, hatte sie einmal gesagt, dass Träume ihr etwas mitzuteilen hätten, einen Wunsch, den sie verdrängt hatte oder unausgesprochene Ängste, denen sie sich stellen sollte.

Eva lächelte. »Heute Morgen konnte ich die Träume nicht festhalten, obwohl ich es wollte. Es waren nur wirre Bilder und Traumfetzen, die sich verflüchtigt hatten.«

Sokrates unterhielt sich gerne mit seiner Coiffeuse. Sie war eine kluge Gesprächspartnerin, die einst an der Universität Zürich Theologie studiert hatte. Sie hatte die alten Sprachen gelernt, Latein, Hebräisch und Altgriechisch, sich mit Kunstgeschichte befasst und Philosophie-Vorlesungen besucht. Nach mehreren Semestern merkte sie aber, dass dies nicht der richtige Weg für sie war. Sie wollte in ihrem Leben etwas für die Menschen tun. So entschied sie sich, Coiffeuse zu werden, machte eine Lehre und kaufte sich mit etwas Geld, das sie geerbt hatte, diesen Herrensalon in der Altstadt. Das war vor zweiundzwanzig Jahren gewesen.

Sokrates nahm auf dem Coiffeurstuhl Platz und legte seine Brille auf die Marmorabdeckung. Eva kippte den Sitz nach hinten, sodass er seine Füsse bequem auf einen Schemel stellen konnte.

»Haben Sie heute einen besonderen Wunsch?«, fragte Eva, »oder wollen Sie, dass ich Ihnen nur die Haare wasche?«

»Vielen Dank, Eva, aber Haare waschen genügt.«

Eva schaute ihn im Spiegel an. »Gestern habe ich in den Nachrichten von der Krankenschwester gehört, die ermordet worden ist. Ihre Tochter hat darüber berichtet. Haben Sie mit diesem Fall zu tun?«

Sie beugte sich vor und legte Sokrates ein Handtuch um die Schultern. Ihre prallen Brüste streiften dabei seinen rechten Oberarm. Sokrates roch ihr Parfum, den Duft nach Orangenblüten, Walnuss und Zeder mit einem Hauch von Jasmin, einen Geruch, den er liebte. Eine goldene Kette mit Kreuz baumelte vor seinem Gesicht.

»Ja, ich habe in dieser Woche Brandtour. Ich wurde mit dem Fall betraut. Heute muss ich die Leiche obduzieren.«

Eva schob das Waschbecken von hinten an Sokrates heran, nahm die Brause und stellte den Mischer auf lauwarm. »Im Bericht hiess es, dass der Mörder seinem Opfer eine Hand abgeschnitten hat. Das ist beängstigend. Weiss die Polizei schon, warum er das tat?«

Erstaunlich, woher Maria diese Information hatte, dachte Sokrates. »Nein, wir tappen im Dunkeln. Der Fall ist verworren. Denn der Täter hinterliess auch eine handgeschriebene Botschaft, deren Sinn uns aber bisher verborgen geblieben ist.«

Eva war der einzige Mensch, dem er Amtsgeheimnisse anvertraute. Mit ihr konnte er über alles reden. Er wusste, dass sie die Informationen für sich behielt. Sie träufelte etwas Wasser auf seine Stirn und strich ihm dabei mit der Hand die grauen Locken vorsichtig aus dem Gesicht. »Hm, eine fehlende Hand und eine seltsame Botschaft. Das scheint mir kein einfacher Fall zu sein«, sagte sie. »Mich erinnert dies an ein Rätsel, das mir mein Vater einmal gestellt hatte, als ich noch ein Kind war.«

»Erzählen Sie«, sagte Sokrates neugierig. »Ich liebe Geschichten, und ich liebe Rätsel. Mein Vater hat uns Kinder oft mit Rätselspielen unterhalten.«

»Nun gut«, begann Eva, »Sie kennen das Rätsel vielleicht, aber mir hat es damals die Augen geöffnet, ich habe dabei etwas Wichtiges gelernt.«

Eva dachte kurz nach. »Es war an einem Samstagvormittag. Meine Geschwister waren mit der Mutter auf dem Gemüsemarkt. Mir war langweilig. Da holte mein Vater einen Notizblock und malte mit einem Bleistift drei Mal drei dicke Punkte auf das Papier, quadratisch angeordnet. ›Verbinde alle Punkte mit vier Geraden‹, hatte er mit einem schalkhaften Ausdruck im Gesicht gesagt, ›ohne den Bleistift abzusetzen‹.«

Eva drückte aus einer Flasche etwas Shampoo in ihre Hand und verrieb das Gel mit ihren Fingern. »Ich war dreizehn und ärgerte mich über meinen Vater, weil er so hinterlistig tat. Aber ich nahm die Herausforderung an und begann, das Rätsel zu lösen. So oft ich es auch probierte, ich benötigte mindestens fünf Striche, um alle neun Punkte miteinander zu verbinden.«

Sokrates hörte ruhig zu. Er genoss es, wie sie ihm seine Haare einschäumte und mit feinem Druck die Kopfhaut massierte.

»Drei Stunden arbeitete ich an der Lösung, es wollte mir nicht gelingen. Da nahm mir mein Vater den Stift aus der Hand. ›Schau genau hin‹, sagte er, ›manchmal müssen wir den vorgegebenen Rahmen verlassen, um die Lösung zu finden.‹«

Evas Finger kreisten um Schläfen und Stirn, die grauen Locken schäumten cremig, es duftete nach Shampoo. Sokrates hielt die Augen geschlossen und lauschte aufmerksam ihren Worten.

»Mein Vater setzte den Bleistift an einer Ecke an, fuhr diagonal durch das Quadrat und berührte dabei die ersten drei Punkte. Er strich an der Seitenkante entlang, verband zwei weitere Punkte, blieb an der Ecke aber nicht stehen, sondern fuhr darüber hinaus. Er verliess also das Quadrat. An diese Möglichkeit hatte ich gar nicht gedacht. Am Ende sah die Zeichnung aus wie ein Pfeil, der mit vier Geraden gebildet wurde und alle neun Punkte berührte. Verblüffend einfach.«

Sie blickte Sokrates im Spiegel an. »Seither weiss ich: um Lösungen zu finden, müssen wir manchmal unseren Denkrahmen verlassen.«

Eva nahm die Brause und spülte den Schaum aus den grauen Locken. »Vielleicht ist es beim Mord an der Krankenschwester genauso. Die Lösung findet nur, wer um die Ecke denkt.«

Sokrates richtete sich auf. Während Eva seine Haare mit einem Handtuch trocken rubbelte, überlegte er. »Das ist ein interessantes Rätsel«, sagte er. »Es zeigt, wie begrenzt unser Denken ist. Wir sind wie die Henne, die zu ihren Küken sagt: ›Kinder, ich verrate euch ein Geheimnis, die Welt hört nicht hier am Maschendrahtzaun auf, sondern, seht genau hin, sie endet dort drüben am Waldrand.‹«

Eva lachte. »Ja, das ist eine schöne Parabel.«

Sokrates kniff die Augen zusammen, um sie im Spiegel besser zu erkennen. »Oft denke ich darüber nach, wie es wäre, wenn wir die Welt mit anderen Augen sehen könnten, wenn wir auch ultraviolettes Licht wahrnähmen. Vielleicht hätten die Gegenstände ganz andere Formen und Bedeutungen. Oder wenn wir wie Hunde auch ultraschallhohe Töne hören würden und unsere Nasen Gerüche orten könnten, die zwei Meter tief in der Erde eingeschlossen sind. Vielleicht stellte sich uns die Welt ganz anders dar, wenn wir neben unseren fünf Sinnen weitere Organe hätten, die uns die Wirklichkeit noch besser erschliessen würden.«

»Ja, wir sind Maulwürfe, die im Dunkeln leben.«

Nachdem sie die feuchten Locken von Sokrates gekämmt hatte, geföhnt wollte er sie nicht haben, fragte sie ihn, ob er mit ihr noch einen Espresso trinken würde. Er wollte. Eva ging in ein kleines Nebenzimmer. Sokrates hörte, wie sie an der Espressomaschine hantierte. Er setzte sich auf einen Lederstuhl. Davor stand ein runder Tulpentisch. Nach ein paar Minuten kam Eva zurück. Auf einem Tablett standen zwei Espressotassen, eine Zuckerdose, Gläser mit Wasser und Spekulatius.

»Darf ich wissen, was auf dem Kärtchen steht, das der Täter hinterlassen hat?«, fragte Eva, als sie sich setzte.

Sokrates rührte Zucker in den Espresso und trank einen Schluck. »Wir vermuten nur, dass der Täter die Karte verfasst hat. Wir wissen es nicht.«

»Warum denken Sie, dass der Mörder hinter der Botschaft steht?«

»Die Karte lag auf der Schreibtischunterlage eines Sekretärs. Es ist nur ein Gefühl, aber sie war so platziert, als wollte der Täter sicherstellen, dass die Polizei sie findet.« Sokrates biss in einen Spekulatius. »Zudem ist die Botschaft merkwürdig, ein Spruch, der

Rätsel aufgibt.«

Eva nippte am Glas Wasser und wartete.

»Die Karte ist mit sorgfältig gesetzten Buchstaben geschrieben, mit einem Füllfederhalter, der nicht von Sara Helbling stammt«, fuhr Sokrates fort und nahm aus seiner Jackentasche einen Zettel hervor. »Ich habe mir den Text notiert«, sagte er und las vor.

»Es spricht alles dafür, dass der Mörder die Karte geschrieben hat«, stimmte Eva zu. »Weshalb und für wen sollte das Opfer einen solchen Text verfassen?«

»Ja, das ist die Frage, aber vielleicht ist es tatsächlich wie bei Ihrem Rätsel. Wir sind in unserem Denken gefangen und sehen deshalb die Lösung nicht.« Sokrates schaute auf seine Uhr. »Es ist Zeit, ich muss leider schon gehen. Vielen Dank, Eva, für den Espresso.«

Er stand auf, öffnete sein Portemonnaie und gab Eva fünf Franken.

Nachdem sie sich verabschiedet hatten, ging Sokrates den Neumarkt hinauf zum Seilergraben, eilte am Kunsthaus vorbei zur Tramhaltestelle. Mit grossen Leuchttafeln warb das Schauspielhaus, das gegenüber der Haltestelle lag, für »Andorra« von Max Frisch. Sokrates fing langsam zu zählen an und atmete dabei tief ein. Eine kühle Bise kam auf. Die Wolken hingen schwer am Himmel. Eine Wolke hob sich etwas dunkler von den anderen ab. Sokrates musterte sie genau. Sie hatte die Form eines Schädels. Zwei dunkle Flecken markierten die Augenhöhlen. Zum Kiefer hin verjüngte sie sich und franste aus wie zu einem Bart.

Sokrates musste an das Turiner Grabtuch denken, ein fleckiges Tuch aus dem 14. Jahrhundert, das Millionen gläubige Katholiken in seinen Bann zog. In diesem Tuch soll Jesus gelegen haben. Die Ausdünstungen seines verwesenden Körpers, die Leichensäfte, so sagt die Legende, seien vom Stoff aufgesogen und konserviert worden. Für ungeübte Augen ohne Vorstellungskraft hatten die gelblichen Flecken keinerlei Bedeutung. Doch vor hundert Jahren war ein Mann auf die Idee gekommen, das Leinentuch zu fotografieren. Er hatte ein Negativ angefertigt, das die Konturen der Flecken kontrastreich hervorhob. Das Ergebnis verblüffte selbst Kritiker, die schon seit Jahrhunderten an der Echtheit des Tuchs zweifelten. Auf den Leinen war der Körper eines Mannes abgebildet. Es zeigte ein Gesicht mit hoher Stirn, einer geraden Nase und einem Bart, der Lippen und Kinn bedeckte. Die Augen waren geschlossen, wie wenn der Mann schliefe.

Bei vierunddreissig kam das Tram. Zu spät. Sokrates stieg ein und nahm Platz. Ihm gegenüber, eine Reihe weiter vorne, sass ein Mann mit wirren grauen Haaren, die ihm von allen Seiten vom Kopf standen. Sokrates schätzte ihn auf Mitte fünfzig. Vielleicht täuschte er sich und der Mann war jünger. Das Gesicht glänzte fiebrig, die Augen blickten verschwommen, die Iris hatte einen Gelbstich, auf der knollenartigen Nase waren dunkelrote Pusteln und aufgeplatzte Äderchen zu sehen. Mit seinen rissigen Lippen formulierte er lautlos Worte, die Zähne standen schief. Er trug einen abgewetzten Pullover mit Karomuster und fleckige braune Cordhosen. Ein Alkoholiker, dachte Sokrates, der an einer Leberkrankheit leidet. Der Anblick des hilflosen Mannes dauerte ihn. Er wandte seinen Blick ab und schaute aus dem Fenster. Die Wolke mit der Schädelform hatte sich mittlerweile zu einer grinsenden Fratze mit schiefem Mund verzogen. Das rechte Auge drohte aus dem Schädel zu fallen. Am Milchbuck stieg er aus. Im Westen riss die Wolkendecke auf. Zügig schritt er durch den Irchelpark. Am Empfang verriet ihm Paula mit geheimnisvoller Stimme, dass er heute eine besondere Herausforderung zu meistern hätte. Die Sterne lügen nicht.

***

Anna Zumsteg hatte für die Obduktion alles vorbereitet, als Sokrates mit Nik den Obduktionsraum betrat. Zufrieden nickte er seiner medizinisch technischen Assistentin zu. Anna war knapp einen Meter fünfzig gross. Der grüne Kittel schlotterte um ihren spindeldürren Körper. Ihre sehnigen Arme baumelten an der Seite und schienen viel zu lang. Auf ihrem linken Unterarm waren zahlreiche Schnitte zu sehen, lila verfärbt. Als Jugendliche hatte sie sich geritzt, um den inneren Druck abzulassen, wie sie sagte. Ihre Hände wirkten zerbrechlich, doch Sokrates wusste, dass sie zupacken konnten. Das Gesicht mit den eingefallenen Wangen war mehlweiss. Die nahezu schwarzen Augen lagen in Höhlen, die sie mit dunklem Lidschatten betont hatte. Sonst trug sie kein Make-up. An Nase und Lippen hatte sie sich mehrere Piercings stechen lassen. Die schwarz gefärbten Haare fielen ihr glatt auf die Schulter.

Sokrates hatte sie immer etwas sonderbar gefunden, doch das gefiel ihm an ihr: Anna war anders. In ihrer Freizeit legte sie Tarot-Karten, um ihre Zukunft vorherzusehen. Sie glaube an eine höhere Energie im Universum, die alles vorherbestimmen würde und mit ihr Kontakt aufnehmen wolle, hatte sie einmal an einer Betriebsfeier offenbart, nachdem sie ein paar Gläser Weisswein getrunken und auf der Toilette einen Joint geraucht hatte. In nüchternem Zustand, und das war sie sonst immer, brachte sie kaum ein Wort über ihre Lippen. Sie lachte nie. Sie sei nicht traurig, hatte sie einmal geantwortet, als Sokrates sie darauf angesprochen hatte, sie sei zufrieden mit ihrem Leben, doch es gebe nur wenig zu lachen. Obwohl sie auf den ersten Blick seltsam wirkte, war sie die beste Assistentin, die er sich wünschen konnte: Sie dachte voraus, war schnell und zuverlässig. Seit drei Jahren arbeitete sie für das Institut für Rechtsmedizin.

Sokrates und Nik waren wie Anna gekleidet. Sie trugen grüne Arbeitskittel und Hosen aus plastifiziertem Vlies, weisse Latexhandschuhe, darüber rote, schnittfeste Handschuhe und orangefarbene Überschuhe.

Bei einem Gewaltverbrechen schrieb die Strafprozessordnung vor, dass bei der Obduktion zwei Ärzte anwesend sein mussten, die drei Körperhöhlen öffneten: Brusthöhle, Bauchhöhle und Kopfhöhle.

Zuvor musste Sokrates von der Leiche im Computertomografen Schnittbilder anfertigen. Mit der virtuellen Autopsie, Virtopsy genannt, suchte der Rechtsmediziner nach dem Projektil, das sich noch im Körper von Sara Helbling befinden musste. Glauser stand in der Ecke des Geräteraumes und beobachtete das Geschehen. Neben ihm schraubte Lara Odermatt ein Weitwinkelobjektiv auf ihre Digitalkamera. Die Leiche der Krankenschwester lag auf dem Schlitten des Computertomografen. Langsam wurde sie in die Röhre geschoben. Nach jedem halben Millimeter schoss der Tomograf ein neues Bild. Zuvor hatte ein Roboterarm, der an einer Schiene an der Decke befestigt war, einen Laserscanner über die Leiche geführt und die Körperoberfläche erfasst. Der Scanner projizierte Lichtstreifen, die ein exaktes 3D-Abbild der Toten hervorbrachten.

Im Computertomografen wurde der Körper Schicht für Schicht geröntgt. Zuerst war der Kopf dran. Hinter einer strahlungssicheren Glaswand bediente Sokrates die Knöpfe, mit der er die Geräte fernsteuerte. Der Prozess dauerte nur wenige Minuten. Der Computer rechnete anschliessend die zweidimensionalen Schnittbilder zu dreidimensionalen Röntgenbildern hoch. Sokrates blickte auf den Monitor. Das Einschussloch im Nacken war in der 3D-Ansicht gut abgebildet. Er bewegte sich durch das dreidimensionale Modell des Kopfes. Vom Projektil fehlte jede Spur.

»Wir röntgen den ganzen Körper«, entschied er. »Irgendwo muss das Projektil stecken. Wir beginnen mit dem Oberkörper.«

Die Leiche wurde weiter Millimeter um Millimeter in die Röhre gefahren und geröntgt, doch die Arbeit war vergebens. Sokrates konnte die Kugel nirgendwo finden.

»Das ist seltsam«, sagte Glauser und rieb sich mit Daumen und Zeigefinger das Ohr. »Sara Helbling wurde erschossen, das beweist das Waffengesicht auf ihrem Nacken eindeutig. Auch Schmauchspuren konnten wir zweifelsfrei nachweisen.«

»Vielleicht hat der Täter das Projektil nachträglich mit einer Pinzette aus dem Schusskanal entfernt, um Spuren zu verwischen«, warf Nik ein.

»Möglich«, erwiderte Sokrates, »das werden wir hoffentlich bei der Obduktion nachweisen können.«

***

Seine schmalen Hände, die sich zu den Fingerspitzen hin verjüngten, lagen ruhig auf dem Besprechungstisch. Die filigranen Finger hatte er verschränkt, die Nägel waren manikürt. Anatol Zaugg sieht aus wie der Held in einer Arztserie, dachte Emma, als sie ihn musterte. Für ihren Geschmack war er aber etwas zu geleckt, zu selbstgefällig. Sie schätzte ihn auf Ende dreissig. Der Oberarzt trug auf der schmalen Nase eine Brille mit Goldrand, die ihn älter erscheinen liess, als er war. Das glatt rasierte, markante Gesicht war braungebrannt, im breiten Mund schienen makellose Zähne. An den Schläfen schimmerten erste silberne Fäden durch die nussbraunen Haare. Er wirkte gefasst, als ihn die Polizei im Zürcher Unispital sprechen wollte. Vom Tod seiner Ex-Freundin hatte er bereits aus den Medien erfahren.

»Es war keine Affäre, wir waren acht Jahre lang ein Paar«, antwortete er auf die Frage, ob er mit Sara Helbling ein Verhältnis gehabt hatte.

Emma sah sich um. Das Spitalbüro war schlicht eingerichtet. Auf einem kunststoffbeschichteten Schreibtisch stand eine Lampe mit grünem Metallschirm. In einem Regal stapelte sich Fachliteratur. Vor dem Fenster befand sich eine grosse Porzellanvase mit zwei verdorrten Orchideen, die hier wohl während Wochen auf etwas Wasser gehofft hatten. Die Wände waren nackt, Bilder gab es keine. Rechts von der Türe war ein Leuchtschirm angebracht, an dem Aufnahmen von Augäpfeln geheftet waren. Der Raum roch nach Desinfektionsmitteln. Zwei parallel laufende Neonröhren an der Decke warfen ein mattes Licht.

»Warum ging die Beziehung auseinander?«, fragte Emma und schlug ihren Notizblock auf. Ihre Stimme klang fest. Von ihrer Schüchternheit war nichts mehr zu spüren. Sonst brachte sie kaum ein Wort heraus, besonders vor ihren Arbeitskollegen schnürte es ihr die Kehle zu. Sie hasste sich deswegen, weil sie so nicht zeigen konnte, dass sie eine gute Polizistin war. Doch bei polizeilichen Ermittlungen fühlte sie sich sicher.

»Sara wollte Kinder. Ich habe mich dagegen gewehrt. Ihr Kinderwunsch wurde immer grösser«, antwortete Anatol Zaugg ohne zu zögern. »Wir haben uns deswegen getrennt.« Er zupfte am Ärmel seines weissen Arztkittels einen unsichtbaren Fussel weg. »Das war vor einem halben Jahr. Wir hatten beide eine schwere Zeit.« Zaugg schien mit seinen Gedanken weit weg. »Hätte ich Kinder gewollt, wäre Sara jetzt noch am Leben«, sagte er wie zu sich selbst.

»Wie lernten Sie sich kennen?«

»Sara studierte ein paar Semester Medizin. Aber sie brach das Studium ab und begann eine Lehre als Krankenschwester. Wir haben uns an der Uni im Vorlesungssaal getroffen. Sie fiel mir mit ihren weizenblonden Haaren und ihrem Humor sofort auf.« Emma bemerkte einen verhärmten Zug um seine Mundwinkel.

»Wo waren Sie in der Nacht von Freitag auf Samstag?«, fragte Franz Ulmer unvermittelt.

Zaugg lachte bitter auf. »Glauben Sie, dass ich Sara ermordet haben könnte?« Er schüttelte fast unmerklich den Kopf und sagte mit rauer Stimme: »Sie irren sich. Wir haben uns geliebt. Auch nach unserer Trennung. Ich könnte Sara nie etwas zuleide tun.«

Emma bemerkte, dass Zaugg den letzten Satz so sprach, als ob Sara Helbling noch lebte. Ulmer wiederholte seine Frage. »Wo waren Sie?«

»Das Wochenende verbrachte ich auf einem Ärztekongress der deutschen Gesellschaft für Ophthamologie in Berlin. Am Sonntagabend flog ich mit der Swiss zurück.« Er nahm seine Aktentasche und öffnete sie. »Warten Sie einen Augenblick.« Er holte aus der Tasche die Boardingkarte und reichte sie Ulmer. Zaugg warf ruckartig seinen Kopf zurück und verzog spöttisch den Mund. »Soll ich Ihnen auch noch Namen von Augenzeugen nennen?«

»Ja, ich bitte Sie darum«, antwortete Ulmer ungerührt.

»Herr Doktor Brunner und Herr Doktor Kempinski, beides Augenärzte am Unispital Zürich. Sie können das überprüfen.«

»Haben Sie einen Schlüssel zur Wohnung von Sara Helbling?«, fragte

Emma.

»Sie verdächtigen mich tatsächlich. Das ist unfassbar.« Seine Wangen verloren Farbe und fielen in sich zusammen, zwischen Nasenflügel und Mundwinkel bildeten sich zwei senkrechte Falten. »Sara ist tot, und Sie haben nichts Besseres in der Hand als mich.«

»Das sind Routinefragen, die wir stellen müssen«, erwiderte Emma. »Wir verdächtigen momentan niemanden.«

Zaugg fasste sich wieder. »Nein, ich habe keinen Schlüssel von ihrer Wohnung in Unterstrass. Als wir noch zusammen waren, lebten wir in der Nähe vom Unispital in einer Vierzimmerwohnung. Nachdem wir uns getrennt hatten, zog sie in eine Genossenschaftswohnung. Es gab keinen Grund, warum sie mir einen Schlüssel hätte aushändigen sollen.«

»Zum Blumen giessen etwa, wenn sie in den Ferien war? Sie hatte viele Pflanzen«, führte Emma das Gespräch fort.

»Ja, ich weiss, Kräuter und Blumen waren ihre Leidenschaft. Orchideen mochte sie besonders. Aber ich habe ihre Wohnung nie betreten.«

»Hatten Sie nach der Trennung noch Kontakt zu ihr?«

»Am Anfang trafen wir uns ein paarmal, dann hörten wir damit auf. Sara wollte mich nicht mehr sehen, weil jede Begegnung für uns belastend war.«

»Hatte sie einen Freund?«

»Ich weiss es nicht, aber ich glaube nein.«

»Wer könnte Interesse gehabt haben, sie zu ermorden?«, fragte Ulmer. »Hatte sie Feinde? Wissen Sie von einem Streit, von Konflikten in der Vergangenheit?«

Zaugg dachte nach. »Nein, mir fällt niemand ein, der ihr Böses gewünscht hätte. Sie war beliebt, hilfsbereit, ein Energiebündel. Mit ihrer Fröhlichkeit konnte sie jeden mitreissen. Sie war klug, hörte zu, nahm Anteil ...« Der Arzt stockte. »Das ergibt alles keinen Sinn«, sagte er leise.

Emma sah, wie seine dunkelblauen Augen anfingen feucht zu glänzen. Energisch wischte er sich mit dem Handrücken über die Stirn.

»Wie stand Sara Helbling zu ihrer Familie?«

Zaugg räusperte sich. »Ihr Vater starb früh. Zu ihrer Mutter hatte Sara eine innige Beziehung. Sie besuchte sie in Winterthur, so oft es ging.«

»Geschwister?«

»Ja, eine jüngere Schwester. Sie hatte den Kontakt zu ihr aber vor Jahren abgebrochen.«

»Wissen Sie warum?«

»Nein, sie wollte nicht darüber reden. Ich glaube, es ging um eine Männergeschichte. Ihre Schwester hatte Sara einen Freund ausgespannt, genau weiss ich es aber nicht. Das war vor meiner Zeit.«

Ulmer machte sich Notizen. »Hasste sie ihre Schwester deswegen?«

»Nein, das war lange her. Sara war nicht nachtragend. Sie hatte einfach kein Bedürfnis mehr, ihre Schwester zu sehen.«

Wir müssen mit der Schwester reden, notierte sich Emma, vielleicht steckt mehr hinter dem Zerwürfnis.

»Offensichtlich kannte Sara Helbling ihren Mörder«, sagte Ulmer. »Sie musste ihm vertraut haben. Können Sie uns sagen, wer das sein könnte?«

»Da kommen viele in Frage. Sara traf sich nach Feierabend oft mit ein paar Arbeitskollegen zu einem Bier. Sie waren wie eine Clique. Ich denke, sie hätte jederzeit jemanden vom Waidspital in ihre Wohnung gelassen. Auch an einem Samstagmorgen.«

»Hatte sie zu einem Arbeitskollegen besonderen Kontakt?«

»Ihre beste Freundin arbeitet im Waidspital in der gleichen Abteilung, als Krankenschwester in der Akutabteilung für Geriatrie.«

»Wie heisst sie?«

»Ina Roos.«

»Kennen Sie Frau Roos?«

»Ja, Sara und ich hatten Ina und ihren Freund einmal zu uns zum Essen eingeladen. Ina ist eine nette Frau, ihren Freund aber kann ich nicht ausstehen. Er ist ein roher Kerl, der nur an sich denkt. Ich habe deshalb den Kontakt zu den beiden abgebrochen.«

Emma nickte unmerklich, sie verspürte auch keine Lust, Jakob jemals wiederzusehen.

»Sara pflegte ein freundschaftliches Verhältnis zu allen ihren Arbeitskollegen«, redete Zaugg weiter. »Von Streit oder Rivalitäten weiss ich nichts.«

»Hatte sie Hobbys, traf sie sich mit Leuten in einem Verein?«

»Gelegentlich ging Sara im Seefeld ins Yoga«, antwortete Zaugg, »einmal in der Woche spielte sie Badminton im Sportverband der Uni. Oft war sie mit dem Fotoapparat unterwegs. Sie fotografierte alte Menschen, ihre zerfurchten Gesichter, die Spuren, die das Leben hinterlassen hatte. Sara war musisch sehr begabt. Kürzlich besuchte sie einen Zeichenkurs. Aber am liebsten war sie zu Hause, zog auf ihrem Balkon Kräuter und Gewürze und lud Freunde zum Essen ein. Sie kochte gerne.«

»Können Sie uns eine Namensliste zusammenstellen mit Menschen, die ihr nahestanden und mit denen sie sich regelmässig traf?«

»Selbstverständlich. Ich kann das heute Abend tun. Wohin soll ich die Liste schicken?«

Ulmer griff in seine Jackentasche und holte eine Visitenkarte hervor. Anatol Zaugg steckte die Karte ein. Er wollte etwas sagen, liess es aber bleiben. Die Polizisten warteten.

»Warum hat ihr der Mörder die Hand abgeschnitten?«, fragte Zaugg schliesslich leise und starrte auf seine Fingernägel. »Ich habe das heute Morgen in den Onlinezeitungen gelesen.«

»Wir wissen es nicht«, antwortete Emma, »aber wir werden den Mörder kriegen.«

»Dieser verdammte Mistkerl«, presste Zaugg plötzlich heraus. Die Polizisten blickten sich kurz an. Die heftige Reaktion überraschte sie.

»Trug Sara Helbling einen Ring, gab es ein besonderes Merkmal auf ihrer Hand, eine Narbe, ein Tattoo?«, fragte Emma.

»Nein, nichts. Ich frage mich seit Stunden, wozu der Mörder ihre Hand mitnahm. Es muss ein Verrückter sein, ein Psychopath.«

Emma nickte. Sie konnte den Arzt gut verstehen. Die Ermordung seiner Exfreundin musste für ihn ein harter Schlag sein.

Emma blätterte in ihrem Notizblock und strich sich eine blonde Strähne hinter das Ohr. »Der Täter hinterliess eine Botschaft.« Sie las den Text vor. »Sagen Ihnen die Worte etwas?«

»Nein, noch nie gehört.«

»Könnte sie Frau Helbling geschrieben haben?«

»Das glaube ich kaum. Sie drückte sich nie so schwülstig aus. Das passt nicht zu ihr.«

Es klopfte und eine Krankenschwester, die mit ihren kupferroten Haaren aussah wie Pumuckl, steckte ihren Kopf durch die Tür. »Herr Doktor Zaugg, der Katarakt in Zimmer 119 wartet. Soll ich den Termin verschieben?«

Der Arzt wandte sich an die beiden Polizisten und hob fragend die Augenbrauen. »Haben Sie noch weitere Fragen an mich?«

»Nein, wir sind vorläufig fertig«, erwiderte Ulmer und stand auf. »Sind Sie in den nächsten Tagen erreichbar?«

»Ja, ich bleibe im Lande«, antwortete Zaugg und erhob sich ebenfalls.

»Wenn Sie Fragen haben, können Sie mich jederzeit anrufen. Es tut mir leid, dass ich Ihnen nicht weiterhelfen konnte. Aber jetzt muss ich auf Visite.« Er reichte Emma und Ulmer die Hand. »Hoffentlich erwischen Sie den Täter bald.«

***

Die Zeitungen druckten lediglich kurze Agenturmeldungen über den Mord an der Krankenschwester, kein Blatt berichtete über die abgeschnittene Hand, nicht einmal die Boulevardzeitungen, die sonst einen Riecher hatten für aussergewöhnliche Mordgeschichten. Die Zeit reichte den Printmedien wohl nicht mehr, den »Schweiz aktuell«-Primeur aufzunehmen, dachte Maria. Sie überflog die »NZZ«. Nichts. Den »Tages-Anzeiger«, die »Berner Zeitung« und eine Menge Regionalzeitungen hatte sie schon gelesen. Maria war früh aufgestanden und ins Fernsehstudio gefahren. Die SBB-Wanduhr zeigte kurz nach acht. LED-Lampen warfen ein gleissendes Licht. In der Redaktion arbeitete noch niemand. Maria genoss die Ruhe. Auf ihrem Schreibtisch dampfte ein Kaffee, einen Becher mit Himbeerjoghurt hatte sie bereits ausgelöffelt. Sie legte die Zeitungen beiseite und öffnete auf ihrem PC den Browser. Die Onlinemedien berichteten ausführlich über den Mord und zitierten dabei allesamt »Schweiz aktuell«. Maria schaltete das Radio ein, das auf dem Produzentenpult stand. Das Regionaljournal auf SRF 1 brachte den Mord sogar als Aufmacher, inklusive dem Interview, das Maria mit dem Polizeisprecher führte. Maria freute sich. Ihre Story würde in den nächsten Tagen breit zitiert werden. Sie nahm den leeren Joghurtbecher vom Tisch und warf ihn schwungvoll in Richtung Abfalleimer. Treffer. Sie war voller Tatendrang. Ihre Augen leuchteten grün. Auf dem Weg ins Büro hatte ihr Vater angerufen und gesagt, dass er soeben mit Theo Glauser gesprochen habe. Der sei damit einverstanden, wenn Max sie laufend über neue Ermittlungsergebnisse im Mordfall informiere und die Kripo im Gegenzug von ihren Recherchen profitiere.

Maria nahm ihren Schreibblock vom Bürotisch. Max hatte ihr von der Karte erzählt, die der Täter auf dem Sekretär von Sara Helbling hinterlassen hatte. Sie hatte sich die seltsamen Worte notiert: »Wonne bald wird deine Qual.« Maria überlegte. »Antlitz funkeln … harre im Dunkeln …« Ziemlich düster, aber auch hoffnungsvoll. Was konnte das bedeuten? Max hatte gesagt, dass sie diese Information veröffentlichen dürfe. Theo Glauser erhoffe sich damit Hinweise aus der Bevölkerung. Mit ein wenig Glück, dachte Maria, hatte sie heute Abend einen weiteren Primeur in der Sendung – die geheimnisvolle Nachricht des Mörders. Sie strich sich mit der Hand eine Locke aus dem Gesicht und gab den Text in verschiedene Suchmaschinen ein. Sie erhielt Tausende Treffer. Maria überflog die ersten Seiten, aber es war nichts Brauchbares dabei. Der Spruch könnte eine Grabinschrift sein oder in einer Todesanzeige stehen, überlegte Maria.

»Hast du im Büro übernachtet?«, riss sie eine Stimme aus ihren Gedanken. Es war Hugo Stalder. Er schlurfte mit gesenktem Kopf heran und setzte sich ihr gegenüber an seinen Schreibtisch. Seine schütteren Haare klebten auf dem Kopf. Mit der Zunge leckte er sich über die wulstigen Lippen und fuhr mit dem Handrücken über die grossen Nasenlöcher.

»Guten Morgen, Hugo«, antwortete Maria gut gelaunt. »Heute früh hielt es mich nicht lange in den Federn, ich musste raus. Der Mordfall lässt mir keine Ruhe. Er steckt voller Rätsel.«

»Du hast immer so viel Glück mit deinen Geschichten«, maulte Hugo und starrte auf seine fleischigen Finger. »Mir passiert so etwas nie.«

»Unsinn, deine Stunde wird noch kommen.« Sie zwinkerte ihm zu. »Das sagt mir mein weiblicher Instinkt.«

Produzent Eugen Voss betrat das Grossraumbüro, unter seinem rechten Arm klemmte ein Stapel Lokalzeitungen. »Tolle Mordgeschichte, Maria«, rief er ihr zu, während er seinen PC startete. »Wir haben gestern alle abgetrocknet.«

»Danke für die Blumen«, erwiderte Maria lächelnd. »Ich denke, der Fall gibt genügend Stoff her für weitere Berichte.«

Voss nickte. »Grossartig, wir besprechen das gleich an der Sitzung.«

Die grauen Haare standen Oskar Lehmann heute nicht ganz so wirr vom Kopf wie sonst, als er die Sitzung eröffnete. Das fahle Gesicht schien Maria weniger grau und der sehnige Hals war von einem schwarzen Wollkragenpullover verdeckt.

Der Redaktionsleiter blickte munter in die Runde. Allem Anschein nach ist Oskar gut in den Morgen gestartet, dachte Maria belustigt, offensichtlich fand er in den Zeitungen keine Todesanzeige mit Verstorbenen, die jünger waren als er.

Die Morgensitzung um neun Uhr fünfzehn begann wie immer mit der Sendekritik. Oskar Lehmann zerpflückte mit teuflischer Lust die

Geschichte vom Bienensterben im Thurgau, die Hugo Stalder gemacht hatte, weil sie zu langatmig erzählt war, mehrere Text-Bild-Scheren aufwies und unnötige Passivsätze enthielt. Hugo kaute auf seiner Lippe. Marias Bericht lobte Lehmann, »präzis, emotional, auf den Punkt gebracht.« Der Redaktionsleiter fuchtelte mit dem Zeigefinger. »Maria verdankt ihren Primeur einem Informanten, einem Leichenbestatter, der ihr vom Mord erzählt hat. Nehmt sie euch zum Vorbild. Pflegt eure Kontakte. Nur so kommen wir zu aufsehenerregenden Geschichten.«

Maria bog ihre Finger, bis ihre Knöchel knackten. Sie mochte es nicht, wenn sie vor allen gelobt wurde, öffentlicher Applaus war ihr peinlich. Lehmann wandte sich an Voss. »Was haben wir heute in der Sendung?«

Der Produzent drückte auf seinen Touchscreen und öffnete das Planungsprogramm Open Media. »Der Giftmüll aus dem Wallis, der im Hafen von Basel umgeschlagen wird, ist wesentlich giftiger als die Sanierungsfirma bisher beteuert hat«, begann Voss. »Die Geschichte macht unser Basler Korrespondent.« Voss klickte weiter. »Die Staatsanwaltschaft ermittelt im Kantonsspital Winterthur gegen einen Chefarzt wegen fahrlässiger Tötung, weil eine Mutter nach einer Totgeburt im Spital verblutete. Niemand half ihr. Eine emotionale Geschichte.« Der Produzent richtete sich auf. »Dazu gibt's noch ein paar Kurznachrichten aus den Regionen. Mehr haben wir momentan nicht.« Er schaute auf seine Armbanduhr. »Aber es ist ja erst halb zehn. Da kommt sicherlich noch was.«

»Das sieht gar nicht so schlecht aus«, stimmte ihm Lehmann zu. »Wer macht heute den A-Dienst?«

Voss blickte auf Hugo. »Hugo. Er übernimmt für Maria.«

Hugo wollte gerade Luft holen, um zu protestieren, als ihn Voss ungerührt überging. »Maria, gibt es Neuigkeiten zum Mordfall an der Krankenschwester?«

»Ja, so ist es«, begann Maria und schlug ihren Notizblock auf. »Die Kripo fand auf dem Schreibtisch von Sara Helbling eine A6-grosse Karte mit einer handgeschriebenen Botschaft, die vom Täter stammt.« Sie las den Text vor. Alle hörten gebannt zu.

»Hm, die Botschaft ist tatsächlich seltsam«, ergriff Lehmann das Wort. »Die Mordgeschichte wird immer mysteriöser. Wie hast du von dieser Karte erfahren?«

»Ihr wisst, dass mein Vater mit dem Fall zu tun hat. Er wird mich laufend über die Polizeiarbeit informieren. Die Kripo ist damit einverstanden. Allerdings musste ich zusichern, nur diejenigen

Informationen zu veröffentlichen, bei denen mir die Kripo zuvor grünes Licht gibt. Der zuständige Kommissar vertraut mir, ich kenne ihn von früher.«

»Dürfen wir über die Botschaft des Mörders berichten?«

Maria grinste. »Ja, sonst hätte ich euch nicht davon erzählt. Ich musste versprechen, Informationen, die nicht für die Öffentlichkeit bestimmt sind, für mich zu behalten. Daran halte ich mich. Ich will das Vertrauen der Kripo nicht verspielen.«

Lehmann nickte halb belustigt, halb verständnisvoll. »Weiss sonst noch jemand von der Botschaft?«

»Nein, wir haben die Geschichte exklusiv, wenn sie unsere lieben Kollegen vom Lokalfernsehen nicht vorher wegschnappen.«

»Okay, wir bringen die Geschichte heute Abend«, entschied Eugen Voss, »sonst ist es vielleicht zu spät. Wie willst du vorgehen?«

Maria überlegte. »Wir müssen zwei Rätsel lösen: Warum schnitt der Täter die Hand ab? Und: Was bedeutet seine Botschaft auf der Karte? Beiden Fragen gehe ich nach. Ich habe den Text bereits in mehrere Suchmaschinen eingegeben, das brachte mich nicht weiter. Der Täter hat entweder ein älteres Gedicht zitiert, das unbekannt ist, oder er verfasste den Text selbst, wobei er altmodische Wörter benutzt hat.«

»Der Text klingt tatsächlich altertümlich«, sagte Lehmann. »Vielleicht kann dir ein Philologie-Professor sagen, aus welchem Jahrhundert er stammt. Frag an der Uni im Deutschen Seminar nach. Du kannst dem Professor deine Notizen zeigen, dann hast du auch Bilder.«

»Mach ich, ich rufe dort gleich an.«

»Zudem solltest du einen Kriminalpsychologen vor die Kamera kriegen, der erklärt, was der Täter mit der Hand vorhaben könnte«, schlug Voss vor.

»Ja, daran habe ich auch schon gedacht«, erwiderte Maria und schaute den Produzenten keck an. »Wie viele Minuten gibst du mir für die Geschichte?«

»Vier bis fünf kannst du haben.«

»Okay, sehr gut. Ich befrage noch den Staatsanwalt und versuche Freunde oder Arbeitskollegen zu interviewen, damit nicht nur Experten zu Wort kommen.«

»Das wird knapp«, sagte Voss. »Aber wenn du das bis heute Abend hinkriegst, wäre das toll. Beeil dich. Leo wartet auf der Piazza auf dich.«

Maria stand auf, schnappte ihre Jacke vom Schreibtisch und rannte los.

***

Zusammen mit Nik und Anna Zumsteg hievte Sokrates die Leiche von Sara Helbling auf einen Chromstahltisch. Er kniff seine Augen zusammen. Das Licht im Obduktionsraum schien grell von den Neonröhren an der Decke. Die weiss gekachelten Wände warfen ein helles Licht wie in einem Schlachthaus. Es roch süsslich nach Eisen, der typische Geruch von Blut. Theo Glauser und Lara Odermatt standen neben der Tür und verfolgten die Obduktion. Sokrates, Nik und Anna zogen sich Gesichtsmasken an, dazu einen Spritzschutz aus halbrundem Plexiglas, der mit einem Stirnband befestigt war.

»Fangen wir an«, sagte Sokrates und rückte seine Brille unter dem Spritzschutz zurecht. Er nahm ein grosses, sehr scharfes Messer vom Bestecktablett und begann mit einem T-Schnitt. Vorsichtig durchschnitt er die Haut von der linken Schulter entlang des Schlüsselbeins zur rechten Schulter, zwischen den Brüsten nach unten bis zum Schambein. Lara Odermatt trat neben ihn, hob ihre Digitalkamera und schoss Fotos.

Nach und nach präparierte Sokrates die Haut vom Oberkörper weg, klappte den Hautmantel mit den Brüsten auf wie ein Hemd und legte Brust- und Bauchmuskeln frei.

Es war still im Raum, keiner sagte ein Wort, nur die Klimaanlage surrte. Sokrates prüfte die Innenseite der Brustdrüsen auf Hämatome und Gewalteinwirkung. Nichts zu sehen.

»Sara Helbling wurde vor ihrem Tod weder geschlagen noch getreten«, erklärte er an Nik gewandt. Sein Assistent schrieb alle Befunde auf. Glauser machte sich Notizen.

Mit einem Skalpell durchtrennte Sokrates im Brustkorb die kleinen Muskeln zwischen den Rippen und stach in das Lungenfell. Die Lunge fiel in sich zusammen, es war zuvor keine Luft in die Brusthöhle eingedrungen. »Die Lungenflügel von Sara Helbling sind vor ihrem Tod nicht kollabiert«, informierte Sokrates.

»Wir können also davon ausgehen, dass sie keine weiteren Stich- oder Schussverletzungen erlitten hatte?«, fragte Glauser.

»Ja, so ist es.«

Sokrates nahm eine Zange, die wie eine Geflügelschere aussah, und löste das Brustbein heraus. Dabei knackte es jedes Mal, wie wenn Hühnerknochen splitterten. Mit einer Schere durchtrennte er Aorta und

Lungenarterie. Er gab Nik das herausgeschnittene Herz, der es in eine Chromstahlschale legte und wog. Das Gewicht schrieb Nik auf einen Organzettel, ein A5-Blatt mit einer Tabelle. Währenddessen schöpfte Sokrates mit einer Kelle den Inhalt des Magens in einen Messbecher.

»Breiige Konsistenz, braungelbe Farbe, feste Nahrungsmittelbestandteile, vermutlich Fleischfasern, zweihundertfünfzig Milliliter Inhalt, säuerlicher Geruch.«

»Soll ich nun den Kopf öffnen?«, fragte Anna.

»Ja«, antwortete Sokrates. »Ich brauche nicht mehr lange.«

Während Sokrates die Bauchhöhle leerte, Gebärmutter und Eierstöcke herausnahm, durchschnitt Anna die Schädelhaut der Leiche von Ohr zu Ohr. Dazu strich sie die blonden Haare der Toten nach vorne. Sie präparierte die Kopfschwarte weg, entfernte mit einem Skalpell die Kopfhaut und zog diese mit Kraft auseinander, sodass der vordere Teil der Kopfhaut auf dem Gesicht von Sara Helbling zu liegen kam und der hintere Teil auf dem Obduktionstisch. Anna fräste mit einer elektrischen Säge, die aussah wie ein Stabmixer mit Flexscheibe, einen Kreis in die Schädeldecke und entfernte den Schädelknochen. Der Geruch von verbranntem Haar stieg in die Nase.

Währenddessen schnitt Sokrates die Gebärmutter längs auf und untersuchte die Schleimhaut. Sie zeigte ihm an, ob Sara Helbling schwanger gewesen war. Das Ergebnis war negativ. Mit Hilfe eines Vaginalspekulums öffnete er den Vaginalschlauch und überprüfte, ob Verletzungen zu sehen waren. »Sara Helbling war kein Opfer sexueller Gewalt«, gab er zu Protokoll.

Anschliessend sezierte Sokrates die Muskeln von Armen und Beinen. Den Armstumpf untersuchte er sehr genau. Die Schnittfläche war glatt, nicht gequetscht oder stumpf. »Die Hand wurde sorgfältig mit einem scharfen, glatten Messer an den Knorpeln des Handgelenks durchtrennt«, sagte Sokrates. »Ein Brotmesser hätte am Stumpf Rillen hinterlassen und eine Axt die Handknorpel zertrümmert.«

»Könnte das Tatwerkzeug ein Skalpell sein, wie es Chirurgen verwenden?«, fragte Glauser. »Womöglich arbeitet der Täter wie Sara Helbling im Spital.«

»Vielleicht hatte der Täter ein Skalpell benutzt«, antwortete Sokrates, »aber mit einem Teppichmesser oder einem scharfen Küchenmesser hätte er die Hand ebenso gut abschneiden können. Mit etwas Geschick wäre dazu jeder imstande. Auch eine Frau, es braucht dazu nicht allzu viel Kraft.«

Sokrates begab sich zur geöffneten Schädeldecke. Er präparierte mit dem Skalpell das Grosshirn heraus und wog es in einer Schale. Dann legte er den Hals frei. Sorgfältig untersuchte er, ob Blutungen vorhanden waren. Nein, nichts zu sehen. »Sara Helbling wurde weder erdrosselt noch erwürgt«, meldete Sokrates, »die Halsmuskulatur ist unauffällig, das Zungenbein nicht gebrochen.«

Vorsichtig entfernte Sokrates das Kleinhirn und den Hirnstamm, der sich unmittelbar vor dem Nacken befand. Bei Sara Helbling fühlte sich der Hirnstamm matschig an, weil er zerstört worden war. »Todesursache ist eindeutig die Zerstörung des Hirnstammes durch den Einschuss«, sagte Sokrates.

Zusammen mit Nik und Anna drehte Sokrates die Leiche auf den Bauch. Er entfernte die Haut am Nacken mit einem Skalpell und sezierte die Nackenmuskulatur. Die Halswirbel knirschten, als er draufdrückte, sie waren gebrochen. Sokrates schnitt das Hautstück um das Einschussloch heraus und steckte es in einen weissen Plastikbecher, der mit Formalin gefüllt war. Das Einschussloch war nur wenige Zentimeter tief. Es konnte also jemand mit einer Pinzette das Projektil herausholen, ohne weiteres Gewebe zu zerstören, stellte er fest.

Die Obduktion dauerte zwei Stunden. Als Sokrates fertig war, nahm er die Gesichtsmaske vom Kopf und streifte sich die Handschuhe ab.

»Die Todesursache war das Geschoss, das den Hirnstamm von Sara Helbling zerstört hatte«, fasste er zusammen. »Weitere Spuren von Gewalt konnten wir keine ausmachen, abgesehen von der abgeschnittenen Hand. Ob sie Drogen oder Gift im Körper hatte, wirst du in einer Woche erfahren, aber es gibt keinerlei Hinweise darauf.«

»Danke, Sokrates.« Glauser warf einen Blick auf seine Uhr. »Ich muss mich beeilen, um elf Uhr beginnt der Rapport mit meinen Leuten, zuvor habe ich noch einen Termin bei einer Graphologin. Ich zeige ihr die Botschaft auf der Karte. Hoffentlich kann mir die Kartenleserin weiterhelfen«, sagte er, wobei er das Wort Kartenleserin gedehnt aussprach.

Während sich Sokrates und Nik umzogen, setzte Anna die Schädeldecke auf den Kopf von Sara Helbling und nähte die Kopfschwarte zu. Mit Zellstoff saugte sie in der Bauchhöhle die Flüssigkeit auf, die sich in der Leiche angesammelt hatte. Sie legte alle Organe, einschliesslich des Gehirns in die Bauchhöhle und nähte den

Körper in groben Stichen zu. Danach brachte sie die Leiche von Sara Helbling zurück in den Einsargungsraum, schob ihn in ein Kühlfach und desinfizierte den Obduktionstisch mit einem scharfen Mittel. Ihre Arbeit war gemacht.

***

Theo Glauser schritt auf das nüchterne Bürogebäude zu, das in der Nähe des Bahnhofs Stadelhofen lag. Im Vorbeigehen warf er einen Blick auf die geschwungenen Bögen, die aussahen wie die Rippen eines Stiers. Die Beton-Stahl-Konstruktion von Calatrava erinnerte ihn an die Säulengänge im Parc Güell von Antoni Gaudí in Barcelona, den er vor Jahren mit seiner Frau besucht hatte.

Auf einem polierten Messingschild war links von der gläsernen Eingangstür in geschwungener Schrift »Ariane Zobel. Unternehmensberatung und Graphologische Gutachten« eingraviert.

Glauser fuhr mit dem Lift in den zweiten Stock. Im Empfangszimmer war die Sekretärin gerade dabei, im Drucker einen Papierstau zu beheben. Sie schlug mehrmals mit der Hand gegen das Plastikgehäuse. Als das nichts nützte, zog sie ihren rechten Schuh aus, sie trug Pumps, und haute damit auf das Gerät. Ihre hochgesteckten nutellabraunen Locken wippten, den Mund hatte sie zusammengepresst, die grünen Augen blitzten wütend.

Als sie Glauser bemerkte, errötete sie leicht, setzte sich an ihren Schreibtisch und fragte mit ernster Miene: »Was kann ich für Sie tun?«

Glauser, der ein Grinsen nur mit Mühe unterdrücken konnte, antwortete: »Kann ich Ariane Zobel sprechen? Ich habe bei ihr einen Termin.«

Die Sekretärin blätterte im Terminkalender. »Einen Moment bitte.« Sie nahm den Telefonhörer ab und drückte ein paar Knöpfe. »Frau Zobel wird gleich kommen. Bitte setzen Sie sich.« Mit ihrer zierlichen Hand zeigte sie auf eine Gruppe von schwarzen Kunstlederstühlen. Glauser machte es sich auf einem bequem, er war müde, er hatte nur wenig geschlafen. Nach sieben Minuten kam eine Frau auf ihn zu, Anfang fünfzig, silbergraue Haare, Pagenschnitt, Perlenohrringe und Goldarmband mit Tierkreiszeichen. Ihr Gesicht war dezent geschminkt, die graublauen Augen blickten wach, zuweilen etwas spöttisch. Sie trug ein Deux-Pièces, dunkelgrau, dazu ein Foulard von Fabric Frontline, worauf helle Birkenäste auf schwarze Seide gedruckt waren. Sie streckte

Glauser ihre kühle Hand entgegen. Glauser stand auf und nahm sie.

»Herr Glauser von der Kriminalpolizei«, begann Ariane Zobel, »was verschafft mir die Ehre?« Sie schien belustigt.

»Wir haben es mit einem Tötungsdelikt zu tun«, sagte Glauser. »Der Täter hat eine handschriftliche Botschaft hinterlassen. Ich brauche Ihren professionellen Rat.«

»Geht es um den Mord an der Krankenschwester, von dem ich gestern in den Nachrichten gehört habe?«

»Ja.« Glauser mochte es nicht, wenn ihm Medienberichte unter die Nase gerieben wurden, zu einem Fall, für den er zuständig war.

»Folgen Sie mir«, sagte Zobel und schürzte ihre Lippen. Sie führte Glauser in ein Sitzungszimmer, champagnerfarbene Tapeten, ausgestattet mit einem filigranen Glastisch, der auf Chromstahlfüssen ruhte. Ringsum standen mehrere bequeme Ledersessel. An die Längswand war ein niedriges Regal mit Fachzeitschriften geschraubt. Darüber hing ein Druck von Mark Rothko in den Farben karminrot und kobaltblau, eingefasst in einem weisslackierten Holzrahmen. Glauser hatte einmal eine Rothko-Ausstellung im Beyeler-Museum in Basel besucht. Die Bilder hatten ihn stark beeindruckt.

»Nun, was kann ich für Sie tun?«, fragte Zobel, nachdem sie sich gesetzt und die schlanken Beine übereinander geschlagen hatte. »Eine Botschaft in einem Mordfall, das klingt interessant.«

Auch Glauser setzte sich und ertappte sich dabei, wie er auf ihre seidig glänzenden Strümpfe starrte. Er wandte seinen Blick ab. »Ich zähle auf Ihre Diskretion, die Informationen sind nicht öffentlich«, begann er.

»Selbstverständlich«, unterbrach ihn Zobel, »Sie können sich darauf verlassen, dass wir alles vertraulich behandeln.«

»Nun«, er öffnete seine Aktentasche, »was sagen Sie dazu?« Er holte eine Kopie der Karte hervor, die auf dem Sekretär von Sara Helbling lag und reichte sie Ariane Zobel.

»Ich nehme an, das soll die Botschaft sein? Eine Kopie. Was soll ich damit anfangen?«

Glauser richtete sich auf. »Was können Sie mir über den Schreiber sagen? Wer ist er?«

Ariane Zobel schloss die Augen. Dann nahm sie die Kopie und betrachtete die Schrift. Das Blatt klemmte sie dabei zwischen Daumen und Zeigefinger, den kleinen Finger spreizte sie ab, als ob sie ein Cocktailglas hielt. Auf ihrer schmalen Hand waren ein paar

Altersflecken zu sehen, die Nägel glänzten von transparentem Lack. »Wissen Sie, für eine fundierte Analyse einer Handschrift brauche ich mehr als ein paar kopierte Zeilen auf einer Postkarte. Eine Handschriftenprobe sollte im Original im Umfang von mindestens einer A4-Seite vorliegen. Hier haben wir es weder mit einem Original zu tun noch mit einer A4-Seite, sondern mit sechs dürftigen Sätzen.«

Glauser beugte sich nach vorn und strich sich mit beiden Händen durchs Haar. »Ich erwarte nicht von Ihnen, dass Sie mir anhand der Schrift sagen können, welchen Charakter der Täter hat. Sie würden mir schon helfen, wenn Sie herausfinden, ob wir es mit einem Mann oder einer Frau zu tun haben, ob jung oder alt, intelligent oder einfältig.« Glauser grinste. »Auch Adresse oder Telefonnummer des Täters wären hilfreich.«

Zobel schaute ihn ernst an. »Die Graphologie ist eine Wissenschaft, die seit Jahrhunderten gepflegt wird. Wir geben detailliert Auskunft über die emotionale Struktur des Schreibers. Wir analysieren seine Gesamtpersönlichkeit, beantworten Fragen zu intellektuellen Fähigkeiten und zum Sozialverhalten. Auch Leistungsvermögen und emotionale Stabilität können wir exakt ermitteln. Doch Aussagen zu Geschlecht, Alter und Zukunftsprognosen eines Menschen sind anhand der Handschrift nicht möglich. Ebenso wenig können wir sagen, ob jemand geistig oder körperlich gesund ist. Wer behauptet, er könne das, der lügt.«

Glauser runzelte ungläubig die Stirn. »Sie können die Persönlichkeitsstruktur eines Menschen mit Hilfe seiner Handschrift herauslesen, aber Sie können nicht sagen, ob der Schreiber ein Mann war oder eine Frau, ein Kind oder ein Greis, psychisch krank oder gesund ist?«

»Ja, so ist es. Ich verspreche nichts, was ich nicht einlösen kann.« Ihre eisgrauen Augen sahen aus wie die von einem sibirischen Schlittenhund.

Glauser überlegte. »Sie haben jahrelang Handschriften analysiert, was sagt Ihnen Ihre Erfahrung?«

Zobel strich mit ihrer Hand den Rock glatt. »Glauben Sie mir, das ist sehr heikel. Ich kann mich täuschen. Die Schriftprobe ist zu klein.«

Glauser murmelte etwas und wartete. Ariane Zobel betrachtete die Kopie. Sie liess sich Zeit. »Wenn ich raten müsste, haben wir es mit einer entschlossenen Person zu tun, zielstrebig, emotional und intelligent.«

Die Graphologin führte die Kopie noch näher an ihre Augen. »Sie ist warmherzig, grosszügig und hilfsbereit. Aber sie kann sich auch wehren. Sie lässt sich nicht alles gefallen.«

»Mann oder Frau?«

»Ich weiss es nicht, ich kann das nicht sagen.«

Glauser wippte ungeduldig mit dem rechten Fuss. »Die Handschrift ist schön, runde Buchstaben, geschwungene Bögen, harmonisches Schriftbild, wer schreibt so?«

»Solche Handschriften sehe ich meistens bei Frauen. Männer schreiben kantiger, eckiger, unregelmässiger. Doch das bedeutet nicht viel. Es gibt auch Männer, die eine weibliche Handschrift haben.«

»Aber wenn Sie Ihre Seele darauf verwetten müssten, würden Sie dann sagen, eine Frau hat die Botschaft geschrieben?«

»Ja, aber nur, wenn ich meine Seele darauf verwetten müsste. Sonst würde ich das nicht tun.«

Theo Glauser notierte sich die Antworten in einen Notizblock. »Ihre Aussage gibt mir zu denken. Meine Erfahrung sagt mir, dass wir es mit einem Täter zu tun haben, einem Mann. Ich treffe kaum auf Frauen, die so kaltblütig einen Menschen töten können, so beherrscht, ohne jegliche Gefühlsregung.«

»Sie kennen uns Frauen nicht.« Aus ihren Augen blitzte der Schalk.

»Was denken Sie, wie alt wird der Täter sein?«

Ariane Zobel seufzte. »Herr Glauser, Sie machen es mir schwer. Sie wissen, dass wir keine Aussagen über das Alter machen können. Das lässt die Handschriftenkunde nicht zu.«

»Ich werde Sie nicht auf Ihre Aussagen behaften, doch die Kriminalpolizei hat bisher nichts in der Hand. Wir haben keine Spur, die wir verfolgen könnten. In welche Richtung sollen wir ermitteln? Wir stehen vor einem Rätsel. Es ist wie mit dem Würfelspiel. Die Chancen stehen lediglich eins zu sechs. Aber mit Ihrer Hilfe erhöhen wir hoffentlich die Trefferquote.«

Zobel zupfte an ihrem Perlenohrring. »Im Laufe seines Lebens reift ein Mensch heran, das drückt sich auch in seiner Handschrift aus. Erfahrene Graphologen erkennen, ob sich ein Mensch entfalten konnte, oder ob er aus Angst vor dem Versagen zurückgewichen ist, und er nicht imstande war, seine Lebensziele zu verwirklichen. Wir erkennen, ob Menschen am Leben zerbrochen sind oder ob sie Erfolg hatten.«

Glauser hörte ruhig zu, seine Hände waren verschränkt.

»Um auf Ihre Frage nach dem Alter der Täterin oder des Täters zurückzukommen«, fuhr Zobel fort, »ich sehe nichts dergleichen. Keine

Verbitterung, keine ausgereifte Entfaltung der Persönlichkeit, keine Sattheit. Das deutet darauf hin, dass wir es eher mit einer jüngeren Person zu tun haben, keinesfalls mit einem Greis.«

»Wir sollten also nach einer jüngeren Frau fahnden? Ist das Ihre Erkenntnis aus der Handschrift?« Glauser schüttelte den Kopf. »Haben Sie die Botschaft gelesen? Der Täter hat altmodische Wörter verwendet. Ich kenne niemanden, der jung ist und so etwas schreibt. Sie etwa?«

Ariane Zobel reichte ihm die Kopie »Nein. Aber diese Karte hat ein junger Mensch geschrieben, mit grosser Wahrscheinlichkeit eine Frau.«

***

Franz Ulmer wischte sich mit der Papierserviette über den Mund, nachdem er herzhaft in ein Schinkenbrötchen gebissen hatte. »Kennt ihr den Witz vom Schüler, der in den Schnee gepinkelt hat?«, fragte er seine Kollegen mit vollem Mund.

»Nur zu«, erwiderte Lukas Oppliker belustigt, »wir sind gespannt.«

»Also gut.« Ulmer lehnte sich zurück, schaute in die Runde und wartete ein paar Sekunden, bevor er begann: »Ein Primarlehrer stürmt wutentbrannt ins Klassenzimmer und schreit: ›Wer hat meinen Namen in den Schnee gepinkelt?‹ Es ist mucksmäuschenstill. Niemand rührt sich. ›Wer hat das getan?‹, ruft er nochmals. ›Wenn sich der Täter nicht meldet, muss die ganze Klasse nachsitzen.‹ Da streckt der kleine Hans seine Hand zaghaft nach oben und sagt leise: ›Herr Lehrer, ich war's. Ich habe gepinkelt.‹ Und nach einer kleinen Pause fügt er an: ›Aber geschrieben hat die Vreni.‹«

Die Polizeikollegen brachen in Gelächter aus.

Theo Glauser, der soeben das Sitzungszimmer betreten hatte, schmunzelte. »Der Lehrer hätte nur einen Graphologen beauftragen müssen, dann hätte er die Übeltäterin sofort überführt. Ihre Handschrift hätte sie verraten.«

Er stellte seinen Becher Kaffee auf den Tisch und setzte sich. Es war elf Uhr. Emma Vonlanthen hatte für alle belegte Brötchen mitgebracht. Oppliker schenkte sich Mineralwasser ein und reichte die Flasche weiter. Glauser blätterte in seinen Notizen.

»Ihr seid sicherlich begierig zu erfahren, was die Graphologin über den Urheber der Handschrift ausgesagt hat«, begann Glauser. »Sie meint, und das kam für mich überraschend, dass eine junge Frau den Mord verübt haben musste.«

Die Kriminalpolizisten rissen ungläubig die Augen auf. »Eine Täterin?«, entfuhr es Ulmer, »und diese Information liest sie aus der Handschrift?«

Ulmer schaute aus dem Fenster und wies mit der Hand auf eine Schar Zugvögel, die sich aufmachten, in den Süden zu fliegen und so den nahenden Winter ankündigten. »Mir zeigt der Vogelflug an, dass wir es mit einem Mann zu tun haben.«

Alle lachten. Glauser rieb sich belustigt seine grossen Hände.

»Das widerspricht jeglicher Erfahrung, die wir machen. Ich lege meine Hand ins Feuer, dass wir nach einem Mann fahnden müssen«, warf Oppliker ein.

»Wir wissen nicht, ob ein Mann oder eine Frau die Tat begangen hat«, widersprach Glauser. »Wir dürfen uns nicht vorschnell festlegen, sonst übersehen wir womöglich Dinge, die uns auf die richtige Spur führen würden. Wir müssen unseren Blick offen halten. Die Konsultation bei der Graphologin war einen Versuch wert. Vielleicht behält sie recht und der Täter ist eine Frau.«

Glauser blätterte in seinen Unterlagen. »Lukas und Franz, was habt ihr über das Gedicht auf der Karte herausgefunden? Woher stammt der Text?«

Oppliker schaute zu Ulmer, der mit den Schultern zuckte. »Nichts, Theo, es tut uns leid«, ergriff Oppliker schliesslich das Wort. »Wir haben bis morgens um zwei im Internet und in verschiedenen Datenbanken recherchiert. Die Wörter ›Antlitz funkeln‹ und ›Harre im Dunkeln‹ oder ›Wonne bald wird deine Qual‹ tauchen in tausenden Textstellen auf, es war nichts darunter, was uns weitergeholfen hätte.«

»Tausende Textstellen. Könnt ihr mir sagen«, bohrte Glauser weiter, »aus welchem Jahrhundert die meisten Treffer stammen?«

»Die meisten Einträge fanden wir zu Texten, die im 19. Jahrhundert geschrieben worden waren, ein paar wenige stammten aus dem 18. Jahrhundert«, antwortete Oppliker, »aber es waren Gedichte, Lieder und Sprüche, die mit unserem Fall nichts zu tun haben.«

»Bist du dir sicher?«

»Nein, Theo, ich bin mir nicht sicher!« Oppliker stand der Ärger ins Gesicht geschrieben. »Solch einen Fall mussten wir bisher noch nie bearbeiten, das ist kein gewöhnlicher Mord.«

Glauser sah ihm ruhig in die Augen. »Lukas, du hast recht, das ist ein ausgesprochen seltsamer Fall. Aber das darf uns nicht daran hindern, unserer professionellen Polizeiarbeit zu vertrauen.« Glauser blickte in die Runde. »Glaubt mir Leute, wir kriegen den Mörder.«

Alle nickten und es ging ein zustimmendes Gemurmel durch das Sitzungszimmer.

Franz Ulmer trank einen Schluck Mineralwasser. »Was ergab die Obduktion, Theo?«

Glauser verschränkte seine Hände. »In der Leiche steckte kein Projektil. Das haben die Röntgenbilder ergeben. Allerdings ist der Einschusskanal am Genick nur acht Zentimeter tief. Der Täter«, Glauser unterbrach sich, »oder die Täterin könnte das Projektil auch mit einer Pinzette entfernt haben, sagt Sokrates.«

»Weisst du, wann das Forensische Institut die Schmauchspuren ausgewertet hat?«, wollte Oppliker wissen.

»Erste Ergebnisse bekommen wir heute Nachmittag. Philip Kramer ist dran.«

»Und die anderen Spuren?«, meldete sich Emma zaghaft zu Wort.

»Leider Fehlanzeige. Die meisten Fingerabdrücke stammen, wie erwartet, von Sara Helbling. Bei den anderen hat das AFIS keinen Hit ergeben.« Glauser beugte sich nach vorne. »Stofffasern, Haare und DNA-Spuren sind noch nicht analysiert. Das dauert ein paar Tage. Die Schuhabdrücke Grösse sechsundvierzig sind vielversprechend. Wir wissen noch nicht, wer im Bekanntenkreis des Opfers so grosse Füsse hat. Hoffentlich bringen uns die Schuhspuren weiter.«

»Was ergab die Datenauswertung im ViCLAS?«, fragte Oppliker. »Kein Treffer. Philip hat bis um drei Uhr morgens die Falldaten ins System eingegeben. Das Ergebnis ist eindeutig: Bisher gab es kein vergleichbares Verbrechen in der Schweiz. ViCLAS zeigte zwar einen Tierarzt aus Dübendorf an, der 1996 seiner Frau den Kopf abschnitt, nachdem er sie getötet hatte, doch mit einer Trefferwahrscheinlichkeit, die nahe bei null liegt. Er war es nicht, die beiden Verbrechen weisen zu wenige Übereinstimmungen auf. Auch ein paar Verstümmelungen und Leichenschändungen spuckte die Datenbank aus. Aber die bringen uns nicht weiter.«

»Wie hat der Täter die Hand abgeschnitten?«, fragte Ulmer mit kauendem Mund.

»Mit einem scharfen Messer, sagt Sokrates, der Täter könnte ein Teppich- oder Küchenmesser benutzt haben.«

»Der Täter ist also kein Profi, ein Metzger oder Chirurg?«

»Nicht notwendigerweise.«

Glauser hielt kurz inne. Er steckte seine rechte Hand in die

Hosentasche und berühre mit den Fingern die blaue Glasmurmel seines Sohnes. »Die Obduktion bestätigte die Ergebnisse der Spurensicherung am Tatort. Der Täter hatte Sara Helbling von hinten erschossen und sie anschliessend auf den Parkettboden gelegt. Dabei hat er kaum Spuren hinterlassen. So etwas gibt es selten.«

»Gestern Abend hat ›Schweiz aktuell‹ über den Mordfall berichtet«, wandte sich Franz Ulmer an Glauser. »Meine Frau hat die Sendung gesehen und darin von der abgeschnittenen Hand erfahren. Ich dachte, wir wollten diese Information aus taktischen Gründen zurückbehalten.«

Glauser dachte kurz nach. »Gestern Abend hat mich der Pressesprecher darüber informiert, dass das Fernsehen von der fehlenden Hand weiss. Die Journalistin, die den Bericht gemacht hat, heisst Maria Noll, sie ist die Tochter von Sokrates. Wie sie zu dieser Information gekommen ist, weiss ich nicht.«

»Von Sokrates?«

»Ausgeschlossen. Sokrates würde niemals vertrauliche Informationen weitergeben.« Glauser zögerte kurz. »Heute morgen habe ich mit ihm gesprochen. Wir haben vereinbart, dass er ab sofort seine Tochter über unsere Ermittlungsergebnisse informieren darf, die sie aber erst veröffentlicht, wenn ich grünes Licht gebe. Ich vertraue ihr, ich kenne sie schon lange.«

»Was versprichst du dir davon?«

»Im Gegenzug hilft uns Noll mit ihren Rechercheergebnissen. Es ist ein Deal.«

»Was hat die Mutter von Sara Helbling gesagt? Wie hat sie den Tod ihrer Tochter aufgenommen?«, fragte Emma.

Glauser knackte mit seinen Fingern. Das tat er nur, wenn er innerlich aufgewühlt war. Und das war er selten.

»Nach der Konferenz gestern bin ich zu ihr nach Winterthur gefahren. Ich hatte mich beeilt, weil ich nicht wollte, dass Frau Helbling aus den Medien vom Mord an ihrer Tochter erfährt. Es dauerte lange, bevor sie die Türe öffnete. Vor mir stand eine gebrechliche Frau mit grauen Haaren, die sie zu einem Dutt zusammengebunden hatte.« Glauser machte eine Pause. Die Bilder von gestern Abend drängten sich wieder in sein Bewusstsein. »Sie sah mich von unten mit ängstlichen Augen an, als ahnte sie, dass sie von mir etwas Schreckliches erfahren würde. Als ich ihr mitgeteilt habe, dass ihre Tochter nicht mehr lebt, ist sie gestorben.«

Emma zuckte zusammen und hielt sich die Hand vor den Mund.

»Sie starb innerlich, ich sah es in ihren Augen. Sie weinte nicht, sie sagte kein Wort. Ihre Seele hauchte aus. In diesem Augenblick wurden ihre grauen Haare schlohweiss.« Glauser schloss kurz die Augen. »Wir alle mussten schon Angehörigen die Nachricht vom gewaltsamen Tod eines Menschen überbringen. Das gehört zu unserem Job. Man gewöhnt sich nicht wirklich daran, aber wir lernen, damit umzugehen. Doch so schlimm wie gestern war es selten.«

Glauser erinnerte sich an sein erstes Mal, als er in einem Mord an einer dreiundachtzig Jahre alten Frau ermittelte, die zuvor von einem Siebzehnjährigen vergewaltigt worden war. Er musste ihren Mann informieren. Seine verzweifelten Augen würde er nie vergessen.

»Konntest du mit Frau Helbling sprechen?«, fragte Oppliker nach einer Weile. »Nur kurz. Ich wollte sie nicht noch mehr quälen«, erwiderte Glauser. »Sie konnte mir niemanden nennen, der ihrer Tochter hätte Schaden zufügen wollen.«

»Hat sie etwas zur fehlenden Hand gesagt?«

»Nein, ich habe sie nicht danach gefragt. Ich konnte ihr das nicht antun.«

Kaum hatte Glauser den letzten Satz beendet, erklang die Melodie »In der Halle des Bergkönigs«. Glauser klappte sein Handy auf. Auf dem Display stand die Nummer der Einsatzzentrale. »Ja«, sagte er knapp. Während er zuhörte presste er seinen Mund zusammen und biss auf die Zähne, bis die Kiefermuskeln hervortraten. »Wir kommen sofort. Verständigt die Spurensicherung. Und die Rechtsmedizin.«

Im Sitzungszimmer hörten alle gebannt zu.

»Eine männliche Leiche in Hottingen. Erschossen. Mit abgeschnittener Hand«, beantwortete Glauser die fragenden Blicke. Seine Stimme klang rau. »Wir haben es mit einem Serientäter zu tun.«

***

Moritz Nussbaum setzte seine Lesebrille auf. Der Professor für Deutsche Literaturwissenschaft nahm den Zettel, den ihm Maria Noll gegeben hatte, in seine schmalen Hände und las den Text. Seine bernsteinfarbenen Augen blickten konzentriert, das hagere Gesicht blieb regungslos, nur die Flügel seiner schmalen Nase zuckten hin und wieder, wenn er einatmete. Der Professor war gross und schlank, ja geradezu dürr. Maria schätzte ihn auf Ende fünfzig. Er hatte lange Finger mit kurz geschnittenen Nägeln. An den Knöcheln schuppte die

Haut. Sie ertappte sich beim Gedanken, wie der Professor mit seinen dünnen Fingern die Bluse einer Frau aufknöpfte und wie er sie beim Sex berührte. Dieser Gedanke kreiste in ihrem Kopf wie eine lästige Mücke. Sie stellte sich oft vor, wie ein Mann im Bett wohl war, wenn sie seine Hände sah. Hände von Männern sagten ihr viel über deren Liebhaberqualitäten, war sie überzeugt. Maria schob die Bilder weg. Sie musterte das Gesicht von Nussbaum. Er sah ernst aus, als hätte er nie unbeschwerte Zeiten erlebt. Auf seinem Schädel wuchsen silbergraue Locken, die zerzaust von allen Seiten abstanden. Über der Nasenwurzel hatten sich waagrechte Furchen gegraben. Der Kiefer lief zum Kinn hin spitz zu, die Haut spannte sich über die Wangenknochen. Das Gesicht war glatt rasiert und roch nach Feuchtigkeitscreme. Sein sehniger Hals sah aus wie der einer Schildkröte. Moritz Nussbaum trug graue Flanellhosen und ein hellblaues Hemd, das etwas zu gross geschnitten war.

Maria sass ihm gegenüber in einem Büro, das sich im Kollegiengebäude der Universität befand. Das Zimmer lag im zweiten Stock und war geräumig. Vor drei hohen Fenstern, die eine atemberaubende Sicht auf die Stadt freigaben, nahm ein mächtiger Schreibtisch aus Eichenholz eine ganze Seite ein. Darauf stapelten sich Dutzende Bücher und Manuskripte. An zwei Wänden standen schlichte Regale, die bis zur Decke reichten und vollgestopft waren mit Ordnern, Literaturbänden und Lexika. Neben Maria, die auf einem harten Stuhl Platz genommen hatte, hantierte Leo. Er stellte seine Kamera auf das Stativ, schob eine Diskette in das Fach und stellte Licht auf.

Als Maria den Professor während der Fahrt zur Universität angerufen hatte, sagte er nach anfänglichem Zögern zu. Er sei bereit für ein Interview, allerdings habe er nur eine Stunde Zeit. Vom Mordfall hatte er bereits aus der Presse vernommen.

Nussbaum hob seinen Kopf und fuhr sich mit der rechten Hand durch die Locken. »Viel kann ich Ihnen zum Text nicht sagen. Die Verse sind mir gänzlich unbekannt.« Er warf einen Blick auf den Zettel. »Die Wörter ›Antlitz‹, ›harre im Dunkeln‹ oder ›Wanken‹ und Verse wie ›Wonne bald wird deine Qual‹ lassen vermuten, dass der Text aus dem 18. Jahrhundert stammen könnte.«

Maria schlug ihr Notizblock auf.

»Wir haben es hier nicht mit einem literarisch wertvollen Text zu tun«, fuhr der Professor fort. »Das Reimschema hat Ähnlichkeit mit Liedern von Matthias Claudius, doch ihm fehlt deren Brillanz.«

Leo machte sich bemerkbar. »Herr Nussbaum, sind Sie damit einverstanden, dass ich ein paar Bilder mache, während Sie mit Frau Noll sprechen?«

Nussbaum kratzte sich am Kopf. Ein amüsiertes Lächeln huschte über sein Gesicht. »Nur zu. Soll ich noch ein Jackett anziehen?«

»Nein, das ist nicht nötig, aber sie könnten Ihre Stirn abtupfen, sie glänzt etwas.«

Während Nussbaum ein Papiertaschentuch aus seiner Hosentasche fischte, steckte ihm Leo ein Mikrofon an einen Hemdknopf.

Nachdem alles für den Dreh vorbereitet war, setzte Maria ihr Interview fort. »Was bedeuten diese Worte auf der Karte?«

Leo suchte im Sucher die Schärfe und begann zu drehen.

»Der Text beschreibt die Vergänglichkeit des Seins, die Qual angesichts des sicheren Todes, der uns alle ereilen wird. Er spricht uns aber auch Trost zu, der Tod ist nicht das Ende.«

»Die Verse standen auf einer handgeschriebenen Karte, die der Mörder bei seinem Opfer hinterlassen hatte. Er will uns damit etwas mitteilen. Was könnte das sein?«

»Dazu kann ich nichts sagen. Das wären nur Mutmassungen.«

»Ist es denkbar, dass der Täter den Text selbst verfasst hat, auch wenn er altertümlich anmutet?«

»Ja, durchaus. Es braucht dazu kein besonderes Talent, lediglich etwas Sprachgefühl.«

»Angenommen, der Täter hat die Verse nicht selbst verfasst, sondern ein altes Lied zitiert, woher könnte der Text stammen?«

Nussbaum wog den Kopf hin und her. »Es könnte ein geistliches Lied sein oder ein klerikales Gedicht, vielleicht ist es eine Inschrift auf einem Kirchenportal.«

In diesem Moment klopfte es ans Fenster. Maria drehte sich um und sah eine Krähe, die mit dem Schnabel von aussen gegen die Scheibe pickte. Der Vogel hielt den Kopf schräg und starrte ins Innere. Die Krähe sieht aus wie ein Todesbote, dachte Maria und erinnerte sie an »Die Vögel« von Hitchcock.

Der Professor schmunzelte, als er ihre Gesichter sah. »Die Krähe besucht mich jeden Morgen um diese Uhrzeit, sie ist neugierig.«

Nachdem der Vogel noch zwei Mal vergeblich gegen das Fenster geklopft hatte, flog er davon.

»Ist der Täter womöglich ein religiöser Spinner?«, führte Maria das Interview fort.

»Das ist nicht ausgeschlossen«, antwortete Nussbaum, »aber die Verse könnten auch Teil eines alten Trinkliedes sein, das von einer schlagenden Studentenverbindung gesungen wird. Es ist ungewiss, ob es sich um einen klerikalen oder profanen Text handelt. Dazu ist der Textausschnitt zu kurz. In die Strophe kann man alles Mögliche hineinlesen.«

Maria schaute über ihre Schulter. »Leo, du kannst die Kamera abstellen. Wir haben alles im Kasten, was wir brauchen.«

Leo, der die ganze Zeit gebückt durch den Sucher geblickt hatte, richtete sich auf. »Vielleicht sollten wir noch eine Einführungsszene drehen.«

»Ja, das machen wir«, erwiderte Maria und wandte sich an den Professor. »Herr Nussbaum, können wir Sie noch filmen, wie Sie ins Uni-Hauptgebäude gehen. Ich brauche Bilder, damit ich Sie unseren Zuschauern vorstellen kann.«

Nussbaum warf einen Blick auf seine Uhr. »In Ordnung, reichen Ihnen zehn Minuten?«

»Allemal«, antwortete Leo.

Er packte seine Kamera und das Stativ, Maria griff sich die Lampe. Mit dem Professor gingen sie vor das Kollegiengebäude. Leo schwenkte seine Kamera vom Turm der Universität auf den breiten Platz vor dem Haupteingang.

»Bitte öffnen Sie die mittlere der drei Türen und gehen in die Eingangshalle«, wies Maria Nussbaum an, »dann steigen Sie die Treppenstufen nach oben.«

»Die Kamera läuft.«

Nussbaum setzte sich in Bewegung und schritt zügig auf das Gebäude zu. Nach den Aufnahmen verabschiedete sich Maria von ihm. Leo verstaute die Kameraausrüstung in seinem Lieferwagen, den er vor dem Kunsthistorischen Institut geparkt hatte. »Wir treffen uns im Lichthof auf einen Kaffee«, rief ihm Maria zu. »Ich muss noch ein paar Telefonate führen und den nächsten Interviewtermin organisieren.«

Der Lichthof im Unihauptgebäude war von einem grossen Glasdach überwölbt. Maria bestellte sich im Rondell, der Cafeteria im ersten Stock, einen Espresso und setzte sich. Von der Brüstung blickte sie auf den Lichthof hinunter. Es war ruhig, nur ein paar Studenten hielten sich dort auf, die miteinander plauderten. Maria fischte mit zwei Fingern ihr Smartphone aus ihrer engen Jeanstasche und wählte 1818. »Bitte verbinden Sie mich mit dem Psychiatrisch-Psychologischen Dienst im

Amt für Justizvollzug.«

Sie klemmte ihr Handy ans Ohr während sie eine Zuckertüte aufriss. »Maria Noll vom Schweizer Fernsehen, können Sie mich bitte mit dem Gerichtspsychiater Anton Zuberbühler verbinden?« Sie rührte ihren Espresso um. »Es geht um den Mord an der Krankenschwester.«

Maria wusste, dass Zuberbühler bei Kapitalverbrechen gerne vor die Medien trat. Er gefiel sich in der Rolle des Experten. Sie schlürfte ihren Espresso, Leo setzte sich mit einer Flasche Mineralwasser zu ihr hin. Er wollte gerade etwas sagen, als Maria ihren Zeigefinger vor den Mund hielt.

»Ja, Zuberbühler, was kann ich für Sie tun?«, hörte sie aus dem Lautsprecher.

»Guten Tag, Maria Noll von ›Schweiz aktuell‹. Sie haben sicherlich vom Tötungsdelikt an der Krankenschwester erfahren. Ich möchte Sie gerne dazu interviewen, welches Motiv der Täter haben könnte, die Hand seines Opfers abzuschneiden und mitzunehmen.«

Der Gerichtspsychiater war über die Anfrage erfreut. Er lud Maria ein, um zwölf Uhr zu ihm ins Büro zu kommen. Leo schenkte sich ein Glas stilles Wasser ein. Er zwinkerte Maria spitzbübisch zu. »Eine Reminiszenz an gestern Nacht«, sagte er und holte aus seiner Hemdtasche eine Tüte Waldmeisterbrause, die er ins Glas schüttete. Maria lachte laut auf und versetzte ihm einen Knuff.

***

Sokrates stand vor dem Architekturbüro, das in einer ehemaligen Baumwollspinnerei in der Nähe des Römerhofplatzes untergebracht war. Er hatte sich sofort auf den Weg gemacht, als Nik ihn über den weiteren Mord informiert hatte. Er fuhr mit dem Tram in den Kreis 7 nach Hottingen. Unterwegs zählte er alle Frauen, die einen Schal trugen. Es waren vierundzwanzig. Zu wenig. Drei Primarschülerinnen waren zwar auch darunter, doch Kinder zählten nicht. Sokrates wollte sich nicht selbst betrügen. Vom Römerhofplatz eilte er die Klosbachstrasse hinauf. In der Hand trug er seine schwere Nylontasche mit den Utensilien für die Leichenschau. Er keuchte vor Anstrengung. Nach zweihundert Metern sah er rechts das Fabrikgebäude aus den zwanziger Jahren stehen, einen quaderförmigen Bau mit grosser Fensterfront. Davor parkte ein Streifenwagen. Links und rechts neben dem überdachten Eingang wuchsen alte Birken. Auf den

Klingelschildern standen die Namen von mehreren Gewerbebetrieben. Kunsthandwerker, Werbegrafiker, ein Gitarrenbauer und ein Schneideratelier waren in die Fabrikhallen eingemietet. Auf dem obersten Schild las Sokrates den Firmennamen »Egloff & Wyss, Architekten«. Er hatte von diesem Architekturbüro schon gehört. Es war international bekannt für seine innovativen Bauten.

Sokrates betrat das Gebäude und stieg die Treppen nach oben in den ersten Stock. Er atmete den Geruch von feuchtem Gips und rostigem Eisen ein, das wie Blut roch. Vor der Eingangstüre des Architekturbüros versperrte ein Polizist, den Sokrates von früher her kannte, den Weg. Der Streifenpolizist grüsste ihn mit ernstem Gesicht und trat zur Seite.

Das Architekturbüro befand sich in einer grossen Halle mit einer hohen Decke, an der dicke Lüftungsrohre entlangliefen. Der Boden war aus anthrazitfarbenem Beton gegossen. Brusthohe Regale, in denen Dutzende Leitzordner standen, unterteilten den Raum. Rechts vom Eingang hing in einem schwarz lackierten Rahmen der Modulor von Le Corbusier. Es roch nach Druckerschwärze, Papierstaub und Kaffee. Den Verwesungsgestank nahm Sokrates nur schwach wahr. Valentin Egloff war noch nicht lange tot, er wurde gestern am späten Abend getötet, mutmasste er. Er blickte sich um. Im hinteren Teil des Raumes, halb verdeckt von einem Regal, sah er mehrere Kriminaltechniker in ihren Schutzanzügen bei der Spurensicherung. Er erkannte Philip Kramer und Lara Odermatt. Rechts vom Eingang stand Nik, der bereits einen weissen Overall übergestreift hatte. Sokrates grüsste ihn mit Kopfnicken.

Neben seinem Assistenten telefonierte Glauser mit gerunzelter Stirn. »Besorgt mir alle Videoaufnahmen der Überwachungskameras im Umkreis von drei Häuserblocks.«

Er nickte, als Sokrates auf ihn zuging. Staatsanwalt Konrad Pfister und Polizeioffizier Otto Lerch waren ebenfalls anwesend und besprachen sich leise. Pfister zeigte wie immer ein angewidertes Gesicht, wenn er es mit einem Mordfall zu tun hatte. Sokrates verstand nicht so recht, warum er sich vor einer Leiche ekelte. Eine Leiche war nichts weiter als eine leere Hülle, die mit dem verstorbenen Menschen nicht mehr gemein hat als ein oft getragener Mantel, den sein Besitzer abgelegt hat. Im Laufe der Jahre nahm er seine Körperform an, seinen Geruch, doch das Leben ist aus der Hülle verschwunden. Familie und Freunde erkennen, wem dieser Mantel einmal gehört hatte, doch niemals würden sie denken, dieser Mantel sei der Mensch.

Sokrates begab sich zu ihnen. »Wir haben es mit einem Psychopathen zu tun, der sein Unwesen treibt«, sagte Lerch zur Begrüssung. »Der Täter ging gleich vor wie bei Sara Helbling. Nach einem Genickschuss trennte er seinem Opfer die Hand ab.«

Sokrates nickte, obwohl er nicht davon überzeugt war, dass sie es mit einem Psychopathen zu tun hatten. »Der sinnlose Mord wird die Bevölkerung enorm beunruhigen«, hörte er den Polizeioffizier zum Staatsanwalt sagen. »Wenn wir nicht schnell Ergebnisse erzielen, nagelt uns die Presse ans Kreuz. Wie sollen wir das Tötungsdelikt kommunizieren? Ich denke, eine Medienmitteilung reicht nicht aus. Die Journalisten werden Fragen stellen.«

»Wir verschicken ein Communiqué mit den wichtigsten Fakten. Wer weitergehende Informationen will, soll sich an mich wenden. Ich beantworte die Medienanfragen.« Lerch murmelte zustimmend.

»Wer ist der Tote?«, fragte Sokrates Nik, während er aus der Kiste einen Overall herausholte.

»Valentin Egloff, der Chef der Firma, vierundfünfzig Jahre alt, verheiratet, drei Kinder, die alle noch zur Schule gehen«, antwortete Nik ernst. »Seine Frau hatte diese Nacht eine Vermisstenanzeige aufgegeben, weil er nicht nach Hause gekommen war, und sie ihn nicht erreichen konnte. Heute Morgen um kurz vor zehn Uhr fand ihn seine Geschäftspartnerin. Sie verständigte sofort die Polizei.«

Lerch, der vor Sokrates stand, wandte sich an Staatsanwalt Pfister. »Nach der Meldung hatte sich die Streife fast zwei Stunden Zeit gelassen, bevor sie die Kripo einschaltete. Das ist ungeheuerlich.« Lerch war sichtlich verärgert. »Bei Mord zählt oft jede Minute, das sollten unsere Kollegen wissen.«

»Du hast recht, Otto, das ist eine unverzeihliche Schlamperei«, sagte Pfister. »Ich werde den Vorfall untersuchen.«

Sokrates schlüpfte in den Ganzkörperanzug und liess seinen Blick durch den Raum schweifen. Jedes Detail prägte er sich ein. Vor der Fensterfront, die bis zur Decke reichte, war auf chromstählernen Füssen eine riesige Sperrholzplatte montiert. Darauf befanden sich Architekturmodelle aus Balsaholz, Papier und Plexiglas. An der Längswand hingen an Magnetbändern Baupläne, 3D-Grafiken und Fotos von fertig gestellten Projekten. Auf den kunstharzbeschichteten Bürotischen standen moderne Apple-Computer mit Siebenundzwanzig-Zoll-Flachbildschirmen und Tolomeolampen von Artemide.

»Wie viele Architekten arbeiten hier?«, fragte Sokrates, als er seine Überschuhe anzog.

Glauser klappte sein Handy zu, nachdem er Lukas Oppliker beauftragt hatte, zusammen mit zwei Dutzend Polizisten das Gelände zu durchkämmen und nach der Tatwaffe und der Hand zu suchen. Er ging auf Sokrates zu. »Valentin Egloff und seine Geschäftspartnerin Dana Wyss, fünf angestellte Architekten und eine Sekretärin«, antwortete er. »Das Büro ist sehr erfolgreich. Egloff und Wyss bauen Schulen, Bahnhöfe, Spitäler, Museen und andere grössere Städtebauten. Die meisten Aufträge bekommen sie von der öffentlichen Hand, sie gewinnen viele Architekturwettbewerbe.«

Glauser fuhr sich mit der Hand durch das Haar. Sokrates sah seinem Gesicht an, wie müde er war.

»Solange der Tatort versiegelt ist, bleibt das Büro geschlossen. Das kann ein paar Tage dauern«, erklärte ihm Glauser. »Glücklicherweise sind jetzt Herbstferien. Wir mussten nur Frau Wyss, einen Architekten und die Sekretärin wieder nach Hause schicken.« Das Handy von Glauser pfiff die Melodie vom Bergkönig. Er nahm ab und sagte:»Franz, fahr mit Emma zu Dana Wyss, der Geschäftspartnerin von Egloff, und befragt sie. Sie erwartet uns. Wir müssen in Erfahrung bringen, was Valentin Egloff und Sara Helbling miteinander verband. Beeilt euch. Um halb sechs Uhr treffen wir uns zur Sachbearbeiterkonferenz.« Glauser gab die Adresse von Wyss bekannt und legte auf.

Sokrates trat einen Schritt zur Seite, um die Leiche von Valentin Egloff besser im Auge zu haben. Der Tote lag auf dem Gussbetonboden vor einem runden Sitzungstisch. Der rechte Lederschuh berührte einen Stuhl, den Charles Eames in den fünfziger Jahren entworfen hatte. Das filigrane Drahtgeflecht der Stuhlbeine erinnerte Sokrates an das Fadenabhebespiel kleiner Mädchen. Die Polizeifotografin Lara Odermatt stand ein paar Meter links von ihm und war gerade dabei mit ihrer Vermessungskamera Übersichtsfotos vom Tatort zu machen. Sokrates schien es, als würde sie die Szenerie auf dem Display ihrer Digitalkamera wie eine Filmkulisse betrachteten: Ein Mann liegt tot am Boden. Ermordet. Der Täter hat ihm die rechte Hand abgeschnitten. Nichts schien wirklich. Sokrates reagierte bei einem Mordfall manchmal genauso: Dann sah der Tatort für ihn aus wie eine Theaterbühne. Die Leiche könnte ein Statist sein. Oder eine Puppe.

Das Licht fiel matt durch die Fensterscheiben und warf ein Schattenkreuz auf den Sitzungstisch und den Toten davor. Valentin

Egloff trug schwarze Socken. Sein rechtes Hosenbein, das etwas hoch gerutscht war, bedeckte die bleiche Wade nur unvollständig. Sokrates bemerkte einen schmalen Streifen nackter Haut, die sich im Drahtgeflecht des Stuhles spiegelte. Über der Sitzschale hing ein dunkelgraues Jackett. Die Augen hinter der Hornbrille von Valentin Egloff waren geschlossen. Dichte schwarze Locken bedeckten seinen Schädel, obwohl er seine Haare nicht gefärbt hatte. Graue Strähnen entdeckte Sokrates keine. Das war ungewöhnlich für einen Mann über fünfzig. Sokrates musterte sein Gesicht: hohe Stirn, breite Kieferknochen, aufgeworfene Lippen, schmale Nase mit einem Knick, wie wenn sie einmal gebrochen worden war. Die linke Hand von Valentin Egloff ruhte auf seinem Schoss, der rechte Armstumpf lag seitlich neben seinem Körper. Der Architekt trug ein frisch gestärktes eierschalenweisses Hemd, dessen Kragen mit Blut verschmiert war. Auf der weissen Tischplatte entdeckte Sokrates ebenfalls Blutflecken. Am Rand des Tisches lag eine beschriebene A6-Karte. Sonst nichts. Wieder eine Botschaft des Mörders?

Lara trat zwei Schritte nach vorne und hob ihre Kamera.

»Vorsicht, Lara, du verlässt den Trampelpfad«, warnte sie Philip Kramer durch seinen Mundschutz.

Die Fotografin blickte nach unten. »Oh, entschuldige, mein Fehler.« Sie ging wieder zurück auf den gelb markieren Zugangsweg. Eine rote Locke, die aus der Kapuze gerutscht war, wippte vor ihrer Stirn. Hinter dem runden Sitzungstisch stand auf einem Sideboard eine Kaffeemaschine, mehrere hellblaue Porzellantassen, einige davon gebraucht, eine Schachtel mit Würfelzucker und Kaffeerahm. Kramer sicherte das gebrauchte Geschirr in Klarsichtfolien und vermerkte die Spuren auf der Asservatenliste.

Links von ihm kniete Paul Kirchner am Boden, auf der Suche nach Schuhabdruckspuren. Er hantierte mit einer Tatortleuchte, die er schräg gegen den Boden richtete. Spuren lassen sich hier wohl nur schwer finden, befürchtete Sokrates, auf dem porösen Gussbeton blieben Abdrücke schlecht haften. Doch Kirchner hatte Glück. Vor einem Sideboard, das neben dem Sitzungstisch stand, entdeckte er einen schwachen Schuhabdruck, der mit blossem Auge kaum sichtbar war. Kirchner legte einen Massstab an: Grösse sechsundvierzig. Sieh an, sagte er und betrachtete das Profil der Sohle mit einer Lupe. Er sicherte die Spur auf einer Folie und markierte den Boden mit einer Ziffer.

Kirchner richtete sich auf. »Philip, Schuhgrösse sechsundvierzig, wie bei Sara Helbling«, sagte er und zeigte auf den Boden. »Die Sohle scheint identisch. Vielleicht stammt sie vom Mörder. Wir müssen herausfinden, wer von den Bekannten oder Freunden der beiden Opfer so grosse Füsse hat.«

Kramer nickte und verstaute mehrere Gelantinefolien, worauf Fingerabdrücke gesichert waren, in einer der fünfzehn Kisten, die der kriminaltechnische Einsatzdienst nach oben geschleppt hatte. Zuvor schon hatte er die Klinke und das Schloss der Eingangstüre sorgfältig untersucht. Einbruchsspuren konnte er wie bei Helbling keine ausmachen. Der Täter war entweder in das unverschlossene Büro eingedrungen oder Valentin Egloff hatte die Türe für ihn geöffnet, vermutete Sokrates. Wahrscheinlich hatte er wie Sara Helbling den Mörder gekannt und ihm Einlass gewährt.

Nach zwei Stunden Spurensicherung war der Zugang zur Leiche und zum Sitzungstisch frei. Endlich konnten die Kriminaltechniker einen Blick auf die Karte werfen. Lara trat heran, hob ihre Kamera und drückte auf den Auslöser. Kramer stülpte sich neue Handschuhe über und nahm vorsichtig das A6-Blatt vom Tisch. Er betrachtete das blaue Schriftbild. Dabei schüttelte er ungläubig den Kopf. »Das ist nicht zu fassen!« Kramer drehte sich um. »Theo, das musst du dir ansehen. Wir befinden uns auf dem Holzweg!«

***

»Vielleicht ist die Hand sein Fetisch«, erklärte Gerichtspsychiater Anton Zuberbühler, nachdem ihm Maria vom Mord an Sara Helbling erzählt hatte. Sie war mit Leo zum Amt für Justizvollzug gefahren, das in einem kasernenähnlichen Bau aus den siebziger Jahren in der Nähe des Bezirksgerichtes untergebracht war. Zuberbühler war Chefarzt vom Psychiatrisch-Psychologischen Dienst, eine Abteilung des Amtes. Er hatte einen runden Schädel, worauf kurze glatte Haare sprossen. Am auffälligsten waren seine Glubschaugen.

Mit den Schlupflidern sieht er aus wie Peter Lorre im Film »M – eine Stadt sucht einen Mörder«, dachte Maria. Er hatte die gleiche gedrungene Körperhaltung mit den nach vorne geschobenen Schultern, die ihn bullig aussehen liessen. Nur die roten Pausbacken passten nicht so recht ins Bild. Auf seiner knolligen Nase sah Maria aufgeplatzte Äderchen, die ihr zeigten, dass der Gerichtspsychiater dem Weingenuss allzu sehr zugetan war. Zuberbühler trug ein lindgrünes Hemd, das sich um seinen Bauch spannte, dazu eine blaue Krawatte, worauf zerfliessende Uhren von Salvador Dalí gedruckt waren.

»Mich erinnert der Fall an ein Verbrechen, das ein Neunundzwanzigjähriger vor vielen Jahren in Kalifornien verübt hatte«, führte Zuberbühler weiter aus. »Der Familienvater erwürgte in seinem Keller eine Neunzehnjährige, die an seiner Haustür Enzyklopädien verkaufen wollte. Danach zog er der Leiche Frauenkleider an, die er gestohlen hatte und vor seiner Frau versteckt hielt. Dabei masturbierte er mehrmals.«

Zuberbühler machte eine kleine Pause, um die Wirkung seiner Erzählung zu erhöhen. »Bevor er die Leiche mitsamt einem defekten Autogetriebe in einem Fluss entsorgte, hackte er der jungen Frau mit einem Beil den linken Fuss ab, den er in einer Tiefkühltruhe deponierte. Sobald ihn die Lust überkam, holte er den Fuss aus der Truhe hervor und streifte ihm Stöckelschuhe über. Der Fuss war sein Fetisch.«

Maria Noll sah ihm an, dass es ihm Vergnügen bereitete, Geschichten über abscheuliche Verbrechen zum Besten zu geben. »Hat man ihn schnell geschnappt?«

»Ja, denn der Frauenfuss verschaffte ihm schon bald nicht mehr die ersehnte Befriedigung. In den Monaten darauf folterte er drei weitere Frauen, eine davon mit schweren Elektroschocks, tötete sie und schnitt ihnen die Brüste ab. Von den Brüsten machte er Abgüsse aus Plastik, die er als Briefbeschwerer benutzte.«

Maria liess sich ihre Abscheu nicht anmerken. »Warum tat er das?«

»Er hatte die Frauen gehasst, sie aber auch angebetet. Er wollte selbst ein Teil von ihnen sein, sie sich einverleiben. So eignete er sich Körperteile von ihnen an.«

»Sie vermuten also, dass der Mörder die Hand von Sara Helbling abschnitt und mitnahm, weil ihn das sexuell stimuliert?«

»Das ist durchaus möglich. Allerdings kann der Täter auch andere Motive gehabt haben, als einen Fetisch mitzunehmen.«

Zuberbühler verschränkte seine Hände hinter dem Kopf und rutschte tiefer in den braunen Ledersessel, die kurzen Oberschenkel hielt er gespreizt. Offensichtlich fühlte er sich wohl in seiner Rolle.

Leo, der rechts von Maria stand und das Interview gefilmt hatte, drückte auf die Stopptaste. »Herr Zuberbühler, darf ich Sie bitten, sich wieder aufrecht hinzusetzen, damit ich Sie optimal im Bild habe. Danke.«

Der Gerichtspsychiater tat wie ihm geheissen. Zuberbühler war eitel, wusste Maria von früheren Interviews, es war ihm ein Anliegen, im Fernsehen möglichst gut auszusehen.

»Welche Motive könnte der Mörder sonst noch gehabt haben?«, bohrte Maria weiter.

»Nun, es ist durchaus denkbar, dass die Hand für ihn eine Art Jagdtrophäe darstellt.« Zuberbühlers Glubschaugen blickten listig.

»Eine Trophäe? Wozu?«

»In Japan vergewaltigte vor einigen Jahren ein Sechsundzwanzigjähriger vier Mädchen im Kindergartenalter und tötete sie. Das erste Opfer, ein vierjähriges Mädchen, erwürgte er, nachdem er sich an ihm sexuell vergangen hatte und verscharrte es hinter einem Hügel in der Nähe seiner Wohnung. Nach mehreren Monaten, als sie schon stark verwest war, grub er sie eines Nachts wieder aus, hackte ihr Hände und Füsse ab und bewahrte diese in seinem Schlafzimmerschrank auf. Die Polizei fand die Körperteile nach seiner Festnahme. Sie waren seine Trophäen.«

»Was passierte mit den andern Mädchen?«, fragte Maria ruhig. Sie wollte Zuberbühler nicht die Freude bereiten, Entsetzen zu zeigen.

»Die anderen Mädchen erdrosselte er und vergewaltigte sie post mortem. Von seinen beiden letzten Opfern ass er Leichenteile. Den Eltern schickte er Briefe, worin er beschrieb, was er ihren Töchtern alles angetan hatte, auch nach deren Tod.« Zuberbühler senkte seine Schlupflider, bis nur noch ein Spalt seiner Iris zu sehen war. »Zwanzig Jahre nach seiner Festnahme wurde er durch den Strang hingerichtet.«

»Warum sammelt jemand Trophäen von seinen Opfern?«

Zuberbühler drehte seinen Kopf etwas nach links und blickte Maria von der Seite an. »Macht. Es geht um Macht. Der Täter berauschte sich an der Vorstellung, dass er die totale Kontrolle über einen Menschen hatte. Die Trophäe ist sein Erinnerungsstück.«

Es ertönte die Melodie, welche Daryl Hannah in der Rolle als Mörderin in Tarantinos Film »Kill Bill« gepfiffen hatte. Leo schaltete seine Kamera ab. »Entschuldigen Sie bitte«, sagte Maria Zuberbühler, während sie ihr Smartphone aus der Jeans klaubte und auf den grünen Telefonhörer drückte: »Maria Noll, Schweizer Fernsehen.«

Am andern Ende der Leitung hörte sie ein kurzes Räuspern. »Äh, hier spricht Bodmer, der Bestatter. Ich möchte wieder eine Meldung machen.«

»Ja, sprechen Sie.«

»Ein Toter in Hottingen, ein berühmter Architekt. Sie kennen ihn vielleicht. Valentin Egloff. Er liegt in seinem Büro. Der Täter hat ihm ins Genick geschossen und seine Hand abgetrennt, wie gestern bei Frau Helbling. Ich bin hier und warte, bis die Spurensicherung abgeschlossen ist. Für ein Interview mit Ihnen stehe ich bereit.«

In ihrem Leben gab es bisher wenige Situationen, in denen es Maria die Sprache verschlagen hatte. Jetzt war so ein Moment.

»Hallo, sind Sie noch da?«, fragte Bodmer, als er von Maria keine Antwort bekam.

»Ja, Herr Bodmer«, antwortete sie mit belegter Stimme. »Ich habe Sie gehört. Danke für den Hinweis. Wir machen uns sofort auf den Weg.« Nachdem sie sich die Adresse notiert hatte, legte sie auf. »Ein weiterer Mord im Kreis 7. Ein Architekt mit abgeschnittener Hand. Die Tat trägt die gleiche Handschrift wie bei Sara Helbling. Offensichtlich ist ein Serienmörder am Werk. Leo, wir müssen los.«

»Mein Gott«, entfuhr es Zuberbühler. Von der lässigen Haltung, die er im Interview gezeigt hatte, war nichts mehr zu spüren.

»Fetisch oder Trophäe? Was denken Sie?«, fragte Maria unvermittelt.

»Was? Ich verstehe nicht ganz«, antwortete Zuberbühler verwirrt.

»Ein Mörder tötet eine Frau und einen Mann, er verstümmelt sie und nimmt ihre Hände mit. Was bezweckt er damit? Braucht er sie als Fetisch oder als Trophäe?«

Zuberbühler, der sich wieder etwas gefasst hatte, antwortete hastig: »Als Trophäe, er braucht sie am ehesten als Trophäe.«

Maria stand auf und reichte ihm die Hand. »Vielen Dank für das Interview, Herr Zuberbühler. Wir müssen sofort aufbrechen, uns bleibt nur wenig Zeit.«

***

»Der Text ist derselbe wie auf der Karte, die auf dem Sekretär von Sara Helbling lag«, sagte Philip Kramer zu Theo Glauser, als er ihm die Karte im Klarsichtbeutel gab. »Aber die Botschaft muss ein anderer verfasst haben. Die Handschriften unterscheiden sich eindeutig.«

Glauser musterte die Karte von allen Seiten. Neben ihm stand Sokrates mit Nik. »Diesen Text hat zweifellos ein anderer geschrieben«, sagte er leise und reichte Sokrates die Karte.

»Ja, in der Tat«, sagte Sokrates, nachdem er einen Blick darauf geworfen hatte. Das Schriftbild sah gleichmässig aus, die Buchstaben waren mit Akribie gesetzt. Doch sie fielen kantiger aus, den Bögen von l und b fehlte der kühne Schwung.

Sokrates überlegte kurz. »Trotzdem stammt die Botschaft vom Täter. Er hat sie nur nicht selbst verfasst, er liess sie von seinen Opfern schreiben. Irgendwie hat er Sara Helbling und Valentin Egloff dazu gebracht, ihm diese Gefälligkeit zu erweisen. Das war ihr Todesurteil.«

Sokrates nahm seine Brille ab und hielt die Karte nah an seine Augen. »Die Karte wurde mit einem Füllfederhalter geschrieben, so einen kann ich hier aber nirgendwo entdecken. Der Täter muss ihn mitgebracht haben.«

Glauser lachte kurz auf, seine Stimme klang heiser. »Ariane Zobel hatte recht.«

»Wer?«

»Die Graphologin, bei der ich heute Morgen war. Sie sagte, eine junge Frau hätte die Karte geschrieben. Ich konnte das kaum glauben. Doch wie wir jetzt sehen, lag sie richtig. Es stimmt aber auch, was wir vermutet hatten. Der Täter hinterliess eine Botschaft. Wir konnten nur nicht ahnen, dass er so dreist war, sie seinen Opfern zu diktieren.«

»Vielleicht taten sie das nicht freiwillig«, entgegnete Nik. »Womöglich hatte sie der Täter mit einer Waffe bedroht und gezwungen, die Botschaft für ihn zu schreiben.«

»Das mag durchaus sein«, entgegnete Glauser. »Wir werden auch auf diese Frage eine Antwort finden.«

Er nahm sein Handy aus der Tasche und wählte eine Nummer. »Franz, überprüfe bitte, ob die Handschrift auf der Karte, die der Täter bei Sara Helbling hinterlegt hat, womöglich vom Opfer selbst stammt. Nimm eine Kopie und zeige sie Ina Roos. Vielleicht hat sie Postkartengrüsse von ihrer Freundin aufbewahrt.« Glauser nahm sein Handy ans andere Ohr. »Ja, wir vermuten es. Das Schriftbild auf der Karte, die wir hier bei Valentin Egloff gefunden haben, ist nicht das gleiche. Die Karten haben zwei verschiedene Personen geschrieben.«

Er klappte sein Handy zu und sagte zu Staatsanwalt Konrad Pfister: »Ich will sicher gehen, dass die erste Karte Sara Helbling selbst verfasst hat.«

Wir Menschen irren uns wie Ratten, dachte Sokrates. Er erinnerte sich an eine Studie, von der er einmal als Student in einer wissenschaftlichen Publikation gelesen hatte. Das Experiment, das von Verhaltensforschern durchgeführt worden war, hatte ihn zutiefst erschüttert. In einem Versuch testeten sie die Intelligenz von Ratten. Sie schlossen einen Nager in ein Labyrinth und stoppten die Zeit, wie lange es dauerte, bis das Tier den richtigen Weg gefunden hatte. Am Ausgang stand ein Futtertrog. Wenn die Ratte den Ausgang des Labyrinths erreicht hatte und mit der Schnauze auf einen Knopf drückte, fiel eine leckere Portion Futter in den Trog. Doch am Trog musste sie zuvor noch fünf Sekunden warten. Drückte sie zu früh auf den Knopf, gab es kein Futter. Die Ratte lernte schnell. Schon nach kurzer Zeit konnte sie sich den komplizierten Weg im Labyrinth merken. Sie rannte los, fand am Ausgang den Futtertrog, drehte sich zweimal um die eigene Achse und drückte den Knopf. Das Futter kam. Die Ratte dachte sicherlich in ihrem kleinen Hirn, dass sie sich zuerst zweimal im Kreis drehen müsse, um an das Futter zu gelangen. Dabei hätte es genügt, wenn sie am Ausgang fünf Sekunden gewartet hätte. Das Drehen im Kreis war völlig unnötig.

Wir glauben vorschnell die Antwort auf eine Frage zu kennen, dachte Sokrates. Wir meinen zu wissen, warum etwas funktioniert. Eine einfache Erklärung, die plausibel ist, halten wir für wahr, dabei täuschen wir uns oft.

»Was sagen dir die Spuren auf der Leiche?« Glauser riss ihn aus seinen Gedanken. Sokrates drückte seinen schmerzenden Buckel durch und ging neben der Leiche in die Hocke. Der Tote roch schwach nach Rasierwasser, der Verwesungsgestank war erträglich. Vorsichtig drehte er mit Nik die Leiche um. Das war gar nicht so einfach, denn die Totenstarre war vollständig ausgeprägt.

»Valentin Egloff wurde voraussichtlich gestern Abend ermordet«, sagte Sokrates und schob sich seine Brille auf die Nase. »Nicht wesentlich früher, aber auch nicht erst heute Morgen.«

»Das klingt plausibel«, erwiderte Glauser. »Seine Geschäftspartnerin Dana Wyss hatte ihn gestern Abend um zwanzig Uhr zu einem kurzen Meeting getroffen, das zehn Minuten dauerte. Danach verliess sie das Büro. Egloff wollte noch ein paar Kundenmails abarbeiten, gab sie zu Protokoll, und anschliessend nach Hause fahren.«

Glauser rieb sich mit seiner grossen Hand das Kinn. »Der Mord musste folglich nach zwanzig Uhr und vor Mitternacht passiert sein.«

»Warum vor Mitternacht?«

»Seine Frau rief die Stadtpolizei um zwei Uhr morgens an. Sie gab bei der Vermisstenanzeige an, dass ihr Mann vor zwei Stunden hätte kommen wollen, also um Mitternacht.«

Unter dem Genick von Valentin Egloff hatte sich eine Blutlache gebildet, die noch nicht vollständig eingetrocknet war. Lara beugte sich nach vorn, ihre schräg geschnittenen Augen schimmerten grün, sie schoss mehrere Fotos. Kramer kniete sich links neben die Leiche hin, drückte den Hemdkragen etwas nach unten und musterte die Schusswunde am Genick. Sokrates bemerkte, dass das Einschussloch nicht sternförmig aufgeplatzt war wie bei Sara Helbling, sondern eher aussah wie ein kreisrunder Stanzschuss.

»Auch Valentin Egloff ist mit einer aufgesetzten Waffe erschossen worden«, sagte Kramer, »aber es fehlt die andreaskreuzförmige Einschussplatzwunde wie bei Helbling.« Er sicherte mit einem Filterpapier die Schmauchspuren am Genick von Egloff und entdeckte zwei runde Schmauchhöfe, die auf beiden Seiten der Wunde zu sehen waren. »Interessant«, murmelte er, »sehr interessant.«

»Kannst du uns etwas über den Tathergang sagen?«, fragte Glauser.

Kramer stand auf. »Valentin Egloff starb wie Sara Helbling. Er sass am Tisch, vermutlich schrieb er die Karte, als der Täter von hinten an ihn herantrat, seine Waffe auf das Genick richtete und abdrückte.«

Kramer wies mit der Hand auf die Blutflecken, die auf Stuhllehne und Tischplatte klebten. »Die Tropfenspuren-Morphologie ist identisch wie bei Helbling. Egloff fiel mit dem Oberkörper nach vorne auf den Tisch, du siehst hier das Blut, der Täter kippte ihn mit dem Stuhl zur Seite und legte ihn auf den Boden. Dort trennte er ihm die Hand ab. Das zeigt uns das eingesickerte Blut im Gussbeton.«

»Welche Waffe hat er benutzt, war es wieder ein Revolver?«, fragte Glauser.

»Es tut mir leid, aber ich bin mir nicht mehr sicher«, antwortete Kramer und schaute zerknirscht drein. »Wir haben den ganzen Raum nach einer Hülse abgesucht. Nichts. Das deutet auf einen Revolver hin, doch mittlerweile zweifle ich daran. Ich habe einen Verdacht, aber ich will keine voreiligen Schlüsse ziehen. Ich muss noch die Schmauchspuren analysieren. An der Sachbearbeiterkonferenz kann ich dir mehr sagen.«

***

Maria und Leo packten die Kameraausrüstung und rannten aus Zuberbühlers Büro. »Wohin fahren wir?«, fragte Leo.

»Nach Hottingen. Wir parken auf dem Römerhofplatz.«

Leo gab Gas. Es war dreizehn Uhr vierundzwanzig. Maria schaute Leo an. Seine weizenblonden Haare waren verwuschelt, wie sie es liebte. Die Augen mit den Lachfältchen blickten konzentriert, fast schon kämpferisch. Der breite Mund zeigte Entschlossenheit. Das hatte sie bei ihm bisher nur selten gesehen.

Maria wandte ihren Blick ab und holte ihr Smartphone aus der Hosentasche. »Eugen, du wirst es kaum glauben. Es gab einen weiteren Mord. Im Kreis 7. Es ist ein Serienkiller«, sprach sie leise in ihr Handy. »Der Täter hat seinem Opfer wieder eine Hand abgetrennt und mitgenommen. Das Opfer heisst Valentin Egloff, ein Architekt. Ich habe schon über ihn gelesen. Vielleicht gibt es Filmmaterial im Archiv. Bitte organisiere das für mich. Mir rennt die Zeit davon.«

Nachdem sie aufgelegt hatte, wählte sie die Nummer des Polizeisprechers. »Herr Wenger, ich weiss von einem weiteren Mord in Hottingen. Es ist der gleiche Täter. Dazu möchte ich Sie gerne interviewen.«

Am Ende der Leitung blieb es stumm. »Frau Noll, mir ist es ein Rätsel, woher sie diese Information haben«, sagte Wenger schliesslich gereizt. »Ich selbst habe erst vor wenigen Minuten vom Tötungsdelikt erfahren. Offensichtlich haben Sie gute Verbindungen zur Kripo oder zum Forensischen Institut. Oder es ist Ihr Vater, der Sie mit vertraulichen Informationen versorgt.«

Maria biss ihre Zähne zusammen. Sie wollte ihren Vater auf keinen Fall mit reinziehen. Sie liebte ihn. Es durfte nicht sein, dass er ihretwegen Schwierigkeiten bekam. »Nein, Sie kennen meinen Vater nicht«, entgegnete sie mit fester Stimme, »er würde das nie tun. Ohne ausdrückliche Erlaubnis des ermittelnden Kommissars würde er mir niemals Informationen weitergeben.«

Maria war wütend, blieb aber ruhig. »Wenn ihn die Kripo verdächtigt, kann sie ja meine Handydaten auswerten.« Sie machte sich keine Sorgen um den Leichenbestatter, der sie angerufen hatte. Sie wusste, dass ein Richter eine Auswertung ihrer Anrufe kaum erlauben würde.

»Ja, ja. Schon gut. Staatsanwalt Konrad Pfister hat mich informiert. Er hat entschieden, dass er ab sofort alleine der Presse Auskünfte gibt. Ich informiere ihn über Ihre Anfrage. Wo kann er sie erreichen?«

Maria nannte ihm ihre Handynummer. »Wir sind unterwegs zum Tatort.«

Leo parkte seinen Lieferwagen vor der Talstation der Dolderbahn. Er war gerade dabei, seine Kamera aus dem Wagen zu nehmen, als Maria eine SMS bekam. Sie war von Eugen Voss. »Bildstarkes Archivmaterial von Egloff bei der Einweihung einer Primarschule. Ich hab's dir auf den

Server gelegt.« Maria lächelte. Auf den Produzenten war Verlass. Sie rannte Leo hinterher, der bereits mit der Kamera und dem Stativ auf seiner Schulter vorausgegangen war. Die Sonne warf zwischen der aufgebrochenen Wolkendecke ein milchiges Licht. Die Luft war angenehm kühl. Aus dem nahe gelegenen Wald roch es nach Kastanien und Pilzen.

Vor der ehemaligen Fabrik, in der sich das Architekturbüro Egloff & Wyss befand, setzte Leo seine Kamera auf das Stativ. Die Stadtpolizei hatte ein rot-weiss gestreiftes Absperrband an zwei Birken befestigt und vor die Eingangstüre gezogen. Leo filmte den Eingang des Fabrikgebäudes, als zwei Kriminaltechniker in weissen Overalls Kisten zu ihrem Mercedes-Lieferwagen schleppten. Sie sahen Leo, wie er sie von der anderen Strassenseite filmte, liessen sich aber nichts anmerken.

Maria, die neben Leo stand, zeigte mit der Hand auf das Absperrband. »Mach mir davon bitte noch eine Nahaufnahme.«

Leo schwenkte seine Kamera etwas nach links, zoomte heran und stellte die Schärfe ein. »Erledigt. Das Bild wird dir gefallen.«

Maria warf ihm eine Kusshand zu. »Komm mit, wir machen noch ein paar Aufnahmen vom Briefkasten und vom Klingelschild.«

Als sie die Strasse überqueren wollten, ertönte die Melodie von »Kill Bill«. Maria nahm den Anruf entgegen.

»Wo sind Sie?«, fragte Dominik Wenger.

»Vor dem Architekturbüro Egloff.«

»Warten Sie ein paar Minuten. Staatsanwalt Pfister wird für ein Interview zu Ihnen runterkommen.«

Er wollte gerade auflegen, als Maria schnell fragte: »Wann verschicken Sie die Pressemitteilung?«

»In zwanzig Minuten.« Er hängte auf.

»Meine lieben Kollegen vom Lokalfernsehen und vom Print werden in etwa einer Stunde anmarschieren«, sagte Maria leise zu sich selbst, »da bleibt mir noch etwas Zeit.«

Sie folgte Leo auf die andere Strassenseite, der dabei war, Bilder vom Klingelschild zu drehen. Nach ein paar Minuten öffnete Konrad Pfister die Tür. »Guten Tag, Frau Noll, ich habe Sie schon erwartet.« Er richtete sich vor ihr auf. »Sie wissen, dass Sie eine Persönlichkeitsverletzung begehen, wenn Sie die Namen von Klingelschildern filmen.« Das war keine Frage, sondern eine Feststellung.

»Wenn Herr Egloff meint, ich hätte ihn in seiner Persönlichkeit verletzt, weil ich seinen Namen veröffentliche, kann er sich jederzeit an

Sie wenden und mich anzeigen«, gab Maria zurück. Sie wusste, dass Tote keine Persönlichkeitsrechte haben, und sie sich korrekt verhielt.

Pfister schaute belustigt. »Ihr Journalisten lasst euch auch nicht mehr so schnell einschüchtern wie früher.«

Maria ging nicht darauf ein und sagte: »Herr Pfister, ich möchte Ihnen zu den beiden Tötungsdelikten ein paar Fragen stellen. Bitte stellen Sie sich dorthin, damit wir Sie gut im Bild haben.«

Maria ging ein paar Schritte vor das Absperrband und zeigte mit der Hand auf eine Stelle links von einer Birke. Leo gab Maria mit einem Nicken sein Einverständnis und stellte seine Kamera dort auf. Maria richtete den Knochen, so nannte sie das Handmikrofon, gegen den Staatsanwalt. »Herr Pfister«, begann sie das Interview, »zwei Tote mit abgeschnittenen Händen. Wo stehen Sie bei den Ermittlungen?«

»Wir stehen erst am Anfang und arbeiten mit Hochdruck an der Lösung des Falles«, antwortete er und blickte dabei in die Kamera.

»Herr Pfister, bitte schauen Sie mich an, wenn ich mit Ihnen spreche«, unterbrach ihn Maria.

Erschrocken wandte Pfister seinen Blick zu Maria. »Entschuldigen Sie, das wusste ich nicht. Bitte fragen Sie weiter.«

Maria nickte ihm freundlich zu. »Gibt es schon erste Ermittlungsergebnisse?«

»Nein, die Spezialisten vom Forensischen Institut sind dabei, die Spuren zu sichern und auszuwerten. Die Ermittlungsbeamten der Kripo führen Befragungen bei Arbeitskollegen und Angehörigen durch. Oberstes Ziel ist es, den Täter schnell zu fassen.«

»Der Täter hat beiden Opfern eine Hand abgeschnitten. Wissen Sie, warum er das tat?«

Obwohl es kühl war, begannen sich auf der Stirn von Pfister Schweisstropfen zu bilden. »Nein, wir können aber mittlerweile ausschliessen, dass er die Hände mitnahm, um Spuren zu verwischen. Welche Bedeutung die Hände für ihn haben, wissen wir nicht. Das werden wir mit unseren Ermittlungen herausfinden.«

»Beim ersten Mord hinterliess der Täter eine Karte mit einer Botschaft. Hat die Kripo auch bei Valentin Egloff einen handgeschriebenen Text gefunden?«

Pfister hob die Hand. »Bitte schalten Sie die Kamera aus«, sagte er zu Leo, der sofort die Stopptaste drückte.

»Theo Glauser hat mich über seine Vereinbarung mit Ihrem Vater informiert. Ich habe nichts dagegen, wenn er Ihnen unsere

Ermittlungsergebnisse aus erster Hand mitteilt, sofern Sie sich an die Abmachung halten, die Informationen nur zu veröffentlichen, wenn wir ja dazu sagen.«

»Sie können sich darauf verlassen. Ich halte mein Versprechen.«

»Nun gut. Sie können fortfahren.« Leo schaltete die Kamera wieder ein und blickte durch den Sucher.

»Bei beiden Opfern des Tötungsdeliktes fand die Polizei A6- Karten, worauf der Täter eine Botschaft niederschrieb. Was er uns damit sagen will, wissen wir nicht. Unsere Spezialisten sind dabei, die Spuren auf den Karten zu analysieren.«

»Die beiden Morde werden die Bevölkerung beunruhigen. Die Menschen befürchten, dass der Täter erneut zuschlagen könnte. Können Sie eine weitere Bluttat ausschliessen?«

Pfister zögerte, er wirkte nervös. »Nein, das wäre vermessen, aber wir setzen alles daran, ein weiteres Verbrechen zu verhindern.«

***

»Zwei Morde in zwei Tagen. Ein Serientäter, der seinen Opfern die Hand abschneidet. Wir brauchen dringend Ermittlungsergebnisse«, appellierte Staatsanwalt Konrad Pfister an seine Leute. »Der Täter könnte erneut zuschlagen. Wir müssen ihn stoppen.«

Die Sachbearbeiterkonferenz begann pünktlich um siebzehn Uhr. Alle waren anwesend. Brandtouroffizier Otto Lerch und Theo Glauser sassen neben Pfister. Auf beiden Seiten des u-förmigen Sitzungstisches hatten die Experten des Forensischen Instituts und die Kriminalpolizisten Platz genommen. Sokrates war sofort nach der Leichenschau im Architekturbüro mit dem Tram zur Haltestelle Stauffacher gefahren. Bevor er ins Sitzungszimmer im fünften Stock des Kripogebäudes eilte, verschlang er noch einen Burger im Helvti Diner, wo es die besten Hamburger der Stadt gab, wie er fand. Er hatte den ganzen Tag nichts gegessen. Sein Magen protestierte nicht mehr, als er das Sitzungszimmer betrat und sich auf einen Stuhl setzte. Der Raum war schummrig, von den Fenstern drang fahles Licht herein. Glauser stand auf und drückte den Lichtschalter. Die Neonröhren flackerten auf. Von der Strasse drang leise das Quietschen eines Trams herauf, das am Kripogebäude vorbeifuhr.

Pfister beugte sich zu Lerch. »Hat Dominik schon eine Pressemitteilung verfasst?«

Lerch nickte. »Ja, die ist schon draussen.«

Pfister blickte nach links. »Theo, du kannst beginnen.«

Glauser nahm seine Unterlagen hervor und schaute in die Runde. »Tragen wir zusammen, was wir bisher über die Fälle wissen. - Der Täter hat vermutlich beide Opfer gekannt. An beiden Tatorten konnten wir keine Einbruchspuren feststellen. Er war für sie kein Fremder, sie haben ihm die Tür geöffnet, sie hatten kein Misstrauen. Unsere weiteren Ermittlungen gehen von dieser Annahme aus.«

Die Kriminalpolizisten nickten.

»Beide Opfer hat der Täter mit einem Genickschuss hingerichtet. Das war die Todesursache«, fuhr Glauser fort und richtete sich an Philip Kramer.

»Philip, welche Schusswaffe hat der Täter benutzt, konntest du die Schmauchspuren inzwischen auswerten?«

Um Kramers Mund spielte ein verschmitztes Lächeln. »Ja, heute Nachmittag. Es ist ein interessanter Fall. Auf beiden Seiten der Nackenwunde von Valentin Egloff fanden wir zwei kreisrunde Schmauchhöfe. Das Einschussloch war nicht aufgeplatzt, sondern gestanzt.«

»Was bedeutet das?«

»Der Täter hat keinen Revolver verwendet.«

Glauser schien irritiert. »Sondern?«

»Du wirst es kaum glauben. Er hat seine Opfer mit einem Bolzenschussapparat getötet, wie sie Metzger in einem Schlachthaus benutzen.«

»Ein Bolzenschussapparat!«, riefen Glauser und Lerch gleichzeitig. Geraune war zu hören. Sokrates schüttelte fast unmerklich den Kopf. Er musste an das Rätsel denken, das ihm Eva heute Morgen erzählt hatte.

»Das erklärt, warum wir weder Hülsen noch Patronen fanden, auch nicht in der Leiche«, führte Kramer weiter aus. »Der Einschusskanal von acht Zentimetern entspricht der Länge des Bolzens.« Kramer rieb sich die Hände. Sokrates sah ihm an, dass ihm solch unerwartete Wendungen während den Ermittlungen gefielen. »In der Schweiz ist mir kein Fall bekannt, wo der Täter sein Opfer mit einem Bolzenschussgerät getötet hat. Die Datenbank zeigt lediglich zwei Selbstmorde von Bauern an, die sich auf diese Art das Leben genommen haben.«

»Warum hatte Sara Helbling kein Stanzloch, sondern eine aufgeplatzte Schusswunde?«, fragte Glauser.

»Schwer zu sagen«, antwortete Kramer. »Wir vermuten, dass der Täter das Bolzenschussgerät auf den Nacken von Helbling schlug, kurz bevor er abdrückte. Die Haut platzte auf, weil sie am Genick sehr weich ist.«

»Bei der Obduktion war davon nichts zu sehen«, entgegnete Sokrates, »dennoch ist es denkbar, dass sich die Tat so zugetragen hat. Die Schussverletzung hat womöglich Spuren vernichtet. Wenn du möchtest, sehe ich mir die Wunde nochmals an.«

Glauser hob seine Hand. »Danke Sokrates, aber das wird nicht nötig sein. Ich glaube nicht, dass du etwas übersehen hast.«

Sokrates war sich da nicht so sicher. Wir sehen nur das, was wir erwarten, dachte er, wer die Existenz eines schwarzen Schwans für ausgeschlossen hält, weil Schwäne nun mal weiss zu sein haben, wird selbst dann keinen sehen, wenn einer an ihm vorbeischwimmt.

»Die Tatwaffe war also in beiden Fällen ein Bolzenschussgerät«, sagte Lerch. »Können wir das mit Sicherheit sagen?«

»Ja, die Schmauchhöfe lassen keinen andern Schluss zu. Ich habe die Russpartikel von beiden Opfern unter dem Rasterelektronenmikroskop untersucht. Es besteht kein Zweifel. Zusammensetzung und Form der Partikel stimmen überein.«

»Weisst du, von welchem Hersteller die Waffe stammt?«

»Nein, noch nicht. Wir werden die gängigsten Schlachtschussgeräte testen und die Schmauchspuren analysieren. So hoffen wir den Hersteller herauszufinden. Das ist aber zeitaufwändig.«

»Wie lange brauchst du dafür?«

»Ich mache mich morgen dran. - Wenn uns nicht wieder ein Mord dazwischen kommt.«

Ein Handy spielte die Melodie von »Der rosarote Panther«. Pfister klaubte es umständlich aus seiner Tasche hervor. »Ja, Dominik, was gibt's?« Er machte ein wichtiges Gesicht. »In Ordnung, ich bin in fünf Minuten unten.« Er legte auf. »Tele Züri. Die wollen Antworten«, sagte Pfister und stand auf.

Nachdem der Staatsanwalt gegangen war, hob Glauser seinen Kopf Richtung Paul Kirchner. »Paul, was sagen uns die Schuhabdrücke?« Kirchner richtete sich auf und blickte in die Runde mit einem siegesgewissen Lächeln. »Ein Treffer, Theo. Wir fanden bei Sara Helbling und bei Valentin Egloff Abrücke von Schuhen der Grösse sechsundvierzig. Ich habe die Spuren analysiert. Die Merkmale der Sohlen sind identisch. Eine Person mit grossen Füssen hielt sich in beiden Räumen auf, in denen wir die Opfer aufgefunden haben. Vermutlich war es ein Mann, denn nur zwei Prozent der Frauen tragen Schuhgrösse sechsundvierzig.«

»Sehr gut, Paul. Weisst du, welche Art Schuhe er anhatte?«

»Mit Sicherheit keine Turnschuhe, auch keine Wander- oder Berufsschuhe mit Noppen oder Profil. Die Sohle war glatt. Ich tippe auf Lederschuhe mit Ledersohlen. Vermutlich schwarz.«

Alle im Sitzungszimmer blickten erstaunt auf. »Schwarz? Woher weisst du das?«, fragte Glauser ungläubig.

»Achtundsiebzig Prozent der Männer tragen schwarze Schuhe, deutlich weniger bevorzugen braunes Leder, äusserst selten sind rote, grüne oder blaue Schuhe«, antwortete Kirchner lakonisch.

Ulmer grinste. »Du bist ein wandelndes Statistikbuch. Wir fahnden also nach einem Mann, der schwarze Lederschuhe der Grösse sechsundvierzig trägt. Davon gibt's in der Schweiz nur einige zigtausend. Die klappern wir alle morgen ab. Und schwups haben wir den Bösewicht.«

Alle lachten.

»Leute, ich weiss, wir sind im Stress und der Tag war lang, aber konzentriert euch«, mahnte Glauser. »Wir haben noch eine Menge Arbeit vor uns.«

Emma Vonlanthen blickte betreten zu Boden. Ihre blonden, leicht gelockten Haare, fielen ihr wie ein Schleier vor das Gesicht.

»Emma, was hat eure Befragung von Dana Wyss ergeben. Sagt ihr der Name Sara Helbling etwas?«, fragte Theo Glauser.

Emma biss sich nervös auf die Lippen. Sokrates spürte ihre Angst, vor Publikum, noch dazu in einer Männerrunde, sprechen zu müssen.

»Emma«, ermunterte sie Glauser. Seine Stimme klang, als hätte er für sie alle Zeit der Welt, »was sagte die Geschäftspartnerin von Egloff?«

Emma gab sich einen Ruck. »Frau Wyss gab zu Protokoll, dass sie den Namen Helbling noch nie gehört habe«, antwortete sie stockend.

»Sehr gut, Emma, du hast die Frage präzise beantwortet.« Er sah Emma an. »Und: Sagt sie die Wahrheit?«

Emma dachte nach. »Mein Kopf sagt mir: ich weiss es nicht. Mein Bauch sagt mir: ja, sie sagt die Wahrheit.«

»Kopf oder Bauch, Emma?«

»Ich glaube, Frau Wyss sagt die Wahrheit. Als ich den Namen Sara Helbling aussprach, wusste sie nicht, von wem ich sprach. Sie hatte keine Ahnung. Das habe ich in ihren Augen gesehen.«

Glauser hakte nach. »Du glaubst. Das ist zu wenig. Wir brauchen Gewissheit.«

Emmas Augen blitzten kampfeslustig auf. »Ihre Augen haben es mir verraten«, erwiderte sie mit fester Stimme. »Ich bin mir sicher, sie kannte Helbling nicht.«

Glauser hob beschwichtigend die rechte Hand und lächelte. »Wir erkennen die Wahrheit nur mit Kopf und Bauch. Es braucht beide, Verstand und Instinkt. Ohne Instinkt funktioniert keine Polizeiarbeit.« Er nickte Emma zu und wandte sich an Philip Kramer. »Wo stehst du mit deiner Analyse?«

»Alle Faser- und Fusselproben, die wir bei Sara Helbling gesichert haben, habe ich unter dem Fluoreszenz-Mikroskop untersucht«, antwortete Kramer. »Heute Abend werde ich sie mit den Spuren im Büro von Egloff vergleichen. Vielleicht haben wir Glück, und es gibt einen Treffer.«

»Lukas, was ergab die Auswertung der Videoaufnahmen im Umkreis der Architekturbüros?«

Oppliker seufzte. »Nichts, keine Ergebnisse. Die nächste Videoüberwachung steht beim Römerhofplatz. Eine Stunde vor und nach dem Tötungsdelikt konnten wir auf den Bildern nichts Verdächtiges feststellen. Es war an diesem Abend sehr ruhig.«

Keine Spuren, dachte Glauser, es ist wie verhext. Er faltete einen Zettel auf, den er in seiner Jackettasche aufbewahrt hatte. »Franz, konntet ihr im Waidspital Ina Roos erreichen und ihr die Handschrift auf der Karte zeigen?«

Ulmer öffnete seine Mappe. »Ja, ich bin mir ziemlich sicher, dass Sara Helbling den Reim schrieb«, sagte er und reichte Glauser eine Postkarte. »Diese Urlaubsgrüsse aus Apulien schickte sie ihren Kolleginnen im Waidspital. Das war diesen Sommer.«

Glauser drehte die Karte um. Sokrates erkannte auf der Rückseite ein steinernes Trullo mit kalkweissen Spitzdächern, die aussahen wie die Zipfelmützen von Schlümpfen.

»Pasta, Fisch und Wein. Faulenzen am Strand. Dolce far niente. Ich vermisse euch gar nicht. ☺ Sonnige Grüsse aus dem Trulliland. Eure Sara«, las Glauser vor. Er verglich die Schrift mit der Kopie auf seinem Zettel. »Ich nehme auch an, dass sie es war, die das Gedicht aufschrieb. Philip, schau dir die Handschrift an. Du bist der Experte.«

Kramer legte die Postkarte und die Kopie vor sich auf den Tisch. Seine Augen wanderten hin und her. Mit dem Zeigefinger verglich er

Bögen und Linien. Nach einer halben Minute hörte er auf. »Es ist eindeutig. Sara Helbling hat beide Karten geschrieben.«

»Kannst du herausfinden, ob der Täter sein Opfer zwang, die Botschaft zu schreiben?«, fragte Glauser. »Zeigt das Schriftbild Angst oder emotionalen Stress?«

Kramer schüttelte den Kopf. »Dazu fehlt uns jeglicher Hinweis. Ich erkenne keinen Unterschied im Schriftbild. Beide Karten wurden flüssig geschrieben. Ohne Absetzer mitten im Wort, ohne Druck auf die Feder, ohne Schlieren. Sara Helbling wurde nicht bedroht, als sie den Text verfasste.«

»Danke, Philip, das hilft uns weiter.«

Nachdem alle Ermittlungsergebnisse zusammengetragen waren, verteilte Theo Glauser neue Aufgaben an seine Leute. Klinken putzen, Bekannte der Mordopfer befragen, Handydaten und PCs auswerten.

»Sollen wir trotzdem die Schwester von Helbling ausquetschen?«, fragte Ulmer.

»Nein, das ist vorerst nicht nötig. Es gibt keinen Anhaltspunkt, dass sie in beide Morde verwickelt sein könnte. Wir suchen nach Gemeinsamkeiten der beiden Todesopfer. Das hat Vorrang.«

Die Kriminalpolizisten standen auf und verliessen das Sitzungszimmer, frustriert von den dürftigen Fahndungserfolgen. Als Sokrates aus dem Zimmer gehen wollte, nahm in Glauser beiseite. »Sokrates, erkennst du irgendein Muster, siehst du hinter den Taten einen Sinn?«

Sokrates stellte seine Tasche ab. »Nein«, antwortete er. »Es sind zu viele Puzzleteile, die nicht zusammen passen. Sie ergeben kein Bild. Noch nicht. Ich vermute aber, dass der Täter kein Psychopath ist, sondern rational handelt. Ich kann dir nicht erklären, warum. Es ist ein Eindruck.«

Glauser gab ihm die Hand. »Hoffen wir es. Psychopathen sind schwerer zu fassen. Danke, Sokrates.«

***

»Hier sind wir versammelt zu löblichem Tun,
Drum Brüderchen, ergo bibamus!
Die Gläser, sie klingen, Gespräche, sie ruhn;
Beherziget: ergo bibamus!
Ich hatte mein freundliches Liebchen geseh'n,

Da dacht' ich mir: Ergo bibamus.
Und nahte mich traulich; da liess sie mich steh'n.
Ich half mir und dachte: Bibamus.
Und wenn sie versöhnet euch herzet und küsst,
Und wenn ihr das Herzen und Küssen vermisst,
So bleibet nur, bis ihr was Besseres wisst,
Beim tröstlichen …«

Der raue Gesang verstummte abrupt, als Maria die knarrende Holztüre zu einem getäferten Saal mit niedriger Decke öffnete und das Stammlokal der Helveter betrat. Ihr schlugen Schwaden von Bier, Zigarettenrauch und Rasierwasser entgegen. Dreizehn Augenpaare glotzen sie an. Auf den Tischen, die zu einem T angeordnet waren, standen Dutzende Bierflaschen, Weingläser und überquellende Aschenbecher.

»Schönes Fräulein, was verschafft uns die Ehre?«, lallte einer mit geröteten Pausbacken, nachdem er sich mit offenem Mund vom unerwarteten Anblick einer Frau erholt hatte.

»Weiber haben hier nichts verloren«, grölte ein anderer, der sie mit glasigen Augen anstarrte.

»Silentium«, unterbrach ihn ein Student mit roten Haaren, der auf der Stirnseite des Tisches erhöht auf einem geschnitzten Thron sass und offensichtlich das Amt des Präsidenten innehatte. »Sie haben sich verirrt«, wandte er sich an Maria, »wir sind ein Männerbund, die Anwesenheit von Frauen ist hier nicht gestattet.« Über seiner linken Augenbraue leuchtete ein frischer Schmiss.

»Gemach, gemach«, griff ein korpulenter Herr älteren Semesters mit grauem Bürstenschnitt und Goldrandbrille in den Disput ein, »grobe Worte ziemen sich nicht in Gegenwart einer Dame.« Mit seinen kurzen Fingern zeigte er auf einen freistehenden Stuhl neben sich. »Seien Sie mein Gast und erzählen Sie mir, was Sie hierhergeführt hat.«

Maria merkte, dass der alte Herr in der Verbindung das Sagen hatte. Sein Wort zählte. Keck blickte sie ihn an und begab sich zu ihm.

»Darf ich mich vorstellen?«, fragte er während er sich erhob, um Maria galant aus ihrer gefütterten Jacke zu helfen. »Mein Name ist Melchior Nobel, Rechtsanwalt, seit einunddreissig Jahren Helveter.« Er gab ihr die Hand, die sich warm und weich anfühlte.

»Maria Noll, Schweizer Fernsehen«, erwiderte sie und beobachtete seine Reaktion. Der Altherr liess sich nichts anmerken. Sie setzten sich,

Maria zu seiner Linken. Die rechte Hand von Nobel ruhte auf dem Commersbuch, das schon ziemlich abgegriffen war. Er winkte einen Fux heran, der sofort eine Stange Bier vor Maria hinstellte. Die Verbindungsstudenten um sie herum widmeten sich wieder ihren Ritualen. Daumen runter, Mütze ans Ohr, Bier ex. Der Lärm- und Alkoholpegel stieg. Einige Wortfetzen schnappte Maria auf. Füxe tratschten über die Rekrutenschule, die einer im Welschland absolviert hatte, Burschen debattierten über die zweite Gotthardröhre und zwei Altherren stritten über die Einwanderungspolitik der Schweiz. Die Glocken der nahen Predigerkirche schlugen halb neun.

»Frau Noll. Quart vor!«, rief ihr Nobel zu. Er hob sein Bierglas. »Unser Bier-Comment ist streng«, sagte er kichernd und wedelte mit einem Büchlein vor ihren Augen, »da drin stehen unsere Saufgebote.«

Maria griff nach ihrem Glas.

»Jetzt muss ein Drittel weg«, erklärte der Altherr die Regeln und nahm einen kräftigen Schluck. Dann zog er sich eine Prise Schnupftabak vom Handrücken in beide Nasenlöcher.

Maria trank ebenfalls, fast gierig, sie war durstig. Der Gerstensaft rann ihr durch die Kehle.

»Nun sind Sie dran«, forderte Nobel Maria auf, »rufen Sie ›Quart nach!‹.«

Maria tat wie ihr geheissen und setzte das Bierglas abermals an ihre Lippen. »Warum heisst es Quart, wenn ein Drittel getrunken werden soll?«, fragte sie erstaunt, als sie das Glas wieder abgestellt hatte.

»Helveterhumor«, grinste Nobel. Seine schwarzen Knopfaugen blickten schelmisch. »Ex«, rief er und prostete ihr zu. Daraufhin stürzte er sein Bier hinunter. Noch ehe er sich den Schaum vom Mund gewischt hatte, stand eine neue Stange auf dem Tisch.

Das kann ja heiter werden, dachte Maria und leerte ihr Glas in einem Zug. Sie hatte seit heute Morgen nichts mehr gegessen. Auf nüchternem Magen spürte sie den Alkohol, wie er ihr Hirn vernebelte. Ein angenehmes Gefühl. Einmal am Tag loslassen, nichts mehr kontrollieren müssen. Das gefiel ihr.

Sie konnte es kaum glauben, wie schnell sie es hierher in diese archaische Männerrunde verschlagen hatte. Vor zwei Stunden hatte sie nicht einmal gewusst, dass die Helveter überhaupt existierten. Sie war auf dem Schnittplatz gewesen, um ihren Bericht fertigzustellen, als sie das Interview mit Literaturprofessor Moritz Nussbaum anhörte. Die

Verse, die der Mörder bei seinen Opfern hinterlassen hatte, könnten Teil eines alten Trinkliedes sein, das von einer schlagenden Studentenverbindung gesungen wurde, hatte er gesagt. Seine Worte liessen ihr keine Ruhe. Nachdem der Produzent ihren Bericht abgenommen und für brillant befunden hatte, googelte sie auf ihrem Smartphone die Stichworte »Studentenlieder«, »schlagende Verbindung«, »Harre im Dunkeln« und »Wonne bald wird deine Qual«. Ohne Ergebnis. Sie bat Leo, sie zur Zentralbibliothek zu fahren, die bis um zwanzig Uhr geöffnet war. Als Leo sie dort absetzte, reichte sie ihm ihren Wohnungsschlüssel. »Warte auf mich und schlaf nicht ein«, ermahnte sie ihn und hob verschmitzt eine Augenbraue. »Was nützt mir ein schlafender Liebhaber, wenn ich spielen will?«

»Deine Worte klingen verheissungsvoll«, lächelte Leo, »sei unbesorgt, ich werde auch heute Nacht meinen Mann stehen.«

Maria warf ihm eine Kusshand zu und stieg die breite Steintreppe zur Zentralbibliothek nach oben. In der Empfangshalle nickte sie dem Pförtner zu, der vor dem Katalogsaal seinen Dienst verrichtete. Zügig durchquerte sie einen Raum mit mehreren Tischreihen, auf denen Dutzende Computer standen. Sie musste sich beeilen, die Bibliothek schloss in einer knappen Stunde. An den Tischen sassen vereinzelt Studenten, die in ihrer Literaturrecherche vertieft waren. Maria setzte sich abseits, ungestört vor neugierigen Blicken. Sie gab das Passwort ihrer ZB-Zutrittskarte ein, die sie seit ihrem Studium bei sich trug. In die Suchmaske tippte sie »Studentenlieder«. Und erhielt nur einen einzigen Treffer: »Liederbuch der Helvetia, Verein freisinniger Schweizerstudenten, Zürcher und Furrer 1852.« Mehr fand das System nicht, obwohl es die Bestände von hundertachtzig Bibliotheken abrufen konnte. Maria war enttäuscht. Sie wollte schon aufgeben. In einem Anflug von Schicksalsergebenheit bestellte sie das Liederbuch der Helvetia, das sie in einer halben Stunde im Lesesaal abholen konnte. Sie erhob sich von ihrem Monitor und stieg eine filigrane Treppe mit Chromstahlgeländer nach oben in den ersten Stock, wo sich der Lesesaal befand. Vielleicht hatte sie Glück und das Buch stand schon früher für sie bereit. Am Ausgabeschalter sass eine blasse Studentin mit hängenden Schultern, die mit beiden Händen eine Schnabeltasse hielt und daran nuckelte. Sie sah nicht danach aus, als würde sie Kaffee trinken, eher Kamillen- oder Eisenkrauttee.

»Sag mir bitte Bescheid, sobald meine Bestellung eintrifft, ich habe es eilig«, sagte Maria zu ihr. Die Studentin verdrehte ihre Augen.

»Tut mir unendlich leid, wenn ich dich beim Teetrinken störe«, gab Maria zurück. »Aber ich tue hier nur meinen Job. Du hoffentlich auch.«

Zehn Minuten später packte die blasse Studentin das Liederbuch der Helvetia aus einer Plastikkiste, die vom Lager heraufgeschickt worden war. Maria setzte sich an einen Tisch im Lesesaal. Im Raum befanden sich nur drei Menschen, die sich über ihre Bücher gebeugt hatten.

Sie nahm das vergilbte Liederbuch, das eher wie ein Schulheft aussah, und öffnete es. Es enthielt dreiundsechzig Lieder, verriet ihr das Inhaltsverzeichnis. Schnell blätterte Maria Seite um Seite um, überflog die Liedverse, angefangen bei »An mein Vaterland« von Gottfried Keller. Sie hatte gelernt, grosse Datenmengen quer zu lesen und dennoch ihren Inhalt zu erfassen. »Wonne bald wird deine Qual«, »Harre im Dunkeln« waren in ihrem Hirn wie auf einer Schrifttafel eingeprägt. Wenn eines dieser Worte in einem Liedvers auftauchen sollte, würde sie es sofort entdecken. Lied für Lied tastete sie ab, das »Bundeslied«, »Schweizerpsalm«, »Der Lindenbaum« nach Schubert«, sie scannte jeden Satz. Und plötzlich, ihre Konzentration wollte schon nachlassen, stach ihr der Vers »Wonne bald wird deine Qual« in die Augen. Das Studentenlied der Helveter war nicht die Botschaft, die der Mörder hinterlassen hatte, aber es enthielt einen Vers davon. War Valentin Egloff früher ein Verbindungsstudent der Helveter?, überlegte Maria. Das musste sie herausfinden. Sie klaubte ihr Smartphone aus ihrer Jeanstasche und besuchte die Onlineseite der Helvetia. Hastig las sie alles über das Helveterhaus, die Altherrenschaft, das Fechten und die Bierspenderliste. In der Menüleiste fand sie auch das Semesterprogramm: 18:00 c.t Stamm, Bierspende von Melchior Nobel H! Glück gehabt, freute sie sich, wie jede Woche trafen sich die Verbindungsstudenten auch heute wieder zum Biertrinken. Die Kneipe der Helvetia befand sich oberhalb des Restaurants Hirschberg, inmitten der Altstadt am Seilergraben. Von der Zentralbibliothek waren es nur ein paar Schritte zu Fuss. Maria hatte sich sofort auf den Weg gemacht.

Ehe sie sich's versah, sass sie neben Altherr Melchior Nobel, Schulter an Schulter, eingeklemmt zwischen Helvetern. Am unteren Ende der Tafel bemerkte sie drei Füxe, zusammengesackt, das Kinn auf die Brust geschlagen. Vor lauter Bierseligkeit schienen sie nicht mehr viel mitzubekommen. Sie waren in dunkle Anzüge und Schlips gekleidet, im Vollwichs, wie es sich für adrette Verbindungsstudenten ziemte. Vor der Brust hingen Bänder mit den Couleurfarben rot, weiss, rot gestreift, auf dem Kopf trugen sie karmesinrote Samtmützen. Der Anblick war Maria nicht fremd. Einst hatte sie eine Liebschaft mit einem Verbindungsstudenten der Tigurinia begonnen, die zehn Tage dauerte. Seine Hände waren wunderschön gewesen, ein einziges Versprechen. Von ihm erfuhr sie alles Überflüssige über schlagende Verbindungen, Kneipe, Mensur und Studentenlieder. Einmal hatte sie ihn auf einen Damenball begleitet, den die Verbindung einmal pro Jahr organisierte. Aber schon bald war sie gelangweilt von ihm, trotz seiner schlanken Finger. Sie hatte ihm den Laufpass gegeben.

»Nun«, unterbrach Nobel ihre Gedanken. »Was ist Ihr Begehr?«

»Kennen Sie den Vers: ›Wonne bald wir deine Qual‹?«, fragte Maria ohne Umschweife.

Der alte Herr wiegte den kurzgeschorenen Kopf hin und her. Er schien belustigt. »Aus einem alten Trinklied der Helveter«, antwortete er. »Wir haben das Lied schon seit geraumer Zeit nicht mehr angestimmt. Warum fragen Sie?«

»Die Zürcher Kriminalpolizei fand diese Worte heute Morgen bei einem Mordopfer«, antwortete Maria.

»Was soll das?«, brüllte ein Bursche, der ihr gegenüber sass und reichlich desolat dreinschaute. Dabei schlug er mit der Faust auf den Tisch, sodass das Bier aus dem Glas schwappte. »Was unterstellen Sie uns?«

Der Lärm im Saal verstummte sofort. Maria spürte die feindseligen Blicke, die auf sie gerichtet waren.

»Silentium«, rief der Rotschopf auf dem Präsidententhron.

»Lass sie weiterreden«, wies ihn Nobel zurecht. Er nickte Maria zu in einer Art, wie es Richter tun, wenn sie einem Angeklagten die Erlaubnis zum Sprechen erteilen.

»Das Mordopfer ist der Architekt Valentin Egloff«, fuhr Maria fort. »Bei ihm fand die Kripo den Vers.«

In dem Moment als Maria den Namen Egloff ausgesprochen hatte, packte Nobel sie am Arm. »Woher wissen Sie das?«, presste er heraus.

»Von der Kripo«, antworte Maria ungerührt.

»Valentin Egloff ermordet«, sagte er wie zu sich selbst, »wann genau war das?«

»Gestern Abend.«

»Junge Frau«, raunte er und sah sie dabei scharf an, »Sie betreten vermintes Gelände.«

»Warum? Kennen Sie Egloff?«

»Natürlich weiss ich, wer Valentin Egloff ist«, antwortete Nobel. »Wer kennt ihn nicht, den berühmten Architekten?«

Maria merkte, wie der alte Herr seine nächsten Worte zurechtlegte. Er war sich offensichtlich unschlüssig, was er ihr anvertrauen sollte. »Das Gespräch bleibt unter uns«, stellte er als Bedingung, »kein Artikel, kein Fernsehbericht, keine Namen. Einverstanden?«

»Ja, darauf können Sie sich verlassen. Ihre Informationen geben Sie mir off the record. Nichts davon gelangt an die Öffentlichkeit. Aber die Kripo muss ich informieren, wenn es die Ermittlungen erleichtern sollte. Der Mörder ist immer noch auf freiem Fuss.«

Nobel nickte. Er richtete sich an die Corona: »Kameraden, lasst uns weiterhin fröhlich sein und dem Biergenuss frönen. Der plötzliche Tod eines Menschen soll uns daran erinnern, dass wir das Leben in vollen Zügen auskosten sollen, sonst ist es vergeudet. Ich spendiere eine weitere Runde.«

Sofort griff der Präsident nach seinem Glas, verdankte die noble Spende und rief »ex«. Im Nu hallte wieder geselliges Gegröle, Getratsche und Gelächter durch das Helveterhaus. Ein ermordeter Architekt interessierte sie bedeutend weniger als das Stemmen von Bierkrügen. Sie wollten zünftig bechern, mehr stand ihnen nicht im Sinn.

»Er war einer von uns«, sagte Nobel zu Maria gebeugt, im Stimmungstrubel seiner Couleurbrüder musste er nicht befürchten, dass jemand ihr Gespräch belauschte. »Valentin Egloff war ein Helveter, er hatte den Kontakt aber vor über dreissig Jahren abgebrochen.«

»Die Helveter bleiben sich doch ein Leben lang verbunden. Was war vorgefallen?«

»Die Kameraden hier kennen die Geschichte nicht, und auch ich weiss kaum etwas darüber. Das war vor meiner Zeit.«

»Sie würden mir sehr helfen, wenn Sie mir alles sagen, was Sie wissen.«

»Eine alte Geschichte, Gerüchte. Mehr nicht. Damals ist etwas passiert, was die Verbindung fast entzweit hätte. Valentin Egloff hatte damit zu tun. Aber welche Rolle er dabei spielte, weiss ich nicht. Er liess sich danach nie wieder blicken. Mütze, Couleurband und Commersbuch schickte er ohne Kommentar an den Präsidenten. Nach dem Vorfall schworen die Helveter Stillschweigen zu bewahren, sie legten ein Gelübde ab, niemandem davon zu erzählen. Aber das ist lange her.«

»Wie hiess der damalige Präsident?«

»Othmar Luchsinger. Heute Chefarzt am Waidspital. Der kennt die ganze Geschichte.« Aus einer verzierten Emailledose nahm der Altherr eine Prise Schnupftabak. »Sie scheinen eine vernünftige junge Frau zu sein«, fuhr Nobel fort, »darum erzähle ich Ihnen das. Morgen früh wird eine Mensur gefochten. Um sieben Uhr dreissig auf dem Dachboden der Reithalle beim Kasernenareal. Othmar Luchsinger hat dort als Paukarzt zu tun.«

Chefarzt im Waidspital, dachte Maria, dort hat Sara Helbling gearbeitet. »Können Sie mich bei ihm anmelden? Ich möchte ihn gerne nach der Mensur sprechen.«

»Nun gut«, seufzte Nobel, »sei's drum, nach der Kneipe rufe ich ihn an. Versprochen. Er wird aber nicht begeistert sein.« Plötzlich richtete er sich auf. Mit einem Schalk in den Augen blickte er sie an. »Schluss jetzt mit den alten Geschichten«, rief er und hob sein Glas. »Das Leben ist zu kurz, um Trübsal zu blasen. Sie müssen mir noch etwas Gesellschaft leisten. Das sind Sie mir schuldig.«

Ein Bursche stupfte Maria an die linke Schulter und streckte ihr einen Stiefel entgegen. Ein Fux hatte offenbar gegen das Biercomment verstossen. Maria nahm einen Schluck und reichte den Stiefel an Nobel weiter. Um sie herum wurde es immer lauter. Die Luft in der Kneipe füllte sich mit dichten Rauchschwaden und Bierdunst. Marias Augen begannen zu tränen.

»Vom Boden an den Hoden! Vom Nabel an den Schnabel! Vom Mund in den Schlund? Saufts!«, grölten zwei Füxe, die am Tischende einen Bierjungen austrugen, ein ritualisiertes Wettsaufen, wie Maria wusste. Vor den Kontrahenten stand jeweils ein voller Bierkrug. Auf Kommando hoben die Füxe ihre Krüge und schütteten das Bier in sich hinein. »Fertig«, schrie der Fux, der seinen Krug eine halbe Sekunde früher ex geleert hatte. Männerrituale, dachte Maria belustigt, solange sie keine Kriege führen, ist das harmlos.

»Hohes Präsidium«, brüllte ein Bursche dem Präsidenten entgegen, »peto tempus navigandi.« Nachdem der Rothaarige von seinem Thron herab genickt hatte, erhob sich der Helveter und verliess wankend die Kneipe.

»Das heisst: Ich muss mal austreten«, erklärte Nobel zu Maria gebeugt, »navigare bedeutet ein Schiff steuern, ergo schiffen.« Er zwinkerte Maria zu. »Ich erbitte Zeit zum Schiffen. Lustig, nicht wahr?«

Nach einer Stunde und weiteren vier Stangen Bier verabschiedete sich Maria vom Altherrn. Nobel drückte ihre Hand. »Es war mir eine Ehre, Sie als Gast bei mir zu haben.« Maria lächelte. Sie mochte den Mann. »Danke für die angeregte Unterhaltung.«

»Schlagt eure Kantprügel auf«, hörte sie den Präsidenten rufen, als sie sich durch die Stuhlreihe zwängte, »wir stimmen nochmals das Lied ›Ergo Bibamus‹ an und singen alle Strophen.« Während sie die Treppen hinunterlief, etwas unsicher auf den Beinen, weil sie zu viel gebechert hatte, und auf die dunkle Chorgasse trat, begleitete sie der Gesang der Studenten.

»Mich ruft mein Geschick von den Freunden hinweg;
Ihr Redlichen! Ergo bibamus.
Ich scheide von hinnen mit leichtem Gepäck;
Drum doppeltes Ergo bibamus.
Und was auch der Filz von dem Leibe sich schmorgt,
So bleibt für den Heitern doch immer gesorgt,
Weil immer dem Frohen der Fröhliche borgt;
Drum, Brüderchen! Ergo bibamus.«

***

»Darf ich Ihnen etwas zu trinken anbieten?«, fragte Victoria Egloff, nachdem Theo Glauser und Emma Vonlanthen im Wohnzimmer auf einem kaffeebohnenfarbenen Sofa von Cassina Platz genommen hatten.

»Ja, gerne«, antwortete Glauser, »ein Glas Wasser wäre fein.«

Victoria Egloff schaute fragend auf Emma, die gerade damit beschäftigt war, aus ihrer Tasche ein Notizbuch zu holen. »Für mich dasselbe, vielen Dank«, beeilte sich Emma zu sagen.

Victoria Egloff wirkte beherrscht. Die Stadtpolizei hatte ihr vor wenigen Stunden mitgeteilt, dass ihr Mann ermordet worden war. Sie verbarg ihren Schmerz, so gut es ging. Nur dem Mund, um den sich feine Fältchen gebildet hatten, sah man ihre Trauer an. Glauser blickte ihr nach, als sie in die Küche ging. Sie trug schulterlange rotbraune Haare, die sie mit einem Schildpattkamm hochgesteckt hatte. Sie war attraktiv, schlank, knapp ein Meter siebzig gross, hatte einen aufrechten Gang. Glauser schätzte sie auf Ende vierzig.

Während sie in der Küche hantierte, schaute sich Glauser um. Die Wohnung lag in Küsnacht, mit Blick auf den nahen See. Es war halb sieben. Er hatte seinen Dienstwagen, einen alten dunkelblauen Opel, an der Kirchgasse geparkt und war zusammen mit Emma zu Fuss zum Hornweg gelaufen. Das Wohnzimmer war grosszügig geschnitten, hohe Räume, helle Fensterfronten ohne Vorhänge, Parkettboden aus Kirschholz. Ein Bild von Roy Lichtenstein hing an der gegenüberliegenden Wand. Davor stand der Barcelona-Stuhl von Mies van der Rohe. Theo Glauser hatte diesen Design-Klassiker schon oft in Möbelkatalogen gesehen. Seine Frau hatte als Innenarchitektin im Möbelgeschäft Neumarkt 17 gearbeitet und an regnerischen Wochenenden mit ihm zusammen in Architekturzeitschriften geblättert. Seither interessierte er sich für Produktedesign.

Auf einem runden Ebenholztisch bemerkte Glauser ein altmodisches weisses Telefon mit Wählscheibe. Ein spannender Kontrast zur modernen Wohnungseinrichtung. Sieben Stufen führten ins Esszimmer hinunter. Um einen langen Tisch gruppierten sich Stühle mit geflochtenen Sitzen. Drei Leuchten warfen über dem Esszimmertisch ein warmes Licht. An der Wand hing ein mächtiger Ast ohne Rinde, der wohl lange im Wasser gelegen hatte und aussah wie das gebleichte Gerippe eines Pottwals.

Plötzlich fiel Theo Glauser ein, dass er heute Geburtstag hatte. Er hatte diesen unsäglichen Tag bisher erfolgreich verdrängt. Schon wieder lastete ein Jahr mehr auf seinen Schultern. Die Zeit raste an ihm vorbei. Er kam sich vor wie ein Wartender auf einem Bahnhof, der einem wegfahrenden Schnellzug hinterher sah, in dem er selbst sass. Von seinem Geburtstag hatte er niemandem erzählt. Das tat er schon seit Jahren nicht mehr. Er hasste jeglichen Gedanken an seinen bevorstehenden Tod. Er hasste das Älterwerden, das Ziehen im Kreuz beim Aufstehen, die wachsende Angst, blind zu werden. Gestern Nacht hatte er wieder die Braille-Kurzschrift für Blinde geübt, die Vollschrift beherrschte er bereits. Er bereitete sich gewissenhaft auf das Leben in der Dunkelheit vor. Als einziger Trost blieben ihm seine Erinnerungen. Für ihn waren sie alle kostbar. Besonders die Erinnerungen an Tina hütete er wie einen Schatz. Niemand konnte sie ihm wegnehmen, ganz gleich, was noch passierte. Glauser schob die Gedanken beiseite. Er fragte sich, wann die Kinder von Frau Egloff heimkommen würden, er hatte fünf Namen auf dem Klingelschild gelesen, im Flur standen ein Rollerskate und ein Mountainbike.

»Die Kinder habe ich zu meiner Mutter nach Erlenbach gebracht«, antwortete Victoria Egloff, als ob sie die Frage auf seinem Gesicht gelesen hätte. Sie stellte ein Tablett mit Gläsern, einem Krug Wasser und

Butterkeksen auf den Beistelltisch und nahm auf einem Corbusier-Sessel Platz.

»Wie haben Ihre Kinder die Nachricht aufgenommen?«, fragte Glauser.

Victoria Egloff legte ihre Hände in den Schoss und faltete sie. »Es war beängstigend« begann sie stockend, »sie hörten ruhig zu, als ich ihnen gesagt habe, dass ihr Vater tot sei. Doch sie haben gar nicht realisiert, was passiert ist.« Victoria Egloff flüsterte: »Ich habe es ihnen angesehen. Ich glaube, sie befinden sich in einer Art Schockstarre.« Sie schüttelte den Kopf. »Valentin ist tot. Ich habe mir diesen Satz in den letzten Stunden immer wieder gesagt, weil ich nicht begreifen kann, was geschehen ist. Er ist tot, ich bin seine Witwe.« Sie stockte. »Ich bin seine Witwe.«

Glauser wartete darauf, dass sie weitersprach. Schweigend schaute er sie an. Ihr ebenmässiges Gesicht war dezent geschminkt. Sie trug ein schlichtes graues Kleid. Um ihre Schultern hatte sie einen schwarzen Seidenschal gelegt, der mit goldfarbenen Ornamenten bestickt war. Schmuck hatte sie abgelegt, nur ein Ehering steckte an ihrer linken Hand. Ihre grossen braunen Augen sahen müde aus. Sie schien abwesend. Plötzlich schreckte sie auf und erhob sich. »Entschuldigen Sie bitte, ich habe Ihnen noch gar nicht eingeschenkt.« Sie nahm den Krug mit Wasser und füllte die Gläser. »Bitte bedienen Sie sich«, sagte sie und wies mit der Hand auf den Teller mit Keksen.

»Vielen Dank«, sagte Glauser, »das ist sehr freundlich von Ihnen.« Er nahm einen Schluck Wasser und wartete, bis sich Victoria Egloff wieder gesetzt hatte. »Frau Egloff, wir wissen, dass Sie eine schwere Zeit durchmachen«, begann er, »trotzdem müssen wir von Ihnen ein paar Auskünfte haben. Danke, dass Sie sich Zeit dafür nehmen.«

Egloff sass sehr aufrecht in ihrem Sessel und hörte zu, die Hände hatte sie wieder gefaltet.

»Es tut mir leid, Ihnen diese Frage stellen zu müssen.« Glauser zögerte kurz. »Sie haben bereits vernommen, dass der Täter Ihrem Mann eine Hand abgeschnitten hat und mitnahm. Nur um sicher zu gehen: Gab es auf der rechten Hand eine Tätowierung, eine Narbe oder ein besonderes Merkmal?«

Victoria Egloff öffnete ihren Mund, ihre Unterlippe zitterte leicht. »Nein, nichts dergleichen, gar nichts.«

»Der Täter hat auch eine Krankenschwester getötet. Er trennte ihr ebenfalls die rechte Hand ab. Das Opfer hiess Sara Helbling. Kennen Sie

sie?«

Egloff schloss die Augen. Glauser merkte, wie schwer ihr alles fiel. Sie war am Ende ihrer Kräfte. »Nein, diesen Namen habe ich noch nie gehört«, wisperte sie.

»Hatte ihr Mann jemals mit dem Waidspital zu tun?«, fragte Emma. »Nein, er war bisher nur einmal im Spital, im Unispital wegen einer Meniskusoperation. Er hatte früher leidenschaftlich Eishockey gespielt. Das ist aber schon einige Jahre her.«

»Vielleicht hatte er als Architekt für das Waidspital gearbeitet«, fuhr Glauser sachte fort.

Egloff dachte nach. »Nein, ich denke nicht. Valentin machte nur wenige Renovationen. Und bei grösseren Projekten besprach er sich mit mir. Er baute Spitäler in der ganzen Schweiz, das Waidspital gehörte nicht dazu.«

»Welche Hobbys hatte Ihr Mann? Wir suchen nach Gemeinsamkeiten mit Sara Helbling.«

»Valentin war sehr beschäftigt. Seine Arbeit war sein Hobby. In seiner Freizeit ging er mit den Kindern gerne in den Zoo. Besonders die Nashörner hatten es ihm angetan.«

Glauser bemerkte ein leises Lächeln um ihre Mundwinkel.

»Ehrenamtliche Tätigkeiten?«

»Fotos. Er liebte die Kunst. Besonders die Fotografie. Er war Präsident des Gönnervereins vom Fotomuseum in Winterthur. Wir haben viele Fotos von bedeutenden Künstlern in unserem Schlafzimmer hängen. Vor allem Landschaftsaufnahmen von der Greina-Ebene in schwarz-weiss. Das Licht ist unbeschreiblich.«

Glauser sah, wie Victoria Egloff in den Erinnerungen aufblühte. Das bedrückte ihn. »Im Frühling und Sommer besuchte Valentin einen Malkurs, er wollte das figürliche Zeichnen lernen«, sagte Egloff wie zu sich selbst.

»Wo war das?«, fragte Emma.

»An der Zürcher Hochschule der Künste.« Victoria Egloff senkte ihre Augen und schwieg.

»Der Täter hinterliess eine Botschaft auf einer Karte«, unterbrach Glauser ihre Gedanken abrupt. Er blätterte in seinem Notizbuch und las vor. »Sagt Ihnen der Text etwas?«

Victoria Egloff sackte auf dem Stuhl zusammen. »Nein«, flüsterte sie, »den Text kenne ich nicht. Was will uns der Mörder meines Mannes damit mitteilen?«

»Wir wissen es nicht«, erwiderte Emma, »es tut uns leid, aber wir wissen es noch nicht.«

***

Sokrates lag in seinem Bett und betrachtete das Foto seiner Frau, das eingerahmt neben dem Radiowecker stand. Sie sass in einem Gartencafé in Ascona, im Hintergrund war der Lago Maggiore zu sehen. Es war ein traumhafter Sommertag gewesen, ein paar Monate nach ihrer Hochzeit. Die Luft flirrte vor Hitze. Mara blickte ihn keck an. Ihre grünen Augen lächelten. Die kastanienbraunen Locken glänzten im Sonnenlicht. Sokrates liebte dieses Bild. Mit seinen Fingern streichelte er ihr über die Wangen. Er vermisste sie so. Nach einer Weile stellte er das Foto wieder behutsam auf den Nachttisch. Er nahm seinen »Jim Knopf« vom Kopfkissen, wo früher seine Frau geschlafen hatte und schlug die Seite 124 auf.

Er las wie die Lokomotive Emma einen gellenden Pfiff ausstiess, weil sie in der chinesischen Wüste den Scheinriesen Tur Tur trafen. Jim hatte furchtbar Angst, denn der Riese wurde immer grösser, je weiter er von ihm davonlief. Nur wer sich nah an ihn heran wagte, merkte, dass er genauso gross war wie ein ganz normaler Mensch. Jim fasste sich ein Herz und ging auf Herrn Tur Tur zu. Schritt für Schritt wurde der Scheinriese kleiner. Lukas der Lokomotivführer, der schon vorausgelaufen war, klopfte Jim auf die Schulter und sagte: »Na siehst du. Angst taugt nämlich nichts. Wenn man Angst hat, sieht meistens alles viel schlimmer aus, als es in Wirklichkeit ist.« Bei diesen Worten schlief Sokrates ein.

***

Heute Nacht wollte Maria unbedingt den »Reigen« spielen. Die Verbindungsstudenten, mit ihren Ritualen aus dem vergangenen Jahrhundert, hatten ihre Phantasie geweckt. Als sie zum ersten Mal die Novelle von Arthur Schnitzler las, war sie von den Figuren ungemein angetan, sie war geradezu vernarrt in dieses Stück. Noch in der gleichen Nacht spielte sie den Reigen mit einem Liebhaber nach. Es gefiel ihr, in die verschiedenen Rollen zu schlüpfen. Einmal mimte sie die Schauspielerin, dann das süsse Mädel, die Ehefrau und sehr gerne die Hure. Sie malte sich aus, wie es die Figuren wohl getrieben hätten, ob sie wild waren, passiv oder devot. Es machte ihr Spass, es ihnen gleich zu tun. Auf Flohmärkten kaufte sie sich Dessous, die aus der Jahrhundertwende stammen könnten. Wenn sie Mieder oder Strapse trug, beflügelte dies ihre Phantasie noch zusätzlich.

Der »Reigen« war nur einer von vielen Klassikern, die Maria nachspielte. Schon während ihrer Pubertät hatte sie unzählige Bücher mit erotischen Geschichten verschlungen: »Das Dekameron« von Boccaccio, »Madame Bovary« von Flaubert, »Lady Chatterly« von D. H. Lawrence, die »Erzählungen aus 1001 Nacht«, »Anna Karenina« von Tolstoi, »Die verlorene Ehre der Katharina Blum« von Böll, »Die 120 Tage von Sodom« von de Sade oder »Josefine Mutzenbacher« von Felix Salten. Ein Freund hatte einmal zu ihr gesagt, wenn sie so weitermache, würde sie sich innerhalb eines Jahres durch die gesamte Weltliteratur vögeln.

Leo bekundete Mühe, die verschiedenen Rollen aus dem »Reigen« nachzuahmen. Den Grafen mimte er nur ungern, wusste Maria, ihm gefiel dieses affektierte und blasierte Gehabe nicht.

Trotzdem wolle er den Abend mit ihr verbringen, hatte er gesagt, »Reigen« hin oder her. So lag Maria mit ihm im Bett, um die Novelle neu zu interpretieren. Am liebsten spielte Leo die Rolle des Soldaten. Sie gab die Hure, redete obszön und wollte, dass er sie hart anfasste. In dieser Nacht spielte Maria die Hure besonders hemmungslos, mit dem Biergeschmack im Mund und dem Alkohol im Blut verlor sie jegliche Zurückhaltung.

Nach ein paar Stunden stand Leo auf und schlich sich auf Zehenspitzen davon. Heute wäre er gerne bei ihr geblieben. Maria murmelte etwas im Schlaf und schmatzte leise.

DREI

»Sie stimmen mir sicherlich zu, dass ich meine bisherigen Ausführungen schlüssig herleiten konnte: Vergangene Gefühlsregungen, Pläne und Absichten hinterlassen ihre Niederschrift auf den weichen Teilen des Körpers. Diese Beobachtung machen die Menschen seit Jahrhunderten. Wer die Lehre der Pathognomik so gut beherrscht wie ich, der kann im Gesicht eines jeden Menschen seine Vergangenheit mühelos ablesen.

Die Pathognomik ist jedoch eine Wissenschaft, die viel von ihrem Nutzen einbüssen würde, wenn sie nicht auf dem Boden der Physiognomik stünde. Diese Lehre ist ungleich bedeutsamer. Denn die Physiognomik zeigt den bleibenden Charakter im Knochenbau des Menschen. In den festen Teilen des Körpers manifestiert sich unsere seelische Grundbeschaffenheit. Schädelform, Wangenknochen, Kiefer und Kinn zeugen davon, wer wir sind, ob wir gut sind oder böse.

Dies ist von grosser Bedeutung. Denn die weichen Gesichtsteile sind trügerisch. Mit ihnen können wir uns verstellen, wir können Grimassen schneiden oder ein falsches Gesicht aufsetzen. Auch äussere Einflüsse wie Wetter, Unfallnarben, Krankheiten oder Mangelernährung führen uns in die Irre. Sie hinterlassen auf dem Gesicht entstellende Zeichen, die es erschweren, die Botschaft richtig zu lesen. Der Knochenbau dagegen ist beständig. Knochen lügen nicht. Schon als wir im Mutterleibe gebildet wurden, hat Gott den bleibenden Charakter des Menschen ins Gesicht geschrieben. Es sind Zeichen, die Gott selbst eingraviert. Gott ist der Autor, der den Körper als Schreibtafel benutzt. Die Schädelform, die festen Knochen offenbaren den wahren Menschen. Jeder, der nicht mit Blindheit geschlagen ist, kann die Handschrift sehen, die der Schöpfer hinterlassen hat. Doch es ist ungleich schwerer, hinter diesen göttlichen Zeichen ihre Bedeutung zu verstehen, die Buchstaben im Gesicht zu entziffern, ihren Sinn zu begreifen.

Ich kann den physiognomischen Code entschlüsseln, ich habe gelernt, die Chiffren und Lettern im Gesicht zu deuten und die Natursprache zu verstehen. Wo andere Schönes sehen, erblicke ich hinter der Maske eine Fratze von tiefstem Grad menschlicher Lasterhaftigkeit. Allerorten sehe ich die schändlichen Male einer verdorbenen Seele auf der Stirn wuchern, die Böses erahnen lassen.

Alle Menschen, die ich getötet habe, waren abgrundtief hässlich. Ihr Knochenbau offenbarte mir zweifelsfrei ihre verdorbene Seele. Das Nasenbein von Sara Helbling war so beschaffen, dass ihre Grausamkeit nicht zu übersehen war. Schläfen- und Jochbein von Valentin Egloff zeugten von seiner Schlechtigkeit. Alle Menschen, an die ich Hand anlegte, haben den Tod verdient. Doch wegen ihres Charakters habe ich sie nicht umgebracht. Gott ist mein Richter. Es liegt nicht an mir, Menschen wegen ihrer verdorbenen Seele zu verurteilen. Der Herr wird sie einst im jüngsten Gericht zur Rechenschaft ziehen, vor ihm müssen sie sich verantworten. Ich habe diese Menschen getötet, weil mir gar nichts anderes übrig blieb. Gott hätte es mir nie verziehen, wenn ich gezaudert hätte.«

***

Seine Kopfhaut kribbelte, als ihm Eva mit den Händen durchs Haar fuhr. Ihre Fingerkuppen kreisten um beide Schläfen, massierten die Stirn mit sanftem Druck und schoben sich langsam vor zum Scheitel. Ein Wassertropfen kitzelte seine Wange. Sokrates hielt die Augen geschlossen. Er genoss den Moment. Ihre runde Hüfte berührte seinen Oberarm, als sie nach dem Shampoo griff. Sie drückte etwas Gel aus der Tube, verrieb es in ihren Händen und schäumte seinen Kopf ein. Die platzenden Schaumbläschen knisterten in seinem Ohr. Er roch ihr herbes Parfum. Während sie ihm die Haare wusch, spürte er ihre Brüste nah an seinem Nacken. Das Kreuz an ihrer Goldkette streifte sein Ohr. Sokrates schlug die Augen auf. Im Spiegel sah er Eva nur unscharf, seine Brille hatte er vor sich auf die Marmorabdeckung des Holztischchens gelegt. Trotzdem konnte er erkennen, dass Eva ihre schwarzen Locken luftig nach oben gesteckt hatte, ihr Gesicht war dezent geschminkt, der volle Mund glänzte von Lippenpomade. Ihre dunkelbraunen Augen hatte sie mit einem Kajalstift schwarz umrandet. Sie trug ein moosgrünes Kleid, das ihre Figur betonte. Wenn sie durch ihren Coiffeursalon schritt, aufrecht, selbstbewusst, graziös, sah sie aus wie eine Fado-Sängerin aus Lissabon. Ihre Mutter war Portugiesin, wusste Sokrates.

»Heute Nacht träumte ich von den beiden Morden«, erzählte Eva, »die Taten beschäftigen mich. Sie lassen mich nicht los. Mir war, als wollte mir der Traum etwas sagen.«

Sokrates spürte, wie erschüttert Eva war, weil ein zweiter Mensch dem Täter zum Opfer gefallen war.

»Hm«, brummte Sokrates, »mich verfolgen die Fälle ebenfalls, aber nur tagsüber. Vielleicht ist das gut so. So habe ich wenigstens in der Nacht meine Ruhe.«

Sokrates blickte sie im Spiegel an. Er kniff seine Augen zusammen, um sie deutlicher wahrzunehmen. »Hat Sie der Traum beunruhigt? Was haben Sie gesehen?«

Eva schäumte ihm den Hinterkopf ein. »Es waren Bilder, die aus dem Nichts aufgetaucht sind. Sara Helbling sass an ihrem Pult, sie schrieb eine Postkarte mit ihrer linken Hand, die rechte fehlte. Aber ich sah kein Blut. Sie war über das Papier gebeugt und schrieb in schönen blauen Buchstaben einen Text in einer fremden Sprache, den ich nicht entziffern konnte. Ich stand neben ihr, aber sie bemerkte mich nicht. Sonst war niemand im Zimmer.«

Sokrates gefiel, wie Eva redete. Ihm gefiel ihre warme, klare Stimme. »Plötzlich sah ich sie als Kind, sie sah aus wie ein Bub. Ihre kurzen Haare waren nicht mehr blond, sondern struppig und braun, ihre Augen blickten traurig. Auf einmal spürte ich, dass noch jemand anderes im Zimmer war. Ich hatte Angst. Ich sah, wie ein langer Schatten von hinten an das Kind herantrat. Mir kam der Schatten vertraut vor. Er stammte von einem Mann, den ich kannte. Aber er wandte sein Gesicht ab. Ich versuchte, etwas von ihm zu erhaschen. Es gelang mir nicht, und ich wachte auf.«

Eva nahm die Brause, stellte den Mischer auf lauwarm, so wie es Sokrates mochte, und wusch ihm den Schaum aus den grauen Locken.

»Es war ein sinnloser Traum, der nichts bedeutet«, schloss sie, »aber er zeigt mir meine Angst vor dem Unvorhergesehenen, vor der Sinnlosigkeit einer Tat.«

Nachdem Eva die Haare von Sokrates mit einem Tuch getrocknet hatte, kämmte sie seine feuchten Locken. »Fand die Polizei beim zweiten Opfer ebenfalls eine Botschaft?«

»Ja, eine Karte mit den gleichen Versen. Den Text musste jemand anders verfasst haben, die Handschriften unterscheiden sich. Beim zweiten Mord wurde uns bewusst, dass wir uns geirrt hatten. Nicht der Täter hatte das Gedicht auf die Karten geschrieben, sondern seine Opfer.«

»Ein seltsamer Fall.« Eva nahm ihm das Handtuch von der Schulter.

»In der Tat, das ist er. Wir wissen nicht, was der Mörder damit bezweckt. Auch die Botschaft konnten wir noch nicht entschlüsseln.« Sokrates angelte sich seine Brille vom Marmortischchen und setzte sie auf.

»Darf ich Ihnen noch einen Espresso anbieten?«, fragte Eva.

»Ja, gerne.« Er genoss den Morgen mit ihr und wollte so lange wie möglich die Zeit bei ihr verbringen. Während im kleinen Nebenzimmer die Kolbenmaschine lief, und der Duft von Kaffee durch den Salon zog, setzte sich Sokrates an den Tulpentisch.

»Schnitt der Täter beiden Opfern die rechte Hand ab?«, erkundigte sich Eva und trat mit einem Tablett heran. Sie reichte Sokrates eine Espressotasse.

»Ja, ihre Arbeitshand. Sara Helbling und Valentin Egloff waren Rechtshänder. Ob das von Bedeutung ist, können wir nicht sagen.«

Eva setzte sich neben Sokrates. »Vielleicht sind die Hände seine Trophäe. Hände zeichnen einen Menschen aus. Jede Hand ist individuell, einmalig, wie das Gesicht. Eine Hand verrät viel über den Menschen, sie sagt uns, ob er ein Handwerker ist oder eine Hebamme.«

Sokrates nippte an seinem Espresso. Er dachte über ihre Worte nach. »Oft zweifle ich, ob wir die Wahrheit erkennen können, selbst wenn sie direkt vor unseren Augen liegt. Denn wir sehen nur das, was wir uns vorstellen können. Für alles andere sind wir blind.«

Eva hatte ihre Beine übereinander geschlagen, das grüne Kleid schmiegte sich an ihre Oberschenkel. Sie hielt ihren Kopf leicht geneigt, eine gekringelte Locke wippte an ihrer Schläfe. Sokrates hätte gerne die Strähne mit seinem Zeigefinger hinter ihr Ohr gestreift. Er schob den Gedanken beiseite.

»Der erste Mord, mit dem ich zu tun hatte, geschah 1993. Damals war ich Assistenzarzt am Institut. Die Medien schrieben vom Giftpilz-Mord«, versuchte er ihr seine Gedanken zu erklären. »Ein Informatiker der ETH starb mit sechsundzwanzig Jahren. Seine Ehefrau und ihr Liebhaber wurden überführt, ihn umgebracht zu haben. Nieren und Leber des Toten waren zerfressen. Das hatte die Obduktion ergeben. Mein damaliger Chef fand heraus, dass das Opfer vermutlich an einer Giftspritze starb. Doch durch welches Gift? Wir fanden lange keine Antwort. Beinahe wäre das mörderische Paar unbehelligt davongekommen. Die Vorstellung, wie die Ehefrau ihren Mann, einen Computer-Spezialisten, ermordet hatte, war zu abwegig. Mir kam der Zufall zu Hilfe. Die Ausdünstungen der Leiche machten mich stutzig. Bei der Obduktion roch ich ein bitteres Aroma. Zum Schluss stand fest: Seine Frau hatte Knollenblätterpilze ausgepresst und ihrem Mann den giftigen Saft in die Vene gespritzt. Zuvor betäubte sie ihn mit Schlafmittel, das sie dem Kartoffelstock beigemischt hatte. Es war seine Henkersmahlzeit. Nach zwei Tagen furchtbaren Leidens starb er. Das war in der Schweiz der erste Mord mit einem Giftpilz.«

Sokrates biss in einen Spekulatius, den Eva auf einem Porzellanteller serviert hatte.

»Ja, ich erinnere mich«, sagte Eva nachdenklich, »damals verstand niemand, warum sich das Opfer nicht gewehrt hatte.«

»Das war in der Tat sehr merkwürdig. Denn es stellte sich heraus, dass seine Ehefrau bereits monatelang versucht hatte, ihn umzubringen. Sie hatte ihn an den Wochenenden regelmässig mit starken Medikamenten betäubt, damit er sie bei den Schäferstündchen mit ihrem Liebhaber nicht stören konnte. Einmal warf sie einen laufenden Föhn ins Badewasser, aber ihm geschah nichts, weil die Wanne isoliert war. Ihr Liebhaber kaufte von Drogensüchtigen HIV-verseuchtes Blut, später eine Überdosis Heroin, das sie ihm spritzten. Doch ihr Mann überlebte alle Mordanschläge. Er schöpfte keinen Verdacht. Er tat alles als dummen Zufall ab.«

»Wie konnte das sein? Es war offensichtlich, dass ihn seine Frau aus dem Weg räumen wollte.«

»Ich glaube, wir sind blind für Wahrheiten, die nicht unseren Vorstellungen entsprechen. Der Informatiker war intelligent und hochgebildet. Er weigerte sich zu glauben, dass ihn seine Frau töten wollte. Das passte nicht in sein Bild. Er hat die Realität ausgeblendet.«

Sokrates stand auf und nahm sein Portemonnaie hervor. »Eva, leider muss ich schon gehen. Die Arbeit ruft.« Er gab ihr fünf Franken. »Danke für die Zeit mit Ihnen. Ich geniesse sie sehr.«

Sie blickte ihn an, ihre braunen Augen schienen fast schwarz. »Mir geht es ebenso«, sagte sie mit warmer Stimme und reichte ihm die Hand, »bis morgen.«

»Ja, wir sehen uns morgen wieder, Eva.«

Als Sokrates am Kunsthaus vorbei lief, das auf der gegenüberliegenden Seite der Tramhaltestelle stand, schienen sich die Figuren am Höllentor von Auguste Rodin wie Ertrinkende in der Sintflut zu bewegen, wie verdammte Gestalten, die im Angesicht des Todes verzweifelt gegen die Endlichkeit kämpften. Auf seinem rechten Brillenglas bemerkte Sokrates einen Fleck. Dieser trübte seinen Blick. Er nahm die Brille von der Nase und sah einen Fingerabdruck, den er wohl hinterlassen hatte, als er sein Gesicht vor dem Spiegel mit Feuchtigkeitscreme einrieb. Sobald er den Kopf bewegte, brach das Licht verzerrt durch die Gläser. Er betrachtete nochmals seinen Fingerabdruck auf der Brille, die Rillen und Schlaufen der Papillarleisten, die eine unverwechselbare Spur von ihm hinterlassen hatten. Aus seiner Jackentasche zog er einen Lumpen hervor und reinigte die Gläser von den Schlieren.

Sokrates streckte sich. Sein Buckel bereitete ihm heute Morgen keinen Kummer, er spürte nur ein leichtes Ziehen an seiner rechten Schulter. Ob dies wiederum auf einen Wetterumschwung hindeutete, wusste er nicht, zu wenig ausgeprägt waren die Schmerzen. Das Wetter machte zurzeit ohnehin verwegene Kapriolen. Niemand konnte vorhersagen, was die nächsten Stunden bringen würden. Sonne oder Regenschauer, Nebel, Föhnstürme oder Herbstgewitter.

Das Tram kam bei siebzehn, ein gutes Zeichen. Allerdings hatte Sokrates an der Haltestelle noch zwei Minuten zugewartet, bevor er mit dem Zählen begonnen hatte. Er fragte sich deshalb, ob er damit das Schicksal zu seinen Ungunsten herausgefordert hatte. Er musste über sich selbst schmunzeln. Wie viel Aberglaube doch in ihm steckte. Er stieg ins Tram Nummer 9 und schaute aus dem Fenster. Die Häuser zogen an ihm vorbei, der Himmel war immer noch wolkenbedeckt. Aber es regnete nicht. Als rechts das Universitätsspital auftauchte, in dem Sokrates einen Teil seiner Assistenzzeit verbracht hatte, erinnerte er sich an eine Übung im zweiten Semester seines Medizinstudiums in Göttingen. Er musste einen Frosch sezieren, zerlegte ihn in alle Einzelteile, entnahm ihm jedes Organ, legte Muskeln und Sehnen frei, Schicht für Schicht. Nach zwei Stunden wusste er alles über die Anatomie des Frosches. Er kannte jedes Detail über Ösophagus, Pankreas und Kloake. Doch der Frosch war tot. Niemals würde er preisgeben, wie er lebte, sich paarte, Nahrung aufnahm. So ist es mit der Wissenschaft, dachte Sokrates, sie kann noch so sorgfältig jedes Detail unter dem Mikroskop betrachten, die Wahrheit bleibt ihr verborgen.

An der Haltestelle Winkelried stieg ein Rentner-Ehepaar ein. Sie setzten sich hintereinander, wie es alte Ehepaare halt so tun. Sokrates sah zwei verhärmte Gesichter. Wenn seine Frau noch lebte, würde er immer neben ihr sitzen. Das Tram fuhr beim Rigiblick vorbei. Er erinnerte sich an einen Satz, den Mark Twain gesagt haben soll: »Wenn das einzige Werkzeug, das du hast, ein Hammer ist, dann neigst du dazu, jedes Problem als Nagel zu betrachten.« Wie wahr. Ein Chirurg löst ein medizinisches Problem am liebsten mit dem Skalpell, obwohl auch Medikamente vollauf zur Heilung genügt hätten. Politiker denken an politische Lösungen, Juristen an juristische und Militärs an militärische. Sie zetteln Kriege an, weil sie nichts anderes kennen. Es wäre gut, sinnierte Sokrates weiter, wenn wir in unseren

Werkzeugkästen nicht nur über Hämmer verfügten, sondern auch Schraubenzieher, Sägen, Bohrmaschinen und Zangen nutzen könnten. Doch wir sind lausige Handwerker, die mit ungeeigneten Werkzeugen hantieren.

An der Haltestelle Milchbuck verpasste Sokrates fast den Ausstieg, so sehr war er in Gedanken versunken. Er dachte an Eva, an ihr Gesicht und daran wie sie duftete. Er hatte die Augen geschlossen und atmete tief ein. Das Tram schloss gerade die Türen, als er aufschreckte. Im letzten Moment sprang er aufs Perron. Schnell lief er die Treppen im Irchelpark nach oben, nahm wie ein Junger gleich zwei Stufen auf einmal, sodass ihm am Ende das Herz bis zum Hals schlug. Als er das Institut erreichte, war er völlig ausser Atem. Am Empfang konnte er Paula nirgendwo sehen. Heute würde er ohne ihr Horoskop auskommen müssen.

***

Die Schweineschwarte war fünf Millimeter dick und stammte vom Bauchfleisch frisch geschlachteter Sauen. Philip Kramer hatte sie von einem Schlachthof im Zürcher Oberland besorgt. Die Schweinehaut schnitt er auf eine Grösse von zehn Zentimeter Kantenlänge zu. Sie sollte die menschliche Haut simulieren. Tags zuvor hatte Kramer Gelatinepulver in kühles Wasser gerührt und eine Stunde quellen lassen. Die Masse goss er in mehrere handgrosse Quaderformen. Einen Tag lang härteten die Gelatineblöcke im Kühlfach und waren nun bereit für den Beschuss mit den Bolzenschussapparaten. Zuvor trug Kramer ein paar Tropfen eines Sekundenklebers sternförmig auf die Vorderseite der Blöcke auf und presste die Schweinehaut darauf.

Kramer hielt sich im Schiesskeller des Instituts für Forensik auf. Es war kurz vor sieben Uhr. Das Institut befand sich im selben Gebäude wie die Kriminalpolizei. Der Keller sah aus wie ein Luftschutzbunker: fensterlos, grün gestrichene Betonwände, Boden aus schwarzem Linoleum. An der Decke entlang liefen Belüftungsrohre aus Aluminium. Eine breite Tür führte in den zwölf Meter langen Raum. Am Ende war eine Kunststoffwand befestigt, die Dutzende Einschusslöcher aufwies. Es roch nach durchnässtem Beton und Schiesspulver.

Kramer stellte den ersten Gelatineblock auf eine Platte, unter der kleine Rollen montiert waren. Die Apparatur funktionierte wie ein beweglicher Schlitten. Um den Block legte er einen Gummizug und fixierte die beiden Haken an Winkeleisen, die am Boden befestigt waren. Vorsichtig zog er den Block mit einer Federwaage gegen den Gummizug weg, bis die Waage acht Newton anzeigte. Das geschah nach drei Zentimetern. Mit einem Filzstift, den er aus seinem Kittel zog, markierte er auf dem Boden die Stelle. Er würde jeden Schlachtschussapparat, den er testete, so stark gegen den Gelatineblock drücken bis der Schlitten exakt drei Zentimeter nach vorne fuhr. Das entsprach dem Anpressdruck einer Waffe bei einem absoluten Nahschuss.

Nachdem Kramer die Testanlage aufgebaut hatte, zog er Plexiglasbrille und Gehörschutz an. Er streifte sich zinkfreie Handschuhe über und nahm den ersten Schlachtschussapparat, der auf einem Trolley lag, ein Produkt des Herstellers Eilts Hermann. Eine Mitarbeiterin des Instituts hatte alle gängigen Modelle und Marken organisiert, die sie finden konnte. Sie sollte nur Apparate wählen, die zur Schlachtung von Kleintieren, also von Schweinen, Kälbern und Schafen entwickelt worden waren. Der Bolzen durfte nicht mehr als acht Zentimeter lang sein, der Durchmesser musste sieben Millimeter betragen. Diese Masse entsprachen dem Einschusskanal bei Sara Helbling. Die CT-Bilder, die Sokrates gemacht hatte, belegten dies.

Kramer öffnete eine Kartonschachtel mit Platzpatronen. Sie waren je nach Schlachtviehart farblich gekennzeichnet. Rote und blaue Munition hatten eine starke Explosivkraft. Metzger verwendeten sie für schwere Ochsen und Bullen. Grüne Patronen enthielten eine schwächere Ladung. Sie waren für Schweine oder Kälber geeignet. Die Treibladung der Platzpatronen stiess den Bolzen nach vorne und durchschlug die Schädeldecke der Schlachttiere. Kramer nahm eine grüne Patrone aus der Schachtel. Er schraubte den Abzugshebel mit dem Schlagbolzen vom Lauf, steckte die Patrone in die Kammer und setzte den Bolzenschussapparat wieder zusammen. Er drückte den Apparat im rechten Winkel auf die Schweinehaut und schob den Gelatineblock drei Zentimeter nach vorne bis zur Markierung. Er betätigte den Abzugshebel. Ein Knall. Der Bolzen trieb mit Wucht in die Gelatine. Die Austrittsgeschwindigkeit war enorm, sechzig Meter pro Sekunde. Im Schiesskeller breitete sich Pulverdampf aus, der scharf in die Nase stach. Kramer betrachtete die Schweineschwarte. Auf beiden Seiten der Stanzverletzung waren die runden Schmauchhöfe zu erkennen, die von den Schmauchabzugsöffnungen des Apparats stammten. Kramer nahm aus einer Kiste ein Filterpapier, das er mit verdünnter Weinsäure befeuchtete. Er drückte das runde Papier eine Minute lang auf die Stanzmarke. Anschliessend trocknete er mit einem Heissluftföhn das Filterpapier und besprühte es mit Natriumrhodizonat. Deutlich traten rot-orange Verfärbungen auf, die Rückstände von Blei und Barium im Schmauch anzeigten. Kramer steckte die Probe in einen Plastikbehälter. So verfuhr er mit allen Schlachtschussapparaten. Er testete elf Produkte. Dazu brauchte er zwei Stunden.

Dann fuhr er mit dem Lift in den dritten Stock, zu den Arbeitsräumen der Krimimaltechnik 2. Den Trolley mit den Schlachtschussapparaten schob er vor sich her. In seinem Büro, das penibel aufgeräumt war und keinerlei Schnickschnack enthielt, markierte er mit einer Stereolupe und einem automatischen Schmauchspurscanner die orangefarbenen Pünktchen. Er verglich die Verteilung der Russpartikel auf den Filterpapieren mit den Schmauchrückständen an den Einschusslöchern von Helbling und Egloff.

Anschliessend überspannte der Kriminaltechniker im Labor die Filterpapiere mit Klarsichtfolie, klemmte sie in einen Analysebecher und bestimmte im Röntgenfluoreszenzgerät die chemische Zusammensetzung der Russpartikel. Jedes einzelne Ergebnis verglich er mit den Schmauchrückständen, die er bei den Leichen gesichert hatte. Die Arbeit erforderte Geduld. Endlich. Ein Treffer. Die chemische Zusammensetzung der Partikel auf dem achten Filterpapier stimmte exakt überein. Kramer nahm einen Bolzenschussapparat vom Trolley und wog ihn in seiner Hand. Mit solch einem Modell hatte der Täter Sara Helbling und Valentin Egloff erschossen.

Kramer wollte sicher gehen und machte noch eine Gegenprobe. An den Schweineschwarten, die er zuvor vom Gelatineblock losgelöst hatte, untersuchte er die Stanzmarken, die sogenannten Waffengesichter. Sie sind der Abdruck der Waffe auf der Haut, die sich beim Einschuss vorwölbt und sich gegen die Mündung presst. Aus den Stanzmarken kann der Experte den Waffentyp ermitteln. Kramer verglich alle Stanzmarken auf den Schweinehäuten mit dem Waffengesicht auf Egloffs Genick. Der Befund war eindeutig: Der Täter benutzte einen Schlachtschussapparat von Karl Schermer GmbH, einem Hersteller aus Deutschland. Kramer freute sich, ohne es sich anmerken zu lassen. Aber im Innern reckte er seine Faust kämpferisch nach oben. Dich kriegen wir, dachte er und nahm sein Handy aus der Kitteltasche.

»Theo, wir kennen die Tatwaffe.«

***

»Silentium auf dem Mensurboden!«

»Herr Unparteiischer, ich bitte um Silentium für die Austragung einer einfachen Partie Schläger zwischen Waffenbruder Herr Dolder, Angehöriger der verehrlichen Tigurinia und meinem Couleurbruder Märki. Die Partie geht voraussichtlich über dreissig Gänge zu je fünf Hieben. Das Kommando liegt während der ganzen Partie auf meiner Seite.«

Auf dem Fechtboden war es bitter kalt. Maria fröstelte. Sie schlug den Kragen ihrer Jacke nach oben und trat von einem Fuss auf den anderen. Durch die Bogenfenster brach Dämmerlicht herein. Ihre Uhr zeigte sieben Uhr zweiundvierzig. Unter dem Gebälk der ehemaligen Reithalle roch es nach Staub, verschüttetem Bier und Zigarettenkippen. Neugierig blickte sie sich um. Im Halbdunkeln erkannte sie in einer Ecke mannshohe Stehlen, worauf Kugeln aus Leder steckten, aufgespiesst wie abgeschlagene Köpfe. Auf der einen Seite des Dachgeschosses standen die Tiguriner, in dunkle Anzüge und Krawatten gekleidet, mit bunten Mützen auf den Köpfen. Ihnen gegenüber hatten sich die Helveter aufgestellt, in Reih und Glied wie Zinnsoldaten. In den hinteren Reihen stiegen einige Spektanten auf Stühle und Tische, um besser sehen zu können. Maria zählte über fünfzig Verbindungsstudenten, die gebannt auf den ersten Gang der Partie warteten. Von ihr nahm keiner Notiz, was sie etwas irritierte, weil sie in einer Horde von Männern selten erlebte, dass sie ignoriert wurde. Das Lachen, Getratsche und Gejohle war verstummt. Nur ein Hüsteln hörte Maria ab und zu. Die beiden Paukanten sassen inmitten des Raumes auf zwei Stühlen, einander zugewandt. Zuvor hatten sie Halsbandage, Paukschurz und Kettenhemd angelegt, einen gepolsterten Lederstulpen über den rechten Arm gezogen und mit einem Riemen eine vergitterte Mensurbrille aus Stahlblech auf dem Kopf festgezurrt. Lediglich Schädeldecke und Wangen blieben ungeschützt. So verlangte es das Fechtkomment. Mit der Mensur qualifizierten sich die Paukanten vom niederen Fuxenstall für den erhabenen Burschensalon, hatte Maria vom Paukarzt Othmar Luchsinger erfahren. Zuvor mussten beide die Partie mit Erfolg bestreiten. Dabei kam es nicht darauf an, wer den Fechtkampf gewann.

Verlierer gab es bei einer Mensur keine, egal wie der Kampf ausging. Die Paukanten sollten aber zeigen, dass sie unerschrocken ihren Mann standen.

»Silentium für die Waffengänge! – Ich bitte den Mensur-Abstand zu nehmen! – Hoch bitte! – Fertig! –Los!«

Sofort begannen die Paukanten mit ihren Korbschlägern auf einander einzudreschen, ohne auch nur einen einzigen Schritt zurückzuweichen, denn solchermassen taten nur Feiglinge und die Aufnahme in den Burschenstand wäre ihnen damit verwehrt geblieben. Eisern pflegten sie die Contenance, wie es das Ritual erforderte. Aufrecht standen sie einander gegenüber, im Abstand einer Säbellänge. Die linke Hand umfasste am Rücken den Hosenbund. Mit der rechten fochten sie, die Faust mit der Hiebwaffe nach oben gereckt. Die Klingen schepperten metallisch, die Kontrahenten parierten Hieb für Hieb. Maria verfolgte die Mensur hinter Othmar Luchsinger, der ein schwerer Mann war mit breitem Rücken. Sie fühlte sich erstaunlich wach, trotz der fünf Stangen Bier, die sie gestern Abend im Helveterhaus getrunken hatte und der langen Nacht mit Leo, in der sie an Schlaf nicht einmal hatte denken können, so sehr war sie mit dem Reigen beschäftigt gewesen.

»Halt!«

Die beiden Sekundanten, die neben ihren Paukanten gekauert hatten, waren aufgesprungen und fielen mit ihren Schlägern in den Arm der Kämpfenden. Der erste Gang war nach fünf scharfen Hieben auf beiden Seiten beendet. Schleppfüxe stützten den Arm der Fechter, die vor Anstrengung keuchten, andere desinfizierten die Klingen und bogen sie zurecht, bevor es weiterging.

»Hoch bitte!« Das Kommando des Sekundanten gellte durch den Raum. Die Paukanten kreuzten ihre Klingen mit hochgereckten Armen. Maria faszinierte der martialische Anblick. Auf dem Fechtboden dampfte es, die klirrende Kälte wich den Ausdünstungen schwitzender Männer.

»Fertig! – Los!«

Wieder sausten die Korbschläger nieder, flinke Schläge folgten im Stakkato, scharfe Hiebe zielten auf den Kopf des Gegners. Die Sekundanten verharrten geduckt neben den Kontrahenten. Die geschliffenen Klingen surrten durch die Luft, schlugen auf Stahl oder trafen die Armstulpen. Verbissen fochten die Paukanten, Gang für Gang, jeder wollte seine Klinge zuerst durch das Gesicht des Gegners ziehen. Keiner wich vor den Attacken des anderen zurück.

Beim siebzehnten Gang schnellte der Sekundant des Helveters plötzlich nach oben und unterbrach den Kampf: »Halt!«

»Warum Halt?«

»Blutiger Treffer auf Gegenseite!«

Der Unparteiische nickte. »Das ist der Fall.«

»Paukarzt!«

Auf der Wange des Tiguriners klaffte eine fünf Zentimeter lange Wunde unterhalb der Schläfe. Maria sah, wie ihm das Blut an der Wange entlang herabrann und auf seine Halskrause tropfte. Der Student verzog keine Miene. Othmar Luchsinger trat heran und begutachtete den Schmiss. Mit einem Wattebausch reinigte er die Wunde. Aus dem Schnitt quoll weiterhin Blut. Leise sprach er mit dem Sekundanten, der daraufhin das Wort an den Unparteiischen richtete: »Herr Unparteiischer, Tiguriner führt ab auf Schmiss.«

»Silentium, Tigurinia hat Abfuhr erklärt – Zeit: acht Uhr vier. Silentium ex, Partie ex.«

Sofort fing die Corona an zu johlen. »Lasst uns eine Kneipe schlagen«, hörte Maria rufen. Helveter und Tiguriner gaben sich die Hand, beglückwünschten sich gegenseitig zur gelungenen Mensur, holten Dutzende Bierflaschen aus einem Leiterwägelchen und prosteten sich zu. Der Paukant der Helvetia reichte seinem blessierten Kontrahenten die Hand und flüsterte ihm etwas ins Ohr. Maria konnte nicht hören, was er sagte, aber sie sah, wie der Tiguriner gequält lächelte.

Othmar Luchsinger führte daraufhin seinen Patienten, dessen Wange immer noch blutverschmiert war, zu einem Holztisch. Maria hielt sich an seiner Seite. Sie musste den Paukarzt unbedingt sprechen. Melchior Nobel hatte Wort gehalten und ihren Besuch angekündigt. Luchsinger war wenig erbaut gewesen, als sie ihn frühmorgens vor dem Pauklokal abgepasst hatte.

Während sich der verletzte Paukant auf den Tisch legte, holte Luchsinger Nadel, Faden und Desinfektionsmittel aus seiner Arzttasche. Mit geübter Hand nähte er die Schnittwunde mit fünf Stichen zu, ohne Anästhesie, so wie es das Fechtkomment vorschrieb. Der Tiguriner überstand die Tortur ohne mit der Wimper zu zucken. Nachdem der Paukarzt die Wange gereinigt und seinem Patienten zur bestandenen Mensur gratuliert hatte, er sei »gestanden wie eine Eins«, wischte er sich die Hände an einem Tuch ab. »Frau Noll, lassen Sie uns nach hinten gehen«, wandte er sich an Maria, »dort können wir uns ungestört unterhalten. Obwohl ich befürchte, Ihnen nicht dienen zu können.« Seine Stimme klang freundlicher als noch eine Stunde zuvor, seine Abneigung mit ihr sprechen zu müssen, hatte er offensichtlich verloren. Er schien merklich entspannter zu sein als vor der Mensur, stellte Maria erleichtert fest. Luchsinger führte sie ans andere Ende des Pauklokals, hinter zwei Dachpfosten mit aufgeschraubten Verstrebungen, die den Fechtboden unterteilten. Der Lärm des Umtrunkes drang nur noch verhalten zu ihnen herüber.

»Melchior hat mir vom gewaltsamen Tod Egloffs berichtet«, begann Luchsinger ohne Umschweife. »Der Mörder soll eine Botschaft mit einem Trinklied unserer Bruderschaft hinterlassen haben.«

»Nur eine Zeile davon«, präzisierte Maria, »aber das ist womöglich kein Zufall. Valentin Egloff war Helveter, vielleicht führt uns diese Spur zum Täter.« Sie musterte den Gesichtsausdruck von Luchsinger. Als Journalistin hatte sie es gelernt, Gesichter zu lesen. Ihr konnte so schnell keiner etwas vormachen. Lügen würde sie durchschauen und auch merken, wenn er ihr etwas verheimlichte.

Der Arzt war Ende fünfzig, schwerer Knochenbau, kräftiger Körper, ein stattlicher Mann, der sie um einen Kopf überragte. Auf seinem kantigen Schädel hatte er die Haare kurz geschoren. Sein Gesicht fiel grobschlächtig aus, breiter Mund, markante Nase, wache Augen mit buschigen Brauen.

»Herr Nobel hat angedeutet, dass Valentin Egloff die Verbindung nach einem Eklat verliess«, fuhr Maria fort. »Es muss damals etwas Gravierendes vorgefallen sein, was zum Bruch führte. Vielleicht hat seine Ermordung damit zu tun.«

Luchsinger blickte sie ruhig an. Nur seine zusammengebissenen Zähne verrieten sein Unbehagen. »Frau Noll, lassen Sie die alte Geschichte ruhen, der Vorfall ereignete sich vor vierunddreissig Jahren, es dient niemandem, wenn die Vergangenheit wieder ausgegraben wird. Wer sollte Interesse daran haben, wegen dieser Geschichte Valentin Egloff zu ermorden, nach so langer Zeit? Das macht keinen Sinn.«

»Es ist die einzige Spur«, versuchte es Maria weiter, »der Mörder hinterliess die gleiche Botschaft auch bei seinem ersten Opfer, bei der Krankenschwester Sara Helbling. Sie hat im Waidspital gearbeitet wie Sie!« Maria schaute Luchsinger unentwegt ins Gesicht, nicht die winzigste Regung sollte ihr entgehen.

»Ja, ich habe gestern von ihrem Tod erfahren«, erwiderte er und seine Stimme klang mit einem Male müde. »Aber ich kannte Frau Helbling nicht. Sie war Geriatrieschwester, ich bin Chefarzt der Chirurgie, wir hatten nichts miteinander zu schaffen.« Der redet, als wollte er sich rechtfertigen, dachte Maria.

»Der Trinkspruch am Tatort und Sie, Herr Luchsinger, sind die einzige Verbindung zu den beiden Opfern. Ich werde der Kripo davon erzählen müssen.«

»Sie irren sich.« Dann schwieg er. Maria wartete. Manchmal war es klüger, nicht sofort nachzuhaken. Diese Lektion hatte sie in hunderten Interviews gelernt. Sie spürte, wie der Arzt überlegte, was er ihr erzählen sollte. Er rang mit sich.

»Damals trug sich etwas zu, worauf kein Helveter stolz sein kann«, fuhr Luchsinger nach einer Weile leise fort. »Es war das dunkelste Kapitel in der Geschichte der Helvetia.«

Mit einem Mal hegte Maria einen Verdacht. »Ein Verbrechen! Ein Helveter beging damals ein Verbrechen, worüber jetzt niemand mehr redet, nicht wahr?«

Ihr schien, als ob Luchsinger erstarrte und fast unmerklich nickte.

»War Valentin Egloff darin verwickelt? Ein Duell, das tödlich endete?«

Der alte Herr seufzte. »Lassen Sie es gut sein, Frau Noll. Dazu kann ich Ihnen leider nicht mehr sagen. Wir haben ein Gelübde abgelegt, für immer zu schweigen.«

***

Was sollte er nur mit der abgetrennten Hand anfangen, die schon seit Tagen in seinem Kühlfach lagerte und die niemand zu vermissen schien. Soeben hatte die Kripo angerufen und Sokrates mitgeteilt, dass die Fingerabdrücke nicht in der Datenbank AFIS gespeichert sind. Auch die DNA-Datenbank CODIS ergab keinen Hit. Die Polizei hat die Angaben deshalb an Interpol weitergeleitet. International wurde jetzt nach einer Leiche gefahndet, der ein rechter Unterarm fehlte. Oder nach jemandem, der seinen Arm vermisste.

»Guten Morgen, Sokrates«, sagte Nik gutgelaunt, der wie Sokrates einen grünen Kittel und Hosen aus Vlies trug und gerade dabei war, sich Latexhandschuhe überzustreifen. Hinter ihm ging Anna Zumsteg. Sie nickte Sokrates ernst zu. Ihre Augen lagen in dunklen Höhlen im bleichen Gesicht. Die Nägel ihrer schmalen Finger hatte sie schwarz lackiert.

»Wir beginnen mit der virtuellen Autopsie«, sagte Sokrates. »Theo rief an, wir sollen ohne ihn anfangen. Er und die Fotografin würden später nachkommen.«

Zu dritt schoben sie den Wagen mit Egloff in den Röntgenraum und hoben seine Leiche auf den Schlitten des Computertomografen. Der Tote war schwer. Auf der Stirn von Anna schwoll eine blaue Ader an, ihre Nasenpiercings zitterten im bleichen Gesicht. Langsam verschwand die Leiche in der Röhre, Millimeter um Millimeter. Der Computertomograf machte unentwegt Röntgenaufnahmen. Gleichzeitig tastete der Roboterarm mit dem Laserscanner die Körperoberfläche der Leiche ab. Sokrates betrachtete am Monitor die 3D-Bilder. Der Einschusskanal am Nacken war deutlich zu sehen. Acht Zentimeter tief. Virtuell bewegte sich Sokrates durch das dreidimensionale Modell des Körpers. Wie erwartet steckte in der Leiche kein Projektil. Auch eine Austrittswunde fehlte.

»Es besteht jetzt kein Zweifel mehr«, zog Sokrates Fazit, »Valentin Egloff wurde wie Sara Helbling nicht mit einer gewöhnlichen Schusswaffe ermordet.«

Die virtuelle Autopsie dauerte eine halbe Stunde. Danach brachten sie die Leiche in den Einsargungsraum. Es war frostig. Sokrates bemerkte wie Anna anfing zu zittern, ihre Lippen waren blutleer. Zusammen mit Nik hob er den Toten von der Bahre auf ein grünes Brett, das auf einem Trolleytisch lag. Nik betätigte einen Hebel, worauf sich der Tisch senkte. Sokrates schob mit dem Zeigefinger seine Brille auf die Nase, die heruntergerutscht war. Er musste dringend zum Optiker, nahm er sich vor, Brillenbügel und Nasenpads müssen neu eingestellt werden. Ohne Brille war er fast blind, minus sieben Dioptrien an beiden Augen. Nik befestigte eine Körperschemazeichnung auf ein Klemmbrett und nahm ein paar Farbstifte aus seiner Tasche, als Theo Glauser und Lara Odermatt den Einsargungsraum betraten.

»Entschuldigt die Verspätung. Aber ich nehme an, dass die Röntgenbilder keine Überraschungen gezeigt haben.«

»Nein«, bestätigte Nik. »Kein Projektil im Körper, keine Austrittswunde, die Tatwaffe war offensichtlich wieder ein Bolzenschussgerät.«

Lara öffnete ihre Fototasche und nahm ihre Digitalkamera hervor.

Sokrates beobachtete ihre anmutigen Bewegungen, während sie die

Leiche fotografierte. Ihre Haare hatte sie dieses Mal nicht hochgesteckt. Die kupferroten Locken fielen ihr luftig über die Schultern. Im Licht der Neonröhren leuchteten ihre Augen hellgrün. Sie trug enge Röhrenjeans, die ihre langen Beine betonten, und ein kariertes Männerhemd aus Flanell.

Nachdem sie mehrere Fotos geschossen hatte, begann Sokrates mit der äusseren Besichtigung. Er schaute sich die Vorderseite der Leiche genau an. Auf dem markanten Gesicht konnte er einen dunklen Bartschatten erkennen, obwohl Valentin Egloff bei seinem Tod glatt rasiert war. Bartwuchs war bei Leichen nicht ungewöhnlich. Noch Stunden nach dem Tod wuchsen Haare und Fingernägel nach. Zudem begann in trockenen Räumen der Mumifizierungsprozess, die Haut trocknete aus und schrumpelte ein, die in der Gesichtshaut verborgenen Bartstoppeln traten hervor und wurden sichtbar. Es war deshalb die Aufgabe des Leichenbestatters, den Toten vor der Aufbahrung noch einmal zu rasieren. Plötzlich bemerkte Sokrates auf dem Gesicht der Leiche eine kaum sichtbare Narbe, die sich unterhalb der rechten Schläfe etwa fünf Zentimeter lang vertikal über den Backenknochen zog. Er nahm seine Brille ab und betrachtete die Narbe. Im oberen Drittel entdeckte er einen weiteren kleinen Schnitt, der die Narbe kreuzte. Er wies Nik an, die alten Verletzungen auf der Körperschemazeichnung festzuhalten. Vielleicht hatte sich Egloff einmal beim Rasieren geschnitten.

Glauser stand vor den Kühlfächern und beobachtete die Leichenschau, seine grossen Hände hatte er vor der Brust verschränkt. Nik begab sich auf die rechte Seite der Leiche und inspizierte den Armstumpf. »Der Täter hat die Hand wie bei Sara Helbling mit einem scharfen Messer entfernt und nicht mit einer Säge oder einer Axt«, gab er zu Protokoll, »die Schnittwunde ist glatt und nicht gezackt oder mit Rillen versehen.« Konzentriert untersuchten Sokrates und Nik jeden Zentimeter der Leiche, inspizierten alle Körperöffnungen und prüften die Totenflecken. Als Sokrates mit einer kleinen Stablampe in die Nasenlöcher hineinleuchtete, stutzte er. Er drückte die Nasenspitze hin und her bis das Licht rot durch die Nasenscheidewand schien. »Valentin Egloff hat Kokain geschnupft«, sagte er zu Glauser gewandt.

»Woran siehst du das?« Glauser öffnete sein Notizbuch.

»Die Nasenscheidewand weist Defekte auf, sie ist vernarbt«, erklärte Sokrates. »Ein Zeichen für den Konsum von Kokain. Aber wir werden das noch genauer untersuchen.« Er nahm eine kleine Schere, die ihm

Nik gereicht hatte, fasste ein Bündel Haare am Scheitel der Leiche und schnitt das bleistiftdicke Haarbüschel nahe der Kopfhaut ab. Die Haare wickelte er für die chemische Untersuchung in eine Alufolie.

»Die äussere Besichtigung hat keine wesentlich neuen Erkenntnisse gebracht«, fasste Sokrates nach zwanzig Minuten die Leichenschau zusammen. »Der Körper von Valentin Egloff ist unversehrt, wir konnten ausser am rechten Knie und unterhalb der Schläfe keine weiteren Narben entdecken. Kokain hat zwar die Nasenscheidewand angegriffen, aber Drogen führten sicherlich nicht zu seinem Tod. Egloff starb an einem Genickschuss. Seine Hand schnitt ihm der Täter post mortem ab.«

»Vielleicht hatte Sara Helbling mit der Kokainsucht von Valentin Egloff zu tun«, sagte Glauser. »Als Krankenschwester hatte sie Zugang zu Betäubungsmitteln. Sie könnte ihn mit Drogen versorgt haben. Wir werden diese Spur verfolgen.«

Sokrates nickte. Kokain verband womöglich beide Mordopfer. Endlich eine brauchbare Spur. Zusammen mit Nik und Anna wuchtete er die Leiche auf den Wagen und schob ihn nach nebenan in den Obduktionsraum. Dann stülpte sich Nik blaue schnittfeste Handschuhe über und schützte sein Gesicht mit einem Spritzschutz aus Plexiglas, der an einem Stirnband befestigt war.

»Mal schaun«, sagte Nik wie immer, wenn er vor einer anspruchsvollen Aufgabe stand. Er griff nach dem Bestecktablett und zog ein scharfes Messer durch die Haut der Leiche. Es sah spielerisch aus, wie Nik das Messer bewegte. Von seiner sonst so unbeholfenen Art war nichts mehr zu spüren. Sokrates beobachtete die Arbeit seines Assistenten aufmerksam. Er hatte Nik aufgefordert, die Obduktion durchzuführen, denn nur die stete Übung an Leichen machte einen Rechtsmediziner zum Könner, der hinter der Oberfläche mehr sieht als andere. Niks Lausbubengesicht mit den Sommersprossen auf der Nase war vor Konzentration gerötet, die aschblonden Haare standen ihm struppig vom Kopf, die abstehenden Ohren leuchteten.

Während der ganzen Obduktion schoss Lara Odermatt Fotos, um die einzelnen Schritte zu dokumentieren. Es war still im Raum, nur die Neonröhren summten. Theo Glauser lehnte am Türrahmen. Seine rechte Hand steckte in der Hosentasche.

Nachdem Nik das Brustbein entfernt hatte, präparierte er das Herz heraus, das Sokrates in eine Chromstahlschale legte und wog. Nik löffelte währenddessen den Mageninhalt der Leiche mit einer Kelle in einen Messbecher. Die dunkelrote Flüssigkeit roch nach Alkohol. Valentin Egloff hatte kurz vor seinem Tod Wein konsumiert, gab er bekannt. Dann entnahm er der Blase, die er vorher freigelegt hatte, mit einer Spritze Urin und bestimmte mit einem Glucosetest den Zuckerwert. »Der Blutzucker liegt etwas über dem Soll, hätte aber noch nicht behandelt werden müssen.«

Anna nahm ein Skalpell und zog es über den Scheitel von Ohr zu Ohr. Dazu drückte sie Egloffs dichte schwarze Locken mit ihrer linken Hand zur Seite. Sie präparierte die Kopfschwarte weg und stülpte die Kopfhaut mehrmals mit einem kräftigen Ruck auseinander, bis die Schädeldecke frei lag. In diesem Moment schien es Sokrates, als würden ein paar Geruchsmoleküle von ranzigem Öl in seine Nase steigen. Er achtete nicht darauf und verfolgte weiter die Arbeit seiner Assistentin, wie sie mit einer elektrischen Flex einen Kreis in den Schädel sägte und den Schädelknochen entfernte.

Nik begab sich zum Kopfende, schnitt das Grosshirn heraus und wog es. Sokrates war zufrieden mit der Arbeit seines Assistenten. Nik arbeitete schnell. Jede seiner Handbewegungen war geübt. Er entfernte Kehlkopf und Speiseröhre. Das Zungenbein von Egloff war wie bei Sara Helbling unversehrt, keine Würgemale. Er sezierte das Kleinhirn heraus. Der Hirnstamm vor dem Nacken fühlte sich nicht fest an wie gewöhnlich, sondern matschig.

Nach zweieinhalb Stunden war die Obduktion beendet. Nik nahm seine Gesichtsmaske herunter. Er blickte Sokrates und Glauser an. »Keine neuen Spuren, keine neuen Anhaltspunkte, der Täter ging exakt gleich vor wie bei Sara Helbling. Valentin Egloff starb wie sie, die Wucht des Bolzens hatte sein Hirnstamm zertrümmert.« Glauser schrieb die Todesursache in sein Notizbuch.

»Zwei Opfer, die sich nicht kennen, zwei abgeschnittene Hände, zwei handgeschriebene Karten mit derselben Botschaft«, sagte Sokrates. »Wir verfolgen drei Fäden, die zum Täter führen und kommen dennoch nicht weiter.« Er kam sich vor wie eine Milbe, die unter einem Perserteppich lebt. Er erkannte einzelne lose Fasern, die nicht miteinander verknüpft waren. Sie ergaben keinen Sinn. Ihre Bedeutung blieb ihm verborgen. Er konnte ein Muster höchstens erahnen, aber nicht sehen.

***

Als Gerda Tauber wie jeden Morgen gegen zehn Uhr den Stadtanzeiger aus ihrem Briefkasten holte, roch sie im ersten Stock diesen ekelhaften Gestank. Schon wieder. Sie rümpfte angewidert die Nase. Seit einigen Tagen bemerkte sie einen süsslich-sauren Geruch, der bei ihr einen Würgereiz auslöste, wenn sie an der Wohnungstür ihres Nachbarn vorbei ging. Aber so schlimm wie heute war es noch nie. Es stank bestialisch, als ob Arthur Zurlinden eine tote Katze im Abfallsack entsorgt hätte.

»Dem werde ich was husten«, murmelte Gerda Tauber und blieb vor der Türe stehen. Sie wollte gerade läuten, als sie an der Schwelle mehrere weisse Maden erblickte, die unter dem Türspalt hervor gekrochen waren und sich vor ihren Pantoffeln kringelten. Erschrocken trat sie einen Schritt zurück. Da stimmt etwas nicht, dachte sie, und stieg wieder die Treppe nach oben in ihre Wohnung. Dort rief sie den Vermieter an.

Eine halbe Stunde später klingelte Vermieter Otto Lanz bei Arthur Zurlinden. Nichts. Er klopfte heftig gegen die Tür. Keine Reaktion. Er legte sein Ohr an die Wohnungstür. Kein Geräusch. Lanz überlegte, ob er die Polizei rufen sollte. Aber er besann sich anders und holte aus seiner Tasche einen Nachschlüssel. Vorsichtig öffnete er die Tür. Der Verwesungsgestank schlug ihm ins Gesicht wie ein feuchter Putzlappen. Reflexartig schlug er die Tür zu. Gerda Tauber blickte ihn entsetzt an.

»Warten Sie hier draussen«, wies er sie an, »ich gehe rein.«

Der Vermieter nahm ein Taschentuch aus seiner Jackentasche und hielt es sich vor Mund und Nase. Er holte tief Luft, öffnete die Tür erneut und trat ein. Der Anblick jagte ihm einen Schauder über den Rücken. Die Zweizimmerwohnung war zugemüllt. Im Flur stapelten sich Dutzende Kartons und Papiersäcke mit leeren Flaschen, Zeitungen und Abfällen. Auf mehreren Plastikstühlen und einem zerschlissenen Sessel lagen körbeweise schmutzige Wäsche, Hemden mit Schweissrändern, speckige Anzugjacken, verpisste Unterhosen. Es war drückend heiss. Am Boden wimmelte es von Maden und braunen Fliegenpuppen. Um den Kopf von Otto Lanz surrten grün schimmernde Schmeissfliegen.

Der Vermieter presste sein Taschentuch noch stärker auf die Nase. Es roch nach Erbrochenem und Fäkalien. Die Fensterläden waren zugezogen und liessen nur wenig Tageslicht herein. In den schummrigen Zimmern begannen seine Augen zu tränen. Auf dem

Linoleumboden in der Küche entdeckte Lanz zahlreiche Brandflecken von Zigarettenasche. Die Wände waren gelblich verfärbt und rochen nach kaltem Tabakrauch. Überall standen überquellende Aschenbecher und Porzellantassen herum, die mit Zigarettenstummeln von Gauloises gefüllt waren. Im Ausguss der Küche stapelte sich gebrauchtes Geschirr mit verschimmelten Essensresten. Langsam ging Otto Lanz den Flur entlang zum Schlafzimmer. Dabei achtete er darauf, möglichst wenige Maden zu zertreten. Der Gestank war unerträglich. Den Vermieter schüttelte es beim Gedanken, dass an seiner Kleidung dieser Geruch anhaftete. Er würde nachher ausgiebig duschen und die Kleider wegwerfen. Am Ende des Flurs zweigte rechts eine Tür ins Schlafzimmer ab. Sie war angelehnt. Lanz stiess sie auf.

Was er sah, drehte ihm den Magen um. Er begann zu würgen. In seiner Kehle schmeckte er den Gallensaft und den Kaffee, den er morgens auf nüchternem Magen getrunken hatte. Arthur Zurlinden lag neben seinem ungemachten Bett auf dem versifften Teppichboden, der mit Weinflecken und Zigarettenstummeln übersät war. Auf seinem Körper wimmelte es von Maden, der Bauch war grotesk aufgebläht, die Haut an beiden Händen aufgeplatzt. Lanz schloss seine Augen. Der Kopf von Arthur Zurlinden fehlte. Jemand musste ihn abgehackt haben. Lanz, der ein besonnener Mann war und den sonst nichts aus der Ruhe bringen konnte, stürzte nach draussen. Vor der Wohnungstür nahm er sein Taschentuch von der Nase und atmete tief durch. »Rufen Sie die Polizei«, stiess er hervor, »Arthur Zurlinden ist tot. Er hat keinen Kopf mehr. Er wurde ermordet.«

***

Es vergingen keine zwanzig Minuten, bis die Streife der Stadtpolizei eintraf. Zwei Polizisten betraten die Wohnung des Rentners, registrierten sofort, dass er einen gewaltsamen Tod erlitten hatte, sie es also mit einem AGT zu tun hatten, und hielten sich exakt an die Vorschriften. Sie informierten die Einsatzzentrale, spannten ein rot-weiss-gestreiftes Absperrband aus Plastik vor die Wohnungstür und warteten auf die Kripo. Glauser erschien eine halbe Stunde später, an seiner Seite ging Sokrates. Er liess sich von den Streifenpolizisten schildern, was sie in der Wohnung vorgefunden hatten. Er selbst wollte die Wohnung nicht betreten, bevor die Spurensicherung da war. Noch im Institut für Rechtsmedizin hatte er ein Dutzend Polizisten telefonisch damit beauftragt, im Umkreis von drei Häuserblocks nach der Tatwaffe oder sonstigen Spuren zu suchen. Er schaute auf seine Uhr. Jeden Moment müsste Lukas Oppliker auftauchen.

»Meine Leute werden bald eintreffen und mit den Befragungen beginnen«, teilte er Otto Lanz mit. »Wo können wir Sie erreichen?«

»Im obersten Stock habe ich ein kleines Büro eingerichtet, ich werde mich dort aufhalten«, antwortete Lanz resigniert.

Das Handy von Glauser pfiff »In der Halle des Bergkönigs«. Er schaute auf das Display und nahm ab. »Guten Morgen, Maria, was gibt's?« Er lauschte aufmerksam. Aus seiner Jackentasche klaubte er einen Schreibblock hervor und machte sich Notizen. Zwischendurch stellte er knappe Fragen. »Vielen Dank, deine Informationen werden uns bei den Ermittlungen weiterhelfen«, beendete er das Gespräch, nachdem er alles über das Trinklied und die Verbindung von Valentin Egloff zu den Helvetern gehört hatte. »Wir machen uns sofort daran, diese Spur zu verfolgen.« Er wählte die Nummer von Oppliker. »Hör zu, Lukas, bevor du hier die Nachbarn befragst, musst du herausfinden, was Sara Helbling mit der Studentenverbindung Helvetia zu tun hatte.« In wenigen Worten schilderte Glauser, was er von Maria erfahren hatte. Dann gab er präzise Anweisungen. »Erkundige dich bei ihrem Exfreund Anatol Zaugg, ob er Mitglied dieser schlagenden Verbindung ist. Ausserdem müssen wir wissen, ob der Chefarzt vom Waidspital, Othmar Luchsinger, die Wahrheit gesagt hat, und er Sara Helbling tatsächlich nie begegnet war.« Er nahm sein Handy ans andere Ohr. »Und noch etwas: Valentin Egloff hat gekokst. Das ergab die Obduktion. Frag im Spital nach, ob Helbling Zugang zu Betäubungsmitteln hatte.«

Nik parkte sein Auto, einen Citroën, in einer Seitengasse, die vom Röntgenplatz abzweigte und nahm die Kiste mit seiner Ausrüstung aus dem Kofferraum. Er beeilte sich, er war spät dran. Sokrates würde schon auf ihn warten. Er steuerte auf ein vierstöckiges Gebäude zu, das 1927 erbaut worden war, wie er am Eingang lesen konnte. Vor der Haustüre stand ein Streifenwagen. Die altrosa Fassade war schon seit längerer Zeit nicht mehr gestrichen worden, von den bordeauxfarbenen Fensterläden blätterte der Lack ab. Entlang des Gehwegs wuchs eine kümmerliche Hecke, die schon bessere Tage gesehen hatte. Es roch nach nassem Laub. Nik stiess die Türe mit dem Fuss auf. Ein Streifenpolizist fragte ihn mürrisch, was er hier zu suchen habe. Nachdem sich Nik ausgewiesen hatte, schleppte er die Kiste in den ersten Stock. Vor der Wohnungstür begrüsste er Sokrates. »Die Verbrecher lassen uns in den letzten Tagen keine Ruhe. Schon wieder ein Mord, kaum zu fassen. Was wissen wir über den Toten?«

»Es ist vermutlich der Mieter, ein Rentner«, antwortete Sokrates. »Der Täter hat ihm den Kopf abgetrennt. Deshalb können wir seine Identität erst nach der Spurensicherung zweifelsfrei feststellen.«

»Hat dieser Mord etwas mit den anderen Fällen zu tun?«, fragte Nik, während er seine Kiste öffnete und zwei Schutzanzüge herausholte.

»Das können wir noch nicht sagen«, antwortete Glauser, der soeben das Telefonat mit Oppliker beendet hatte. Erneut ertönte die Melodie von Edvard Grieg. Er nahm sein Handy aus der Jackentasche. »Ja, in Ordnung, wir beginnen mit der Spurensicherung«, sagte er nur und legte auf.

»Staatsanwalt Pfister schafft es nicht rechtzeitig herzukommen«, wandte er sich an die beiden Rechtsmediziner. »Er muss zu einer Einvernahme, die er nicht verschieben kann.«

Vom Parterre her hörte Nik ein Poltern. Die Kriminaltechniker rückten an. Sie schleppten Kisten die Treppen nach oben. Es gab keinen Lift. Sie keuchten vor Anstrengung. Nachdem sie Glauser, Sokrates und Nik begrüsst hatten, zogen sie ihre weissen Overalls an.

Philip Kramer wies mit seinem Kopf zu den Maden an der Türschwelle. »Der Mann ist schon seit Wochen tot«, stellte er fest, als er seine Überschuhe anzog. »Leute, wir gehen für einen ersten Augenschein mit einer Atemschutzmaske in die Wohnung.«

Paul Kirchner nahm Masken aus einer Kiste und verteilte sie. Lara Odermatt steckte ihre roten Locken mit mehreren Haarklammern nach oben und zog die Kapuze drüber. Aus ihrer Fototasche holte sie eine Digitalkamera.

»Fangen wir an«, sagte Glauser durch seine Maske. »Ich will mir zuerst ein Bild machen, dann könnt ihr mit der Spurensicherung beginnen. Philip, geh du voran.« Er drehte sich zu Sokrates um. »Komm bitte auch mit, mich interessiert, welchen Eindruck du vom Tatort hast. Vor allem müssen wir schnell herausfinden, ob womöglich der Mörder von Helbling und Egloff auch hier zugeschlagen hat.«

Sokrates nickte und schob sich seine Brille mit dem Zeigefinger wieder auf die Nase. Nik seufzte. Er wäre liebend gerne mit hinein in die Wohnung gegangen. Nichts war für ihn spannender, als einen Tatort zu inspizieren. Er hatte bereits im zweiten Semester seines Studiums entschieden, Rechtsmediziner zu werden. Als er in einem Kurs Leichen geöffnet hatte, war er von der Arbeit im Seziersaal fasziniert gewesen. Es hatte ihn erstaunt, welche Geheimnisse die Toten preisgeben konnten, wenn man ihre Körperzeichen nur richtig deutete. Die knifflige Detektivarbeit im Obduktionsraum hatte ihn gepackt. Sein Studium schloss er in kürzester Zeit mit summa cum laude ab. Seit zwei Jahren arbeitete er nun im Institut für Rechtsmedizin. Er hatte unbedingt Assistenzarzt von Sokrates werden wollen. Der bucklige Deutsche galt unter vielen Medizinstudenten bereits als Legende, weil er mitgeholfen hatte, zwei spektakuläre Mordfälle zu lösen. Von ihm versprach sich Nik eine optimale Ausbildung. Er hatte es nie bereut.

***

Emma Vonlanthen und Franz Ulmer stapften durch den Klingenpark, der hinter dem Hauptbahnhof lag. Der Morgen war nebelgrau. Der Herbst hatte es wieder einmal geschafft, alle Farben des Sommers wegzuwischen. Die Platanen im Park schienen aschfarben. Auf dem feuchten Rasen lagen Blätter, die an den Schuhen kleben blieben. Es nieselte. Regentropfen benetzten die Gesichter der beiden. Die Kälte kroch durch ihre wetterfeste Kleidung. Emma schlug ihren Kragen hoch. In der Mitte des Parks bemerkte sie einen mächtigen Steinbrunnen mit vier Bronzefiguren. Das Museum für Gestaltung, das links vor ihr auftauchte, war in matschbraune Farben getaucht. Sie ging daran vorbei und steuerte auf ein lang gezogenes fünfgeschossiges Gebäude zu, das sich über achtzig Meter erstreckte. Vor der Pforte war auf einer Tafel »Zürcher Hochschule der Künste« eingraviert. Sie triumphierte, sie war am Ziel.

Gestern Abend noch war Emma frustriert auf ihrer Küchenbank gesessen. Roger Federer hatte das Finalspiel der Swiss Indoors in Basel verloren, das sie mit ihrer Freundin verfolgt hatte. Federer unterlag seinem Gegner in drei Sätzen. Kein Wunder. Er verlor immer, wenn sie ihm zuschaute. Ein böses Omen, da war sie sich sicher.

Nach dem Match hatte Emma ihre Notizen geordnet. Sie prägte sich jede Information aus den Befragungsprotokollen der letzten Tage ein, und schien sie noch so unbedeutend. Zwei Stunden verbrachte sie mit ihren Aufzeichnungen aus den Befragungen. Sie sass im Pyjama in ihrer Küche, die losen Zettel auf dem Esstisch ausgebreitet, vor sich ein Glas

Weisswein. Ihr rechtes Knie hatte sie angewinkelt, worauf sie ihr Kinn abstützte, die blonden Haare strich sie mit einer feinen Handbewegung hinters Ohr. Sie konnte ihre Augen kaum offen halten, so müde war sie. In dem Moment, als sie wegzudämmern drohte, und sie sich ins Bett zu ihrer Freundin begeben wollte, fiel ihr Blick auf eine Randnotiz. Die machte sie stutzig. Sie blätterte nochmals in ihren Unterlagen. Tatsächlich. Beide Mordopfer hatten in ihrer Freizeit fotografiert und Malkurse besucht. Victoria Egloff sagte aus, ihr Mann hätte im Frühling und Sommer an der Hochschule figürliches Zeichnen gelernt. Doktor Anatol Zaugg hatte erwähnt, dass Sara Helbling Malkurse besuchte. Er sagte aber nicht, wo.

Emma Vonlanthen griff zum Telefon. Es war Mitternacht. Nach kurzem Zögern wählte sie die Handynummer des Arztes. Von Müdigkeit keine Spur mehr. Nachdem es zweimal geklingelt hatte, hob Zaugg ab. Nein, sie störe nicht, er sei soeben erst nach Hause gekommen. Ja, Sara hatte vor einigen Monaten einen Zeichenkurs besucht. Wo das war? An der Hochschule der Künste. Ja, da sei er sich sicher. Das Herz der jungen Polizistin stampfte wie eine Lokomotive, als sie auflegte. Endlich eine Spur. Vielleicht hatten beide Opfer ihren Mörder beim Zeichnen kennengelernt, an der Hochschule der Künste. Die Wangen von Emma waren vor Aufregung gerötet, als sie Theo Glauser anrief, der ebenfalls noch wach war, und ihre Entdeckung mitteilte. Glauser hatte zufrieden geknurrt und sie beauftragt, am Morgen zusammen mit Franz Ulmer den Zeichenlehrer aufzusuchen.

Nun war es so weit. »Wie heisst der Dozent?«, erkundigte sich Ulmer bei Emma.

»Julius Quentin«, antwortete sie ohne Umschweife, »zweiundfünfzig Jahre alt, in Rom geboren, Ausbildung in Paris und Amsterdam, eingebürgerter Schweizer, ledig.«

»Hoppla«, entfuhr es Ulmer und stupfte Emma in die Rippen, »einwandfreie Recherche.«

Emma freute sich über das Kompliment. »Google sei Dank.«

Sie öffneten die Glastür und betraten das Gebäude. Emma schaute sich um. Die Wände waren zitronengelb gestrichen. Es roch nach Terpentin und Staub. Studenten waren keine zu sehen. Die Kunsthochschule hatte die Studienfächer Musik, Design, Tanz, Theater und Film vor Kurzem ins Toni-Areal verlegt. Hier am alten Ort bot die Hochschule nur noch Kurse an, die jeder besuchen konnte, der sich den bildenden Künsten widmen wollte. Die Polizisten gingen den langen Flur entlang, der sich durch den schlichten Bau zog. Links und rechts zweigten Türen ab. Es hallte bei jedem Schritt auf dem Steinboden. An der Tür E 17 klopften sie an und traten ein.

Emma bot sich ein merkwürdiger Anblick. Der Raum war quadratisch, zehn Mal zehn Meter gross, die Decken weiss getüncht, Steinfliesen bedeckten den Boden. Eine grosse Fensterfront, die eine ganze Seite einnahm, sorgte für ausreichend Tageslicht, obwohl dicke Wolken den Himmel verdunkelten. Rechts von der Tür war eine Bühne aufgebaut. Darauf stand ein altmodisches Sofa, das jemand mit weissen Leintüchern abgedeckt hatte. Zwei Scheinwerfer warfen ein milchiges Licht. Es war heiss im Raum. Eine zierliche Frau mit kleinen Brüsten und joghurtfarbener Haut sass auf dem Sofa. Sie war nackt. Ein Knie, das sie angewinkelt hatte, umschlang sie mit ihren Armen wie einen Teddybären. Den Kopf hielt sie nach unten geneigt, die kinnlangen braunen Strähnen fielen ihr ins Gesicht. Um sie herum standen ein Dutzend Männer und Frauen. Sie waren zwischen dreissig und siebzig Jahre alt, schätzte Emma. Allesamt bekleidet. Jeder hatte vor sich eine Staffelei aufgebaut, worauf Bögen von Papier geklemmt waren. Die Gruppe blickte konzentriert auf das Aktmodell, das alle paar Minuten seine Pose veränderte. In den Fingern hielten die Zeichenschüler Graphit-, Kohle- oder Kreidestifte. Mit flinken Handbewegungen skizzierten sie auf ihre Papiere.

Emma entdeckte den Zeichenlehrer Julius Quentin bei einer rothaarigen Frau mit drallen Hüften und fleischigen Oberarmen. Er zeigte mit dem Finger auf ihr Blatt und raunte ihr Anweisungen zu. Sie wich einen Schritt zurück, der Lehrer war ihr offensichtlich etwas zu nahe getreten. Sie nahm den Stift und setzte ihn wieder aufs Papier. Quentin nickte ihr aufmunternd zu.

Es dauerte eine Weile, bis die Zeichenklasse die Kriminalpolizisten wahrnahm. Das Aktmodell bemerkte Emma zuerst und richtete sich auf. Mit seinem rechten Arm bedeckte es die Brüste. Im Raum raschelte es, die Zeichenschüler tuschelten miteinander.

»Wer sind Sie, haben Sie sich verirrt?«, fragte Quentin und kam auf sie zu. Der Zeichenlehrer sprach ein gepflegtes Hochdeutsch mit italienischem Akzent.

»Kriminalpolizei Zürich«, sagte Franz Ulmer. »Wir ermitteln in zwei Tötungsdelikten. Beide Opfer hatten hier Malkurse besucht.«

Der Zeichenlehrer sah aus wie ein Römer mit fünfzig Jahren

auszusehen hatte, dachte Emma, nicht sehr gross, schlanker Körperbau, graue dichte Locken, schwarze Augen, schmale Nase. Er trug eine dunkelblaue Bundfaltenhose, dazu ein weisses Hemd mit breitem Kragen. Wie es sich für einen Italiener ziemte, hatte er die oberen zwei Knöpfe geöffnet, die Brusthaare quollen hervor. Emma mochte Klischees, die sich bewahrheiteten. Sie schaute auf seine schwarzen Lederschuhe. Nein, der war es nicht. Julius Quentin hatte kleine Füsse, höchstens Grösse neununddreissig. Der Zeichenlehrer kraulte mit seinen schlanken Fingern durch den graumelierten Dreitagebart, den er regelmässig stutzte. Das gefiel den Frauen, war er offensichtlich überzeugt. So würden sie sich einen italienischen Lover vorstellen. Emma konnte sich ein Grinsen kaum verkneifen.

»Ja, von Valentin Egloff habe ich in der Zeitung gelesen. Ein begabter Architekt, der bei mir seinen Blick für organische Formen und Proportionen schärfen wollte. Es ist furchtbar, was ihm passiert ist. Wer kann nur so etwas Grausames tun?« Quentin blickte bekümmert. »Aber von einem zweiten Opfer, das bei mir einen Zeichenkurs besucht haben soll, weiss ich nichts. Wer soll das sein?«

»Sara Helbling.« Während Ulmer den Zeichenlehrer befragte, beobachtete Emma jede Reaktion der Studenten. Julius Quentin schüttelte den Kopf.

»Den Namen kenne ich nicht«, erwiderte er, »aber das muss nichts bedeuten. Ich unterrichte jedes Semester mehrere Dutzend Studenten. Da kann ich mir nicht alle Namen merken.«

Er blickte auf seine Schüler, die gebannt dem Gespräch folgten. »Der Kurs dauert noch eine halbe Stunde«, sagte er, »können Sie so lange warten?«

»Nein«, erwiderte Ulmer ungehalten, »wir müssen Sie sofort sprechen.« Emma sah ihrem Kollegen an, dass er den Zeichenlehrer nicht ausstehen konnte.

Quentin war irritiert über die harsche Antwort. »Na gut, kommen Sie bitte mit.« Er wandte sich an die Klasse. »Machen Sie mit den Übungen weiter. Achten Sie dabei besonders auf Licht- und Schattenwurf.«

Er wies mit der Hand auf die Tür. »Bitte folgen Sie mir.«

Sie gingen in ein Besprechungszimmer im ersten Stock, einen geräumigen lichtdurchfluteten Raum. Vor dem Fenster war eine Holzplatte montiert, worauf Zeichnungen, Aquarellbilder und Bleistiftskizzen lagen. An den Wänden hingen Grafiken. Links von der

Türe standen drei Zeichenschränke aus Stahlblech mit Schubladen in der Grösse A0. Quentin führte sie an einen rechteckigen Metalltisch. »Darf ich Ihnen etwas zu trinken anbieten, einen Espresso vielleicht?«

»Nein, danke«, antwortete Ulmer, »wir haben nur ein paar Fragen an Sie und müssen gleich wieder los.« Emma hätte gegen ein Glas Wasser nichts einzuwenden gehabt, sagte aber nichts. Sie holte ihr Notizbuch aus der Tasche. »Nach unseren Informationen hat Sara Helbling im Sommer einen Kurs fürs Aktzeichnen besucht«, begann sie. »Können Sie nachsehen, ob sie im gleichen Kurs war wie Valentin Egloff?«

»Das sollte möglich sein. Einen Moment bitte.« Quentin nahm sein Handy aus der Hosentasche und wählte eine Nummer. »Ja, ich bin's, Julius. Bei mir ist die Polizei. Sie will wissen, welchen Kurs Sara Helbling belegt hat. Ja, Sara Helbling. Sie ist eines der Mordopfer. Du hast sicher davon gehört.« Pause. »Mir geht es gleich. Ich kann es auch kaum glauben.« Während er wartete, schaute er auf seine manikürten Fingernägel. »Vielen Dank«, sagte er nach einer Weile, »schau bitte noch unter Valentin Egloff nach. So heisst das andere Mordopfer. Er hat ebenfalls einen Aktkurs besucht. Kannst du mir sagen, ob er in der gleichen Klasse war wie Frau Helbling?« Pause. »Am Samstagmorgen, okay.« Pause. »Ah, sie haben ihre Mappen noch hier. Sehr gut. Danke.«

Der Zeichenlehrer klappte sein Handy zu. »Sie haben verschiedene Kurse besucht, Sara Helbling belegte einen Kurs am Donnerstagabend, Egloff am Samstagmorgen.«

»Kann es sein, dass sich die beiden dennoch vom Zeichnen her gekannt haben? Vielleicht nahmen sie an einer gemeinsamen Exkursion teil?«

»Nein, da muss ich Sie enttäuschen. Das bieten wir hier nicht an. Ich glaube kaum, dass sich die beiden an der Hochschule getroffen haben.«

»Haben Sie die beiden Kurse geleitet?«, fragte Emma.

»Ja, ich bin der einzige Lehrer hier, der figürliches Zeichnen unterrichtet.« Er stand auf und ging zum Zeichenschrank. »Frau Helbling und Herr Egloff haben sich beide für einen Fortgeschrittenenkurs angemeldet. Er beginnt nächste Woche.« Die Polizisten horchten auf. »Deshalb haben sie ihre Zeichenmappen hier gelassen, für Studenten bewahren wir sie auf.«

Quentin öffnete die oberste Schublade des Schrankes. »Vielleicht interessiert es Sie, was sie gezeichnet haben«, sagte er, während er eine Mappe nach der anderen herausnahm. »Mal sehen. Hier haben wir die Entwürfe von Egloff ... Und ... einen Moment noch ... ja, das ist die

Zeichenmappe von Helbling.«

Quentin legte beide Mappen auf den Metalltisch, löste die Schlaufen und breitete die Aktzeichnungen aus. Emma nahm einen Bogen und betrachtete zusammen mit Ulmer die Skizzen. Sara Helbling hatte mit feinen Bleistiftstrichen eine üppige Frau mit ausladenden Hüften gezeichnet, die sich einmal sitzend, dann liegend und kniend in Pose warf. Quentin rückte seinen Stuhl heran. »Ja, Sara Helbling, ich erinnere mich an sie. Sie war sehr talentiert. Schon in der ersten Unterrichtsstunde hatte sie es verstanden, die Proportionen eines Körpers zu erfassen, Licht und Schatten zu nutzen und das Wesen eines Menschen mit ein paar Strichen auszudrücken. Sie lernte schnell, worauf es ankam: genau hinsehen und hinter der Oberfläche des Körpers die Seele entdecken.«

Quentin nahm einen weiteren Bogen Papier aus der Mappe. Darauf waren Zeichnungen eines alten Mannes zu sehen, der mit eingefallener Brust, Schmerbauch und dünnen Beinen posiert hatte. Sara Helbling hatte vom Aktmodell auch Detailstudien von seiner rechten Hand angefertigt.

Quentin zeigte auf die Form der Knöchel, die knotigen Finger und die eingerissenen Nägel. »Sehen Sie. Frau Helbling benötigte nur wenige Bleistiftstriche, um eine runzelige Hand darzustellen, die ein Leben lang hart gearbeitet hatte.«

Emma Vonlanthen und Franz Ulmer warfen sich einen Blick zu. Ulmer räusperte sich. »Der Täter schnitt beiden Opfern eine Hand ab«, sagte er. »Wir fragen uns, ob die Morde mit den Zeichnungen zu tun haben. Wie heisst dieser Mann, der sich als Modell abzeichnen liess?«

Quentin legte den Bogen zur Seite. »Das weiss ich nicht. Wir haben eine Agentur damit beauftragt, die uns Aktmodelle zur Verfügung stellt. Die erledigt den administrativen Kram und bezahlt die Honorare.«

»Wie heisst die Agentur?«, fragte Emma.

»›Modelart‹ aus Berlin. Aber sie haben eine Filiale in Zürich eröffnet.« Emma notierte sich die Adresse.

»Zeigen Sie uns bitte noch die Arbeiten von Valentin Egloff«, wies Emma Quentin an, »und sagen Sie uns, wenn Sie in den Skizzen ein Aktmodell erkennen, das vor beiden Opfern posiert hatte.« Ulmer nickte zustimmend, wie wenn er sagen wollte: Emma, das hätte ich nicht besser machen können.

Quentin holte mehrere Zeichnungen aus der Mappe von Valentin

Egloff. Er musterte sie genau. Nach einigen Minuten wurde er stutzig. Eine Zeichnung weckte seine Aufmerksamkeit. Der Architekt hatte mit Kreide einen jungen kräftigen Burschen mit gedrungenem Körperbau und feistem Gesicht gezeichnet.

»Dieses Gesicht kenne ich«, sagte Quentin leise vor sich hin. Er blätterte in der Mappe von Sara Helbling und zog eine Zeichnung hervor. »Da ist er. Er ist das einzige Aktmodell, das von beiden, von Sara Helbling und von Valentin Egloff skizziert worden war.«

Emma und Ulmer nahmen die Aktzeichnungen zu sich und betrachteten sie. Jeden Zentimeter der Kreide- und Bleistiftlinien nahmen sie unter die Lupe. Es bestand kein Zweifel. Der gleiche kräftige Körper. Das gleiche Gesicht mit der fleischigen Nase und den hellen Augen, die spöttisch dreinblicken. Auch die Detailstudien von der kräftig geformten Hand, die kurzen Finger mit den breiten Nägeln und der gespaltene Daumennagel, bezeugten: Dieses Aktmodell hatte vor beiden Mordopfern posiert.

»Wie heisst der Mann?«, fragte Emma, ohne sich ihre Anspannung anmerken zu lassen.

»Ich weiss es nicht«, antwortete Quentin leise, »lassen Sie mich nachdenken. Er tritt immer wieder in unseren Kursen auf. Ich kenne ihn. Aber wie lautet sein Name, wie heisst er? Etwas mit L. Es ist zum Verzweifeln. Ich kann mir oft nur den Anfangsbuchstaben eines Namens merken. L. La. Le. Li. Lo? Lo! Ja, ich hab's. Er heisst Lothar. Ich bin mir sicher. Lothar. So heisst er. Fragen Sie mich aber nicht nach seinem Nachnamen.«

***

Philip Kramer öffnete die Wohnungstür und trat ein, dicht gefolgt von Glauser und Sokrates. Der Fäulnisgestank schlug ihnen heftig entgegen. Sokrates atmete mehrmals tief durch die Nase ein, ein Trick, den Profis anwandten, um ihre Nase schnell an den penetranten Geruch zu gewöhnen. Schon nach wenigen Minuten würde er den Gestank nur noch schwach wahrnehmen. Laien begingen oft den Fehler, die Luft anzuhalten oder flach zu atmen. Falsch, hatte Sokrates schon als Assistenzarzt gelernt. Denn das machte alles nur noch schlimmer. Er lief in der Mitte des Flurs hinter Glauser her. Vorsichtig setzte er Fuss vor Fuss. Dabei achtete er darauf, möglichst wenig zu berühren. Das war nicht einfach, weil der Boden übersät war mit Abfall und Unrat. In jedem Spalt, in jeder Ritze kringelten sich weisse Maden, die vor dem Lichtkegel der Taschenlampe flüchteten, die Kramer angezündet hatte. Durch die schräg gestellten Lamellen der Fensterläden warf das Licht schmale Streifen an die nikotingelbe Wand. Schmeissfliegen surrten um die Köpfe. Sokrates war froh, dass er eine Gesichtsmaske trug, die Mund und Nase bedeckte. Die dampfende Hitze in der Wohnung trieb ihm den Schweiss aus den Poren. Mit dem Ärmel wischte er sich über die Stirn. Er ertappte sich dabei, wie er anfing, die leeren Weinflaschen zu zählen, die überall herumstanden. Er hörte jedoch sofort wieder damit auf, weil er auf den ersten Blick merkte, dass es weit mehr als siebenundzwanzig sein mussten.

Langsam schritt er am Wohnzimmer und an der Küche vorbei bis zum Ende des Flurs. Die Tür zum Schlafzimmer stand offen. Vor dem Eingang blieb die Gruppe stehen. Sokrates bemerkte, wie Glauser seinen Kopf angewidert abdrehte. Lara hielt sich entsetzt die Hand vor die Maske. Sokrates hatte schon vieles gesehen, aber so etwas noch nie. Die Leiche lag auf dem Rücken, ein Knie war angewinkelt und berührte das Bein eines Messingbettes. Aus seiner speckigen Anzughose, die einmal weiss gewesen sein musste, hing ein Zipfel seines pfefferminzgrünen Hemdes, das voller Flecken war. Die Leiche war von Insekten befallen. Der Kopf fehlte. Am Rumpf hatte sich ein Madenteppich gebildet, eine glibberige weissliche Masse, die sich an der Wunde satt frass. Blut und Fäulnisflüssigkeit waren in den Teppichboden gesickert. Neben dem Bett stand ein wuchtiger Wurzelholzschrank. Auf dem Boden lagen haufenweise Wäsche, mehrere aufgetürmte Zeitungsstapel mit Gratisblättern und Weinflaschen. Zigarettenkippen hatten Löcher in den Teppich gebrannt. Ein Schreibtisch befand sich nicht im Zimmer, registrierte Sokrates. Auch eine handgeschriebene Karte konnte er nirgendwo entdecken.

»Wir können noch nicht mit Sicherheit sagen, ob es wirklich Arthur Zurlinden ist, der ermordet wurde«, hörte er Glauser sagen. »Wir müssen die Identität des Toten ermitteln. Philip, wie willst du die Spurensicherung organisieren?«

Kramer drehte sich um. »Zuerst macht Lara Übersichtsfotos von allen Zimmern. In der Küche ist mir aufgefallen, dass ein Fenster gekippt ist. Das müssen wir dokumentieren, weil von dort vermutlich die Schmeissfliegen ins Zimmer gelangt sind.«

Lara nickte und nahm den Deckel vom Objektiv.

»Der Madenbefall an der Leiche ist enorm, besonders am Rumpf, wo der Kopf abgetrennt wurde«, wandte sich Sokrates an Kramer. »Die Larven, die dort angesiedelt sind, werden uns den Todeszeitpunkt auf Tage genau nennen können. Gibt es in deinem Team einen Spezialisten für entomologische Spuren?«

Kramer nickte. »Ja. Paul Kirchner. Er ist unser Experte. Aus den Entwicklungsstadien der Insekten kann er ablesen, wann der Mord verübt wurde. Besonders die Kaisergoldfliegen, die überall ihre Eierpakete abgelegt haben, werden ihm Auskunft geben. Er wird alle Maden, Fliegenpuppen und tote Fliegen einsammeln, die er finden kann.«

Kramer richtete sich an Glauser. »Für die Sicherung der Spuren brauchen wir mindestens zwei Stunden. Wir versuchen möglichst systematisch vorzugehen, aber die Unordnung hier erschwert unsere Arbeit enorm.«

»Lass dir Zeit, Philip, ihr dürft nichts übersehen«, mahnte Glauser. »Sokrates und ich warten solange draussen.«

Die Kriminaltechniker begannen mit ihrer Arbeit. Lara zückte ihre Kamera und schoss Hunderte Bilder von der Zweizimmerwohnung. Dreckige Wäsche. Vergammelte Cervelats. Steinharte Croissants, auf denen ein Pilzteppich gewachsen war. Den Tatort mit der Leiche nahm sie besonders genau ins Visier. Währenddessen untersuchte Philip Kramer die Eingangstüre auf Einbruchspuren. Ohne Erfolg. Es gab keine Kratzer am Schloss, keine Spuren einer Brechstange am Türzargen. Mit einem feinen Pinsel trug der Spezialist Magna Brush-Pulver auf einen verkalkten Zahnputzbecher und auf Weingläser, in denen eingetrocknete Reste klebten. Später würde er diese Fingerabdrücke mit denen des Toten vergleichen. Sie gaben ihm einen Hinweis auf dessen Identität. Die Kriminaltechniker arbeiteten schweigend.

Paul Kirchner, der von Kramer hergerufen worden war, sammelte jede einzelne Made und jede Fliegenpuppe in Kunststoffbehälter, die mit kleinen Luftlöchern versehen waren. Er holte die Insekten aus Ritzen, Bodenspalten und unter der schmutzigen Wäsche hervor, wohin sie vor dem Licht seiner Taschenlampe geflohen waren. Anschliessend kniete er in der Küche auf dem Linoleumboden und suchte mit seiner Tatortleuchte nach Schuhabdruckspuren. Es war hoffnungslos. Der Boden war über und über mit klebrigen Flecken verdreckt. Er fand Hunderte Abdrücke von Schuhsohlen, die übereinander lagen. Sie waren unbrauchbar. Kramer packte alle benutzten Gläser, Aschenbecher mit Zigarettenstummeln und gebrauchtes Geschirr in separate Klarsichtfolien und verstaute sie in Kisten. Dann machte er sich daran, Dutzende Papiertaschen von Coop, die mit Unrat gefüllt waren, aus der Wohnung zu schaffen. Die Spuren, die womöglich im Abfall zu finden waren, würden sie später analysieren.

»Paul, wir verwenden Luminol«, ordnete Kramer an, als sie sich zum Schlafzimmer vorgearbeitet hatten. »Vielleicht entdecken wir Blutspritzer.« Kramer nahm eine Sprayflasche und besprühte damit den Teppichboden um die Leiche herum. Kirchner schaltete das Licht aus. Es war dunkel. Dann knipste Kramer eine Tatortlampe an. Dort wo der Mörder seinem Opfer den Kopf abgetrennt hatte, leuchtete ein grosser violetter Fleck auf, sonst entdeckte Kramer keine weiteren Blutstropfen.

Paul Kirchner asservierte währenddessen im Schlafzimmer Larven, tote Schmeissfliegen und Tönnchenpuppen, aus denen später fertige Fliegen schlüpfen würden.

»Bevor wir mit der Legalinspektion beginnen, müssen wir die Leiche vom Madenbefall säubern«, sagte Sokrates, nachdem er gerufen worden war, und er den Toten einige Minuten betrachtet hatte. Er mass die Zimmertemperatur und steckte danach die Sonde des digitalen Thermometers in den Madenteppich, der sich am Halsstumpf gebildet hatte. Beide Messergebnisse notierte Nik auf ein Leichenschauformular. Die Temperatur im Madenhaufen war ein paar Grad wärmer als im Zimmer. Sokrates erstaunte dies nicht, denn die Hüllen der vielen tausend Larven rieben aneinander und erzeugten Wärme. Er hielt seine Ohren an den Madenteppich. Deutlich war ein Rauschen zu hören.

»Wir können nun die Fenster und die Läden öffnen«, sagte Sokrates. Augenblicklich erhellte das Tageslicht das Schlafzimmer. Die Ermittler atmeten durch ihre Masken die frische Luft ein.

Sokrates, Nik und Kirchner knieten sich neben die Leiche. Mit beiden Händen schaufelten sie die Maden vom Rumpf und bewahrten sie in Kunststoffbehältern auf. Danach entkleideten sie den Toten. Hemd und Hose waren fleckig von aufgeplatzten Fäulnisblasen. Schmutzigrote und grünliche Venen zogen sich wie ein wurmdickes Spinnennetz über den ganzen Körper. Vom aufgedunsenen Bauch war Gasknistern zu hören. Nik sammelte von den Schamhaaren weitere Larven und Fliegenpuppen ein. Sokrates holte eine Körperschematafel aus seiner Nylontasche und begann mit der Leichenschau. In den Fäulnisblasen, die sich am ganzen Körper gebildet hatten, zuckten Hunderte Maden. Auf dem Brustkorb von Arthur Zurlinden waren kleine schrotschussartige Löcher zu sehen, die von Larven stammten. Mit ihren Mundhaken hatten sie Gewebeteile abgeschabt, die sie zuvor mit ihren Körperausscheidungen angedaut hatten. Jedes Merkmal notierte Sokrates. Am rechten Unterarm entdeckte er, obwohl die Haut grünlich verfärbt war, eine Tätowierung, die aussah wie ein asiatisches Schriftzeichen.

»Dieses Merkmal wird uns bei der Identifizierung nützlich sein.«

Lara machte davon eine Nahaufnahme.

»Es ist Thai«, sagte Nik zu Sokrates, der hinzugekommen war. »Ich war mal dort.«

»Weisst du, was sie bedeutet?«, fragte Glauser.

»Tut mir leid, keine Ahnung.«

Kramer sicherte den Fingernagelschmutz mit mehreren Wattestäbchen. Nik half ihm dabei. Arthur Zurlinden hatte auffallend kleine Hände, fand Sokrates, wie ein Kind. Die Oberhaut der Gliedmassen hatte sich in handtellergrosse Fetzen abgelöst. Die gehäuteten Hände sahen aus wie die Vorderläufe geschlachteter Kaninchen. Kramer beugte sich nach vorn und nahm von jedem Finger einen Abdruck. Dabei entdeckte er am Fussende des Messingbetts einen eingetrockneten Blutfleck. Er feuchtete einen Wattebausch an und rieb damit etwas Blut weg. Die Probe verpackte er in einer faltbaren Kartonschachtel. Theo Glauser stand am Türrahmen und verfolgte die Arbeit der Spezialisten aufmerksam.

Sokrates sah sich den Halsstumpf der Leiche an. »Der Madenbefall hat den Wundrand zerstört«, sagte er. »Mit welchem Werkzeug der Täter den Kopf abtrennte, können wir hier nicht sagen.«

»Vielleicht entdecken wir auf dem Teppichboden Spuren, die uns weiterhelfen«, erwiderte Glauser.

Als Sokrates und Nik die Leiche umdrehten, entwichen Gase aus dem Blähbauch und verursachten ein furzendes Geräusch. Die Totenstarre hatte sich längst wieder gelöst. Philip Kramer untersuchte den Teppichboden. Er fand keine Schnittspuren. »Der Täter hatte eine Unterlage benutzt.«

»Wenn der Täter den Kopf mit einem Beil oder einer Axt abgeschlagen hat«, bemerkte Sokrates, »muss er dabei den Halswirbel zertrümmert haben. Das werden wir bei der Obduktion feststellen.«

Sokrates ging um die Leiche herum und vermerkte jede Auffälligkeit auf der Körperschematafel. Die Totenflecken am Rücken und an der Unterseite der Arme und Beine betrachtete er genau. Er fand keine Hinweise, dass die Leiche nach dem Tod bewegt worden wäre. Die Totenflecken waren alle stark ausgeprägt. Lara legte einen Massstab neben den Toten und drückte auf den Auslöser ihrer Kamera. Glauser trat heran. »Kannst du uns schon etwas über die Todesursache sagen, Sokrates?«

»Nein, Zurlinden starb vor drei bis vier Wochen. Woran, ist unklar. Wir wissen nicht, ob das Opfer noch lebte, als ihm der Kopf abgetrennt wurde. Andere tödliche Wunden habe ich keine gefunden.«

»Keine Schuss- oder Stichverletzung?«

»Nein, jedenfalls nicht am Rumpf. Die Fäulnisblasen haben die Leichenschau erschwert, aber ich bin mir sicher, dass sein Körper keine derartigen Verletzungen aufweist.« Sokrates stand auf. »Es ist zwar nicht ausgeschlossen, dass die Enthauptung zum Tod geführt hat. Doch viel wahrscheinlicher ist es, dass der Täter Arthur Zurlinden zuerst ermordet hat und die Köpfung post mortem vornahm. Vielleicht hat er sein Opfer zuvor erschlagen. Oder er richtete Zurlinden mit einem Kopfschuss hin.«

»Patronen und Hülsen fanden wir keine«, entgegnete Kramer, »aber es muss ja keine Schusswaffe gewesen sein.«

»Wie könnte sich die Tat abgespielt haben?«, wollte Glauser von Kramer wissen.

»Das Opfer liess seinen Mörder in die Wohnung. Türen und Fenster sind unversehrt. Zurlinden lief voraus. Der Täter erschlug ihn von hinten. Allerdings konnten wir keine aussagekräftigen Blutspritzer feststellen. Mit einer Ausnahme.« Kramer zeigte auf das Fussende des Metallbetts. »Siehst du den Blutfleck? Hier schlug Zurlinden mit dem Kopf auf, so vermute ich. Anschliessend legte ihn der Täter auf den Boden und hieb ihm den Kopf ab.«

Glauser wirkte nachdenklich. »Die Handschrift unterscheidet sich fast vollständig von den andern Tatorten«, fasste er zusammen. »Der Täter entfernte zwar auch einen Körperteil, doch er nahm den Kopf mit und nicht eine Hand. Zudem hinterliess er keine handschriftliche Botschaft. Die Tat beging er vor einigen Wochen, also lange bevor Helbling und Egloff getötet wurden.«

»Gemeinsamkeiten gibt es allerdings auch«, gab Sokrates zu bedenken. »Er schnitt den Kopf ab, einen Körperteil, der einen Mensch auszeichnet, ihn unverwechselbar macht. Bei den andern Opfern war es die Hand, die ebenso einmalig ist, womit man Menschen identifizieren kann. Und alle Opfer hatten Vertrauen zu ihrem Mörder, sie öffneten ihm die Tür. Der Täter konnte von hinten an sie herantreten und sie töten.«

»Die Fälle Helbling und Egloff behandeln wir prioritär. Ich habe nicht genügend Leute zur Verfügung.« Glauser blickte auf seine Uhr. Es war kurz vor zwei. »In wenigen Minuten beginnt der Trauergottesdienst für Sara Helbling. Vielleicht lässt sich der Täter dort blicken. Ich muss mich beeilen.«

***

»Herr, du erforschest mich und kennest mich. Ich sitze oder stehe auf, so weisst du es; du verstehst meine Gedanken von Ferne. Ich gehe oder liege, so bist du um mich und siehst alle meine Wege. Denn siehe, es ist kein Wort auf meiner Zunge, das du, Herr, nicht schon wüsstest.«

Der Pfarrer stand vor dem barocken Taufstein in der St. Peterskirche und las aus Psalm 139, die dicke Bibel lag schwer in seiner rechten Hand. Neben ihm war ein Sarg aufgebahrt. Er war verschlossen. Links und rechts standen Vasen mit weissen Orchideen. Auf einem grossen Foto war Sara Helbling abgebildet, wie sie auf einem Landsitz in der Toscana lachend in die Abendsonne blickte. Ihre Augen glänzten, durch das honigblonde Haar wehte der Wind. Maria wandte ihren Blick ab und schaute sich um. Sie war schon lange nicht mehr in dieser Kirche gewesen. Den Innenraum des barocken Kirchenschiffs zierten filigrane Stuckaturen. Der grosse Kristalllüster warf von der Decke her ein warmes Licht. Die Chorstühle zeigten kunstvolle Schnitzereien. Vier Reihen vor ihr entdeckte sie Theo Glauser, der den Worten des Pfarrers nur wenig Aufmerksamkeit zu schenken schien, sondern sich Notizen machte.

»Wohin soll ich gehen vor deinem Geist, und wohin soll ich fliehen vor deinem Angesicht?«, sprach der Pfarrer. Seine ruhige Baritonstimme war im ganzen Kirchenschiff zu hören. Maria sass neben dem Seitenausgang. Nach dem Fechtkampf war sie mit dem Tram zu ihrer Wohnung gefahren und hatte sich für den Trauergottesdienst umgezogen. Seit zwei Uhr harrte sie nun in der Kirche aus, die bis auf die letzte Bank besetzt war. Die Hitze machte ihr zu schaffen. Unter den Holzbänken glühten Stromheizungen. Die trockene Luft roch nach Staub und Mottenkugeln. Viele hatten bereits ihre Wintermäntel aus den Schränken hervorgeholt. Maria notierte alles, was ihr von Nutzen schien. Der Pfarrer hiess Kaspar Probst, las sie auf dem Kirchenblatt, das sie am Eingang einesteckt hatte. Er war Mitte fünfzig, gross gewachsen und dünn. Der Talar wehte ihm um die dürre Brust. Über dem weissen Stehkragen stach der Adamsapfel hervor. Kaspar Probst strahlte eine natürliche Autorität aus. Sein Gesicht trug aristokratische Züge. Er hatte eine dünne gerade Nase, einen schmalen Mund und ein spitzes Kinn. Die Backenknochen traten scharf hervor. Sein graues Haar trug er kurz geschnitten. Am auffälligsten fand Maria aber seine schwarzbraunen Augen, die aufmerksam, ja fast stechend auf die Trauergemeinde blickten.

»Führe ich gen Himmel, so bist du da; bettete ich mich bei den Toten, siehe, so bist du auch da…«

In der Kirche lauschten alle der Lesung, nur ein Hüsteln oder Räuspern war hin und wieder zu vernehmen. Vor dem Sarg sass Saras Mutter. Sie wirkte zerbrechlich, ihr Rücken war gekrümmt. Um ihre schmalen Schultern hatte sie ein schwarzes Wolltuch gewickelt, als würde sie frieren. Rechts von ihr sass ihre jüngere Tochter und hielt ihre Hand.

»Du hast mich gebildet im Mutterleibe, deine Augen sahen mich, als ich noch nicht bereitet war, und alle Tage waren in dein Buch geschrieben, die noch werden sollten und von denen keiner da war.«

Kaspar Probst hob seinen Kopf und schaute auf die Trauergemeinde. Als er in ihre Richtung sah, schien es Maria, als würde er sie von Weitem mustern, bevor er seinen Blick wieder von ihr abwandte.

Leo baute seine Kamera auf der St.-Peter-Hofstatt auf. Maria hatte ihn angewiesen von der Kirche Aussenaufnahmen zu machen. Danach sollte er von der Empore herunter den Gottesdienst filmen. Von der Hofstatt führte eine breite Treppe zum Kirchengebäude, das am linken Ufer der Limmat nahe beim Lindenhof errichtet worden war. Der Kirchturm mit seinen Schindeln aus Lärchenholz prägte die Silhouette der Altstadt. Vor Kurzem hatte es genieselt. Es wehte ein kalter Wind. Leo schlug den Kragen seiner Gortex-Jacke nach oben und putzte mit einem Tuch die Linse seiner Kamera. Der Himmel war verhangen, dunkle Wolken brauten sich hinter der Kirche zusammen. Ihre Umrisse waren in senfgelbes Licht getaucht. Die Szene sah aus wie ein Gemälde von Hieronymus Bosch. Leo schwenkte seine Kamera vom Kirchturm langsam auf das Kopfsteinpflaster, worauf ein abgestorbener Zweig mit verwelkten Blättern lag. Nachdem er alles im Kasten hatte, packte er Kamera und Stativ und betrat das Kircheninnere.

Pfarrer Kaspar Probst war mittlerweile auf die Kanzel gestiegen, die aus Holz geschnitzt war. Seine feingliedrigen Hände umklammerten die Brüstung. Er hatte das Kirchengesangbuch aufgeschlagen und sang mit der Trauergemeinde das Lied 290. Der Gesang der Gemeinde und das Orgelspiel füllten die Kirche. Maria sah zur Kanzel hinauf. Kaspar Probst hatte die Augen geschlossen. Er sang so inbrünstig, als würde das Lied zu Gott emporsteigen. Maria blickte über ihre Schulter nach oben. Auf der Empore bemerkte sie Leo, der seine Kamera vor der Orgel aufbaute. Bei der dritten Strophe klappte sie das Gesangbuch zu, erhob sich und stieg die Stufen zur Empore nach oben. Hinter Leo sass die Pianistin mit geradem Rücken auf einem Hocker, ihre Hände schwebten über der Tastatur. Gebückt blickte Leo durch den Sucher, die Jeans spannte sich über seinen Hintern. Maria hatte plötzlich unanständige Gedanken, die sich in einem Gotteshaus nicht ziemten. Sie berührte ihren Kameramann leicht an der Schulter, der gerade dabei war, von der Trauergemeinde und vom Sarg Bilder zu machen. Leo richtete sich auf, er blickte sie ernst an, nur die Lachfältchen an seinen Augenwinkeln verstärkten sich. Seine Frisur war wie immer verwuschelt. Eine blonde Locke, die sich nicht bändigen lassen wollte, stand ab. Maria strich ihm über den Kopf.

»Liebe Trauergemeinde«, begann der Pfarrer seine Predigt, nachdem das Orgelspiel verklungen war. »Wie schwer sind für mich, Gott, deine Gedanken! Wie ist ihre Summe so gross, schrieb der Psalmist David vor dreitausend Jahren. In seinem Gebet rühmt er die Grösse Gottes. Noch bevor ich von ihm erschaffen wurde, lag mein zukünftiges Leben vor ihm wie ein aufgeschlagenes Buch. Er kennt alle meine Wege, die ich einst gehen werde, er kennt jeden meiner Gedanken, noch bevor ich sie gedacht habe. Unser Leben ist von ihm vorgezeichnet. Dies hat David erfahren. Darin fand er Trost.«

Pfarrer Probst machte eine Pause. »Auch Sara ist in Gottes Hand geborgen. Sie musste jung sterben, sie wurde aus dem Leben herausgerissen, sie war erst zweiunddreissig Jahre alt.«

In der Kirche war es still. Auch Maria, die sonst wenig von religiösen Verlautbarungen hielt, lauschte den Worten. Nur ein lautes Schluchzen, das von der Mutter kam, war zu hören.

»Gottes Gedanken sind schwer, wer kann seinem Ratschluss

widerstehen? Warum lässt er das Böse zu? Warum verhindert er nicht das Leiden auf dieser Welt? Er hätte es doch in der Hand.« Die Stimme des Pfarrers schwoll an. »Wir wissen es nicht. Er ist der Schöpfer des Universums, wir sind seine Geschöpfe. Wer Gott ist, können wir nicht einmal erahnen. Der Zürcher Reformator Huldrych Zwingli hat einmal treffend festgestellt: ›Was Gott an und für sich ist, wissen wir so wenig als ein Käfer weiss, was ein Mensch ist.‹«

Pfarrer Probst hob seine Hand. »Aber eines wissen wir: der allmächtige und allwissende Gott ist kein ferner Gott, er drückt alle Trauernden, die hier versammelt sind und um Sara weinen, an seine Brust.« Maria schien es, als blickte er die Mutter von Sara Helbling an. »Gott wird abwischen alle unsere Tränen. Amen.«

Nach der Predigt folgte der Segen und das gemeinsame Vaterunser. Die Gemeinde sang das Lied »Von guten Mächten wunderbar geborgen«. Maria gefiel das Lied. Sie googelte auf ihrem Handy, dass ein Pfarrer mit Namen Dietrich Bonhoeffer die Verse 1945 im Gefängnis geschrieben hatte, kurz bevor er von den Nazis ermordet worden war.

Am Ende des Trauergottesdienstes gingen alle am Sarg von Sara Helbling vorbei. Es bildete sich eine lange Schlange. Die Orgel spielte Toccatta und die Fuge in d-Moll von Bach. Die Kirchenglocken von St. Peter läuteten. Angehörige, Arbeitskollegen und Freunde blieben vor dem Foto stehen, murmelten ein kurzes Gebet oder einen Abschiedsgruss und sprachen der Mutter ihr Beileid aus. Ein Mann mit Goldrandbrille und grauen Schläfen legte mit gesenktem Kopf eine Orchideenblüte auf den Sargdeckel, sein Mund zuckte. Immer wieder hörte Maria ein Schluchzen. Eine dünne Frau mit blassem Gesicht, die aussah, als ob sie jederzeit in Ohnmacht fallen würde, berührte mit ihrer Hand sachte den Sarg und streichelte ihn. Neben ihr stand Leo und filmte.

»Willst du noch Interviews führen?«, fragte Leo und schaltete die Kamera aus.

»Nein, ich habe alles, was ich brauche.«

»Dann fange ich vor dem Kirchenportal noch ein paar Impressionen ein«, erwiderte er und zwinkerte ihr zu. »Du wirst Augen machen, wie gefühlvoll die Bilder sind, die ich dir drehe. Du wirst weinen.«

Maria spitzte ihren Mund und schaute ihm hinterher, wie er sich mit wiegendem Gang entfernte. Sie liebte seinen knackigen Hintern.

Nachdem alle Trauergäste gegangen waren, blieben Mutter und Tochter Helbling alleine zurück, die Augen gerötet und trocken, weil alle Tränen schon geweint waren. Maria setzte sich drei Reihen weiter hinter ihnen auf die Kirchenbank. Ihr schien, als ob die Mutter ihren Blick nicht vom Foto ihrer älteren Tochter abwenden konnte, sie würde das Lachen von Sara nie wieder hören, ihre strahlenden Augen würden sie nie wieder anblicken. Von der Sakristei kam Kaspar Probst auf die alte Frau zu und setzte sich neben sie. Er nahm ihre Hände in die seine und sprach ein paar Worte.

Die alte Frau schaute zu ihm hoch und flüsterte so leise, dass Maria ihre Worte kaum hören konnte: »Vielen Dank, Herr Pfarrer für die tröstenden Worte. Sara hätte Ihre Predigt gemocht.«

Kaspar Probst drückte ihre Hand, nickte ihr freundlich zu und verabschiedete sich. Tochter und Mutter erhoben sich von ihrer Bank und gingen Arm in Arm zum Seitenausgang, ihre Augen waren dabei auf den Sarg gerichtet. Maria blickte ihnen traurig hinterher.

***

Arthur Zurlinden war Rentner gewesen, sechsundsechzig Jahre alt. Er sprach sechs Sprachen, flog oft nach Thailand, Freunde hatte er keine gehabt. Besuch bekam er nie. Auch der Verwalter sah seinen Mieter nur selten. »Achtzehn Jahre hat er in dieser Wohnung gelebt, sehr zurückgezogen, er machte nicht auf, wenn man klingelte, das Telefon nahm er nicht ab. Die Leute haben ihn gemieden und er die Leute. Er war ein sehr, sehr einsamer Mensch«, erzählte er Lukas Oppliker, der die Befragungen durchführte, nachdem er im Waidspital und bei Anatol Zaugg Erkundigungen eingeholt hatte.

Oppliker läutete an allen Wohnungstüren. Jede Aussage der Nachbarn, auch Nebensächlichkeiten, trug er zusammen: Arthur Zurlinden war zweimal geschieden, hatte keine Kinder und den Kontakt zu seiner Mutter und den Brüdern abgebrochen.

Zurlinden sei für den Waschplan zuständig gewesen, erzählte eine Nachbarin, sein Schreiben würde immer noch in der Waschküche hängen. Oppliker stieg in den Keller hinunter. In der Kellerecke bemerkte er eine kleine Kartonschachtel, worauf mit Filzstift »Zurlinden« geschrieben stand. Die Schachtel enthielt ein paar Wäscheklammern, Waschmittel und einen weissen Blindenstock.

Zurlinden sei sehbehindert gewesen, erfuhr Oppliker. Jeden Morgen um sieben hatte er sich einen Nussgipfel, ein Brötchen und einen Cervelat im Coop beim Hauptbahnhof gekauft. Tag für Tag. Dazu trug er stets einen schmuddeligen weissen Anzug und einen weissen Hut mit schwarzem Hutband. Die Nachbarn hörten manchmal laute Opernmusik aus seinem Zimmer, meist eine Arie aus der Tosca von Puccini oder Wagner. Sonst hatten sie ihn kaum bemerkt.

»Das eindrücklichste Erlebnis war«, erzählte ein Nachbar, »als die Studentin, die über mir wohnt, geläutet hat und fragte: kannst du mir nicht helfen? Er liegt unten auf der Treppe. Er ist sturzbetrunken und schafft es nicht mehr in seine Wohnung. Da bin ich raus und habe ihn mit ihr zusammen in seine Wohnung geschleppt. Wir haben mitbekommen, dass an diesem Tag sein Geburtstag war, und dass ihn seine Bekannte aus Thailand nicht angerufen hatte. Das hat ihn so tief getroffen, dass er sich voll laufen liess.«

Die Spurensuche brachte später ans Licht, was Gerda Tauber schon lange vermutet und der Polizei mitgeteilt hatte: In einer Kommode bewahrte Zurlinden gebrauchte Frauenunterwäsche auf, Dutzende BHs und Slips, die nach Schweiss rochen. Er hatte zahlreiche Internetadressen in Thailand gekannt, die westlichen Männern diese Dienstleistung anboten. Ein Mausklick genügte, und Zurlinden hatte ein paar Tage später ein Päckchen mit getragener Frauenwäsche in seinem Briefkasten.

Oppliker wollte von allen Nachbarn wissen, ob sie vor zwei oder drei Wochen etwas Ungewöhnliches beobachtet hätten. »Nein, nichts. Es war wie immer. Mir fällt nichts ein.«

»Hörte jemand einen Schuss in der Wohnung von Arthur Zurlinden?«

»Nee, das hätte ich gemeldet.«

»Trug er Ohrenringe, Piercings oder hatte er ein Tattoo?«

»Ich glaube nicht, oder doch, ja, er hatte ein Tattoo auf einem Arm, so ein Schriftzeichen, vielleicht aus Asien.«

»Einmal hat er im Sommer seine Hemdärmel hochgekrempelt, da sah ich diese Schrift.«

»Die hat er sich in Thailand stechen lassen.«

»Wissen Sie, was sie bedeutet?«

»Es ist sein Vorname. Arthur, da steht Arthur drauf. Auf Thai.«

Damit wäre die Identität des Opfers geklärt, dachte er.

»Hatte er Feinde?«

»Tut mir leid, dazu kann ich nichts sagen. Ich kenne ihn nicht.«

»Vielleicht seine beiden Exfrauen«, antwortete Gerda Tauber mit verstohlenem Blick.

Zu Beerdigung von Arthur Zurlinden kamen zwei Menschen, erfuhr Lukas Oppliker später. Ein Pfarrer, der eine kurze Andacht hielt und ein Gebet sprach. Und der Friedhofsgärtner. Für den Verstorbenen gab es keine Todesanzeige und keinen Kranz. Er wurde auf dem Gemeinschafsgrab im Sihlfeld beigesetzt, ohne Kreuz, ohne Namen, ohne Kopf.

***

Lothar Oehler stand auf einer Rampe vor der Betäubungsbox. Die kleine Kammer aus Metall war so gebaut, dass nur ein Kalb oder ein Rind durch die schmale Öffnung passte. Wie jeder Schlachter, der hier arbeitete, trug er einen rostroten Arbeitskittel samt Hose, blaue schnittfeste Handschuhe und einen weissen Helm mit Gehörschutz. Oehler griff nach einem Schalter, der von der Decke baumelte und drückte auf den Knopf. Daraufhin schob sich eine Eisenklappe nach oben. Ein Kollege von ihm trieb mit einem Holzstecken die Kälber hintereinander einen schmalen Korridor entlang, der mit Stahlrohren gesichert war und zur Metallbox führte. Das Vieh schnaubte. Es roch süsslich nach Kot und Blut. Die Luft dampfte von den Leibern bereits geschlachteter Tiere. Das vorderste Kalb wurde von der nachfolgenden Viehherde in die Todesfalle gedrängt, wie Oehler die Betäubungsbox nannte. Das Kalb stolperte. Mit seinen Hufen stiess es gegen die Metallwände, die ohrenbetäubend schepperten. Die Augen waren weit aufgerissen, Geifer floss aus seinem Maul, das Fell glänzte schweissnass. Zitternd stand es vor dem »Schiesser«. So hiessen die Schlachter, die wie Oehler die Arbeit an der Todesfalle verrichteten. Automatisch schloss sich die Eisenklappe wieder. Das Kalb war in der Metallbox gefangen. Ohne Hinzusehen langte Oehler nach dem Bolzenschussapparat, der an einer Kette befestigt war. Schläuche versorgten den Apparat mit Pressluft. Oehler drückte das Gerät mit einer schnellen Handbewegung auf die Stirn des Kalbes und betätigte den Abzugshebel. Es klackte metallisch. Die Pressluft trieb den Stahlbolzen des Schlachtschussapparates durch die Schädeldecke des Tieres und zertrümmerte sein Gehirn. Das Kalb brach auf der Stelle zusammen und stürzte mit einem Poltern zu Boden. Seine Hinterbeine zuckten wie unter Krämpfen. Auf der Stirn war ein kreisrundes Einschussloch zu sehen. Blut sickerte heraus. Oehler wischte sich mit dem Handschuh über das Kinn.

Seit fünf Jahren arbeitete er im Schlachthof für die Metzgerei Angst in Zürich Aussersihl, in der Nähe des Letzigrund-Stadions. Er war in der Schlachtlinie tätig, worin die Tiere wie am Fliessband geschossen, gestochen und in ihre Einzelteile zerlegt wurden. Jeder Handgriff der zwanzig Metzger in der Linie war genau festgelegt. Präzisionsarbeit. Das gefiel Oehler. Die Arbeit als »Schiesser« machte ihm am meisten Spass. Er schoss alle Schlachttiere gerne, am liebsten jedoch tötete er Kälber. Wenn er abends müde von der Knochenarbeit nach Hause kam, er im Akkord zweihundert Rinder, Kälber und Kühe geschossen hatte, fühlte er sich zutiefst befriedigt. Nichts erfüllte ihn mehr, als das Schlachten von Tieren. Oehler betätigte einen Knopf. Daraufhin öffnete sich eine Metallwand, sodass das zuckende Kalb auf einer schrägen Rampe aus der Betäubungsbox herausrutschte. Ein Kollege von Oehler umwickelte das rechte Hinterbein mit einer schweren Eisenkette und zog das Tier mit einer Winde nach oben. Kopfüber hing das Vieh nun von der Decke. Rosarote Schaumblasen tropften ihm aus den Nasenlöchern. Oehler nahm seinen Helm vom Kopf und schaute zu, wie sein Kollege mit dem Messer eine klaffende Wunde in den Hals des Kalbes schlug und ihm anschliessend die Halsschlagader durchschnitt. Ein Sturzbach von Blut schoss hervor und ergoss sich auf den Kachelboden. »Anstechen« nannte Oehler diesen Vorgang des Entblutens. Das Kalb war nun endgültig tot.

***

»Modelart« gab Emma Vonlanthen bereitwillig Auskunft, ohne nach dem Grund zu fragen. Die Agentur fischte aus mehreren hundert Personen, die sie in der Datenbank gespeichert hatte, den Namen und die Beschreibung heraus: Lothar Oehler, vierundvierzig Jahre alt, ledig, mittlere Grösse, bullige Statur, hellblaue Augen, schütteres Haar, wohnhaft im Zürcher Quartier Seebach. Emma notierte sich die Angaben. Schon seit vier Jahren posierte Oehler als Aktmodell für die Hochschule der Künste. Er arbeite zuverlässig, hiess es, Klagen über ihn gab es bisher keine. Mehr konnte die Agentur nicht sagen.

»Wir haben ihn«, rief Emma Ulmer zu, nachdem sie den Hörer aufgelegt hatte. »Er heisst Oehler. Lothar Oehler.«

Ulmer, der ihr im Büro gegenüber sass, blickte auf und zwinkerte ihr zu. »Emma, du übertriffst dich selbst. Sieh zu, dass du alles über den Kerl herausfindest. Vielleicht hat er ja bereits etwas auf dem Kerbholz.«

Ulmer stand auf. »Mir knurrt der Magen. Seit heute Morgen habe ich nichts mehr gegessen. Ich hole mir ein Sandwich.«

Als er gegangen war, schüttelte Emma belustigt den Kopf. Typisch Mann, denkt nur an sich. Kommt gar nicht auf die Idee, mich zu fragen, ob er mir etwas mitbringen könnte.

Emma erhob sich von ihrem Bürostuhl, um sich die Beine zu vertreten. In den winzigen Büros der Kriminalpolizei standen die Schreibtische der Polizisten dicht gedrängt beisammen. Die Luft roch abgestanden. Emma öffnete ein Fenster und setzte sich wieder. Nachdenklich betrachtete sie die Fotos, Notizen und Pläne der laufenden Fälle, die ihr gegenüber an eine Pinnwand geheftet waren. Auch die Bilder von Sara Helbling und Valentin Egloff waren darunter. Dann rief Emma die Datenbank ab und überprüfte das Strafregister von Lothar Oehler. Kein Eintrag. Sie loggte sich ins System Vostra ein, zu dem Zivilpersonen keinen Zugang hatten. Dort tauchten auch Namen auf, die im Strafregister gelöscht waren. Offiziell war Oehler ein unbeschriebenes Blatt, im Vostra stiess Emma aber auf einen Eintrag. In jungen Jahren hatte er ein Verbrechen begangen. Die Augen von Emma verengten sich zu Schlitzen, als sie die Unterlagen studierte. »Das beweist zwar nichts, aber sagt wohl alles«, sprach sie zu sich selbst.

Mit den Papieren rannte sie ins Büro von Theo Glauser, der soeben vom Trauergottesdienst zurückgekommen war. Sie versuchte, sich die Aufregung nicht anmerken zu lassen. »Theo, schau dir das an«, sagte sie atemlos. »Lothar Oehler ist unser Mann. Er wurde als Dreizehnjähriger verurteilt. Er hatte Tiere gequält. Grausam gequält. Er riss Vögeln bei lebendigem Leib die Flügel aus und schnitt zwei Katzen die Pfoten ab. Die Gliedmassen hatte er in eine Plastiktüte gesteckt und aufbewahrt.«

Glauser biss die Zähne zusammen, die Kiefermuskeln traten hervor. »Gute Arbeit, Emma«, sagte er nur.

»Das ist nicht alles«, fuhr sie fort. »Er arbeitet heute als Schlachter für die Metzgerei Angst. Jetzt tötet er die Tiere legal.«

Glauser faltete seine grossen Hände. »Verurteilter Tierquäler. Metzger im Schlachthaus, der die Schlachttiere mit einem Bolzenschussapparat tötet und sie in ihre Einzelteile zerlegt. Und der beide Mordopfer kannte«, zählte er auf. »Das sollte reichen. Wir nehmen ihn fest. Der Staatsanwalt wird einen Vorführungsbefehl ausstellen. Ich informiere ihn sofort über deine Ermittlungsergebnisse.«

»Nimmst du mich zur Verhaftung mit?«, traute sich Emma zu fragen.

176

Sie war voller Tatendrang und wollte unbedingt dabei sein, wenn sie einen Serienmörder zur Strecke brachten.

»Tut mir leid, Emma, aber der Einsatz ist heikel. Und du bist noch unerfahren. Ich nehme Lukas mit. Er ist ein hervorragender Nahkampfexperte.«

Emma senkte den Kopf, sie versuchte ihre Enttäuschung zu verbergen. »Emma, wir verfolgen noch eine zweite Spur. Auf die will ich dich ansetzen«, versuchte sie Glauser aufzumuntern. »Maria vermutet, dass ein Helveter vor vierunddreissig Jahren ein Verbrechen verübt hat. Valentin Egloff soll darin verwickelt gewesen sein. Vielleicht ein tödliches Duell. Kläre das ab.« Emma nickte. Als sie das Büro verlassen wollte, rief ihr Glauser hinterher: »Emma, ich werde deine Leistungen bei den Ermittlungen nicht vergessen.« Emma lächelte zaghaft und ging.

Nachdem sie seine Bürotür geschlossen hatte, griff Glauser zum Telefon. Er war erleichtert und hundemüde. »Konrad, ich bin's. Wir haben einen Tatverdächtigen. Es ist ein Metzger, der beide Opfer kannte.«

Glauser erstattete dem Staatsanwalt einen exakten Bericht. Pfister zögerte nicht lange. Er ordnete eine Hausdurchsuchung an und stellte einen Vorführungsbefehl aus.

Mit diesem Papier konnte Glauser den mutmasslichen Täter achtundvierzig Stunden im Propog festhalten. Mehr erlaubte die Strafprozessordnung nicht. In dieser Zeit musste er Lothar Oehler zum Reden bringen oder ihn überführen.

Zusammen mit Lukas Oppliker machte er sich auf den Weg. Sie fuhren mit seinem Dienstauto nach Aussersihl. Nach wenigen Minuten erreichten sie die Metzgerei Angst. Glauser stoppte den Wagen vor einem Backsteingebäude. Die Polizisten gingen auf ein mächtiges Rundbogenfenster zu, das sich über drei Eingangsportale wölbte. Glauser warf einen kurzen Blick auf die filigranen Bleiverglasungen und die verzierten Kacheln, die vom Einfluss der Jugendstilepoche zeugten. Vierhundert Personen arbeiteten in diesem Schlachthof, hatte er zuvor recherchiert. Angst war einer der grössten Fleischverarbeitungsbetriebe in der Schweiz. Glauser betrat den Schlachthof mit ausgreifenden Schritten, dicht gefolgt von Oppliker.

»Verdammtes Mistvieh«, fluchte Lothar Oehler, als das Kalb mit den Vorderbeinen einsackte, aber nicht bewusstlos war. Er hatte den

Bolzenschussapparat ungenau auf die Stirn aufgesetzt. Das Tier hatte seinen Kopf im letzten Moment zur Seite geworfen, aber er hatte schon abgedrückt. Der Stahlstift drang nicht weit genug ins Hirn ein. Das Kalb stürzte zu Boden, versuchte sich aufzurappeln, was ihm beinahe gelang. Doch es rutschte auf dem Metallboden aus. Mit den Hinterbeinen schlug das Tier in Panik gegen die Betäubungsbox und verursachte einen ohrenbetäubenden Lärm. Blut rann ihm von der Stirn, Rotz floss ihm in Fäden aus der Nase, die Augen waren blutunterlaufen. Oehler wollte den Bolzenschussapparat gerade nochmals ansetzen, als das Kalb zusammenbrach und heftig zu zucken begann. Der Schlachter wischte sich mit dem Ärmel über die verschwitzte Stirn.

»Lothar, Besuch für dich.« Oehler drehte sich um. Sein Chef kam ihm entgegen. Ihm folgten zwei Männer. Der Schlachter wurde nervös. Er spürte, dass etwas nicht stimmte. Er nahm seinen Helm samt Gehörschutz vom Kopf, zog die Handschuhe aus und trocknete sich mit einem Tuch die Hände.

»Die Herren sind von der Polizei«, sagte sein Chef ohne Begrüssung und blickte ihn stirnrunzelnd an. »Du hast hoffentlich nichts ausgefressen.«

Theo Glauser und Lukas Oppliker traten an Oehler heran. Glauser musterte die Gummistiefel des Metzgers. Grösse fünfundvierzig oder sechsundvierzig. »Kriminalpolizei Zürich«, stellte sich Glauser vor. »Herr Oehler, wir nehmen Sie fest wegen des dringenden Tatverdachtes, Sara Helbling und Valentin Egloff ermordet zu haben. Machen Sie bitte keine Schwierigkeiten.«

»Was? Was soll ich getan haben?«, schrie Oehler. Seine Stimme überschlug sich. Die wässrigen Augen blickten unruhig hin und her. Die kurzen Haare klebten am Schädel. Sein feistes Gesicht begann speckig zu glänzen. »Das ist Schwachsinn, ich habe niemanden ermordet. Ihr wollt mir wieder was anhängen.« Er duckte sich, sein bulliger Körper sah aus, als würde er jederzeit angreifen.

Oppliker nahm ein paar Handschellen von seinem Gürtel. »Legen Sie Ihre Hände auf den Rücken«, sagte er bloss und griff nach Oehlers Arm.

»Nein, verdammt, ich habe nichts getan«, schrie Oehler. »Lassen Sie mich in Ruhe.« Dabei riss er seinen Arm nach oben und drehte sich weg.

Blitzschnell packte Oppliker den rechten Arm von Oehler und drückte ihn mit einem Polizeigriff zu Boden. Der Schlachter stürzte auf seinen Bauch, mit dem Gesicht schlug er auf dem Kachelboden auf, seine Unterlippe platzte. Er schnaubte wütend. »Ihr Schweine«, grunzte er und spuckte Blut, »lasst mich los, ich habe damit nichts zu tun.«

Oppliker ging in die Hocke, drückte sein Knie auf das Kreuz von Oehler und liess die Handschellen klicken. Glauser stand daneben, die Hände verschränkt. Er hatte die Verhaftung ungerührt mit angesehen. »Leisten Sie keinen Widerstand. Das macht es für Sie nur noch schlimmer.«

Der Chef des Schlachthofs, ein Mann mit mächtigem Wanst, der schon viele Würste verdaut hatte, stand wie vom Donner gerührt. »Darf ich fragen, was das soll?«

»Mordverdacht. Lothar Oehler wird morgen nicht zur Arbeit erscheinen.« Oppliker erhob sich, griff Oehler unter die Arme und richtete ihn auf. »Kommen Sie mit.«

Im Schlachthof begannen die Kälber zu muhen und mit den Hufen zu stampfen. Sie waren im engen Korridor zur Betäubungsbox gefangen und wollten vorwärts. Mehrere Kollegen von Oehler hatten die Festnahme beobachtet. Glauser musterte sie kurz und ging an ihnen vorbei. Hinter ihm schlurfte Oehler in Handschellen. Verdutzt schauten sie ihm nach, wie er von den Polizisten abgeführt wurde. Draussen vor dem Schlachthof setzte sich Glauser ans Steuer des Dienstwagens. Oppliker öffnete die hintere Tür, schob Oehler hinein und liess sich neben ihm auf den Sitz fallen. »Wir fahren jetzt zu Ihrer Wohnung nach Seebach«, sagte Glauser. »Wir haben einen Durchsuchungsbefehl.«

***

»Tötungsdelikt im Kreis 5. Die Stadtpolizei Zürich hat einen sechsundsechzig Jahre alten Mann tot in seiner Wohnung aufgefunden. Er fiel einem Verbrechen zum Opfer.« Die Meldung der Kriminalpolizei erhielt Maria eine Minute, nachdem sie ihren Computer aufgestartet hatte. Nach der Trauerfeier war sie mit Leo ins Fernsehstudio zurückgefahren, um für »Schweiz aktuell« einen Bericht über den Gottesdienst zu schneiden. Die SBB-Uhr zeigte halb vier. Maria war elektrisiert. Schon wieder ein Mord. Das konnte nicht wahr sein. Sie stellte ihr Birchermüesli auf den Schreibtisch und las die Pressemitteilung von Dominik Wenger. War der Serientäter wieder am Werk, hatte er erneut zugeschlagen? Die Polizei stritt das ab. Maria dachte nach. Dann griff sie zum Telefonhörer und wählte die Nummer ihres Vaters. »Hallo Max, ich bin's, Maria.« Sie nahm den Deckel vom Plastikbecher ab und rührte im Birchermüesli. »Es geht um den Mord am Rentner im Kreis 5. Ich will dich nicht lange stören. Nur eine Frage: Die Kripo schreibt in ihrer Mitteilung, dass der Mörder seinem Opfer den Kopf abgetrennt hat. Sie glaube deshalb nicht, dass es unser Serientäter ist. Stimmt das? Was denkst du darüber?«

Maria nahm einen Kugelschreiber und notierte sich, was ihr Vater zu sagen hatte. »Inwiefern unterscheidet sich der Tatort von den andern?«, fragte sie. Sie hörte aufmerksam zu. »Okay, das leuchtet ein. Vielen Dank, Max«, sagte sie und legte auf.

Hugo Stalder war aus dem Lift gestiegen, in seiner fleischigen Hand hielt er einen Milchkaffee, die abgekauten Fingernägel waren gerötet. Die letzten Worte von Maria hatte er gerade noch aufgeschnappt. »Was, schon wieder ein Mord. War es der Serienmörder?«

Maria begrüsste ihn und antwortete: »Die Polizei sagt nein. Die Tat habe ein anderer verbrochen.«

Hugo fuhr sich mit dem Handrücken über die Nasenlöcher und blickte zu Boden. »Überlässt du mir den Fall? Ich habe heute A-Dienst.«

Maria nickte zustimmend und ging zum Produzenten. An einer Pinnwand sah sie Schlagzeilen angeheftet: »Händehacker fordert zweites Opfer.« »Serienmörder sammelt Hände.« »Das Vermächtnis des Killers: Harre im Dunkeln.« Eugen Voss starrte auf seinen Monitor und überflog die Agenturmeldungen.

»Es gab einen weiteren Mord im Kreis 5«, informierte ihn Maria.

»Ja, ich lese dazu gerade die SDA-Meldung«, sagte Voss und blickte auf. »Offensichtlich hat der Mord nichts mit deinen Fällen zu tun.«

»Nein, ich denke nicht. Hugo interessiert sich für diese Geschichte. Setze ihn doch darauf an, er würde sich freuen. Ich kann dann meinen Bericht über den Trauergottesdienst schneiden.«

Voss dachte nach. »Zwei Mordfälle in einer Sendung. Das ist kein guter Mix.« Er stand auf und rief über die Bürotische: »Hugo, schnapp dir die Bereitschafts-Equipe und hol ein paar Bilder für eine kurze Meldung über den Mord. Wir bringen sie im Nachrichtenblock, ich gebe dir maximal dreissig Sekunden.«

Maria sah Hugo an, dass er enttäuscht war. Ihr Kollege nahm seine Jacke und schlich davon. »Ich ziehe immer den Kürzeren«, hörte sie ihn schmollen.

Redaktionsleiter Oskar Lehmann trat aus seinem gläsernen Kabäuschen, das mitten im Grossraumbüro errichtet worden war. Von dort aus hatte er einen guten Blick über die Redaktion. Er wusste immer, was los war. »Maria, das Regionaljournal von Radio SRF 1 möchte dich zum Trauergottesdienst und zu den Morden interviewen.« Lehmann zeigte mit seiner knochigen Hand auf sie. »Ich habe dem Kollegen gesagt, du würdest ihn zurückrufen.«

»Mach ich. Ich werde in jedem Satz die Enthüllungs-Sendung ›Schweiz aktuell‹ als Quelle nennen.«

Lehmann lächelte, sein graues Gesicht bekam etwas Farbe. »Dein Interview mit dem Gerichtspsychiater gestern war extraklasse. Du hast die entscheidenden Fragen gestellt: Was bezweckt der Mörder mit den Händen? Braucht er sie als Fetisch oder als Trophäe?«

Maria blickte ihren Chef keck an und griff sich auf ihrem Schreibtisch das Birchermüesli und die Disk mit den Kameraaufnahmen. Dann spurtete sie los. Ihr blieb nicht einmal Zeit, ihrem Chef von ihren Abenteuern bei den Helvetern zu erzählen. Doch das machte nichts. Wenn die Kripo etwas herausfand, würde sie als Erste davon erfahren.

Im Ingest-Raum liess sie die Bilder in den Server einlesen. Am Schnittplatz sass Orlando Lenzin. Er hatte eine Spielkonsole an den Monitor angeschlossen und vertrieb sich die Langeweile mit dem Computerspiel »Portal 2« von Valve. Wie immer lümmelte er sich auf seinem Stuhl. Die Füsse lagen auf dem Arbeitstisch. Er trug einen kastanienfarbenen Nickipullover, der aus seiner Jeans heraushing. Seinen Kopf mit der Igelfrisur hielt er kämpferisch nach vorne gebeugt. Die runden Wangen waren vor Aufregung gerötet. Als Maria den Schnittplatz betrat, bemerkte er sie zuerst gar nicht. Als er sie endlich sah, legte er die Konsole hastig beiseite, als fühlte er sich ertappt. »Oh, nein«, maulte er gespielt und grinste dabei. »Deine Geschichte ist viel langweiliger als dieses geile Game.«

Maria boxte ihm auf die Schulter. »Du wirst heulen wie ein Schlosshund, so traurig ist meine Geschichte.«

Der Cutter stützte seinen Kopf mit der linken Hand und rutschte noch tiefer in den Sessel. »Schiess los. Ich bin gespannt, worum geht's?«

»Trauerfeier für Sara Helbling.«

»Aha. Der irre Serienmörder. Die Fortsetzung.«

Maria setzte sich rechts von Lenzin und startete den Laptop, der auf dem grossen Arbeitstisch stand. »Uns eilt die Zeit davon, aber lass uns trotzdem die Clips ansehen, die Leo gemacht hat, bevor wir beginnen.«

Lenzin lud die Videoaufnahmen vom Server. Sie betrachteten zuerst die Aussenaufnahmen von der Kirche St. Peter. Der Kirchturm, der vor der dunklen Sturmwand senfgelb leuchtete, gefiel Maria am besten. »Mit diesem Bild beginnen wir den Bericht. Einverstanden Orlando?«

»Yes, Mam«, antwortete Lenzin und liess seine Finger knacken. »Am Anfang zeigen wir unseren Zuschauern eine dramatische Szene mit viel Symbolgehalt.« Er senkte seine Stimme: »Selbst der Himmel zürnt ob der sinnlosen Tat.«

Maria lachte. Lenzin zog den Clip auf seine Timeline, während Maria zum Bild den Filmkommentar schrieb: »In der Kirche St. Peter in Zürich fand heute der Trauergottesdienst für Sara Helbling statt, die vor drei Tagen ermordet aufgefunden worden war. Das erste Opfer des Serienmörders.« Maria war in ihrem Element, ihr gefiel die Arbeit auf dem Schnittplatz am besten. Hier nahmen ihre Geschichten Gestalt an. »Sieben Sekunden, Orlando. Wir brauchen noch eine Aufnahme von der Trauergemeinde in der Kirche.«

Zusammen schauten sie die Clips an, die Leo von der Empore aus gemacht hatte. »Mir gefällt diese Totale sehr gut«, sagte Lenzin und zeigte auf den Monitor.

»Ja, das ist ein sehr schönes Bild, das nehmen wir. Zuvor bringen wir noch die Nahaufnahme vom Sarg mit den Orchideen und dem Porträtfoto von Sara Helbling.«

Lenzin bewegte die Maus und bediente das Schnittprogramm. »Erledigt. Sieht gut aus.«

»Such bitte nach den Aufnahmen, worauf die Gemeinde ein Lied singt. Du findest sie am Anfang der Disk«, sagte Maria an, ohne aufzublicken. »Nimm vom Orgelspiel nur den Ton und lege ihn unter die Bilder.«

Lenzin tat, wie ihm geheissen. »Soll der Gesang bereits mit dem ersten Bild beginnen, sobald die Aussenaufnahme der Kirche zu sehen ist?«

»Gute Idee, Orlando, so machen wir das.« Während die zweite Strophe von Lied 290 und das Orgelspiel aus den Monitor-Lautsprechern zu hören war, haute Maria in die Tasten ihres Laptops: »Die Kirchenbänke waren bis zum hintersten Platz besetzt. Angehörige, Freunde und Arbeitskolleginnen verabschiedeten sich vom Mordopfer. Sara Helbling war sehr beliebt.« Maria zeigte mit der Hand auf eine Aufnahme. »Das sind Mutter und die jüngere Schwester des Opfers. Das Bild brauche ich jetzt.«

Leo hatte die Trauergäste aus Respekt vor ihrem Schmerz nur von hinten gefilmt und keine Nahaufnahmen gemacht. Maria und er würden nie weinende Menschen filmen oder sie mit Fragen überfallen. Boulevard-Journalisten kannten da weniger Hemmungen. »Witwen schütteln« nannten sie ihre unzimperliche Art, um an möglichst emotionale Bilder zu kommen.

Auf dem Monitor entdeckte Maria einen Clip mit Theo Glauser, der sich Notizen machte. Maria freute sich, auf Leo war Verlass. »Bring jetzt diese Aufnahme, Orlando.«

»Die Kriminalpolizei war ebenfalls anwesend«, textete sie, »der Mörder von Sara Helbling könnte sich in der Kirche aufhalten.« Maria schaute auf die Uhr. Es war fünf. Sie hatte noch eine halbe Stunde Zeit, bis sie beim Regionaljournal anrufen musste. Das reichte. »Pfarrer Kaspar Probst hielt eine bewegende Predigt«, tippte Maria und las den Filmkommentar laut vor. Lenzin montierte das Bild, wie der Pfarrer auf der Kanzel stand, auf seine Timeline. »Willst du einen O-Ton von der Predigt?«

»Ja, unbedingt. Lass mal hören, was wir haben.« Sie hörten sich Ausschnitte der Predigt an. »Stopp«, rief Maria, »diesen O-Ton nehmen wir.«

»Warum lässt er das Böse zu? Warum verhindert er nicht das Leiden auf dieser Welt? Er hätte es doch in der Hand«, war die Stimme von Kaspar Probst zu hören.

»Sehr gut Orlando. Jetzt brauche ich das Foto mit Sara Helbling und den Orchideen.«

»Einen Moment. Ja, hier ist es, ich habe das Bild gefunden.« Nachdem Lenzin die Aufnahme geschnitten hatte, nahm er den Clip, worauf Kaspar Probst seine Hand zum Segensgruss hob und predigte: »Aber eines wissen wir: Gott wird abwischen alle unsere Tränen. Auch allen Trauernden, die hier versammelt sind und um Sara weinen.«

Maria schaute Orlando schelmisch an. »Sehr gefühlvoll, Orlando, ich habe Tränen in den Augen. Habe ich dir nicht gesagt, dass wir heute eine traurige Geschichte erzählen?«

»Ja, das ist sie tatsächlich.« Lenzin sass mittlerweile aufrecht auf seinem Stuhl, mit ernstem Gesicht. »Soll ich noch eine Aufnahme von den Trauergästen einfügen?«

»Ja, und lege den letzten Satz des Pfarrers ins Off. Als Schlussbild zeigen wir nochmals die Kirche von aussen.« Maria erhob sich und schnappte ihren Laptop. »Du kannst den Bericht rausspielen. Und vergiss den Audio-Export nicht. Ich muss los. Meine Radiokollegen warten.«

Während Maria zurück in ihr Büro rannte, summte sie das Lied 290 aus dem Kirchengesangbuch, das ihr seit dem Gottesdienst im Kopf umherschwirrte.

***

»Wo tragen Sie Ihren Schlüssel?«, fragte Theo Glauser. Er hatte Lothar Oehler zusammen mit Lukas Oppliker nach Seebach gefahren. Oehler wohnte am Felsenrain in einer neu erbauten Siedlung. Vier Wohnblöcke waren zu einem Quadrat angeordnet. Mit ihren grauen Fassaden glichen sie einer Militärkaserne. Der Innenhof war zubetoniert.

»Im Kittel«, antwortete Oehler mit finsterem Blick und leckte mit der Zunge über seine aufgeplatzte Lippe. Seine Hände waren noch immer am Rücken mit Handschellen gefesselt.

»Wo genau?«, herrschte ihn Oppliker an.

»In der linken Innentasche«, zischte Oehler. Der Polizist stellte sich vor ihm hin und kramte aus dem rostroten Arbeitskittel einen Schlüsselbund hervor, der an einem Garfield-Anhänger befestigt war. Dazu beschlagnahmte er ein Portemonnaie und ein Handy, die er in einer Plastiktüte verstaute. »Diese Sachen brauchen Sie nicht mehr«, sagte er kalt.

Zusammen fuhren sie mit dem Lift in den dritten Stock. »Wohnen Sie allein?«, fragte Glauser.

»Das geht Sie nichts an.«

»Antworten Sie!«

Oehler schnaubte. »Ja. Allein. Weiber sind lästig, die stören nur.« Glauser öffnete die Wohnungstür. Ein stechender Geruch von Ameisensäure und Ammoniak schlug ihm entgegen. Er rümpfte die Nase. »Es riecht nach Chemikalien. Wozu brauchen Sie die?«

Lothar Oehler grunzte verächtlich und schwieg. Die beiden Polizisten lösten die Sicherungsriemen ihrer Pistolenholster. Sie schoben Oehler vor sich her in die Wohnung. Es war dunkel. Im Flur knipste Glauser das Licht an. Links von der Eingangstüre war ein Schuhgestell an die Wand geschraubt. Oppliker zog die Schubladen heraus. Darin fand er fünf Paar Schuhe: Joggingschuhe, graue Filzpantoffeln, ausgelatschte Sandalen, schwarze Lederschuhe und festes Schuhwerk mit Gummisohlen. Er nahm sie aus dem Gestell und prüfte jedes einzelne Paar. Die Schuhe waren mit den Grössen vierundvierzig oder fünfundvierzig gekennzeichnet, doch im Futter der schwarzen Lederschuhe konnte Oppliker eine eingestanzte sechsundvierzig ausmachen. »Ziehen Sie Ihre Gummistiefel aus«, wies er Oehler an. Oehler verzog sein Gesicht und setzte sich auf den Linoleumboden des Flurs. Da seine Hände mit Handschellen fixiert waren, versuchte er die Stiefel mit den Gummiabsätzen herunterzustreifen, während er leise vor sich hin fluchte. Oppliker machte keinerlei Anstalten ihm zu helfen. Nach einer Minute hatte Oehler seine Füsse von den Stiefeln befreit. Glauser bemerkte, dass Oehler erstaunlich kleine Füsse hatte, Grösse vierzig, eher weniger. »Warum tragen Sie so grosse Schuhe?«, fragte er.

»Plattfüsse, ich habe Plattfüsse«, antwortete Oehler resigniert. »Schon als Kind musste ich Schuhe tragen, die drei bis vier Nummern zu gross waren. So taten sie mir am Rist und an den Zehen weniger weh.«

Oppliker verstaute die Gummistiefel und die schwarzen Lederschuhe in einem Plastikbeutel. »Der Mörder trug Schuhe der Grösse sechsundvierzig, genauso wie Sie. Unser Labor wird Ihre Sohlen mit den Fussabdruckspuren am Tatort vergleichen. Je eher Sie gestehen, desto besser kommen Sie weg.«

Oehler senkte seinen Kopf wie ein Bulle vor dem Angriff. »Leck mich. Sie haben nichts gegen mich in der Hand.«

Glauser griff Oehler am Arm. »Gehen Sie weiter.« Oehler schlurfte auf Socken den Flur entlang.

Hinter dem Schuhgestell befand sich die Tür zum Schlafzimmer. Sie stand offen. Glauser schob Oehler beiseite und trat ein. Dabei wäre er im Halbdunkel beinahe über ein Kuhfell gestolpert, das auf dem sandfarbenen Teppichboden ausgebreitet lag. Er zog den walnussbraunen Vorhang auseinander und öffnete beide Fensterflügel. Feuchte Luft strömte ins Zimmer. Glauser schaute sich um. Als erstes fiel ihm ein ausgestopftes Wildschwein auf, das neben einem breiten Bett aus Messingrohren stand. Oehler hielt sein Zimmer penibel sauber. Die weisse Daunendecke auf dem gestärkten Leintuch war ordentlich zusammengelegt, das Kopfkissen aufgeschüttelt. An der ockerfarbenen Seitenwand hatte Oehler Geweihe von Rehböcken, Gämsen und Hirschen aufgehängt. Darunter stand eine Vitrine aus poliertem Nussholz, worin Tierpräparate ausgestellt waren. Glauser öffnete eine Glastür und betrachtete die Exemplare. Die meisten Wildtiere kannte er. Als Kind hatte er seinen Vater oft zur Hochjagd im Bündnerland begleitet. Oehler hatte eine beachtliche Sammlung zusammengetragen: Wiesel, Marder, zwei Eichhörnchen, ein Dachs, drei Murmeltiere, Feldhasen und ein Fuchs starrten mit gläsernen Augen aus der Vitrine.

Das Fell der Tiere glänzte seidig. Die Präparate waren sorgfältig gepflegt. Auf der Vitrine hockten zwei Schneeeulen, ein Turmfalke, mehrere Sperber und ein Bussard mit geöffneten Klauen. Glauser strich mit seinen Fingerspitzen über das Gefieder der Vögel. Die Federn waren samtweich. Auf ihnen hatte sich kein Staub angesetzt. Pflanzen gab es keine. Nichts Lebendiges. Nur tote Tiere. Das Nussholz der Vitrine roch nach Möbelpolitur. Die Glastüren waren frei von Schlieren und Fingerabdrücken. Glauser warf einen Blick auf Oehler. Der hatte nur Augen für seine Sammlung. Ein feines Lächeln umspielte seinen Mund. Auf seinem Gesicht las Glauser Genugtuung, ja mehr noch, Stolz, unverhohlener Stolz. »Woher haben Sie die Tierpräparate?«, fragte Glauser.

Oehler schwieg.

Oppliker stiess ihm in die Rippen. »Antworten Sie gefälligst, wenn man Sie fragt.«

Oehler zuckte zusammen. Glauser schaute Oppliker an. Oppliker trat einen halben Schritt zurück. »Die Tierpräparate fertige ich selber an«, presste der Metzger hervor, »an den Abenden und am Wochenende.«

»Wo tun Sie das? Um Tiere auszustopfen brauchen Sie Werkzeuge.«

»Im Nebenzimmer habe ich eine Werkstatt eingerichtet«, erwiderte Oehler, seine knollige Nase zuckte.

Glauser wies mit der Hand zur Tür. »Bringen Sie uns dorthin.«

Oehler blickte auf die beiden Polizisten, seine Augen wanderten nervös hin und her. Dann führte er sie widerwillig auf den Flur und öffnete auf der gegenüberliegenden Seite eine Türe. Ein Schwall von Chemikalien stieg ihnen in die Nase. Von daher stammt also der Ammoniakgestank, stellte Glauser fest. Er war auf der Hut und griff an seinen Gürtel, wo seine Dienstwaffe steckte, eine P30 von Heckler & Koch. Etwas stimmte hier nicht. Er trat ein und schaute sich um. Das Zimmer war geräumig, mindestens dreissig Quadratmeter gross. Vor dem Fenster stand eine massive Werkbank aus Holz. Darauf war mit Stecknadeln das schwarze Gefieder einer Krähe aufgespiesst. Der Kopf des Vogels fehlte. Um ein Drahtgestell, das die Form einer Katze hatte, war Holzwolle gewickelt. Glauser bemerkte daneben einen ausgebeulten Aluminiumtopf, gefüllt mit Wasser und winzigen Knochen. »Was ist das?«, fragte er.

»Drei Tauben«, antwortete Oehler. Er konnte seine Aufregung nur mit Mühe verbergen. »Ich habe ihre Schädel ausgekocht. Daraus werde ich neue Köpfe formen.«

An der Wand hingen fein säuberlich geordnet Messer, Scheren und Drahtgeflecht, daneben Zangen, Pinsel und Säcke mit Gips. An einer dünnen Schnur waren Eichhörnchenköpfe wie zu einem Strauss zusammengebunden. Im hinteren Teil der Werkstatt blickten Glauser von einer Ablage mehrere Tiere entgegen: ein Iltis, ein Jungdachs und zwei Eichelhäher. Unter einem Spültisch befanden sich Chemikalienbehälter. Glauser las die Etiketten, die mit einem Totenkopf versehen waren. »Für was brauchen Sie diese Giftstoffe?«

»Das sind Insektizide. Um die Präparate vor Parasiten zu schützen, staube ich sie damit ein.«

Glauser registrierte jedes Detail in der Zweizimmerwohnung von Lothar Oehler. Ihm fiel auf, dass Oehler keinerlei Bücher besass, auch Zeitschriften oder eine Tageszeitung konnte er nicht ausmachen. Nirgendwo war ein Regal montiert, auch nicht im Schlafzimmer. Von woher nur nahm Oehler das Gedicht? Die Botschaft auf der Karte stammte von einem belesenen Mann. Oehler schien sich für Literatur nicht zu interessieren.

Oppliker ging zur Werkbank und öffnete eine Schublade. Sie war gefüllt mit Farben, Klebstoff, Tuben. Das Fach roch nach Lösungsmitteln. Er wühlte darin herum, doch er fand nichts, was den Tatverdacht gegen den Metzger erhärten könnte. Keine abgeschnittenen Hände, keinen Hinweis auf die seltsame Botschaft, die der Täter bei seinen Opfern hinterlassen hatte, keinen Füllfederhalter. Auch die nächste Schublade brachte nichts zutage, nur eine Plastikwanne mit Glasaugen, die nach Farben und Grösse sortiert waren. Ein Teppichmesser, das Oppliker in einem Nebenfach fand, steckte er in einen Plastikbeutel für die Spurensicherung. Dazu beschlagnahmte er einen Laptop, den Oehler auf einer Kommode rechts von der Werkbank platziert hatte.

»Lukas, das Telefongerät.« Glauser zeigte mit der Hand auf einen Telefonapparat, der die Form von Garfield hatte. Oppliker bückte sich und stöpselte das Festnetztelefon aus. Glauser wunderte sich. Das Garfield-Telefon passte so gar nicht in die spartanisch eingerichtete Wohnung.

In der Kommode hatte Oehler T-Shirts, Unterhosen und Socken versorgt. Oppliker stocherte mit beiden Händen in der Wäsche. Plötzlich stiess er auf einen metallischen Gegenstand. Er zog ihn hervor. Es war ein Schlachtschussapparat. »Sieh an«, sagte er nur und schnupperte daran. Der scharfe Gestank von Schiesspulver drang in seine Nase.

»Mit solch einer Waffe wurden die Opfer getötet«, sagte Glauser zu Oehler. »Die Schlinge zieht sich zu. Ich rate Ihnen, ein Geständnis abzulegen. Das wirkt sich positiv auf das Strafmass aus.«

»Verdammt, ich war's nicht«, schrie Oehler, »ich habe nichts getan.«

»Wie Sie wollen«, erwiderte Glauser kühl.

Gedämpft erklang die Melodie des Bergkönigs. Glauser griff in seine Jackentasche und klappte sein Handy auf. »Hallo Till, schön, dich zu hören.«

Er drehte sich um und hielt seine Hand vor den Mund. Er sprach leise, doch Oppliker schnappte ein paar Worte auf, ohne es zu wollen. »Ihr geht es gut, Till. Ein Zahnarzt hat ihr die Schneide- und Eckzähne gezogen. Die Zunge musste mit drei Stichen genäht werden. Sie hat sich ein Stück davon abgebissen, aber ...« Glauser stockte. Er fuhr sich mit der Hand durchs graue Haar. Seine Backenknochen traten weiss hervor. »Mama wird sich nicht mehr selbst verletzen. Die Krämpfe können ihr nichts mehr anhaben. Gestern habe ich sie besucht. Sie sah zufrieden aus.«

Oehler blickte auf seine Socken, als würde er vom Gespräch nichts mitbekommen. Glauser trat drei Schritte nach vorne und flüsterte ins Handy: »Till, ich glaube, deiner Mutter geht es jetzt gut.« In seinen Augen lag Schmerz. Erinnerungen stiegen in ihm auf. Vor drei Jahren hatte seine Frau das Bewusstsein verloren, nachdem sie am Morgen Kaffee getrunken hatten. Sie lachten noch miteinander über den Film »To Be or Not to Be« von Ernst Lubitsch, den sie am Abend zuvor im Kino angeschaut hatten. Plötzlich griff sich seine Frau an die Brust. »Mir ist schlecht«, waren die letzten Worte, die er von ihr hörte. Dann sackte sie zusammen. Herzinfarkt. Notfallambulanz. Wochenlang hatte er in der Intensivabteilung gewartet. Umsonst. Seine Frau erlangte nie wieder das Bewusstsein. Seit diesem Morgen vegetierte sie im Wachkoma.

Glauser hob seinen Kopf. »Till. Ich rufe dich heute Abend an, dann habe ich Zeit, mit dir über alles zu reden.« Glauser blieb kurz stehen. Dann klappte er abrupt das Handy zusammen und wandte sich an Oppliker. »Machen wir weiter.« Seine Stimme klang müde.

Oppliker nickte. Unter der Werkbank befand sich ein Gefrierschrank. Oppliker öffnete die Tür und zog die milchigen Plastikschubladen heraus. Angewidert schüttelte er den Kopf. »Theo, schau dir das an.«

Glauser trat heran und sah steifgefrorene Eichhörnchen, Maulwürfe und einen Feldhasen in Frischhaltefolien, die in Druckbuchstaben mit Namen und Eingangsdatum beschriftet waren. In weiteren Tüten hatte Oehler die blutigen Felle von Kaninchen gelagert. Links von der Gefriertruhe standen zwei Bottiche mit Flüssigkeit. Die Polizisten erkannten dunkle Schatten, die durch die milchige Plastikwand schimmerten. Sie sahen aus wie Körperteile. Vielleicht bewahrte Oehler darin die abgetrennten Hände seiner Opfer auf. Oppliker zögerte kurz und hob den Deckel des ersten Behälters an. Eine Wolke von beissendem Dampf stieg auf. Der Polizist wich zurück und drehte seinen Kopf zur Seite. Mit der rechten Armbeuge hielt er sich die Nase zu. »Was zum Teufel ist da drin?«, raunzte er Oehler an.

»Felle, frisch abgezogene Felle von zwei Katzen. Ich gerbe sie in einem Laugenbad.«

Glauser schien es, als sei der Metzger belustigt. »Woher nehmen Sie die Tiere her, die Sie ausstopfen?«

»Ich stopfe sie nicht aus, das wurde früher so gemacht. Ich ziehe den Katzen das Fell ab, forme aus Kunststoffschaum oder Draht ein Modell und stülpe den Balg drüber. Die Tiere bekomme ich von Leuten zugeschickt. Oft sind es Hasen, Füchse, Igel und andere Wildtiere, die jemand überfahren hatte. Ich habe dazu eine Onlineseite eingerichtet.«

»Das überprüfen wir. Wie lautet die Adresse?«

Oehler nannte sie und Glauser trug sie in sein Notizbuch ein. Oppliker stocherte entnervt in den Bottichen herum. In der Brühe entdeckte er nichts als Felle. Mit einem Schraubenzieher, den er von der Wand genommen hatte, hob er die tropfnassen Katzenbälge hervor, schwarz-weiss gescheckt, sandfarben, rot-weiss gestreift. »Sie präparieren also Kadaver von Tieren, die tot am Strassenrand lagen, stimmt das?«

»Ja, aber manchmal bringen mir Kunden ihre Haustiere: Katzen, Wellensittiche, Meerschweinchen, auch Hunde. Sie bitten mich, sie zu konservieren. Viele ertragen es nicht, wenn ihr Begleiter stirbt. Sie leiden darunter.« Oehler sprach leise. »Ein Haustier ist oft alles, was sie haben. Sonst gibt es niemanden, der ihnen nahe steht.«

***

Die hübsche Kioskverkäuferin mit den Sommersprossen auf der Stupsnase lächelte Nik zu, als er am Milchbuck wie jeden Abend ein

Päckchen Kaugummi und eine Tageszeitung kaufte. Ihre weissen Zähne schimmerten wie eine Perlmuttkette, die braungrünen Augen glänzten. Lea hiess sie, das verriet ihr Namensschild. Nik freute sich jedes Mal, wenn Lea Schicht hatte und sie ihn bediente. Ihr Lächeln verschönerte seinen Feierabend. Für ihn war sie wie eine Fee, die ihm Gutes brachte. An der Haltestelle wartete er aufs Tram. Seinen Citroën hatte er in der Tiefgarage des Instituts geparkt. Es war kurz nach sechs Uhr, die Dämmerung brach bereits herein, am Himmel riss die Wolkendecke auf. Nik atmete die feuchte Luft ein, die nach Fallobst und fauligen Blättern roch. Sokrates hatte ihn nach Hause geschickt, nachdem sie die Leiche von Arthur Zurlinden, eingewickelt in eine Plastikplane, in ein Kühlfach verfrachtet hatten. Die virtuelle Autopsie zuvor hatte keine neuen Erkenntnisse gebracht. Auf den Röntgenbildern waren nirgendwo Projektile oder Stichverletzungen zu sehen. Woran der Rentner starb, und ob er noch lebte, als ihm der Mörder den Kopf abhieb, würde morgen die Obduktion zeigen. Vielleicht. Nik war skeptisch. Etwas konfus war er durch den Irchelpark gelaufen.

Beim Ententeich hatte ihn eine Studentin angesprochen, eine hübsche Brünette mit vollen Lippen. Sie wollte wissen, wo die Mensa lag. Nik war erschüttert. Denn sie siezte ihn. Zum ersten Mal siezte ihn eine Studentin auf dem Unigelände. Die zweite Demütigung im Leben eines Menschen, dachte Nik, als er zur Haltestelle ging. Die erste Demütigung hatte er erlebt, als er achtzehn Jahre alt war. Der Dorfbäcker duzte ihn immer noch, obwohl er bereits erwachsen war. Jetzt, im Alter von vierunddreissig Jahren, empfand er es als Demütigung, wenn er gesiezt wurde, obwohl er sich noch als Student fühlte. Die dritte Demütigung würde er auch noch erleben, da war er sich sicher. Im Pflegeheim würden ihn die Krankenschwestern wieder duzen. Sie würden ihn behandeln wie ein Kleinkind ohne Verstand, obwohl er dann ein reiches Leben vorweisen könnte mit einem eindrücklichen Leistungsausweis. Aber das hätte keinerlei Bedeutung mehr.

Nik schob sich einen Kaugummi in den Mund als das Tram Nummer 7 quietschend anhielt. Das Tram war überfüllt mit Studenten, Arbeitern und Müttern mit Kindern. Nik fand im hinteren Wagen auf der linken Seite einen Einzelplatz am Fenster. Die Zeitung legte er auf seinen Schoss. Das Tram ruckelte los und fuhr auf der abschüssigen Strasse in Richtung Schaffhauserplatz. Nik hatte vor, sich bis ans Ende der Stadt kutschieren zu lassen. Nach Hause wollte er noch nicht. Zuerst musste er die Bilder aus seinem Kopf vertreiben, die ihm sonst den Schlaf rauben würden. Wie so oft setzte er sich nach der Arbeit ins Tram Nummer 7 und fuhr bis zur Endstation Wollishofen und wieder zurück. An manchen Abenden verbrachte er zwei Stunden im Wagen und starrte aus dem Fenster. An der Weinbergstrasse beschleunigte das Tram. An Nik zogen prächtige Jugendstilvillen vorbei. Er beachtete sie kaum. Das Tram ratterte bergab zum Central, überquerte die Limmat und bog in die Bahnhofstrasse ein. Die Schaufenster der Boutiquen, Luxusuhrenläden und Juweliergeschäfte waren hell erleuchtet. Auf Zürichs berühmter Shoppingmeile wimmelte es von Menschen. Nik nahm sie nicht mehr wahr. Er kämpfte gegen die hässlichen Bilder an, die in seinem Kopf herumspukten: die blonden Haare von Sara Helbling, die am blutverschmierten Nacken klebten, der Armstumpf von Valentin Egloff im eierschalenweissen Hemd, die Maden und der Unrat in der Wohnung von Zurlinden. Der Fäulnisgeruch haftete noch in seiner Nase. Nik versuchte die Bilder zu vertreiben, aber sie schoben sich immer wieder vor seine Gedanken. Er konzentrierte sich auf die Fahrt. Es half ihm, aus dem Fenster zu blicken. Das Tram erreichte den Bahnhof Enge. Nik gefielen die Arkadenreihen, die aus Tessiner Granit erbaut worden waren. Der Wagen leerte sich, die meisten Passagiere stiegen aus. Das Tram fuhr weiter, Richtung Morgental. Rechts tauchte das Museum Rietberg auf, das in einem weitläufigen Park mit altem Baumbestand gelegen war. Auf der linken Seite sah Nik den See wie eine Ölpfütze dunkel schimmern. Nach neunundzwanzig Minuten Fahrt kam das Tram pünktlich an der Endhaltestelle Wollishofen an. Die restlichen vier Passagiere verliessen das Tram. Nik blieb sitzen. Er war jetzt der einzige Fahrgast. Nach einer Minute Pause fuhr das Tram im Kreis um einen Blumenmarkt herum und begab sich wieder auf den Rückweg. Die Häuser zogen wiederum an Nik vorbei. Wie im Film. Sie befreiten seinen Kopf. Er blinzelte. Die Bilder von den Toten bedrängten ihn nicht länger. Am Paradeplatz stieg er aus. Er stand auf einer Verkehrsinsel, worauf ein Rondell errichtet worden war. Von allen Seiten umgaben ihn Tramschienen. Im Minutentakt zogen die Linien 2, 6, 7, 8, 9, 11 und 13 vorbei. Vor Nik erhoben sich die Bankgebäude der UBS und der Credit Swiss wie uneinnehmbare Festungen. Er wartete auf das Tram Nummer 13, das ihn nach Wipkingen bringen sollte, wo er mit seiner Freundin wohnte. Nik biss sich auf die Lippen. Sie wartete sicherlich schon auf ihn. Vor vier Tagen hatte sie ihm gesagt, dass sie vielleicht schwanger sei, seit Tagen warte sie auf ihre Periode. Er hätte sie anrufen sollen. Zu spät. So ein Mist, schalt er sich. Plötzlich schoss ihm ein Gedanke durch den Kopf. Warum trug Valentin Egloff keinen Ehering? Der Täter hatte ihm die rechte Hand abgeschnitten, am Ringfinger der linken Hand steckte kein Ring. Hatte ihn der Mörder mitgenommen? Bei der Obduktion konnte er an der Hand nichts Ungewöhnliches feststellen. Er musste sich unbedingt nochmals vergewissern, ob er nicht eine glänzende Rille um den Ringfinger übersehen hatte, die entsteht, wenn man einen Ring jahrelang trägt. Morgen Früh würde er die Finger der Leiche nochmals genau inspizieren.

Nach drei Minuten rollte die 13 heran. Nik erkannte das Tram von Weitem an der gelben Leuchtschrift. Er stieg in den hintersten Wagen und liess sich auf einen blauen Polstersitz fallen. Kaum war das Tram losgefahren, schlug er die Zeitung auf. Der Wissenschaftsteil interessierte ihn am meisten. Er las von einem Experiment, das Forscher der Universität Zürich vor einigen Jahren durchgeführt hatten. Testleser sollten einen Artikel über Handytarife im Layout von zwei verschiedenen Zeitungen beurteilen. Der gleiche Artikel war mit fetten Lettern im »Blick«-Layout geschrieben und in der nüchternen Aufmachung der »NZZ«. Der Wortlaut des Textes war exakt der gleiche. Trotzdem: Der NZZ-Beitrag sei fundierter als derselbe Artikel im »Blick«, befanden zweihundert Testleser einhellig. Die »Blick«-Geschichte sei unseriös. Selbst geübte Zeitungsleser liessen sich von ihren Vorurteilen leiten. Das Experiment zeigte, wie stark das Image einer Marke unser Urteilsvermögen beeinflusst. Vorsicht vor Vorurteilen, dachte Nik, sie führen uns allzu oft in die Irre.

Er schaute aus dem Fenster. Mittlerweile war die Nacht hereingebrochen. Das Tram hielt am Limmatplatz. Ein besoffener Mann schwankte herein, der hinter Nik auf einen Sitz plumpste. Zwar hätten Vorurteile auch ihr Gutes, las Nik weiter, ohne auf die Alkoholfahne in seinem Nacken zu achten, sie teilten die Welt in einfache Kategorien – in Gut und Böse, schön und hässlich, anziehend und abstossend. Vorurteile ersparten Denkarbeit. Sie erlaubten uns, sich schnell ein Bild zu machen. Das habe sich im Laufe der Evolution durchaus als Vorteil erwiesen. Aber die Nachteile können enorm sein: Totale Fehleinschätzungen.

Nik stieg an der Haltestelle Dammweg aus dem Tram. Am Sihlquai war keine Menschenseele zu sehen. Noch vor Kurzem waren hier Prostituierte am Strassenstrich gestanden, junge Frauen aus Ungarn, manche nicht einmal achtzehn Jahre alt, die von ihren Zuhältern angetrieben worden waren, Schweizer Freier zu bedienen, auch ohne Kondome. Nik hatte sie immer bedauert, besonders im Winter, wenn die ausgemergelten Frauen in der klirrenden Kälte fast nackt auf Freier warten mussten. Nach Klagen der Anwohner hatte die Stadt die Prostituierten nach Altstetten vertrieben. Nun gingen sie ihrem Gewerbe in städtischen Verrichtungsboxen nach, ein scheussliches Wort, wie Nik fand. Er ging der Eisenbahnbrücke entlang, vorbei am Getreidesilo, einem grauen Betonblock, der wie ein Mahnmal vor dem Quartier Wipkingen stand, und überquerte auf einem schmalen Steg die Limmat. An der Dammstrasse sah er ein Garagentor, das ein Sprayer mit silberner Farbe verschmiert hatte. Der Besitzer kommentierte in roter Schrift: »Vielen Dank fürs Graffiti! Und vor allem die Farbe im Schlüsselloch — super Sache!« Nik schmunzelte. Nach wenigen Minuten erreichte er die Bar Nordbrücke, die in der Nähe lag, wo er mit seiner Freundin wohnte. Nach Feierabend trank er dort oft ein Bier. Wenn er viel nachdenken musste, auch zwei. In letzter Zeit musste er viel nachdenken.

Nik betrat die Bar durch eine Holztüre mit Butzenscheiben. Oberhalb der Türzarge stand auf einem hervortretenden Sims eine blaue Glasvase mit getrockneten Silberdisteln, auf denen sich Staubflocken abgesetzt hatten. Daneben musterte eine ausgestopfte Eule mit schrägem Kopf und schwarzen Knopfaugen die Gäste in der Schankstube. Aus einem Lautsprecher tönte »If It Be Your Will« von Leonard Cohen. Nik blickte sich nach einem freien Tisch um. Der vollbesetzte Raum war mit mannshohem Täfer ausgestattet, die Wände hatte jemand vor vielen Jahren kaffeebraun gestrichen. Auf den schlichten Holztischen, wo der Lack schon etwas abgeblättert war, standen Glasvasen unterschiedlichster Formen mit frischen Wiesenblumen. An einem Tisch sassen zwei junge Mütter, die angeregt miteinander plauderten, vor sich ein Glas mit gespritztem Aperol, die Kinderwagen hatten sie in die Ecke gestellt. Ihnen gegenüber starrte ein Student in seinen iMac, es könnte aber auch ein junger Künstler sein, der an einem angesagten Projekt arbeitete, vorzugsweise etwas mit Grafik, Computerspielen oder Multimedia. Auf einem Fenstersims sass eine ältere Frau mit tätowierten Unterarmen, die vor dem geöffneten Fenster rauchte und sich mit einer Freundin unterhielt. Während sie redete, quoll ihr der Rauch aus der Nase.

Kaum hatte Nik die Bar betreten, kam eine dürre Frau mit strähnigen grauen Haaren, das ihr bis auf die Schultern fiel, in die Kneipe. Nik hatte sie schon oft gesehen. Sie trug einen hellblauen Pullover, einen Rock mit Karomuster und Sandalen. Mit einem Lächeln im Gesicht, das wie immer verklärt wirkte, blickte sie den Barmann an und wartete, bis der fast unmerklich nickte. Dann eilte sie zum Zeitungsständer, griff sich eine Tageszeitung und nahm sie wie eine Beute mit.

Hinter der Theke arbeitete David. Er war neu hier. Nik bestellte eine Stange und setzte sich auf ein abgewetztes Sofa mit zucchinifarbenem Stoffbezug. David hatte dunkles Haar, eine schmale Nase und braune Augen. Um seinen Hals trug er eine Kette mit einem Davidstern. Jude, dachte Nik und sprach ihn darauf an.

»Nein«, antwortete er, er sei kein Jude, die Kette habe ihm eine Freundin als Glücksbringer geschenkt, weil er David heisse.

Nik schämte sich, weil ihm das Wort Jude nicht flüssig über die Lippen gekommen war. Er hatte gezögert, es auszusprechen, als ob Jude ein unanständiges Wort wäre. Und es ärgerte ihn, weil er sich von David vorschnell ein Bild gemacht hatte. Sie unterhielten sich.

Er sei Möbelschreiner, erzählte David, aber er habe den Beruf schon vor einiger Zeit an den Nagel gehängt. Nik erinnerte sich an das Theaterstück »Andorra« von Max Frisch, das er am Wochenende mit seiner Freundin im Schauspielhaus gesehen hatte. Ein ganzes Dorf glaubte, der junge Schreinerlehrling Andri sei ein Jude. Sie irrten sich. Die Menschen hatten Vorurteile und sahen Andri durch eine Brille, die alles herausfilterte, was nicht ihrem Bild entsprach. Andri konnte tun, was er wollte, die Dorfbewohner deuteten sein Verhalten immer nach ihrer vorgefassten Meinung.

Was bin ich doch für ein Dummkopf, dachte Nik. Er war nicht besser als die Bürger von Andorra. Wir sehen immer nur das, was wir sehen wollen. Wir sehen im andern nur uns selbst.

Nik kam mit David ins Gespräch. Der Barmann und Möbelschreiner studierte Gebärdensprache und wollte Dolmetscher für Gehörlose werden. Nie wieder, nahm sich Nik vor, nie wieder würde er vorschnell urteilen und Menschen in Schubladen stecken.

***

»Leider muss ich euch etwas Trauriges mitteilen«, begann Konrad Pfister die Sachbearbeiterkonferenz. Der Staatsanwalt nestelte an seiner Krawatte, die mit kleinen Schweizerkreuzen bedruckt war. Glauser spürte, dass es ihm schwer fiel zu sprechen. »Otto Lerch wird in den nächsten Tagen nicht zum Dienst erscheinen. Sein Sohn hat sich heute Nachmittag umgebracht.« Seine Stimme klang brüchig. »Er wurde erst neunzehn Jahre alt. Er litt unter schweren Depressionen. Seit Jahren schon. Er erschoss sich mit der Dienstwaffe seines Vaters im Kultur- und Kongresszentrum in Luzern. Dort hat er als Bühnenarbeiter gejobbt.« Pfister räusperte sich: »Er hatte nie so recht ins Leben gefunden.«

Im Raum liessen alle ihre Köpfe hängen. Niemand sagte ein Wort. Eine Neonröhre flackerte. Draussen quietschte ein Tram. Pfister fasste sich an seinen Hemdkragen, als wollte er die Krawatte lockern, liess es aber bleiben. »Trotz allem. Wir dürfen nicht nachlassen. Wir müssen den Täter stoppen, der innerhalb einer Woche zwei Menschen getötet hat.« Um seine Augen hatten sich graue Ringe gebildet. »Theo, du ermittelst weiter in den Fällen Helbling und Egloff. Diese Fälle haben Vorrang, weil wir damit rechnen müssen, dass der Täter erneut zuschlägt.«

Glauser nickte.

»Das Tötungsdelikt an Arthur Zurlinden übernimmt Moritz Niederöst«, bestimmte Pfister. »Die Tat trägt eine andere Handschrift. Der Täter hat seinem Opfer nicht die Hand abgeschnitten, sondern den Kopf, und er hinterliess auch keine Karte mit einer Botschaft. Zudem geschah der Mord vor Wochen, lange vor den anderen Verbrechen. Ich bin überzeugt, dass diese Fälle nichts miteinander zu tun haben.« Der Staatsanwalt blickte in die Runde. »Gibt es dazu irgendwelche Fragen? Nein? Okay.« Pfister stand auf. Er atmete tief durch, sein Schnaufen klang wie ein Seufzer. »Theo, ich muss gehen. Übernimm du die Leitung der Sitzung. Informiere mich morgen, was Lothar Oehler bei der Befragung aussagte.«

Noch nie hatte Glauser den Staatsanwalt so niedergeschlagen gesehen. Später erfuhr er, dass der Sohn von Otto Lerch sein Patenkind gewesen war.

Nachdem Pfister gegangen war, blieb es für kurze Zeit still im Sitzungszimmer. Jeder hing seinen Gedanken nach. Ulmer goss Mineralwasser in einen Plastikbecher und reichte die Flasche weiter. Glauser war erleichtert, dass sein Kollege die Ermittlungen im Mordfall Zurlinden aufnahm. So konnte er sich auf seine Fälle konzentrieren.

Er öffnete sein Notizbuch und begann: »Heute Nachmittag haben wir einen Metzger verhaftet. Er ist geübt im Umgang mit Bolzenschussapparaten. Zudem kannte er beide Mordopfer. In seiner

Freizeit posiert er als Aktmodell an der Hochschule für Künste. Sara Helbling und Valentin Egloff hatten dort Zeichenkurse besucht.«

Er zeigte mit dem Finger auf Emma Vonlanthen, die beschämt auf ihre Hände blickte. »Das haben wir Emma zu verdanken.«

Nach einer Pause, in der Glauser in seinen Papieren blätterte, um seine Gedanken zu ordnen, fuhr er mit fester Stimme fort: »Oehlers Wohnung in Seebach ist vollgestellt mit ausgestopften Tieren. Er beherrscht die Kunst, tote Lebewesen zu konservieren. Vielleicht auch abgeschnittene Hände. In seiner Wohnung haben wir allerdings keine gefunden. Morgen werde ich ihn befragen.«

Er warf einen Blick auf seine Uhr. »Bisher haben wir nur Indizien, keine Beweise. Das reicht nicht für eine Haftverlängerung. Uns bleiben noch fünfundvierzig Stunden Zeit, um sie zu beschaffen.«

Mit seinem Zeigefinger rieb er sich den rechten Nasenflügel. »Valentin Egloff hat Kokain geschnupft, das fand Sokrates bei der Obduktion heraus«, fuhr er fort. »Auch wenn es weit hergeholt ist, vielleicht hat Sara Helbling ihn mit Drogen beliefert. Lukas, haben Krankenschwestern im Waidspital Zugang zu Opiaten?«

»Nein«, antwortete Oppliker, »alle Medikamente händigt der Spitalapotheker aus. Er führt genau Buch. Sollten irgendwelche Betäubungsmittel verschwinden, würde das sofort bemerkt. Drogen verbindet die beiden Opfer höchstwahrscheinlich nicht.«

Glauser nickte. Er hatte nichts anderes erwartet. Er trank einen Schluck Wasser aus einem Plastikbecher und berichtete seinen Leuten, was Maria über den Vers »Wonne bald wird deine Qual« und über die Helveter herausgefunden hatte. »Emma, etwas Tragisches muss damals in der Verbindung passiert sein. Warum verschweigen die Helveter so beharrlich, was vorgefallen war?«

Emma strich sich eine blonde Strähne hinters Ohr. Auf ihrem Gesicht bildeten sich rote Flecken. Er schaute sie aufmunternd an.

»Ja, es ist damals tatsächlich etwas Furchtbares passiert«, begann Emma zögernd, »nach einem Kneipgang im Mai vor vierunddreissig Jahren zog eine Gruppe Helveter gröhlend durchs Niederdorf. Sie waren alle betrunken und haben Frauen angepöbelt.« Sie räusperte sich. »Auf der Polyterrasse haben vier von ihnen eine Studentin vergewaltigt. Valentin Egloff wollte sie davon abhalten, aber sie packten ihn. Er musste mitansehen, wie sie die Frau missbrauchten.« Im Sitzungszimmer war es totenstill.

»War Othmar Luchsinger in jener Nacht mit dabei?«, fragte Glauser schliesslich.

»Nein, der hat davon erst am nächsten Tag erfahren.«

»Wer ist Luchsinger?«, fragte Ulmer.

»Der damalige Präsident der Helveter. Heute arbeitet er als Chefarzt im Waidspital«, antwortete Glauser. »Was geschah dann?«

»Egloff hat die Täter bei der Polizei angezeigt. Die vier wurden verurteilt und verbüssten Gefängnisstrafen.«

»Rache wäre ein mögliches Tatmotiv«, sagte Glauser nachdenklich. »Vielleicht hat der Mörder die Hände mit einem Säbel abgetrennt wie sie Verbindungsstudenten beim Fechten verwenden.«

»Aber warum nach so langer Zeit? Und was hat dieses Verbrechen mit Sara Helbling zu tun?«, warf Oppliker ein. »Sie hatte keinerlei Beziehungen zu den Helvetern, habe ich heute ermittelt, auch ihr Exfreund nicht. Der wusste nicht einmal, dass es schlagende Verbindungen überhaupt noch gibt. Und Othmar Luchsinger arbeitet erst seit sieben Monaten im Waidspital. Zuvor war er im Regionalspital Uster angestellt. Es gibt keinen Grund, an seiner Aussage zu zweifeln, dass er Helbling nicht gekannt hat.«

»In der Tat, das passt nicht zusammen«, sagte Glauser. »Emma, was weisst du über das Opfer?«

»Kurz nach der Vergewaltigung hat sie ihr Biologiestudium abgebrochen«, las Emma in ihren Notizen. »Vor siebzehn Jahren ist sie mit ihrem Mann nach Israel ausgewandert. Sie lebt in Tel Aviv.«

»Und die Täter?«

»Tut mir leid. Aber mir fehlte die Zeit, um herauszufinden, was die heute machen.«

»Überprüfe das sobald als möglich.«

Emma nickte.

Glauser schaute in die Runde. »Bevor wir in dieser Sache nicht mehr in der Hand haben, konzentrieren wir uns auf Oehler. Paul, was ergaben die Fingerabdrücke auf den Karten?«

»Die Ergebnisse kann ich dir erst morgen mitteilen.«

»Warum dauert das bei euch immer so lange?«, seufzte Glauser resigniert.

Kirchner ging nicht auf den Tadel ein und antwortete ruhig: »Du darfst nicht vergessen, Theo, dass wir Hunderte Spuren auswerten müssen. Wir arbeiten Tag und Nacht daran.«

»Schon gut, Paul. Wann kannst du die Lederschuhe von Oehler untersuchen? Wir müssen wissen, ob seine Sohlen mit den Spuren identisch sind, die wir bei Helbling und Egloff gesichert haben.«

»Morgen gebe ich dir Bescheid. Ich krieg das hin, bevor ich die Fingerabdrücke auf den Karten vergleiche.«

»Bis Mittag brauche ich die Ergebnisse. Okay?«

»Bis dann hast du sie.«

»Lukas, bringen uns die Bilder der Überwachungskameras weiter?«, fragte er weiter.

»Nein, es ist wie verhext«, antwortete Oppliker. »In der Schweiz existieren vierhundertfünfzigtausend Kameras, die von allen wichtigen Plätzen und Strassen permanent Bilder schiessen. Doch in der Nähe der Tatorte gibt es keine einzige Aufnahme. Siebenunddreissig Kamerapositionen im Umkreis von fünf Häuserblocks habe ich gestern Nacht ausgewertet, jeweils zwei Stunden vor und zwei Stunden nach den Taten. Nichts. Der Täter konnte unerkannt entkommen.«

»Das Glück hat uns verlassen«, grunzte Glauser und drehte in seiner Hosentasche die blaue Glasmurmel. »Dann müssen wir es halt ohne göttliche Fügung schaffen.«

Er hatte plötzlich stechende Kopfschmerzen. Mit beiden Zeigefingern drückte er sich die Schläfen. »Angenommen, Lothar Oehler war nicht der Täter. Wir müssen diese Möglichkeit in Betracht ziehen. Es wäre falsch, sich vorschnell auf einen Täter festzulegen. Das würde uns blind machen für die Wahrheit. Also: Wir suchen nach einer Person, die nachweislich beide Opfer kannte. Etwas an Sara Helbling und Valentin Egloff musste ihre Aufmerksamkeit erregt haben. Hatten die beiden miteinander telefonischen Kontakt? Emma, du hast die Telefonnummern ausgewertet.«

»Die Auswertung der Telefonate war leider ebenfalls nicht ergiebig«, begann Emma stockend. »Valentin Egloff war Kunde bei Swisscom, Sara Helbling bei Orange. Ich habe ihre Telefonate der letzten drei Monate verglichen. Die Anruflisten ihrer Handys und Festnetznummern ergaben lediglich drei Übereinstimmungen.« Sie räusperte sich und brachte keinen Ton mehr heraus.

»Welche Nummern sind das?«

Emma schluckte leer. »Die Telefonauskunft 1818, der Railservice der SBB und die Nummer des Schauspielhauses.«

»Schauspielhaus? Am gleichen Tag?«

»Nein, zwischen den Anrufen lagen drei Wochen. In dieser Zeit wechselte das Programm. Sara Helbling und Valentin Egloff hatten nicht die gleiche Vorstellung besucht, nicht einmal das gleiche Stück.«

Emma blätterte in ihren Notizen. »Helbling sah sich ›Der zerbrochene Krug‹ von Kleist an, und Egloff ›Romeo und Julia auf dem Dorfe‹ von Gottfried Keller. Zusammen mit seiner Frau.«

Glauser nickte zufrieden. Er freute sich über die analytischen Fähigkeiten von Emma. »Die gespeicherten Nummern auf ihren Handys und Festnetztelefonen habe ich ebenfalls überprüft. Nichts. Keine gleichen Nummern. Ich glaube nicht, dass die beiden miteinander telefoniert hatten.«

Glauser rieb sich mit dem Handrücken die Augen. »Okay, Leute. Wir beginnen von vorn. Wir schauen die beiden Mordfälle nochmals an, ohne Schubladen im Hirn. Etwas haben wir übersehen«, rief er in die Sitzungsrunde. Er sah die müden Gesichter der Polizisten. Mit der flachen Hand schlug er auf den Tisch. Einige schreckten auf. »Konzentriert euch! Was bezweckt der Täter mit den Händen? Wenn Lothar Oehler die Taten begangen hatte, warum nahm er sie mit? Um sie zu präparieren? Für was? In seiner Wohnung haben wir keine Körperteile von Menschen gefunden.« Alle blickten betreten nach unten. »Brauchte er sie als Fetisch? Vielleicht. Aber warum? Warum um Himmels willen erregen ihn die Hände von Sara Helbling und Valentin Egloff? Die Hände glichen sich nicht. Kein Zeichen, kein Tattoo, kein Schmuck. Nichts. Normale Hände. Der Täter muss ein Psychopath sein. Nur ein krankes Hirn tut so etwas. Solche Mörder sind schwer zu fassen«, fuhr Glauser fort und wurde lauter. »Was sagt euch die Botschaft auf der Karte? Leute, wir brauchen Ideen! Übermorgen Nachmittag müssen wir Oehler freilassen, wenn wir nicht mehr in der Hand haben. Bis sechzehn Uhr haben wir Zeit, ihn festzunageln, sonst entkommt er uns.«

Ulmer meldete sich. »Wir wissen, dass der Mörder seine Opfer dazu gebracht hatte, eine Botschaft auf eine Karte zu schreiben. Vielleicht ist ihm der Text gleichgültig. Vielleicht sucht er nur nach Handschriften, die für ihn eine besondere Bedeutung haben. Möglicherweise ist er ein Kunst-Fanatiker, der nach schönen Schriftzeichen forscht.«

»Mag sein, aber wenn ihm die Handschriften von Sara Helbling und Valentin Egloff etwas bedeuten, warum tötet er sie? Und warum lässt er die Karten liegen und nimmt sie nicht mit?«

In Ulmers Augen blitzte Sarkasmus auf. »Das musst du herausfinden, Theo, dafür bist du unser Chef und kassierst einen dicken Batzen Lohn.«

Glauser versuchte zu schmunzeln, doch es gelang ihm nicht so recht.

Er blickte in die Runde. »Ich bin überzeugt, dass er uns mit der Botschaft etwas sagen will. Gibt es noch andere Ideen?«

»Wenn er eine Botschaft hinterlassen wollte, warum liess er sie von seinen Opfern schreiben?«, überlegte Oppliker laut. »Das macht keinen Sinn, damit ging er ein Risiko ein. Er hätte seine Verse ja auch mit dem Computer verfassen und ausdrucken können. Warum dieser Aufwand?«

Viele Rätsel, nichts passte zusammen, dachte Glauser. Plötzlich sehnte er sich nach seiner Frau. Am Wochenende würde er sie in der REHAB besuchen.

»Der Täter genoss die Macht, die er über seine Opfer hatte. Es braucht eine gehörige Portion Dreistigkeit, jemanden um einen Gefallen zu bitten und ihn dann von hinten zu erschiessen«, spann Ulmer den Gedanken weiter.

»Ja, das sehe ich auch so«, erwiderte Glauser. »Betrachten wir noch einmal den Spruch, den er seine Opfer schreiben liess. Vielleicht hat jemand eine Eingebung.« Glauser legte eine Klarsichtfolie auf den Hellraumprojektor. Der Vers erschien wie ein Menetekel auf der Leinwand. »Antlitz funkeln ... harre im Dunkeln ...« Die Polizisten grübelten über den Text, der so verworren war.

»Auf den Vers kann ich mir keinen Reim machen«, sagte Ulmer in einem Anflug von Galgenhumor.

»Eine Freundin von mir studiert Germanistik«, meldete sich Emma. »Ich habe ihr den Vers gezeigt.« Sie öffnete ihren Notizblock. »Einen Moment bitte, ich muss nachschlagen, was sie gesagt hat.« Sie war aufgeregt, als sie alle Blicke auf sich spürte. »Meine Freundin hat ein bisschen herumgesponnen vorgestern Abend. Sie meinte, dass der Verfasser mit seinem Text vielleicht ausdrücken wollte, wie sich unser Inneres auf der Oberfläche abzeichnet. Unser ›Antlitz‹ spiegelt das wider, was im Tiefen verborgen ist. Die Seele oder die Idee oder das Wesentliche ›funkelt‹ auf der Hülle. Sie zeigt sich im Körperlichen als Zeichen, die wir deuten müssen. Aber wir ›harren im Dunkeln‹, können die Wahrheit nicht erkennen. Irgendwann einmal, wohl nach unserem Tod, wird unsere Qual zur Wonne. Wir sehen hinter die Kulissen, wir erkennen die Idee.« Emma klappte ihren Block zu. »Keine Ahnung, was sie damit sagen wollte. Wir haben zusammen viel Rotwein getrunken und das kam dabei heraus.«

Sie blickte in die Runde. Acht Paar Augen waren auf sie gerichtet. Einige Kollegen runzelten die Stirn. Viele Fragezeichen. Keiner sagte ein

Wort.

»Leute, es ist spät«, sagte Glauser schliesslich und schaute auf seine Uhr. Er wandte sich an Philip Kramer. »Priorität haben die Daten auf dem Laptop und auf dem Handy von Lothar Oehler. Vielleicht finden wir darauf Hinweise auf das Tatmotiv.«

Kramer nickte. »Noch heute Nacht machen wir uns dran.«

Glauser stand auf. »Morgen werde ich Lothar Oehler befragen, ich werde ihn in die Mangel nehmen. Ich klopfe ihn so weich, bis er uns sein Geheimnis verrät, warum er Sara Helbling und Valentin Egloff getötet hat.«

***

Es war schon fast Nacht, als Sokrates das Institut verliess. Er schloss die Tür ab und lief die Treppen hinunter über den Holzsteg. Im Hintergrund sah er die dunklen Gebäude der Universität. Die Gewitterwolken von heute Nachmittag hatten sich verzogen. Sokrates sog die kühle Luft tief ein und roch den würzig-süsslichen Geruch von vermoderndem Laub. Sein Blick schweifte nach oben. Der Himmel war sternenklar. Er erkannte das Sternbild Widder. Er war im Sternzeichen Widder geboren, aber glaubte nicht, dass ihm die Sterne etwas zu sagen hätten, schon gar nicht die Zukunft. Hunderttausende von Lichtjahren trennten die Erde von den Himmelskörpern. Viele Sterne waren bereits erloschen, bevor die ersten Menschen die Erde bevölkerten. Den Glanz, den wir von ihnen wahrnehmen, ist ein Blick in die Vergangenheit. Im Westen entdeckte Sokrates die Cassiopeia, das Himmels-W. Seine Augen wanderten nach rechts, dort sah er den Grossen Wagen. Die Rückwand des Wagens verlängerte er um das Fünffache und fand den Polarstern, hell leuchtend am Himmel. Norden. Sokrates gefiel es, wenn er wusste, wo er war, wohin er seinen Blick richtete. Orientierung bedeutete ihm viel.

Es war kurz vor neun Uhr. Im Osten ging der Mond auf. Eine grosse, fast runde Scheibe, die links etwas abgeflacht war, prangte am nachtblauen Himmel. Morgen würde Vollmond sein. Sokrates musste an die Mondtäuschung denken, ein optisches Phänomen, das den Trabanten am Horizont grösser erscheinen lässt, als wenn er Stunden später am Firmament steht. Dasselbe beobachten wir bei der Sonne. Sie erscheint bei Sonnenuntergang grösser als zur Mittagszeit am Zenit. Schon die alten Babylonier hatten dieses Phänomen auf Tontafeln festgehalten. Der griechische Astronom Ptolemäus hatte vermutet, dass die Erdatmosphäre den Mond am Horizont optisch vergrössern würde. Doch er lag falsch. Auch Leonardo da Vinci und Descartes machten sich Gedanken zur Mondtäuschung. Viele glaubten, die Täuschung rühre daher, weil der Mond am Horizont röter leuchte. Die Erdatmosphäre schlucke wegen der grösseren Distanz mehr blaues als rotes Licht, auf der Netzhaut würde sich der rote Mond grösser abbilden. Doch dann müsste der rote Mond am Horizont auch auf einer Fotografie grösser abgebildet sein, was aber nicht der Fall ist. Viele eindrückliche Sonnenuntergänge in den Ferien sind zu Hause, auf Bild gebannt, eine Enttäuschung.

Sokrates erreichte den Milchbuck. An der Haltestelle war kein Mensch zu sehen. Sein Hirn spuckte weitere Informationen aus, die er irgendwo einmal gelesen hatte, er konnte nichts dagegen tun. Einen Körper wie den Mond, sinnierte Sokrates weiter, können wir in seiner Grösse nur korrekt wahrnehmen, wenn wir wissen, wie gross seine Entfernung zu uns ist. Unser Gehirn errechnet aus der Grösse eines Körpers, die auf der Netzhaut abgebildet ist, und aus dessen Entfernung die tatsächliche Grösse des Körpers. Die Erfahrung lehrt uns, dass ein naher Körper grösser erscheint, als ein weiter entferntes Objekt. Wir täuschen uns meist dann über die Grösse eines Körpers, wenn wir die Entfernung falsch einschätzen. Das zeigt der Spielzeugautoeffekt. Wer von einem Hügel auf einen Parkplatz herunterschaut, unterschätzt zumeist die Entfernung zur Stadt, weil die Erfahrung fehlt. Die Netzhaut bildet die Autos in einer bestimmten Grösse ab. Weil das Hirn die Entfernung unterschätzt, nimmt es die Autos als Spielzeugautos wahr, sie scheinen kleiner als sie in Wirklichkeit sind, genauso wie der Mond hoch oben am Firmament. Umgekehrt ist es genauso. Ein Körper, der ein Abbild auf unserer Netzhaut erzeugt, dessen Entfernung wir überschätzen, erscheint grösser als er tatsächlich ist. So ist es auch beim Mond am Horizont. Zwischen ihm und uns erkennen wir zahlreiche Bäume und Hügel. Deshalb schätzen wir die Entfernung zum Mond grösser ein als sie ist. Bei grösserer Entfernung und gleich grosser Abbildung auf der Netzhaut müsste der Körper aber grösser sein, denkt unser Hirn und rechnet unsere Wahrnehmung hoch. Stunden später, wenn wir den Mond am Firmament erblicken, fehlt uns die Information der Entfernung, da Hügel und Bäume fehlen. Der in Wirklichkeit gleich grosse Körper sei näher, denken wir, unser Hirn bildet ihn deshalb kleiner ab. Sokrates seufzte. Er machte sich wieder zu viele Gedanken in der Nacht. Von links hörte er ein Rattern. Endlich kam das Tram Nummer 9.

***

»Der Fiaker steuerte aus der Einfriedung und trabte, auf den Cours angelangt, gemächlich zwischen hohen Ulmen. Der Kutscher wischte sich die Stirn, klemmte den Lederhut zwischen die Beine und dirigierte die Droschke aus den Seitenalleen, zum Wasser hinunter bis an die Grasflächen.«

Maria lag halbnackt in einer Pferdekutsche, ihr Kopf war auf das Lederpolster der Sitzbank gebettet, die kastanienbraunen Locken umgaben ihren Kopf wie ein Kranz. In der rechten Hand hielt sie eine gebundene Ausgabe der »Madame Bovary«. Sie las daraus vor.

»Plötzlich aber stürmte sie drauflos, durch Quatre-mares, Sotteville, die Grande-Chaussée, die Rue d'Elbeuf, und machte ihren dritten Halt vor dem Jardin des Plantes. ›Vorwärts, vorwärts!‹, schrie nun die Stimme viel zorniger. Und sogleich ging es weiter.«

Maria kicherte. »Aufhören, das kitzelt.« Mit ihrer linken Hand kraulte sie die weizenblonden Haare von Leo, der seinen Kopf zwischen ihren Schenkeln vergraben hatte. Die Droschke stand im Requisitenlager des Schweizer Fernsehens. Seit einer halben Stunde verlustierten sich die beiden auf der samtenen Sitzbank der Kutsche.

Zuvor hatte sie sich mit Leo auf der Piazza getroffen und mit ihm ein Bier getrunken. Ihr Beitrag über den Trauergottesdienst war vertont. Der Gedanke an Tod und Vergänglichkeit hatte ihr schon seit jeher schaurige Lust bereitet. Es war acht Uhr, als sie Leo vorschlug, die Pferdekutsche, die sie kürzlich bei einer ihrer Erkundungstouren im weitläufigen Fernsehgelände entdeckt hatte, für ein Rollenspiel zu nutzen. Maria war immer auf der Suche nach ungewöhnlichen Orten für ihre erotischen Abenteuer. »Lass uns die Kutschfahrt der Madame Bovary nachspielen«, hatte sie gesagt. Leo solle den Kanzlisten Léon mimen, sie würde in die Rolle der Emma schlüpfen. Diesen Plan hatte sie am Morgen ausgeheckt, als sie erwacht war. Kurzerhand hatte sie den Roman von Flaubert in ihre Tasche gepackt, bevor sie zu den Helvetern in der Reithalle aufgebrochen war. Leo war von der Idee sehr angetan. »Sex in einer Kutsche. Da musst du mich nicht lange drum bitten.«

So geschah es, dass sie von der Piazza aus die Passerelle überquerten, wo sich der Filmtrakt befand. Ein Flur mit senfgelbem Linoleumboden führte durch das langgezogene flache Gebäude. Sie eilten an den Solistengarderoben und am Schminkraum der Maskenbildner vorbei. Unterwegs begegneten sie keiner Menschenseele. Es war totenstill. Um diese Uhrzeit mussten sie auch keine Störung befürchten. Leo kniff Maria, die einen halben Schritt vorauslief, in den Hintern. Sie drehte sich erschrocken um. »Pst«, flüsterte sie mit errötetem Gesicht und streckte ihm die Zunge raus. Leo grinste wie ein Spitzbube. Am Ende des Flurs stiegen sie eine Treppe hinunter Richtung Studio 4 und erreichten alsbald die Werkstrasse, von der zahlreiche Ateliers abgingen. Zuerst betraten Maria und Leo den Kostümfundus, einen fensterlosen Raum mit langen Schrankreihen, worin für Theater- und Filmproduktionen tausende Hüte, Schuhe, Beinkleider, Gilets, Mäntel, Röcke, Dessous und dergleichen gelagert waren. In der Halle roch es nach Lavendel, die Luft war staubtrocken. Maria und Leo stöberten nach Klamotten, die Bürger im Paris des 19. Jahrhunderts getragen haben konnten. Sie wurden schnell fündig. Maria wählte ein mit Bändern geschnürtes Mieder, dazu Strapse und Strumpfbänder, Leo entschied sich für knielange Leinenunterhosen und ein langärmeliges Unterhemd mit Perlmuttknöpfen. Ihre Utensilien klemmten sie unter den Arm und verliessen den Kostümfundus.

Zwischen Schlosserei und Schreinerei, wo Bühnenbildner Studiodekors zusammenschraubten und verleimten, führte eine schmale Treppe zu den Requisiten. Maria und Leo stiegen hinauf. Sie hatten es auf einmal eilig. Die Lagerräume waren mit einer Eisentüre gesichert. Maria öffnete im Werkstattbüro eine Schublade und nahm einen Schlüsselbund hervor. Sie hatte kürzlich beobachtet, wo die Lagerarbeiter die Schlüssel zu den Requisiten aufbewahrten. Hastig schloss sie die schwere Schiebetüre auf und trat ein. Die vergitterten Neonröhren flackerten auf, gesteuert von einem Bewegungsmelder. Vorsichtig schauten sich Maria und Leo um. Niemand da. Sie liefen von einem fensterlosen Raum zum nächsten, die allesamt mit Krimskrams vollgestopft waren. In Vitrinen waren Zinkbecher, Porzellangeschirr und Bierhumpen ausgestellt, denen sie aber keine Beachtung schenkten. Vor einem Gitterverschlag standen E.T., eine Ritterrüstung und ein Alien. In brusthohen Containern lagen achtlos hineingeworfen riesige Sträusse mit Plastikblumen. An den Wänden hingen Nachbildungen berühmter Gemälde wie die Mona Lisa, furchterregende Masken, Wandspiegel in allen Grössen und das aufgerissene Maul eines Haies, aus dem die Beine eines Menschen ragten. Zügig liefen Maria und Leo an Dutzenden Schrankreihen vorbei, gefüllt mit Röhrenradios aus den vierziger Jahren, Standuhren, Küchengeräten, Spielzeug und Plüschtieren. Sie konnten es kaum erwarten, die Kutsche zu erreichen.

Im letzten Raum, der weitläufiger war als die anderen, hatten Lagerarbeiter in Regalen, die bis zur Decke reichten, Möbel verstaut. Hinter einem Paravan stand eine schwarzlackierte Pferdedroschke, die in einem historischen Dokumentarfilm über den Rotkreuz-Gründer Henry Dunant ihren Dienst verrichtet hatte. Leo öffnete die Kutschentür und gab Maria galant die Hand. Im Wageninnern zogen sie sich lachend um. Es war kühl in der Kutsche. Leo schleppte schwere Wolldecken herbei, die er in einer Kiste entdeckt hatte. Maria hatte es sich mittlerweile auf der Sitzbank bequem gemacht und Flauberts Roman aus ihrer Tasche gezogen. Leo legte sich neben sie, kroch mit ihr unter die Wolldecke und schob sich zwischen ihre Schenkel.

Maria las weiter: »Von Zeit zu Zeit warf der Kutscher auf seinem Bock verzweifelte Blicke nach den Wirtshäusern. Er begriff nicht, welche Bewegungsgier diese zwei Menschen dazu trieb, nicht mehr anhalten zu wollen. Er versuchte es ab und zu, sogleich aber hörte er hinter sich wütende Rufe. Also peitschte er umso kräftiger seine zwei schweissnassen Rösser, scherte sich um kein Gerüttel, rammte gegen dieses und jenes, abgestumpft, mutlos und fast schon heulend vor Durst, Erschöpfung und Trübsinn.« Leo hörte Maria zu, während er sie liebkoste. Dann nahm er ihr das Buch aus der Hand. Ihre Augen schimmerten in der Dunkelheit der Droschke. Nur ein dünner Lichtstrahl von der Neonröhre an der Decke leuchtete durchs Kutschenfenster. Leo zog die Vorhänge zu. Er blickte auf und schlug die schwere Decke über sie beide. Die Blattfedern der Räder quietschten unter der schaukelnden Bewegung, die Wagenspeichen ächzten. Ihr Atem beschlug die Glasscheiben von innen.

VIER

»Um wissenschaftlich genaue Ergebnisse zur Charakterbeurteilung zu erhalten, liess ich mir einen Stirnmesser bauen. Ich vermass jeden Knochen des Hirn- und Gesichtsschädels. Ich untersuchte, wie sich Stirnbein, Jochbein und Oberkiefer zueinander verhalten und gewann wertvolle Erkenntnisse über die Form von Keilbein und Schläfenbein. Je nach Länge der Gesichtsteile dominieren entweder Verstand, Gefühl oder der Instinkt. Denn das Gesicht ist in drei Etagen geteilt: Die Stirn gibt Aufschluss über das intellektuelle Leben, Nase und Wangen offenbaren das moralische und emotionale Leben, Mund und Kinn verweisen auf das Animalische, Triebhafte im Menschen- das Auge indes ist Zentrum und Summe des Ganzen.

Mit selbst entwickelten Geräten tastete ich die Schädeldecke zahlreicher Totenköpfe ab und lokalisierte anhand von Einbuchtungen und Beulen die Begabungen des jeweiligen Menschen. Dazu begab ich mich oft zu später Stunde, wenn ich keine Störung befürchten musste, in die Aufbahrungsräume von Friedhöfen. Ich vermass die Köpfe der Verstorbenen, studierte ihre Lebensläufe und machte mich über ihren Charakter kundig. Mit diesen Erkenntnissen habe ich eine Schädellehre entwickelt. Sie ist wie eine Landkarte, die den Charakter des Menschen zweifelsfrei anzeigt.

Damit gab ich mich aber noch nicht zufrieden. Nach monatelanger Arbeit habe ich den Gesichtswinkel ermittelt, der entsteht, wenn man am Profil vom Ohrloch eine Linie zum Oberkieferknochen und zur Stirn zieht. Je grösser der Winkel ausfällt, desto zivilisierter ist der Mensch. Bei einem Affen misst er zweiundvierzig Grad, beim Orang-Utan achtundfünfzig Grad, bei Afrikanern siebzig Grad, bei Europäern achtzig bis neunzig Grad, er ist also fast rechtwinklig. Geistesgrössen und Universalgenies wie Leonardo da Vinci haben einen Winkel von hundert Grad.

Sie sehen, Sokrates, mit welcher Ernsthaftigkeit ich meine Forschungen betrieb. Alle meine wissenschaftlichen Arbeiten führten zu einem einzigen Ergebnis: Je moralisch schöner ein Mensch ist, desto schöner ist sein Antlitz. Gott lügt nicht, ein verdorbener Mensch kann nicht schön sein.

Gott schreibt in unsere Gesichter, unser Körper ist seine Schrifttafel. Wir müssen nur lernen, seine Buchstaben zu lesen und richtig zu deuten. Im Gesicht können wir die Vergangenheit ablesen, doch alle Zeichen in der Natur verweisen nicht nur auf Vergangenes, sondern auch auf Zukünftiges. Ein vertrockneter Regenwurm auf dem Asphalt ist ein Zeichen dafür, dass es vor

Kurzem geregnet hat. Tief fliegende Schwalben hingegen zeigen den kommenden Regen an.

Ein Meteorologe, der alle Wetterzeichen kennen würde und der wüsste, was sie bedeuten, und wie die einzelnen Zeichen miteinander zusammenhängen, könnte jede kleinste Temperaturschwankung, Luftdruckveränderung und Niederschlagsmenge auf allen Landstrichen der Erde für alle Zeiten bestimmen. Jedes Zeichen ist ja auch Ursache für ein weiteres Zeichen. Die Welt ist lesbar, wir müssen ihre Botschaft nur verstehen.«

***

»Im Traum sah ich Hände. Sie zogen an mir vorbei, wie an einer Schnur aufgereiht«, erzählte Eva, während sie den Schaum aus den Locken von Sokrates wusch. »Es waren Arbeiterhände darunter, mit Schwielen an den Fingerkuppen, zierliche Frauenhände, die nach Feuchtigkeitscreme dufteten und Kinderhände mit abgekauten Fingernägeln.«

Sokrates hielt die Augen geschlossen. Das warme Wasser aus der Brause floss um seine Stirn.

»Mir war, als wüsste ich von jeder Hand, wem sie gehörte«, führte Eva weiter aus. »Ich kannte ihre Namen. Plötzlich sah ich meine eigene Hand an mir vorbeiziehen. Sie war blutrot lackiert, ein triefendes Rot, das ich nie verwende.«

Sokrates öffnete seine Augen und runzelte die Stirn. »Hm, ein seltsamer Traum«, sagte er, »wie ging er weiter?«

»Gar nicht. Ich bin erwacht.« Eva schaute ihn im Spiegel an. »Ich war beunruhigt, mehr noch, ich war ausser mir vor Angst. Der Traum wollte mir etwas sagen, da war ich mir sicher, aber ich verstand seine Botschaft nicht.« Sie nahm ein Handtuch und rubbelte die Haare von Sokrates trocken. Dabei beugte sie sich vor. Der betörende Duft von Zedernholz und Orangenblüten stieg ihm in die Nase. Er spürte die Wärme ihres Körpers an seinem Gesicht. Das Kreuz an ihrer Halskette schimmerte hell. Im Augenwinkel bemerkte er ihre vollen Brüste.

»Vielleicht bedeutet der Traum gar nichts«, versuchte Sokrates sie zu trösten, weil er ihre Unruhe spürte. »Oft meinen wir, hinter all dem, was wir wahrnehmen, sei ein Sinn auszumachen, eine versteckte Botschaft. Wir denken, die Welt hätte uns etwas mitzuteilen, sie sei lesbar, aber vielleicht irren wir uns.«

Eva lächelte ihn an. Ihre dunkelbraunen Augen funkelten wie mit Bernsteinsplittern versetzt. »Danke, Sokrates, ich glaube auch, dass ich in meine Träume zu viel hineininterpretiere. Ich wünschte mir nur, sie würden mir etwas sagen wollen.«

Sie nahm ihm das Handtuch von der Schulter und fragte, ob er noch einen Espresso mit ihr trinken wolle. Sokrates nahm ihre Einladung gerne an. Für ihn war der Morgen mit Eva die schönste Zeit des Tages. Lange hatte er deswegen ein schlechtes Gewissen gehabt, weil seine Frau erst seit vier Jahren tot war. Doch auf einmal schien ihm, als würde ihm Mara aus dem Jenseits zurufen, sein Leben nicht fortzuwerfen.

Am Tisch plauderten Eva und Sokrates angeregt über den Doppelmord, nippten am Espresso, diskutierten, ob der Tod von Arthur Zurlinden mit den anderen Fällen etwas zu tun haben könnte, bissen in ein Spekulatius, verwarfen den Gedanken sogleich und kamen zur Frage, was Menschen überhaupt erkennen können, da ihr Verstand so begrenzt ist. Sokrates zweifelte daran, ob Menschen jemals imstande seien, die Wahrheit zu erfassen.

»Es ist wie bei dem Gedankenspiel, das mir mein Vater eines Abends gezeigt hatte«, sagte er. »Ich war siebzehn Jahre alt, kurz bevor er an einer Blutvergiftung starb.«

»Das tut mir leid. Wie konnte das geschehen?«

»Ein Zahnarzt hatte meinem Vater eine verkeimte Spritze in den Kiefer gerammt, aber das ist lange her. Wollen Sie, dass ich Ihnen erzähle, was er mich gelehrt hat?«

»Gerne.« Eva lehnte sich nach vorne. »Ich liebe Gedankenspiele.«

»Stellen Sie sich vor, wir wären Schattenwesen, die auf der Tischoberfläche leben.« Sokrates streckte seine linke Hand aus zur Lampe und zeigte mit der rechten auf den Schatten, der sich auf der Tischoberfläche gebildet hatte. Er bewegte seine Finger. Die Schattenwesen auf dem Tisch fingen an zu leben. »›Diese Wesen sind intelligent‹, erklärte mir mein Vater, ›sie können in ihrer Welt alles erkennen und erforschen, jeden Winkel messen sie aus. Sie beherrschen den Satz des Pythagoras ebenso wie Sinus- und Cosinusfunktionen. Und dennoch: Die Form eines Glases, das auf dem Tisch steht, werden sie nie erkennen können.‹«

Sokrates stellte das zylinderförmige Wasserglas auf den Tisch, das ihm Eva zum Espresso serviert hatte. Sie schaute ihm fasziniert zu. Sie mochte seine Hände, die kräftigen Handteller, die breiten Finger.

»Die Schattenwesen sind nur fähig, zweidimensionale Formen wahrzunehmen«, fuhr Sokrates fort. »Trotz ihrer Intelligenz bleiben ihnen dreidimensionale Körper verborgen. Das Glas auf dem Tisch nehmen sie lediglich als Kreis wahr- aber keinesfalls als Zylinder, was der Wahrheit entspräche. Sie können höchstens erahnen, dass es noch eine dritte Dimension gibt, vielleicht sogar eine vierte oder fünfte.« Sokrates leerte das Glas Wasser in einem Zug und legte es auf die Tischplatte. »Jetzt sehen die Schattenwesen keinen Kreis mehr, sondern eine Linie. Doch in Wahrheit ist es immer noch der Zylinder. Die Schattenwesen erkennen einmal einen Kreis, dann eine Linie. Beides hat für sie nichts miteinander zu tun, weil sie den Zylinder niemals erfassen werden. Genauso wie den Schattenwesen ergeht es auch uns Menschen. Die Wahrheit bleibt uns verborgen.«

Eva neigte ihren Kopf. »Eine interessante Geschichte. Sie erinnert mich an Platons Höhlengleichnis, das ebenfalls veranschaulicht, dass wir die Idee hinter den Dingen niemals erkennen können, weil wir Gefangene sind.«

Sokrates dachte über ihre Worte nach. »Genug philosophiert«, erwiderte er mit einem Male verschmitzt, »wenden wir uns profaneren Dingen zu, die unser Leben womöglich mehr bereichern als hochtrabende Gedanken.« Plötzlich geriet er ins Stocken, es fiel ihm schwer, fortzufahren. Betreten blickte er zu Boden. Er rückte seine Brille zurecht.

Eva legte ihre Hand auf seinen Arm. »Was wollen Sie sagen?«

Sokrates schaute auf, räusperte sich kurz und blickte ihr fest in die Augen. »Würden Sie mich am Sonntagmorgen ins Kunstmuseum begleiten? Es beginnt eine Ausstellung über den Impressionismus. Degas, Monet, Cézanne und viele andere grossartige Maler werden zu sehen sein. Die Erfahrung lehrt uns, dass in den ersten Tagen einer neuen Ausstellung nur wenige Besucher ins Museum drängen.«

Sokrates sprach immer schneller. »Es ist faszinierend, wie die einzelnen Farbtupfer, die wir sehen, wenn wir nahe vor einem impressionistischen Gemälde stehen, sich zu einem Bild zusammenfügen, sobald wir ein paar Schritte zurücktreten.«

Eva schaute ihn ernst an.

»Aus der Nähe betrachtet sind die Rosen von Monet nur Farbkleckse, die nichts bedeuten«, fuhr Sokrates eilig fort aus Angst vor ihrer Antwort, »doch wer sich die Mühe macht, seine Perspektive zu ändern, der -«

»Ich begleite Sie sehr gerne«, unterbrach ihn Eva, ihre braunen Augen schienen eine Spur dunkler. »Vielen Dank für die Einladung. Ich freue mich sehr.«

Sokrates nickte überrascht, er konnte es kaum glauben, dann machte er innerlich einen Freudensprung. »Wunderbar. Treffen wir uns um zehn Uhr vor dem Kunsthaus?«

»Ich werde da sein«, antwortete Eva. Sokrates richtete sich auf und atmete tief durch. Es ging ihm gut. Mit einem Male nahm er wahr, dass ihn sein Buckel nicht mehr schmerzte. Er drückte seinen Rücken durch. Er knackste nicht, er spürte kein Stechen, kein Ziehen. So unbelastet fühlte er sich schon seit Jahren nicht mehr.

Sokrates schaute auf seine Uhr. Sie zeigte kurz nach acht. »Es ist leider wieder Zeit zu gehen.« Er trank seinen Espresso aus. Sie erhoben sich vom Tisch. Sokrates nahm sein Portemonnaie aus der Jackentasche und gab Eva fünf Franken. »Vielen Dank, Eva. Es ist immer sehr anregend, sich mit Ihnen zu unterhalten.«

Eva lächelte. »Ja, mir bedeuten die Gespräche auch viel.« Sie reichte ihm die Hand. »Bis morgen, Sokrates.«

Sokrates öffnete die Tür des Coiffeursalons und trat auf die Gasse. Fast beschwingt stieg er die Stufen hoch, die zum Obergericht führten. Er liess den prächtigen Bau rechts liegen und steuerte auf das Kunsthaus zu. Auf der Höhe des Höllentors begann er die Bordsteine des Gehsteigs zu zählen. Die Chancen standen gut, dass es bis zur Tramhaltestelle weniger waren als siebenundzwanzig. Sokrates liebte die Siebenundzwanzig, für ihn war sie die schönste Zahl. Denn siebenundzwanzig ist die Summe von drei mal drei mal drei, also drei hoch drei, die Quersummer wiederum ist neun, also drei mal drei. Die Siebenundzwanzig ist eine vollkommene Zahl, das A und O einer Zahl, Anfang und Ende. Bis zur Haltestelle zählte Sokrates sechsundzwanzig Bordsteine. Er freute sich. Ein guter Tag. Das Tram war noch nirgends in Sicht. Sokrates stellte seine Nylontasche auf den feuchten Asphalt. In den frühen Morgenstunden waren wieder Wolken aufgezogen. Es hatte geregnet. Das Wetter schlug Kapriolen. »Meteo Schweiz« irrte sich in dieser Woche fast täglich und lag mit seinen Prognosen daneben. Mit den Messdaten über Luftdruck, Temperatur und Feuchtigkeit, den Satellitenbildern und den Modellrechnungen liess sich das zukünftige Wetter zurzeit nicht mehr bestimmen. Vom Bellevue ratterte das Tram Nummer 9 heran. Sokrates stieg ein und hing seinen Gedanken und Träumen nach. Er dachte an seine Frau, er träumte von Eva. Plötzlich stand er vor dem Institut für Rechtsmedizin. So sehr er sich auch bemühte, er konnte sich nicht daran erinnern, wie er dorthin gekommen war.

***

»Nehmt Herrn Oehler die Handschellen ab«, wies Theo Glauser die beiden Polizisten an, die Oehler aus dem Polizeigefängnis ins Kripogebäude gebracht hatten. Glauser blätterte in seinen Notizen und würdigte Lothar Oehler keines Blickes. Das Büro von Glauser lag im zweiten Stock. Er sass hinter einem mächtigen Schreibtisch, der links vom Fenster im rechten Winkel zur weiss getünchten Wand stand. Nachdem die Polizisten Oehler von den Handschellen befreit hatten, führten sie ihn zu einem Stuhl auf der gegenüberliegenden Seite des Schreibtisches. Glauser blickte auf und beobachtete, wie Oehler breitbeinig durchs Zimmer schlurfte. An seinen Schuhen fehlten die Schnürsenkel. Ein Gefängniswärter hatte sie ihm am Abend zuvor abgenommen. Ebenso den Hosengürtel. Suizidgefahr. Die Arbeitshose drohte ihm deshalb von der Hüfte zu rutschen. Oehler trug noch immer die rostrote Metzgerkleidung, die er bei seiner Verhaftung anhatte. Glauser roch den Gestank von geschlachteten Tieren. Oehler setzte sich und wippte mit dem rechten Bein. Er blickte mürrisch drein, aber auch ängstlich. Auf seinen Lippen klebte verkrustetes Blut. Seine Augen waren verquollen. Er sah aus wie verkatert. Er war die ganze Nacht über auf seiner Pritsche in seiner Zelle gelegen und hatte nicht einschlafen können, vermutete Glauser. Er hatte diese grauen Gesichter bei der Befragung schon oft gesehen. Viele Häftlinge konnten in den ersten Nächten der Untersuchungshaft kein Auge zutun. Die fremden Geräusche in der Zelle hielten sie wach – das Glucksen einer Wasserleitung, der Hall von Schritten von weit her, das ferne Gebrüll eines Inhaftierten.

Bevor ihnen ein Wärter am Morgen das Frühstück brachte, durften sie nicht duschen. Frische Kleider bekamen sie auch keine, so lauteten die Regeln. Glauser sah Oehler lange an. Minuten verstrichen. Er wusste, dass dies einen Verdächtigen unter Druck setzte. Das Gesicht von Oehler war blass und glänzte ungesund. Die dünnen Haare klebten ihm am Schädel. Von den Nasenflügeln zogen sich tiefe Falten zu den Mundwinkeln hin. Glauser musterte Oehler, während er seinen PC hochfuhr.

In aller Frühe hatte er die Akten über den Metzger studiert. Lothar war als Dreizehnjähriger vom Zürcher Jugendgericht wegen

Tierquälerei verurteilt worden. Eine Strafe hatte er nicht erhalten, weil er noch ein Kind gewesen war. Ein Psychologe hatte ein Gutachten erstellt: Lothar wuchs als viertes von sieben Geschwistern auf, in einem Dorf am Lützelsee im Zürcher Oberland. Seine Eltern betrieben einen Gasthof. Zweimal im Jahr organisierte sein Vater eine Hausschlachtung, in dem er die Mastsauen, die im Garten heranwuchsen, zu Würsten verarbeitete. Der Psychiater vermutete, dass der Anblick der geschlachteten Tiere den Dreizehnjährigen verroht hatte. Lothar war intelligent, in der Schule schrieb er gute Noten, ohne viel dafür tun zu müssen. Schulfreunde hatte er keine, er beschäftigte sich am liebsten mit sich selbst. Sonst verhielt er sich unauffällig. Bis ihn seine Klassenlehrerin eines Morgens dabei ertappte, wie er unter einer Steintreppe neben dem Pausenplatz einen Plastiksack verstecken wollte. Darin hatte er zwei Katzen mit abgeschnittenen Beinen und tote Vögel aufbewahrt. So nahm alles seinen Lauf. Lothar Oehler musste nach seiner Tat die Schule wechseln, weil er von seinen Klassenkameraden drangsaliert worden war. Seine schulischen Leistungen nahmen ab. Nur mit Mühe erreichte er die neunte Klasse der Sekundarschule. Danach begann er eine Metzgerlehre, die er ohne Mühe abschloss.

Glauser öffnete auf seinem PC ein Dokument, das er zur Befragung vorbereitet hatte. »Herr Oehler, wir haben Sie wegen des dringenden Tatverdachtes verhaftet, Sara Helbling und Valentin Egloff ermordet und verstümmelt zu haben«, begann er. »Sie können Ihre Aussagen verweigern. Falls Sie aber Aussagen machen, werden diese protokolliert und können als Beweismittel gegen Sie verwendet werden. Haben Sie das verstanden?«

Oehler starrte auf seine Schuhe und nickte nur.

»Bitte antworten Sie mit ja oder nein.«

»Ja«, presste Oehler trotzig hervor.

»In Ihrer Freizeit posieren Sie als Aktmodell. An welchen Tagen arbeiten Sie an der Hochschule der Künste?«, fragte Glauser, obwohl er die Antwort bereits kannte.

»Donnerstagabend und Samstagmorgen.«

Glauser tippte die Antworten in den PC. »Seit wann sind Sie bei der Agentur ›Modelart‹ unter Vertrag?«

»Seit etwa vier Jahren.«

»Warum tun Sie das?«

»Was?«

»Als Aktmodell arbeiten.«

Oehler blickte spöttisch. »Mir gefällt der Job. Leicht verdientes Geld.«

»Sie lassen wohl am liebsten Ihre Hosen runter, wenn andere dabei zusehen.«

Oehler lachte trocken. »Als Aktmodell ist das ja nicht verboten.«

Glauser ging nicht darauf ein. »Beide Mordopfer, Sara Helbling und Valentin Egloff, haben Aktzeichenkurse besucht, in denen Sie Modell sassen. Hatten Sie sonst noch Kontakt zu den beiden?«

Glauser merkte, wie Oehler versuchte, ihm in die Augen zu schauen, es aber nur ein paar Sekunden schaffte, seinem Blick standzuhalten. »Ich weiss nicht, von wem Sie sprechen. Die beiden kenne ich nicht. Ich habe von den Morden aus der Zeitung erfahren. Mehr kann ich –«

»Ich glaube Ihnen kein Wort!«, fuhr ihm Glauser dazwischen, »Sie sassen stundenlang nackt vor ihnen und liessen sich zeichnen. Und jetzt behaupten Sie, diese beiden nie gesehen zu haben. Sie lügen!«

Oehler rutschte unruhig auf seinem Stuhl hin und her. »Nein, das stimmt nicht. Woher sollte ich sie kennen? Ich kann mir nicht alle Gesichter und Namen der Teilnehmer merken. Im Zeichensaal ziehe ich mich aus, liege auf dem Sofa und gehe nach einer Stunde wieder nach Hause. Mehr ist da nicht.«

Glauser schwieg und sah den Metzger ruhig an. Oehler nagte am Zeigefingernagel. Im Büro summte der PC. Die Turmuhr der St. Jakobskirche schlug zwei Mal. »Wo waren Sie am vergangenen Samstagmorgen?«, fragte Glauser nach einer Weile.

»In der Hochschule der Künste, so wie immer.«

»Aber erst um elf Uhr«, entgegnete Glauser, »was taten Sie zuvor?«

»Ich habe in meiner Werkstatt ein Eichhörnchen präpariert und aus PU-Schaum ein Modell geformt.«

»Gibt es Zeugen, hat Sie jemand dabei gesehen?«

»Nein, ich war allein.«

»Sie haben also zur Tatzeit kein Alibi! Was machten Sie am Dienstagabend?«

»Keine Ahnung.«

»Denken Sie nach.«

»Vermutlich arbeitete ich wieder in der Werkstatt, dort halte ich mich meistens nach der Arbeit auf. Um neun Uhr habe ich mir im Fernsehen ›Kassensturz‹ angeschaut.«

»Welche Themen kamen in der Sendung vor?«

»Das weiss ich nicht mehr.« Oehler kaute auf dem gespaltenen Fingernagel seines rechten Daumens. »Warten Sie, ja, ich hab's. Eine Geschichte handelte von verdorbenem Fleisch, das Coop als Frischfleisch an der Theke verkauft hatte.«

»Das beweist gar nichts. Die Geschichte stand in allen Zeitungen. Ich stelle fest: Sie können an beiden Tatzeiten kein Alibi vorweisen. Es sieht schlecht aus für Sie.«

»Ich war's nicht, verdammt!«, rief er und sprang auf. »Ich habe niemanden getötet. Was soll das? Was kann ich dafür, dass ich alleine zu Hause war, und es dafür keine Zeugen gibt?«

»Bleiben Sie ruhig und setzen Sie sich.« Solche Reaktionen hatte Glasuer schon oft erlebt. Oehler trat unruhig von einem Bein auf das andere und nahm wieder Platz.

In diesem Moment klopfte es an der Türe. Lukas Oppliker trat ein, reichte seinem Chef ein Blatt Papier und flüsterte ihm ins Ohr. »Sie haben gelogen, Herr Oehler!«, sagte Glauser mit schneidender Stimme, nachdem Oppliker gegangen war. »Zur Tatzeit, als Sara Helbling ermordet wurde, schlichen Sie in der Nähe ihrer Wohnung herum.« Glauser hob ein Blatt Papier. »Das beweisen die Daten der Swisscom-Antenne am Tatort. Ihr Handy war am Samstagmorgen zwei Häuserblocks entfernt vom Opfer eingeschaltet.«

Lothar Oehler sackte auf dem Stuhl zusammen. Seine Augen irrten umher wie ein gefangenes Tier im Käfig. »Nein, ich war's nicht. Wo soll das gewesen sein?«

»Das wissen Sie! In Unterstrass.«

Oehler blickte finster. Plötzlich hellte sich sein Gesicht auf. »Im Kreis 6? Ich war am Samstag in der gemischten Sauna. So gegen zehn. Da gehe ich oft hin.«

»Wo?«

»In einem Sportclub an der Zeppelinstrasse.«

»Das fällt Ihnen jetzt wieder ein? Sie lügen!«

»Nein, ich sage die Wahrheit. Sie müssen mir glauben.«

»Ich glaube Ihnen kein Wort! Sie versuchen nur, Ihren Kopf aus der Schlinge zu ziehen.«

Oehler kramte in der Innentasche seines Kittels. Vergeblich. »In meinem Portemonnaie, das Sie mir abgenommen haben, finden Sie den Clubausweis.«

Glauser holte aus einer Kunststoffkiste das Portemonnaie von Oehler hervor und fingerte eine Plastikkarte heraus, die so gross war wie eine

Kreditkarte. Glauser musterte sie. »Wir überprüfen das. Gibt es Zeugen?«

Oehler dachte nach. »Ja, ein Mann, Mitte zwanzig, mager, Pickel im Gesicht, dünner langer Schwanz. Und eine Frau, füllig, so gegen vierzig, rothaarig, kleine Busen, grosser Warzenvorhof, rote Muschi.«

»Namen?«

»Woher soll ich die wissen? Keine Ahnung. Die Rothaarige habe ich schon ein paarmal in der Sauna gesehen, aber sie wollte nicht mit mir reden.«

»Haben Sie die Frau angesprochen?«

»Ja, aber die Tussi hat abgelehnt.« Er verzog sein Gesicht.

Glauser machte sich Notizen, als sein Handy die Melodie von Edvard Grieg pfiff. »Ja, Paul, was gibt's?« Er hörte ein paar Sekunden zu und legte auf. Paul Kirchner hatte ihm mitgeteilt, dass die Schuhsohlen von Lothar Oehler nicht mit den Abdrücken übereinstimmten, die er an den beiden Tatorten gesichert hatte.

Verflixt, dachte Glauser, wir müssen weitersuchen. Irgendwo hat dieser Kerl die Schuhe versteckt.

Glauser wandte sich wieder an Oehler. »Wir haben in Ihrer Wohnung einen Schlachtschussapparat beschlagnahmt. Wozu brauchen Sie den?«

Der Metzger knetete seine fleischigen Finger. »Den habe ich seit Jahren nicht mehr benutzt.«

»Woher haben Sie den Apparat?«

»Von zu Hause. Ich habe ihn mitgenommen, als ich auszog. Das war vor Jahren. Seither liegt er in der Schublade.«

»Mit einem Schlachtschussapparat der Marke Karl Schermer GmbH wurden beide Opfer erschossen. Sie benutzen die gleiche Marke. Das ist kein Zufall.«

Oehler senkte seinen Kopf. »Ich habe damit nichts zu tun«, flüsterte er kaum hörbar. »Sie irren sich.« Er griff sich mit beiden Händen an seinen Schädel und sprang auf. »Sie wollen mir einen Mord anhängen, verdammt! Aber Sie haben den Falschen erwischt!« Seine wässrigen Augen quollen hervor.

»Meine Kollegen sichern zurzeit alle Spuren. Die sind clever, die übersehen nichts. Die werden feststellen, dass Ihr Bolzenschussapparat die Tatwaffe ist. Und sie können nachweisen, dass die Schuhabdrücke am Tatort von Ihnen stammen. Wir haben Schuhspuren der Grösse sechsundvierzig gesichert. Es gibt nicht viele Männer, die so grosse

Füsse haben. Wenn Sie jetzt ein vollständiges Geständnis ablegen und zugeben, Sara Helbling und Valentin Egloff getötet zu haben, setze ich mich für mildernde Umstände ein. Das verspreche ich Ihnen.«

Oehler schluckte zweimal. »Nein, nein. Ich war's nicht«, stiess er heiser hervor. »Warum verdächtigen Sie mich? Ich würde niemals einen Menschen töten.«

»Als Tierpräparator können Sie Körperteile von Menschen konservieren, zum Beispiel Hände.«

Oehler schüttelte den Kopf. »Das ist krank. Wozu sollte ich Hände konservieren?«

»Aus dem gleichen Grund, weshalb Sie tote Tiere ausstopfen. Es macht Ihnen Freude. Sie ergötzen sich an ihrem Anblick.«

Oehler schloss seine Augen, der schmale Mund war blutleer, auf seiner blassen Stirn war ein roter Fleck zu sehen. »Nein, glauben Sie mir«, sagte er leise, »so etwas tu ich nicht.«

»Warum nicht? Sie sind ein verurteilter Tierquäler. Schon als Kind haben Sie Katzen die Beine abgeschnitten und Vögeln die Flügel ausgerissen.«

Oehler liess seinen Kopf hängen und murmelte etwas.

»Was haben Sie gesagt?«

Oehler schluckte. »Das war ein Fehlurteil. Aber mir hat damals niemand geglaubt. Ich war noch ein Kind. Es stimmt, ich schnitt den Katzen die Beine ab. Aber sie waren schon tot. Ich habe sie seziert, weil ich ihre Anatomie kennenlernen wollte.«

Glauser atmete tief durch. »Bei wem haben Sie gelernt, Tiere zu präparieren?«

»Beim Hodler Tierpräparator in Hombrechtikon. Ich ging an den Wochenenden jahrelang zu ihm in die Werkstatt und half ihm. Er hat mir alles beigebracht: ausbalgen, entfetten, gerben und naturgetreue Mannequins bauen.«

»Mannequins?«

»So heissen die Tiermodelle aus PU-Schaum.«

Glauser beugte sich nach vorne und nahm aus einem Schreibtischfach eine Kopie hervor, worauf der Text stand, den der Täter bei seinen Opfern hinterlassen hatte. Er stand auf und reichte Oehler das Blatt Papier. »Sagen Sie mir, was dieses Gedicht bedeutet.«

Oehler las den Text ohne Regung. Glauser beobachtete ihn genau. »Keine Ahnung. Was soll das sein?«

Glauser schlug mit seiner Faust auf den Tisch. »Sie lügen! Sie haben

Ihre Opfer dazu gebracht, diesen Spruch auf eine Karte zu schreiben. Was haben Sie damit bezweckt?«

Oehler erschrak. »Dazu sage ich nichts, ich weiss nicht, was Sie von mir wollen. Ich habe nichts verbrochen. Kein Wort! Ich sage kein Wort mehr.«

***

»Wenn du durch dein rechtes Auge verführt wirst, dann reiss es aus und wirf es weg! Es ist besser für dich, du verlierst eins deiner Glieder, als dass du mit unversehrtem Körper in die Hölle kommst.« Maria hatte eine Zeitung aufgeschlagen und las daraus vor. Die SBB-Wanduhr zeigte kurz nach neun Uhr. Um den Sitzungstisch waren der Redaktionsleiter Oskar Lehmann, der Produzent Eugen Voss und zwei Reporter versammelt, darunter Hugo Stalder, der missmutig auf seinem Stuhl kauerte. Er war noch immer gekränkt, wusste Maria, weil ihm der Produzent für seine Mordgeschichte gestern Abend nur eine Kurz-Meldung zugestanden hatte. Auf dem Tisch lag ein Stapel Tageszeitungen. Maria blickte in die Runde. Auf ihren Wangen hatten sich Grübchen gebildet. »Dieser Vers steht in der Bibel. Im Matthäusevangelium. Ein Leser hat ihn der Redaktion geschickt.«

»Was hat der Bibelspruch mit den Morden zu tun?«, wollte Lehmann wissen. Seine Stimme klang munter. Der Adamsapfel hüpfte im dürren Hals auf und ab.

»Hör dir an, was in Vers 30 steht«, antwortete Maria, ihre graublauen Augen blitzten spitzbübisch. »Und wenn dich deine rechte Hand zur Sünde verführt, dann hau sie ab und wirf sie weg. Es ist besser für dich, du verlierst eins deiner Glieder, als dass du mit unversehrtem Körper in die Hölle kommst.« Sie faltete die Zeitung zusammen und warf sie auf den Tisch. »»Die haben ihre Leser aufgefordert, der Polizei bei den Ermittlungen zu helfen. Sie sollten Ideen einsenden, warum der Täter seinen Opfern die Hand abschneidet. Die besten Einfälle haben sie heute abgedruckt.«

Voss knackte mit seinen Fingern. »Titten, Tränen, Tote. Bei diesem Verbrechen ist die Zeitung in ihrem Element. Das Blatt hat eine Belohnung ausgesetzt. Wer das Rätsel der abgehackten Hände löst, erhält tausend Franken. Boulevard vom Feinsten.«

Maria grinste. »Das Geld schnapp ich mir. Hört euch meine Lösung an: Ich rezitiere aus der Geschichte vom Daumenlutscher im

Struwwelpeter, die ich als Kind auswendig gelernt habe:
›Bauz! da geht die Türe auf,
Und herein in schnellem Lauf
Springt der Schneider in die Stub'
Zu dem Daumen-Lutscher-Bub.
Weh! Jetzt geht es klipp und klapp
Mit der Scher' die Daumen ab,
Mit der grossen scharfen Scher'!
Hei! da schreit der Konrad sehr.‹«
Die Reporter lachten. »Sehr einfallsreich, Maria«, lächelte Lehmann. »Vielleicht ist der Täter ein Lehrer, der ungezogenen Menschen nach alter Schule mit rabiaten Erziehungsmethoden Benehmen beibringen will.« Maria zwinkerte ihm zu. Vor der Sitzung hatte sie ihrem Chef unter vier Augen von ihren Erlebnissen bei den Helvetern berichtet und ihren Verdacht geschildert, dass der Mörder in der Vergangenheit von Egloff zu finden ist. Sie waren übereingekommen, dass zuerst die Kripo ermitteln soll, bevor sie weiterrecherchiert. Sie hatte genug zu tun.

»Was haben die Zeitungsleser sonst noch geschrieben?«, fragte Hugo und wischte sich mit dem Handrücken über seine schwülstigen Lippen.

»Wilde Spekulationen«, antwortete Maria, »einige mutmassen, dass ein Voodoozauberer dahinter stecken könnte, andere denken an ein okkultes Ritual einer Satanssekte oder an eine Teufelsaustreibung.«

»Hast du in den Foren recherchiert?«, erkundigte sich Lehmann. »Gibt es Hinweise von Usern, die uns weiterhelfen?«

»Gestern habe ich die Leserkommentare in mehreren Onlinezeitungen gelesen. Nichts. Eine Menge skurriler Ideen, aber niemand kann sich einen Reim darauf machen, wozu der Mörder die Hände braucht.« Es erklang die Melodie von »Kill Bill«. »Der Bibelvers ist die beste Erklärung. Vielleicht will der Mörder seine Opfer für eine schwere Sünde bestrafen, die sie einst begangen hatten.«

Maria kramte ihr Handy hervor und schaute auf das Display. »Mein Vater«, sagte sie und stand auf, »vielleicht hat er Neuigkeiten.«

Während sie sich vom Sitzungstisch entfernte, drückte sie auf das grüne Telefonzeichen. »Hallo Max. Wie geht es dir?« Maria sprach leise, damit sie niemand hören konnte. »Ein Metzger«, sagte sie und strich sich eine Locke hinters Ohr. Sie griff nach einem Kugelschreiber und machte sich Notizen. »Wann hat ihn die Kripo verhaftet?« Ihr Gesicht glühte vor Aufregung. Sie war die erste, die von der Festnahme erfuhr. »Vielen Dank Max, die Information hilft mir sehr.«

Nachdem sie aufgelegt hatte, eilte sie an den Sitzungstisch zurück. Alle blickten sie erwartungsvoll an.

»Und?«, fragte Lehmann.

Maria setzte sich. »Gestern Nachmittag hat die Kripo einen Metzger verhaftet, vierundvierzig Jahre alt. Schweizer. Er soll der Mörder sein.«

»Interessant. Hat er gestanden?«

»Nein, noch nicht. Zurzeit wird er verhört.«

»Wer weiss sonst noch von der Verhaftung?«

»Bisher niemand. Aber die Kripo verschickt in einer Stunde eine Medienmitteilung.«

Unter der dünnen Gesichtshaut von Lehmann traten die Backenknochen hervor. »Eugen, da bleiben wir dran. Die Polizei hat endlich den Doppelmörder gefasst, der die Stadt tagelang in Atem hielt. Die Geschichte ist heiss.«

Voss nickte. »Was wissen wir über den Metzger?«, richtete er sich an Maria.

»Nichts. Die Polizei gibt keine Details bekannt.«

»Wir müssen herausfinden, wie er heisst«, erwiderte Voss. Er kratzte sich an seinem Dreitagebart und dachte laut nach. »Nur er kennt die Antworten: Was war sein Mordmotiv? Warum zum Teufel schnitt er seinen Opfern die Hände ab, und was bedeutet die Botschaft?« Mit seinem Kugelschreiber zeigte er auf Maria. »Das erfahren unsere Zuschauer heute Abend exklusiv in ›Schweiz aktuell‹. Mach dich an die Arbeit.«

Maria sah, wie Hugo auf seiner Lippe kaute. Voss hatte ihn wieder einmal übergangen. Sorry Hugo, dachte Maria, aber das ist meine Geschichte.

»Du traust mir viel zu«, erwiderte sie gut gelaunt und erhob sich. »Innerhalb von neun Stunden soll ich den Namen des Metzgers in Erfahrung bringen und herausfinden, warum er die Gräueltaten beging. Da darf ich keine Zeit verlieren.«

Voss grinste. »Du schaffst das.«

Maria packte ihre Tasche und begab sich zum Lift. Im zweiten Stock stieg sie aus. Sie brauchte dringend einen Kaffee. Ohne einen Schluck Koffein war sie ausserstande über die nächsten Schritte nachzudenken. An der Theke des Personalrestaurants bestellte sie einen doppelten Espresso im Pappbecher. Noch herrschte wenig Betrieb in der Kantine. Kaum ein Mensch war zu sehen. Maria setzte sich in die Lounge auf einen giftgrünen Kunstledersessel und überlegte: Die Polizei hatte den

Metzger gestern verhaftet. Die Nacht verbrachte er in einer Zelle im Polizeigefängnis. Sie nahm ihr Smartphone hervor und kontrollierte ihre Mails. Die Medienmitteilung der Kripo war noch nicht eingetroffen. Wie konnte sie den Namen des Täters herausfinden? Plötzlich hatte sie eine Idee. Mit unterdrückter Nummer wählte sie die Auskunft 1818. »Verbinden Sie mich bitte mit dem provisorischen Polizeigefängnis in Zürich.«

Maria presste ihr Handy ans Ohr und wartete. »Guten Morgen, Rechtsanwaltskanzlei Noser«, log sie, als sich ein Vollzugsbeamter meldete, »Staatsanwalt Konrad Pfister vom Sta IV hat mir soeben die Akten des Tötungsdelikts Sara Helbling und Valentin Egloff gefaxt. Der mutmassliche Täter wurde gestern im Propog eingeliefert. Ich bin seine amtliche Verteidigerin.« Maria hörte es rascheln.

»Was wollen Sie von ihm?«

»Mir liegt eine Besuchsbewilligung vor, ich möchte noch heute Morgen mit ihm sprechen.«

»Einen Augenblick bitte.« Am Ende der Leitung blieb es einen Moment lang still. »Tut mir leid, ein Besuch des Tatverdächtigen ist erst am Nachmittag möglich. Lothar Oehler wird soeben von der Kripo befragt.«

Maria ballte die Faust und jubelte innerlich. Der Beamte hatte ihr den Namen des Metzgers verraten. Verdeckte Recherchen mochte sie am liebsten. Obwohl sie heikel waren. Wegen Anstiftung zur Amtsgeheimnisverletzung könnte sie vor Gericht gestellt werden. Doch für eine gute Geschichte nahm sie dieses Risiko in Kauf. Maria machte mit dem Vollzugsbeamten einen Besuchstermin am späten Nachmittag ab und hängte auf.

Sie stürzte ihren Espresso runter, der inzwischen kalt geworden war, schnappte sich ihre Tasche und rannte die Treppen hoch in ihr Büro. Dabei nahm sie zwei Stufen auf einmal. An ihrem Schreibtisch startete sie den PC und gab in die Googlemaske »Lothar Oehler« ein. Ein paar Klicks später stiess sie auf die Onlineseite »Oehler Tierpräparator«.

Hugo, der gerade dabei war, einen Drehtermin für die Sprengung eines Fabrikschornsteins zu organisieren, unterbrach seine Arbeit. »Wie willst du rauskriegen wie der Metzger heisst?«, fragte er und blickte sie mit wässrigen Augen an.

»Den Namen kenne ich bereits«, antwortete sie ohne den Blick vom Monitor abzuwenden.

»Was? In so kurzer Zeit! Wie hast du das geschafft?« Maria hörte

Neid in seiner Stimme.

»Hugo, es tut mir leid, aber ich muss mich beeilen. Ich erklär es dir später.« Schmollend setzte sich Hugo wieder auf seinen Stuhl. Mit seinen kurzen Fingern strich er sich eine dünne Strähne von der Stirn.

Maria klickte sich durch die Onlineseite von Oehler. In der Rubrik »Haustiere« sah sie sich Fotos von ausgestopften Katzen, Hunden und Meerschweinchen an. Der Metzger betrieb ein seltsames Hobby. Unter »Kontakt« fand sie seine Adresse und seine Handynummer. Sie notierte sich die Angaben.

Während sie von den Seiten Screenshots machte und ausdruckte, trat Voss an ihren Schreibtisch. »Maria, wie heisst nun der Mörder?«, foppte er sie.

»Lothar Oehler.«

»Donnerwetter! In nur zwanzig Minuten. Die Polizei wird sich ärgern.« Voss war sichtlich beeindruckt.

Maria zeigte auf ihren Bildschirm. »Der Metzger stopft in seiner Freizeit Tiere aus. Er hat dazu eine Onlineseite eingerichtet. Die Leute schicken ihm ihre toten Haustiere mit der Post.«

Voss beugte sich nach vorne. »Interessant. Dann kann er auch Hände präparieren.« Er nahm einen Stuhl und setzte sich neben Maria. »Wie willst du weiter vorgehen?«

»Als nächstes rufe ich den Mediensprecher der Kripo an. Ich will von ihm wissen, warum Lothar Oehler unter Verdacht steht, und wie sie ihn geschnappt haben. Dann versuche ich herauszubekommen, wo der Metzger arbeitet.«

»Was hast du bis heute Abend im Kasten?«

»Ein Interview mit dem Staatsanwalt. Er kann hoffentlich das Rätsel lösen, warum Oehler seine Opfer tötete und ihnen die Hand abhieb. Bis dann hat der Metzger wohl gestanden. Zudem befrage ich Nachbarn und Arbeitskollegen. Mehr liegt vermutlich nicht drin.«

»Einverstanden, du bekommst fünf Minuten für die Geschichte. Leo wartet in der Cafeteria auf dich.«

Maria schaute auf ihre Uhr. Zehn Uhr dreizehn. »Die Kripo rufe ich von unterwegs an. Ich will keine Zeit verlieren.«

Sie nahm ihre Jacke von der Stuhllehne und rannte zum Lift. In der Piazza sah sie Leo an einem Bistrotisch sitzen, der an einem Orangensaft nippte. Als er Maria sah, warf er den Kopf zurück und begann wie ein Pferd zu wiehern. »Die Kutschenfahrt der Madame Bovary, beim nächsten Mal mach ich dir den Hengst«, flüsterte er ihr ins Ohr und grinste dabei übers ganze Gesicht. Eine blonde Locke stand ihm frech vom Kopf.

Maria lachte und knuffte ihm auf die Schulter. »Wir müssen los, Leo. Die Polizei hat den Täter gefasst. Ich weiss, wie er heisst und wo er wohnt.«

***

In der Kriminaltechnik 1 des Forensischen Instituts hantierte Paul Kirchner an einer hellblauen Porzellantasse, die im Architekturbüro neben der Kaffeemaschine gestanden hatte und eingetrocknete Reste enthielt. Kirchner sass an seinem Pult inmitten von Analysegeräten und Chemikalienflaschen. Das Labor sei seine Spielwiese, hatte er einmal gesagt. Aus einer Kiste holte er weitere Klarsichtbeutel mit gebrauchtem Geschirr. Der Spezialist für Daktyloskopie erhoffte sich auf den glatten Porzellanoberflächen Fingerabdrücke sicherstellen zu können. Vielleicht hatte der Mörder nach seiner Tat eine Tasse Kaffee getrunken.

Kirchner stand auf und ging zum Cynacrylat-Schrank, eine Art Ofen. Er hängte eine Kaffeetasse an einen Haken, drückte ein paar Tropfen Cyanacrylat, woraus auch der Sekundenkleber besteht, in eine Aluminiumschale und schloss die Schranktüre. Im Schrankinnern stieg die Luftfeuchtigkeit auf siebzig Prozent, der Klebstoff erhitzte sich auf hundertdreissig Grad. Die Dämpfe setzten sich auf der Tassenoberfläche ab, reagierten chemisch mit der Feuchtigkeit im Schrank und verbanden sich mit dem Fingerabdruck, der hauptsächlich aus Schweiss und Talg bestand, dem sogenannten Hydrolipidfilm. Nach zwanzig Minuten öffnete Kirchner den Schrank. Auf der Tasse waren mehrere weissliche Fingerabdrücke sichtbar. Kramer konnte sie aber auf dem hellblauen Hintergrund nur undeutlich erkennen. Er färbte die Abdrücke deshalb mit einer lumineszierenden Reagenz ein. So verfuhr er mit dem gesamten Porzellangeschirr aus Egloffs Büro.

Auf den glatten Oberflächen sicherte er zahlreiche Fingerabdrücke. Einige waren verwischt, doch er fand auch intakte Abdrücke. Die ganze Prozedur dauerte zwei Stunden. Anschliessend legte er die daktyloskopischen Spuren unter ein Stereomikroskop und überprüfte ihre Qualität. Kirchner war zufrieden. Er schickte die gesicherten Fingerabdruckspuren an die Datenbank AFIS nach Bern. Bald würde er wissen, ob die Abdrücke schon registriert sind. Von Jahr zu Jahr wuchs die Chance für die Ermittler, dass sie einen Treffer landeten. Denn in der

Datenbank des Bundes waren bereits über achthunderttausend Finger-, Handballen- und Handkantendatensätze registriert. Und es wurden täglich mehr.

Kirchner kehrte zurück an sein Pult. Er zog Nitril-Schutzhandschuhe an und nahm zwei Klarsichtbeutel aus einer Asservatenkiste. Vorsichtig öffnete er den ersten Beutel. Mit einer Pinzette pickte er die Karte mit der Botschaft heraus, die Sara Helbling geschrieben hatte. Der Spezialist drückte seine Schutzmaske fest auf Nase und Mund und betrachtete die Karte genau. Er wendete die Ninhydrin-Methode an. Dazu löste er Ninhydrin in Ethanol auf und füllte die Flüssigkeit in ein Sprühgerät. Dann kam der heikle Moment. Kirchner legte die Karte in eine Plastikwanne und benetzte sie auf beiden Seiten mit dem Sprühgerät. Er wusste, dass er damit die handgeschriebene Botschaft auf dem Papier zerstören würde. Das nahm er in Kauf. Für einen späteren Schriftenvergleich mit der Handschrift des Täters würden sie nicht benötigt, die Botschaft hatten ja die Opfer geschrieben. Und für eine Analyse der Tinte hatte er zuvor von beiden Karten Proben genommen.

Kirchner nahm das Papier aus der Plastikwanne und erhitzte es einige Minuten mit einer Heissluftpistole. Zuerst verdunstete das Ethanol. Die Karte trocknete. Das Ninhydrin reagierte mit den Aminosäuren, die im Schweiss des Abdrucks enthalten waren. Langsam färbten sich mehrere Fingerabdrücke lila. Über das Gesicht von Kirchner huschte ein Lächeln. Die andere Karte unterzog er der gleichen Prozedur. Mit einer Lupe sah er sich die Abdrücke an. Die meisten waren übergriffen, verwischt oder nur teilweise sichtbar. Am rechten Rand der Karte entdeckte Kirchner auf der Oberseite einen Daumenabdruck. Er drehte die Karte um. Dort war ebenfalls ein Fingerabdruck zu sehen. Jemand hatte die Karte zwischen Daumen und Zeigefinger gehalten. Mit der Pinzette nahm er die zweite Karte auf, die Egloff geschrieben hatte. Auch hier: deutliche Abdrücke von Daumen und Zeigefinger. Kirchner sah man seine Aufregung nicht an. Er scannte die Fingerabdrücke beider Karten ein und setzte sich an seinen Computer. Mit einem Bildbearbeitungsprogramm optimierte er die Konturen der Papillarleisten.

Auf seinem Monitor stellte er die beiden Abdrücke der Daumen nebeneinander und verglich Schleifen, Wirbel und Bögen. Die Schleifen beider Daumen traten in den Zentralbereich ein, krümmten sich und kreuzten die imaginäre Linie zwischen Delta und Kern. Jede Übereinstimmung markierte er mit dem Cursor. Nachdem er sechzehn identische Merkmale auf beiden Daumenabdrücken identifiziert hatte, war sich Kirchner fast sicher: eine Person hatte beide Karten in seinen Fingern gehabt. Er drehte die Karten um und nahm die Zeigefingerabdrücke unter die Lupe, die auf der Unterseite des Papiers anhafteten. Auch hier: Die Papillarleisten auf beiden Karten stimmten überein. Kirchner entdeckte auf den Zeigefingerabdrücken einen gewölbten Bogen, der nur bei fünf Prozent der Menschen vorhanden ist. Die Wellung der Bögen war in der Mitte stärker, die Linien verliefen nicht parallel wie bei einem flachen Bogen, ein Teil der Linien drückte scheinbar von unten. Es bestand kein Zweifel. Die Fingerabdrücke mussten vom Täter stammen. Nur er konnte beide Karten in der Hand gehalten haben. Kirchner stiess einen zufriedenen Seufzer aus und klaubte sein Handy aus der Mappe.

»Theo, ich bin es, Paul. Auf beiden Karten konnte ich identische Fingerabdrücke sicherstellen. Endlich ein Fortschritt. Ich gebe die Daten ins AFIS ein. Hoffentlich haben wir Glück und die Spuren stammen vom Verdächtigen.«

***

»Nein, nein! Bitte nein. Oh, mein Gott. Nein!« Ihr Schreien gellte bis ins Treppenhaus und endete in einem Schluchzen. Dana Waldner stürzte auf ihren Jungen zu, der leblos in seinem Zimmer lag. Sie fiel auf die Knie und hob den dünnen Körper auf ihren Schoss. Behutsam wiegte sie ihr Kind hin und her, ihre Wangen schmiegte sie an sein Gesicht, das sich warm anfühlte. Darius war tot. Von der Schusswunde am Genick tropfte Blut auf Rock und Bluse. Mit ihren Seidenstrümpfen kniete sie in einer Blutlache. Mit ihren Fingerspitzen strich sie ihm die struppigen Haare von der Stirn. Die Sommersprossen in seinem Gesicht waren verblasst. Zwischen Nasenflügel und Mundwinkel hatten sich Falten gegraben. Die eingefallenen Wangen sahen aus, als ob er traurig wäre. Die Augen von Dana Waldner füllten sich mit Tränen. Sie nahm alles verschwommen wahr: das hellblau gestrichene Kinderzimmer, die Poster von Jedi-Rittern mit Laserschwertern an der Wand, der mächtige Raupenbagger in der Ecke, den Darius aus Legos zusammengebaut hatte, eine grüne Kiste, gefüllt bis an den Rand mit Brettspielen. Die Kartonschachteln der Spiele waren an den Ecken abgegriffen, weil sie am Abend oft mit ihrem Kind spielte. Besonders von Scrabble konnte Darius nicht genug bekommen. Sie musste daran denken, wie er jeweils jauchzte, wenn ihm mit den Buchstaben ein schwieriges Wort gelungen war. Links von ihr befand sich sein kleiner aufgeräumter Schreibtisch, auf dem eine A6-Karte lag. Ihr tränennasser Blick war auf das Ikea-Regal gerichtet, voll gestellt mit Büchern, darunter zahlreiche Bände »Was ist was?« über die neun Planeten und die Geschichte der Raumfahrt, über Sternbilder und Sternzeichen. Darius hatte sich für das Universum interessiert, verschlang alles über Galaxien und Sonnensysteme. Er wollte Astronaut werden. Dana Waldner schluchzte laut auf.

Sie drückte ihren Buben an sich, schloss die Augen und summte leise ein Kinderlied. Da schrillte die Türglocke. Dana Waldner hörte sie nicht. Es klingelte wieder. Jemand klopfte. Keine Reaktion. Erst nach dem dritten Mal legte sie ihr Kind vorsichtig auf den Parkettboden, erhob sich langsam, tappte den Flur entlang, wie wenn sie träumte, und öffnete die Tür. Ihre Nachbarin stand davor, eine gutmütige Witwe mit Pausbacken und fleischigen Armen, die zur Adventszeit allen Nachbarn Zimtsterne buk.

Vera Eibel war gerade damit beschäftigt gewesen, für das Mittagessen Kartoffeln zu schälen, als sie das Schreien hörte. Besorgt hatte sie sich die Hände an der Schürze abgewischt und war die Treppe nach unten gestiegen. Als sie die verweinten Augen von Dana sah, wusste sie sofort, dass etwas Schlimmes passiert sein musste. Das schmale Gesicht ihrer Nachbarin war blutleer. Die brünetten Haare klebten an ihren Wangen. Auf der Stirn lag ein Schatten. Sie glich ihrer Lieblingsschauspielerin Juliette Binoche, dachte Frau Eibel jedes Mal, wenn sie Dana sah, dieselbe Frisur, die vollen Lippen, die gleichen wehmütigen Augen.

»Darius ist tot«, flüsterte Dana Waldner nur, »mein Junge ist tot.«

Frau Eibel fasste ihre Nachbarin resolut unter die Arme und begleitete sie ins Kinderzimmer. Dort sah sie Darius tot am Boden liegen, die linke Hand war abgeschnitten und verschwunden. Erschrocken hielt sie sich die Hand vor den Mund. »Herrgott. Das ist furchtbar«, rief sie entsetzt und legte ihren Arm schützend um die Schultern von Dana. »Wir rufen sofort die Polizei.« Dana war am Ende ihrer Kräfte, sie drohte vor Erschöpfung umzukippen. Frau Eibel musste sie stützen, als sie Dana die Treppe nach oben in ihre Wohnung brachte. Sie spürte wie ihre Nachbarin vor Kälte zitterte, dabei hatte sie die Zentralheizung aufgedreht. Sie führte Dana in ihre Stube, zu einer Couch mit Blümchenmuster und legte eine Wolldecke um ihre

Schultern. »Ruhen Sie sich aus«, sagte sie. »Ich koche Ihnen einen Tee. Der wird Ihnen gut tun.« Im Flur nahm sie ein schnurloses Telefon von einem Garderobenschrank und alarmierte die Polizei. Dann ging sie in die Küche, goss Wasser in einen Kocher und gab zwei Beutel Kräutertee in einen Krug. Aus einem Schrank holte sie Butterkekse. Der Duft von Lindenblüten und Melisse breitete sich in der Küche aus.

Als sie kurze Zeit später mit einem Tablett zurück ins Wohnzimmer kam, hatte sich Dana Waldner auf der Couch zusammengerollt. Die angezogenen Beine hielt sie mit beiden Armen umschlungen und weinte leise in sich hinein. »Armes Kind«, murmelte Frau Eibel. »Schöpfen Sie Kraft.« Sie stellte das Tablett auf den Stubentisch, nahm von einem Sessel ein Kissen mit feinen Stickereiarbeiten und legte es vorsichtig unter Danas Kopf. Dann setzte sie sich.

Warum?, dachte sie nur, warum ein Kind? Über einer Vitrine hing ein Holzkreuz mit dem gekreuzigten Jesus. Frau Eibel schaute hinauf, griff in ihre Schürze und berührte mit ihren Fingern einen Rosenkranz, den sie immer bei sich trug. Die neunundfünfzig schwarzen Perlen trösteten sie, wenn ihr das Herz, so wie heute, schwer in der Brust lag.

»Gegrüsset seist du Maria, voll der Gnade, der Herr ist mit dir, du bist gebenedeit unter den Frauen ....« Frau Eibel bewegte stumm ihre Lippen. Dabei blickte sie auf Dana, die zusammengekrümmt auf der Couch lag, regungslos, als wäre sie tot. Die Brust hob und senkte sich nur schwach unter der Wolldecke.

Frau Eibel liess in ihrer Schürzentasche Perle um Perle durch ihre Finger gleiten. Sie betete den Rosenkranz und gedachte dabei der schweren Stunde, die Dana erleiden musste und der düsteren Wochen, die ihr noch bevorstünden. Sie schloss Dana in ihre Gebete ein. »Ehre sei dem Vater und dem Sohn und dem Heiligen Geist wie im Anfang so auch jetzt und allezeit und in Ewigkeit Amen.« Als sie sich mit Tränen in den Augen bekreuzigte, klingelte es. Die Standuhr neben der Vitrine zeigte Viertel vor eins. Sie erhob sich und strich ihre Schürze glatt. Dana rührte sich nicht, sie bekam von alledem nichts mit.

»Ja, wer ist da?«, sprach Frau Eibel leise in die Gegensprechanlage.

»Stadtpolizei Zürich. Bitte öffnen Sie die Tür.«

Sie drückte den Türöffner. Mit dem Handrücken wischte sie sich die Tränen aus den Augen. Im Treppenhaus hörte sie es poltern. Sie trat vor die Tür. Vor ihr standen zwei Streifenpolizisten, korpulent, breite Gesichter, runde Schultern in stahlblauen Uniformen. »Stadtpolizei Zürich«, wiederholte der Ältere, »Sie haben uns gerufen wegen eines

Tötungsdelikts. Führen Sie uns bitte dorthin.«

»Pst«, flüsterte Frau Eibel und hielt sich den Zeigefinger vor den Mund, »die Mutter des Jungen schläft. Wecken Sie die arme Frau nicht. Sie erlebt die dunkelsten Stunden ihres Lebens. Sie hat ihren Buben verloren. Alles, was sie jetzt braucht ist Ruhe. Viel Ruhe.« Sie warf einen Blick in die Stube. Dana bewegte sich nicht. »Kommen Sie bitte nach unten«, wies sie die Polizisten an. »Darius liegt im Spielzimmer im ersten Stock.«

Gemeinsam begaben sie sich in die Wohnung. Nachdem sich die Streifenpolizisten vom gewaltsamen Tod des Jungen überzeugen konnten, spannten sie ein Polizeiband vor die Türe und mobilisierten über die Einsatzzentrale die Kripo.

***

Theo Glauser sass auf der Sitzbank eines reich dekorierten Kachelofens, der in einem Prunkzimmer aus dem 17. Jahrhundert stand. Die vertäfelte Wandverkleidung war mit feinen Schichten aus Edelhölzern furniert, kunstvoll verziert mit filigranen Schnitzereien und Einlegearbeiten. Textilunternehmer Heinrich Werdmüller hatte das Zimmer vor vierhundert Jahren in sein Wohn- und Geschäftshaus, den Seidenhof, einbauen lassen, las Glauser in einem Museumsprospekt. Mit dem Handel von Stoffen hatte es der Unternehmer zu grossem Reichtum gebracht. Das Prunkzimmer sollte seine Geschäftstüchtigkeit repräsentieren. Nun befand sich das Zimmer im Landesmuseum, in einem der hässlichsten Gebäude aus dem 19. Jahrhundert, wie Glauser fand. Der Architekt Gustav Gull hatte das Museum einer mittelalterlichen Burg nachempfunden. Das Gebäude lag zwischen Hauptbahnhof und Platzspitz.

In der Mittagspause fuhr er häufig mit dem Tram vom Kripogebäude zum Landesmuseum und zog sich in eines der historischen Zimmer zurück, wenn er seine Gedanken ordnen musste. Heute hatte er das Seidenzimmer gewählt. Auf der Kachelofenbank genoss er die Ruhe, denn um diese Uhrzeit verirrten sich nur selten Besucher ins Museum. Der Holzboden knarrte bei jedem Schritt. Doch wenn er auf den Porzellankacheln Platz genommen hatte, war es mucksmäuschenstill, und er hörte sein Blut in den Ohren rauschen. Glauser atmete den Geruch von Staub, Wachs und Teebaumöl.

Er legte den Prospekt beiseite und analysierte mit verschränkten

Händen auf seinem Schoss, was das Verhör von Lothar Oehler gebracht hatte. Nicht viel. Der Metzger legte kein Geständnis ab, obwohl ihn Glauser unter Druck gesetzt hatte. Trotz zahlreicher Indizien fehlte der Polizei der entscheidende Beweis. Oehler trug zwar Schuhgrösse sechsundvierzig, doch die Sohlenabdrücke an den Tatorten stimmten nicht mit seinen Schuhen überein. Zur Tatzeit war Oehler in der Nähe von Sara Helbling herumgeschlichen, aber er gab vor, an diesem Morgen die Sauna seines Clubs besucht zu haben. Eine Clubkarte konnte er vorweisen.

Nach dem Verhör hatte Glauser den Metzger zum Erkennungsdienst in den dritten Stock geführt. Die Kollegen schossen Polizeifotos von ihm, machten einen Wangenabstrich für die DNA-Analyse und nahmen seine Fingerabdrücke. Kirchner machte sich sofort daran, die Endungen und Verzweigungen der Papillarleisten von Oehlers Daumen mit den Fingerabdruckspuren abzugleichen, die der Täter auf den beiden Karten hinterlassen hatte. Fehlanzeige. Die Daumenabdrücke waren nicht identisch. Ein herber Rückschlag, denn einzig der Täter konnte beide Karten in seinen Fingern gehabt haben. Oder etwa nicht?, fragte sich Glauser. Kommen vielleicht noch andere in Frage? Blieb der Bolzenschussapparat. Oehler besass die gleiche Marke wie der Täter. Ein starkes Indiz. Und noch etwas hatte die Kripo gegen ihn in der Hand: die Tatsache, dass der Metzger beide Opfer kannte. Das ist nicht viel. Trotzdem hatte ihn Glauser wieder in seine Zelle sperren lassen. Ihm blieben siebenundzwanzig Stunden, die Schuld von Oehler zu beweisen. Wenn ihm dies misslang, würde der Staatsanwalt den Metzger wieder laufen lassen müssen. Das durfte nicht passieren. Glauser ballte seine rechte Hand zur Faust. Er versuchte seine Erregung zu kontrollieren. Ruhig sass er auf der Kachelofenbank und schloss für einen Moment die Augen.

Auch die zweite Spur führte nicht weiter, grübelte er. Der Vers »Wonne bald wird deine Qual« steht zwar in einem Trinklied der Helveter, und Egloff war als Verbindungsstudent in ein Gewaltverbrechen verwickelt, doch warum hat der Mörder auch Sara Helbling hingerichtet? Sie hatte mit den Helvetern nichts zu tun. Glauser seufzte. Sobald der Fall abgeschlossen ist, nahm er sich vor, würde er wieder einmal in der »Blinden Kuh« zum Essen gehen. In diesem Restaurant, das vollkommen abgedunkelt war und von Blinden geführt wurde, übte er es regelmässig, Messer und Gabel zu gebrauchen, das Menü zu schmecken und zu riechen, ohne die Hand vor Augen sehen zu können.

»Guten Tag, Herr Glauser«, schreckte ihn eine Stimme auf. Es war der Museumswärter, der seine Runden drehte. »Untersuchen Sie die beiden Mordfälle?«, fragte er. Glauser nickte ihm zu. Er kannte den Wärter schon lange, er hatte ihn einmal wegen Hehlerei festgenommen. Der Mann war da in eine dumme Sache hineingeraten, denn eigentlich war er ein netter Kerl.

»Ja, ich leite die Ermittlungen.«

»Viel Glück. Hoffentlich kriegen Sie den Mörder bald.« Theo Glauser nickte ihm zu.

Nachdem der Museumswärter gegangen war, kramte Glauser aus seiner Jackentasche das Handy hervor und las die eingegangenen Mails. Nichts von Bedeutung. Er wollte sein Handy gerade ausschalten, als sein Blick auf das Hintergrundbild fiel, das er auf den Display hochgeladen hatte: ein Foto seiner Frau, als sie noch glücklich waren. Wie oft hatte er dieses Bild schon betrachtet: Tina in Griechenland, vor einer weiss gestrichenen Taverne mit blauer Terrasse, irgendwo auf der Peleponnes vor einundzwanzig Jahren. Sie blickte ihn lachend an, die Abendsonne im Gesicht. Die salzige Meeresluft wehte ihr durchs Haar. Auf dem Gartentisch funkelte ein Glas Retsina. Glauser atmete schwer. Mit dem Handrücken wischte er sich über die Augen. Seit drei Jahren sprach sie nicht mehr mit ihm. Der Sauerstoffmangel hatte ihr Gehirn beschädigt. Nach ihrem Herzinfarkt war sie in die REHAB Basel verlegt worden. Das Zentrum für Hirnverletzte hatte sich auf Wachkomapatienten spezialisiert. An den Wochenenden und oft auch am Abend besuchte Glauser seine Frau in der Klinik. Sie atmete selbstständig, ohne Hilfe einer Lungenmaschine. Nachts schlief sie, tagsüber öffnete sie ihre grauen Augen, die einst blau gewesen waren, und reagierte auf Reize. Ernährt wurde sie von einer Magensonde. Wochenlang hatten Ärzte Tests an ihr durchgeführt, weil sie herausfinden mussten, was seine Frau von ihrer Umgebung noch wahrnahm, und wie stark ihr Bewusstsein eingeschränkt war. Ein Wissenschaftler schob sie durch ein MRI-Gerät und mass ihre Hirnströme. Er sprach mit ihr. Er bat sie, sich vorzustellen, Tennis zu spielen. Das Ergebnis machte den Ärzten Hoffnung. Tina war imstande, sich diese Szene auszumalen. In ihrem Hirn waren dieselben Regionen aktiv wie bei einem gesunden Menschen. Sie verstand offenbar, was man ihr sagte, und sie handelte auf Anweisung. In ihrer Vorstellung konnte sie einfache Aufgaben lösen. Seither redete Glauser mit ihr, wenn er sie besuchte. Oft stundenlang. Er erzählte ihr von Till, las ihr Bücher vor oder hörte mit ihr zusammen Musik. Tina war nicht imstande, ihn mit ihren Augen zu fixieren, aber er spürte, dass sie ruhiger atmete, wenn er mit ihr sprach. Ihr beschädigtes Gehirn hielt sie gefangen, doch sie nahm wahr, was um sie herum passierte, vielleicht nur dumpf wie durch eine Nebelwand. Wenn er sie in seinen Armen hielt, entspannten sich ihre verkrampften Muskeln, die Spasmen verschwanden für kurze Zeit. An Abenden, an denen er sie nicht besuchen konnte, rief er sie an. Eine Krankenschwester legte den Telefonhörer auf ein Kopfkissen nahe an das Ohr seiner Frau, sodass sie ihn hören konnte. Glauser strich mit seinem Daumen über das Bild seiner Frau, als sein Handy die Melodie von Edvard Grieg spielte. Auf dem Display sah er die Nummer der Einsatzzentrale. »Ja, was gibt's?«

Glauser erschrak. »Nein, nicht schon wieder.« Sein Gesicht lief kreidebleich an. »Ein Kind! Das darf nicht wahr sein. Ich komme sofort. Informiert die Spurensicherung.«

***

Zwanzig Minuten später rückte der kriminaltechnische Einsatzdienst an. Die Spurensicherer wuchteten ihre Kisten aus dem Mercedes-Kastenwagen und schleppten sie in den ersten Stock. Kurz darauf erschien Staatsanwalt Konrad Pfister. Hinter ihm ging Theo Glauser mit seinen Leuten.
Sokrates und Nik waren in dem Moment zum Tatort gerufen worden, als sie die Leiche von Valentin Egloff wieder ins Kühlfach geschoben hatten. Sie hatten überprüft, ob Egloff tatsächlich keinen Ehering getragen hatte. Nein, ausgeschlossen. Am Ringfinger konnten sie keine Vertiefung ausmachen. Es fehlte die typische Rille, die ein untrügliches Zeichen dafür gewesen wäre, dass an der Hand von Egloff ein Ehering gesteckt hatte. Ein entwendeter Ring hatte folglich mit dem Mordmotiv nichts zu tun. Im Treppenhaus zogen sie ihre Overalls an, stülpten sich Handschuhe über und schlüpften in blaue Überschuhe. Keiner sagte ein Wort. Lara Odermatt bändigte ihre roten Locken mit mehreren Haarspangen. Pfister stellte sich auf einen Treppenabsatz. Er nestelte an seiner Krawatte. »Leute, uns steht eine harte Aufgabe bevor«, begann er leise und schaute in die Runde. »Wir alle haben unzählige Tote gesehen, Menschen, die einem Gewaltverbrechen zum Opfer fielen. Wir sind Profis und haben gelernt, damit umzugehen. Aber wenn ein Kind

gewaltsam stirbt, stecken wir das nicht so leicht weg.« Mit zwei Fingern lockerte er seinen Krawattenknopf. Sokrates merkte, wie sehr ihn diese Mordfälle mitnahmen. Ihm erging es ja ebenso. Pfister reckte seinen Kopf nach vorne. »Doch das ist nun mal unser Job. Wir müssen den Täter fassen! Machen wir uns an die Arbeit.« Er nickte Glauser zu.

»Ein Dutzend Kollegen suchen zurzeit die Umgebung nach Spuren vom Täter ab«, fuhr Glauser fort. »Ein weiteres Team kontrolliert alle Überwachungskameras im Quartier.« Er wandte sich an Emma und Ulmer. »Befragt Dana Waldner. Sie hält sich bei ihrer Nachbarin im zweiten Stock auf. Seid behutsam. Die Frau steht unter Schock. Aber wir müssen herausfinden, was Darius mit den anderen beiden Opfern verband.« Glauser machte eine säuerlich Miene. »Sicherlich keine schlagende Verbindung oder ein Drogendelikt.«

Emma strich sich eine blonde Haarsträhne hinters Ohr. Auf ihrer Stirn bildeten sich rote Flecken. Sokrates gefiel es, wie effizient Glauser die Aufgaben verteilte.

»Lukas, du bist mit Klinken putzen dran«, wies ihn Glauser an. »Wer von den Nachbarn hat etwas gesehen oder gehört? Der Täter kann ja nicht jedes Mal spurlos verschwinden.«

Oppliker nickte ernst und machte sich auf den Weg.

»Wir besichtigen jetzt den Tatort«, sagte Glauser zu Philip Kramer. »Ihr könnt mit der Spurensicherung loslegen.«

Die Spurensicherer betraten die Wohnung als erstes. Es roch nach Toastbrot und Kaffee. Der Gestank von Verwesung hatte sich noch nicht ausgebreitet. Der Junge war seit höchstens drei Stunden tot, schätzte Sokrates. Er nahm seine Brille von der Nase, kramte aus seiner Jackentasche ein Taschentuch hervor und rieb damit die Gläser sorgfältig ab. Im Kinderzimmer machten sich die Kriminaltechniker an die Arbeit. Lara holte ihre Vermessungskamera aus dem Fotokoffer und schoss Übersichtsbilder. Vom Flur aus beobachtete Sokrates die Spurensicherung. Darius lag vor seinem Schreibtisch auf dem Rücken. Er trug Jeans und eine grüne Kapuzenjacke. Den linken Ärmel hatte der Täter zurückgekrempelt, sodass der Armstumpf zu sehen war, wie er in einer Blutlache lag. Die Blutspuren waren verwischt, die Mutter musste ihr totes Kind in den Armen gehalten haben, mutmasste Sokrates. Die Fingernägel der rechten Hand hatte Darius abgekaut, am Daumen klebten Flecken eines grünen Filzstiftes. Sokrates meinte, diesen Jungen schon einmal gesehen zu haben. Vielleicht irgendwann im Tram. Aber er konnte sich nicht mehr daran erinnern, wo das gewesen war.

Kramer inspizierte die Eingangstüre. »Keine Einbruchspuren«, gab er bekannt, »das Schloss ist nicht aufgewuchtet worden.« Darius musste seinem Mörder ohne Argwohn die Türe geöffnet haben, folgerte Sokrates, er tat es den anderen Opfern gleich.

Am Türrahmen des Kinderzimmers bemerkte er waagrechte Linien, die mit einem grünen Filzstift gezogen waren. Ein Meter dreizehn, ein Meter einundzwanzig, ein Meter siebenundzwanzig, ein Meter vierunddreissig. Die Mutter hatte alle paar Monate die Grösse ihres Sohnes vermessen. Sokrates ahnte, wie stolz sie gewesen sein musste, wenn Darius wieder ein paar Zentimeter gewachsen war. Er drückte die Gedanken beiseite und widmete sich wieder der Arbeit der Spurensicherung. In der hinteren Ecke des Kinderzimmers kroch Paul Kirchner auf allen Vieren mit einer Tatortleuchte. Der Kriminaltechniker entdeckte neben dem Schreibtisch mehrere Schuhabdrücke Grösse sechsundvierzig. Er nahm eine Lupe. »Glatte Sohle, kein Profil«, hörte Sokrates Kirchner sagen. »Der Täter trug die gleichen Schuhe.« Kirchner sicherte die Spur mit einer Folie und trug sie in die Asservatenliste ein. Langsam arbeiteten sich die Kriminaltechniker an die Leiche heran. Wie bei den anderen Mordfällen fanden sie nur wenige Spuren.

Lara baute einen leistungsstarken 3D-Laserscanner auf, mit dem das Forensische Institut seit kurzem arbeitete. Sokrates hatte solch einen Apparat bisher nur einmal an einem Tatort gesehen. Das Gerät, das wie ein kleiner Koffer aussah und dreizehn Kilogramm wog, tastete den Tatort ab. Dazu drehte sich der Scanner auf einem Stativ um hundertachtzig Grad. Ein rotierender Spiegel lenkte den Laserstrahl ab und warf ihn vertikal in den Raum. So konnten sich die Ermittler später am Computer durch die 3D-Ansicht der Wohnung bewegen, die Perspektive wechseln und markierte Spuren in Grossaufnahme ansehen.

Nachdem Lara ihre Arbeit beendet hatte, nahm Philip Kramer mit einer Pinzette die A6-Karte vom Schreibtisch und betrachtete sie. Glauser und Sokrates traten hinzu. Die Karte war mit kindlicher Schönschrift beschrieben. Jeder Buchstabe sah aus wie aus einer Schulfibel. Nur an einer Stelle war die Schrift etwas verwischt. Die Augen von Sokrates fingen an zu brennen, als er sah, wie sehr sich Darius Mühe gegeben hatte, die Verse mit blauer Tinte aufs Papier zu bringen. Er nahm seine Brille ab und rieb sich mit dem Handballen über die Lider. »Die selbe Botschaft, vom Opfer geschrieben«, sagte Glauser neben ihm mit heiserer Stimme. »Es ist ein Rätsel, was uns der Täter damit sagen will.«

Kramer steckte die Karte in einen Klarsichtbeutel. Auf der Schreibtischplatte entdeckte er mehrere Bluttropfen, ebenso auf der Lehne des Stuhls und am Boden. Mit einem Wattebausch tupfte er das Blut ab und verstaute das Stäbchen in einer faltbaren Kartonschachtel. »Das Blut ist noch feucht«, informierte der Kriminaltechniker, »das Kind ist keine drei Stunden tot.«

»Damit scheidet Lothar Oehler als Täter aus«, erwiderte Glauser zerknirscht. »Er hat ein gutes Alibi. Sein Alibi bin ich. Auch die anderen Spuren sind kalt. Wir stehen wieder am Anfang.«

»Die Tropfenspuren-Morphologie ist identisch wie bei den anderen Mordopfern«, erklärte Kramer. »Darius sass am Schreibtisch, schrieb die Karte, als sein Mörder ihn von hinten erschoss.« Er zeigte auf die Blutstropfen. »Das beweisen die Sekundärspritzer.« Kramer ging in die Hocke. »Der Täter legte den Jungen auf den Boden und trennte ihm die Hand ab. Er benutzte dazu ebenfalls eine Unterlage.«

»Erkennst du irgendwelche Unterschiede zu den anderen Tötungsdelikten?«, fragte Glauser.

»Nein, der Tathergang war exakt derselbe.«

Kramer wandte sich an Sokrates. »Die Spurensicherung ist abgeschlossen. Du kannst mit der Legalinspektion loslegen.«

»Die Totenschau an einem Kind ist belastend«, sagte Sokrates zu Nik, während er seine Latexhandschuhe überstülpte. »Sag mir, wenn es dir zu viel wird. Das ist keine Schande.« Er wusste, dass Nik noch nie mit einem ermordeten Kind zu tun hatte.

»Danke Sokrates, aber ich denke, ich schaffe das.« Zusammen gingen sie ins Kinderzimmer. Behutsam drehten sie die Leiche von Darius auf den Bauch. Nik stützte dabei den Kopf des Jungen, damit er nicht auf den Boden aufschlug. Die grüne Kapuze des Pullovers war blutverschmiert. Mehrere braune Haare klebten daran. Sokrates entfernte sie vorsichtig.

Kramer zeigte auf das Genick des Jungen. »Ein Stanzloch mit Schmauchrückständen auf beiden Seiten, der Täter benutzte wie bei Valentin Egloff einen Schlachtschussapparat.«

»Drehen wir die Leiche wieder auf den Rücken«, sagte Sokrates zu Nik. Zusammen entkleideten sie Darius. Kramer ging neben Sokrates in die Hocke und rieb ein Wattestäbchen unter den Fingernägeln des Buben hin und her, um im Fingernagelschmutz mögliche DNA-Spuren zu sichern. Sokrates beugte vorsichtig den rechten Ellenbogen der Leiche. Das war ohne Kraftaufwand möglich. Auf seinen Knien rutschte er zum Kopf der Leiche und drückte den Kiefer nach unten. Der Mund von Darius liess sich leicht öffnen. Die Totenstarre, die zwei Stunden nach dem Tod am Kiefer begann, hatte noch nicht eingesetzt. »Alles deutet darauf hin, dass der Tod des Jungen vor weniger als zwei Stunden eintrat.« Sokrates schaute auf seine Uhr. »Der Mörder muss Darius zwischen elf und zwölf Uhr erschossen haben.«

»Die Mutter fand ihr totes Kind kurz nach zwölf Uhr«, erwiderte Glauser. »Vielleicht ist sie dem Mörder im Treppenhaus begegnet. Das müssen wir abklären.«

Für die äussere Leichenschau benötigten die Rechtsmediziner eine halbe Stunde. Das Einschussloch und die abgetrennte Hand trug Sokrates mit einem roten Farbstift in die Körperschemazeichnung. Ansonsten entdeckte er am Kind keine weiteren Verletzungen, lediglich eine Schürfwunde am rechten Knie, die aber schon beinahe verheilt war.

»Vor dem Genickschuss hat der Täter keine Gewalt angewendet«, fasste Sokrates die Legalinspektion zusammen. Er kniete an der Seite des Jungen und begutachtete den Armstumpf. »Glatter, scharfer Schnitt«, bemerkte er, »wie bei Helbling und Egloff.«

Plötzlich wurde Sokrates stutzig. Er beugte sich nach vorne und schnupperte am Parkettboden, an der Stelle, wo die linke Hand gelegen haben musste. Ein stechender Geruch stieg in seine Nase. »Theo, hier riecht es nach Formaldehyd. Offensichtlich hat der Täter etwas Formalin verschüttet.«

Kramer kniete sich neben ihn. Er hielt seine Nase dicht an den Parkettboden. »Tatsächlich. Formalin.«

Glauser, der die ganze Zeit über am Türrahmen gestanden hatte, trat einen Schritt ins Kinderzimmer. »Interessant. Eine Spur, die uns vielleicht weiterhilft«, sagte er.

»Der Mörder hieb seinem Opfer die Hand ab«, mutmasste Sokrates. »Neben sich stellte er einen Behälter mit Formalin. Als er die Hand hineinlegte, schwappte etwas von der Flüssigkeit heraus. Sein erster Fehler.«

»Ja, so könnte es gewesen sein«, sagte Kramer. »Vermutlich versuchte er den Fleck wegzuwischen. Doch den penetranten Gestank konnte er nicht beseitigen.«

»Der Täter konserviert also tatsächlich die Hände seiner Opfer, er sammelt sie wie Skalps«, sagte Glauser mit belegter Stimme. »Er ist ein

Trophäenjäger. Ein Geisteskranker.«

***

»Gratuliere, Herr Wenger, endlich ist der Doppelmörder hinter Schloss und Riegel«, sprach Maria in ihr Smartphone. »Zum Fahndungserfolg der Kripo möchte ich Staatsanwalt Konrad Pfister interviewen. Am liebsten vor dem Polizeigefängnis.« Maria hatte ihre Füsse auf das Armaturenbrett gestützt, das Handy klemmte zwischen Ohr und Schulter, in den Händen hielt sie Notizblock und Kugelschreiber. Leo steuerte seinen VW-Lieferwagen auf der regennassen Strasse am Bucheggplatz vorbei Richtung Stadtzentrum. Die Scheibenwischer summten monoton. Es war kurz vor zwei Uhr. Maria und Leo hatten den ganzen Morgen in Seebach verbracht, am Felsenrain, wo Lothar Oehler wohnte. Leo drehte Bilder von der Wohnsiedlung, machte Aufnahmen von Klingelschild, Treppenhaus und Polizeisiegel an der Tür. Maria klingelte unterdessen bei den Nachbarn, erfuhr von ihnen, dass der Metzger im Schlachthof am Letzigrund arbeitete und interviewte eine Nachbarin, die zu berichten wusste, dass Oehler in seiner Freizeit als Aktmodell posierte. Oehler sei ein komischer Kauz, erzählte sie. Beim letztjährigen Quartierfest hatte er etwas gar viel Wein konsumiert und ihr dabei sein ganzes Leben ausgeschüttet. Maria war mit der Ausbeute des Morgens zufrieden.

»Der Mann ist wieder auf freiem Fuss«, antwortete Wenger. »Wir liessen ihn laufen.«

»Was! Warum denn?« Maria richtete sich abrupt auf. Leo schaute sie stirnrunzelnd an. »In Ihrer Pressemitteilung stand, dass erdrückende Indizien zur Festnahme des Metzgers geführt hätten. Was ist passiert?«

»Er war es nicht. Daran gibt es keinen Zweifel. Er hat ein wasserdichtes Alibi.«

»Was für ein Alibi?«

Maria hörte Wenger atmen. »Ein weiteres Tötungsdelikt. Heute Mittag«, antwortete er stockend. »Oehler sass zu dieser Zeit in seiner Zelle. Er konnte es also nicht gewesen sein.«

»Ein dritter Mord! Wer ist das Opfer?«

Am andern Ende der Leitung blieb es still. »Ein Kind. Der Täter hat einen Buben ermordet, neun Jahre alt«, antwortete Wenger schliesslich leise.

»Nein! Das ist ja entsetzlich.« Maria hielt sich die Faust vor den

Mund. »Die Hand, hat der Mörder wieder ...?« Maria stockte.

»Ja, er schnitt dem Jungen die linke Hand ab und hinterliess eine Botschaft mit dem gleichen Vers.« Leo parkte seinen Lieferwagen in einer Seitengasse vor Wipkingen, damit Maria in Ruhe telefonieren konnte. Es regnete nur noch vereinzelte Tropfen, die Scheibenwischer quietschten. Leo schaltete sie ab.

»Könnte ein Nachahmungstäter das Verbrechen begangen haben?«

»Die Spurensicherung sagt nein.«

»Herr Wenger, wir müssen über den Mord an dem Kind berichten«, sagte Maria. »Wo fand das Verbrechen statt?«

»In Wipkingen, an der Kyburgstrasse.«

»Wir sind bereits in der Nähe, ist der Staatsanwalt am Tatort?«

»Ja, ich organisiere ein Interview mit ihm. Warten Sie bitte solange vor der Türe, bis er runterkommt. Das kann aber eine Weile dauern.«

Maria notierte sich die Adresse und legte auf. »Unfassbar Leo, der Mörder schlug wieder zu. Jetzt hat er noch ein Kind auf dem Gewissen.«

»Drei Morde in einer Woche. Das wird Zürich in Schockstarre versetzen.« Plötzlich blickte er bekümmert drein und seufzte: »Der Dreh heute Morgen war wohl für die Katz. Schade.«

Maria kniff ihm in die Wangen. »Och, du Armer. Sei nicht traurig. Heute Nacht werde ich dich trösten, dass dir Hören und Sehen vergeht. Ich verspreche dir, du wirst dabei alle Mühsal vergessen.«

Sie wurde wieder ernst. »Der Mord an einem Kind wirft unsere Planung über den Haufen. Ich muss mit Eugen telefonieren.« Sie legte ihre Füsse wieder aufs Armaturenbrett und wählte die Nummer des Produzenten. »Der Täter schlug erneut zu, Eugen. Er hat ein Kind getötet. Der Metzger war es nicht. Der sass zur Tatzeit in seiner Zelle.«

Maria hörte zu. »Ja, ein Interview mit dem Staatsanwalt habe ich schon organisiert. Ich mach mich dran. Bis später.«

Leo startete den Motor. »Wohin fahren wir?«

Maria zeigte mit der Hand nach vorne. »Über den Röschibachplatz. Wir parken an der Kyburgstrasse, die ist gleich um die Ecke.« Langsam fuhr Leo los, rollte hinunter zum Landenbergpark. An der Ecke Kyburgstrasse hielt er an. Maria sah aus dem Seitenfenster zwei Polizeifahrzeuge vor einem safrangelben, dreistöckigen Backsteingebäude mit grünen Balkons. Ein rot-weisses Plastikband versperrte den Hauseingang. Ein paar Schaulustige standen herum und tratschten miteinander. Leo öffnete die Heckklappe seines Wagens und holte Kamera und Stativ aus der Transportkiste. Maria schaute sich um.

236

Im ersten Stock bemerkte sie auf dem Balkon drei Lampions, die Sonne, Mond und Erde darstellten. Ein schwarzer Kastenwagen mit der Aufschrift »Bestattungsamt der Stadt Zürich« rollte heran. Maria nickte Leo zu. Der Kameramann filmte daraufhin wie zwei Männer in dunklen Anzügen ausstiegen und einen Sarg ausluden. Einer der Bestatter grüsste Maria mit leicht erhobener Hand. Kurze Zeit später trugen zwei Polizisten in weissen Overalls eine Kiste zu ihrem Mercedes-Transporter. Nach einer halben Stunde hatte Leo alles im Kasten. Maria gesellte sich zu ihm. Sie hatte mittlerweile alle Namen an den Briefkästen notiert. Ein Schild war mit einer kraxeligen Kinderschrift geschrieben: Dana und Darius Waldner. Maria nahm ihr Smartphone hervor und googelte den Namen. Sie fand eine Schülerzeitung mit einem Klassenfoto, worauf ein hagerer Junge zu sehen war, der ernst in die Kamera blickte.

Maria zeigte Leo das Foto. »Vermutlich ist er das Mordopfer, Darius Waldner.« Leo schaute sich das Bild an.

»Auf dem Klingelschild stehen nur zwei Namen«, fuhr Maria fort, »Darius und seine Mutter. Ein trauriger Tag. Sie verlor ihr einziges Kind.«

Kaum hatte sie den Satz beendet, trat Pfister aus dem Gebäude. Er schlug seinen Mantelkragen nach oben und ging auf Maria zu. »Guten Tag, Frau Noll, Sie sind verflixt schnell. Die Kripo ist immer noch mit der Spurensicherung beschäftigt. Für ein Interview kann ich Ihnen nur wenig Zeit einräumen. Am besten legen wir gleich los.«

»Vielen Dank, ich schätze das sehr«, erwiderte Maria. »Ich möchte Ihnen nur ein paar Fragen stellen. Das dauert nicht lange.«

Leo hatte seine Kamera aufgebaut. »Bitte drehen Sie sich ein wenig nach rechts«, bat er den Staatsanwalt, »damit ich die Polizeiautos im Hintergrund besser im Bild habe.«

Pfister trat einen Schritt zur Seite. Es begann zu nieseln. Der Staatsanwalt klappte seinen Knirps auf, den er in der Tasche seines Regenmantels mitgebracht hatte. Mit seiner Hand klebte er die feuchten Haare an den Schädel. Maria schaltete das Mikrofon ein. Sie hoffte, dass der Nieselregen nicht die Funkverbindung zur Kamera störte.

»Kamera läuft«, gab Leo das Zeichen. Pfister blinzelte durch seine Brille.

»Drei Morde in nur einer Woche«, begann Maria das Interview. »Die Bevölkerung gerät in Panik. Warum hat die Kripo den Serientäter noch nicht gefasst?«

»Unsere Spezialisten mussten mehrere hundert Spuren auswerten, die sie an den Tatorten gesichert hatten. Bisher gab es leider keinen Treffer. Der Täter ist nirgendwo registriert.«

»Gestern nahm die Polizei einen Tatverdächtigen fest. Und liess ihn heute wieder laufen. Warum?«

»Der Mann kannte beide Opfer. Zudem fand die Kripo weitere Indizien, die eine Festnahme gerechtfertigt hatten. Die Ermittlungen ergaben jedoch, dass der Mann unmöglich die Tötungsdelikte begangen haben konnte.«

Maria drehte sich zu Leo um. »Schalt bitte kurz die Kamera ab.«

Leo richtete sich auf und schwenkte die Kamera nach unten.

»Herr Pfister, wir wissen, dass der Tatverdächtige Lothar Oehler heisst, ein Metzger, der in seiner Freizeit Tiere präpariert.«

»Wer zum Henker hat Ihnen das verraten?«, grunzte der Pfister sichtlich verärgert. »Solche Daten unterstehen dem Amtsgeheimnis.«

»Keine Sorge. Ich werde diese Information nicht verwenden, sie ist wertlos für mich, weil der Metzger nicht der Täter ist. Aber vielleicht können Sie mir Hintergrundinformationen geben.«

Pfister drehte den Schirm auf seiner Schulter. »Was wollen Sie wissen?«

Leo bückte sich und schaute durch den Sucher der Kamera.

»Heute hat der Mörder einen Jungen umgebracht. Ging er gleich vor wie bei seinen anderen Opfern?«

»Ja, er hinterliess eine Botschaft mit dem gleichen Vers, die er von seinem Opfer schreiben liess und schnitt ihm die Hand ab.« Pfister zögerte kurz. »Es gibt nur einen Unterschied. Dieses Mal nahm er die linke Hand mit.«

»War der Junge Linkshänder?«

»Ja, wir vermuten deshalb, dass für ihn die Arbeitshand seiner Opfer eine Bedeutung hat.«

»Welche Spuren fand die Kripo an den Tatorten, die vom Täter stammen?« Pfister schaute Maria ruhig an. Dann wandte er sich an Leo. »Keine Kamera bitte.«

Leo drückte auf den Knopf. Er fischte ein Tuch aus seiner Regenjacke und putzte die Kameralinse.

Pfister musterte Maria. »Frau Noll. Off the record, einverstanden?«

»Ja, selbstverständlich.«

»Schuhgrösse sechsundvierzig an allen drei Tatorten mit dem gleichen Sohlenabdruck. Identische Fingerabdrücke von Daumen- und

Zeigefinger auf den Karten, die aber nirgends registriert sind. Der Täter ist ein unbeschriebenes Blatt. Mehr haben wir momentan nicht.«

»DNA-Spuren?«

»Unzählige, aber die sind noch nicht ausgewertet. Heute Nachmittag bekommen wir die ersten Ergebnisse.«

»Fand die Kripo irgendwelche Hinweise, was die Verse auf der Karte bedeuten könnten?«

»Nein, keine.«

»Danke, Herr Pfister. Kaum hatte Maria das Interview beendet, hielt ein Übertragungswagen von Tele Züri hinter Leo. Im Landenbergpark stapfte ein Fotograf mit einem Reporter durch das Gras.

Pfister verzog sein Gesicht. »Oje, die Pressemeute. Sie hat Blut geleckt.«

***

Dana Waldner hielt ihre Teetasse mit beiden Händen fest umschlossen, wie wenn sie sich daran wärmen wollte. Sie sass auf dem Blümchensofa von Vera Eibel. Die Sommersprossen auf ihrer Nase waren verblasst, die braunen Augen blickten müde. Das Kissen mit der feinen Stickereiarbeit hatte auf ihrer rechten Wange den Abdruck einer Rosette hinterlassen, am Kinn klebte eine Haarsträhne. Frau Eibel hatte sich neben sie gesetzt. Auf dem Couchtisch standen Gläser und ein Krug mit Wasser, daneben eine Porzellanschale mit Keksen. Emma roch den Duft von Mandeln.

»Frau Waldner, wir können nachfühlen, was Sie durchmachen«, begann sie vorsichtig, »aber wir müssen Ihnen ein paar Fragen stellen.«

Dana Waldner nickte stumm.

»Warum ging Ihr Sohn heute Morgen nicht in die Schule. War er krank?«

»Nein«, flüsterte sie. Sie schluckte und antwortete mit leiser Stimme: »Darius hatte heute früher aus, wegen einer ausserordentlichen Lehrerkonferenz. Er kam kurz nach elf Uhr nach Hause.«

Emma beugte sich über den Stubentisch und machte sich Notizen. Eine blonde Locke, die ihr in die Stirn fiel, pustete sie weg. »Welche Schule besucht er?« Emma brachte es nicht übers Herz, von Darius in der Vergangenheit zu reden.

»Die Schule Letten, an der Rousseaustrasse.«

Emma und Ulmer erfuhren, dass Dana Waldner von ihrem Partner getrennt lebte und ihren Sohn alleine gross zog, seit er drei Jahre alt war. Tagsüber ging Darius in die Primarschule, in die dritte Klasse. Sie arbeitete als Laborantin bei der eidgenössischen Forschungsanstalt Agroscope in Wädenswil. Das Geld reichte nur knapp zum Leben, aber sie war zufrieden.

Über Mittag fuhr sie mit der S-Bahn nach Hause, um mit ihrem Sohn zu essen. »Dazu koche ich jeden Abend ein Menu, das ich am andern Tag nur noch aufwärmen muss«, erzählte sie. Sie stockte. Plötzlich liefen ihr Tränen über die Wangen und tropften auf ihren Schoss. »Gestern habe ich für Darius eine Gemüselasagne gebacken. Es ist sein Leibgericht.«

Frau Eibel reichte ihr ein Taschentuch. »Danke, es geht schon wieder«, flüsterte Dana Waldner. Die Standuhr schlug zwei Mal.

Emma trank einen Schluck Wasser mit selbstgemachtem Holunderblütensirup, den Frau Eibel serviert hatte. »Frau Waldner, kennen Sie die Namen Sara Helbling oder Valentin Egloff?«

»Das sind die anderen beiden Opfer, nicht wahr? Ich habe davon in der Zeitung gelesen.« Emma nickte. Dana Waldner nippte an ihrem Tee und dachte nach. »Nein, die Namen sagen mir nichts.«

»Vielleicht vom Zeichnen?«

»Zeichnen?«

»Ja. Hat Ihr Sohn einmal einen Malkurs besucht?«

Dana Waldner runzelte gequält ihre Stirn. »Nein. Darius baut gerne Lego-Modelle zusammen, aber Malen? Nein.«

»Mit wem hatte Darius regelmässig Kontakt? Ging er in einen Sportverein?«

»Ja, er spielt Fussball, zwei Mal in der Woche trainiert er in der Junioren D Mannschaft.«

»Wo?«

»Im SC Wipkingen.«

»Traf er sich mit Schulkameraden?«

»Nein, wir sind vor einem halben Jahr von Uster hierher gezogen. Darius muss wieder neue Freunde finden.«

Emma fiel auf, dass sie so sprach, als ob ihr Kind jederzeit zur Türe hereinspazieren würde. »Sein Vater besucht ihn an jedem zweiten Wochenende«, erzählte Dana Waldner weiter. »Sonst trifft er sich mit niemanden.«

»Bekam er Nachhilfeunterricht von einem Lehrer?«

»Nein, Darius ist sehr intelligent, die Schule fällt ihm leicht.«

»Denken Sie nach. Jeder Kontakt, den Ihr Sohn zu einem erwachsenen Menschen hatte, kann uns weiterhelfen. Wen hat er in der letzten Wochen noch gesehen?«

Dana Waldner überlegte. »Darius war vor vier Tagen beim Neurologen, weil er morgens Schwindelanfälle hatte.«

Die Polizistin notierte sich Name und Adresse. »Glücklicherweise war es nichts Ernstes«, sagte sie. Plötzlich erschrak sie, als sie merkte, wie sinnlos ihre Worte waren. Ihr Kind war tot. Ermordet. Sie zupfte sich einen Fussel vom Rock. Ihr Kinn zitterte. Es war ruhig in der Stube. Nur die Wanduhr tickte, in den Ohren von Emma zu aufdringlich. »Warum schnitt er meinem Jungen die Hand ab?«, flüsterte Dana Waldner mit Tränen in den Augen, »Warum hat er sie mitgenommen?«

Emma blickte betreten auf ihre Fingernägel, sie schaffte es nicht, ihr in die Augen zu schauen. Dann gab sie sich einen Ruck.

»Es tut uns leid«, antwortete Emma lauter als ihr lieb war, »aber das wissen wir noch nicht. Wir verfolgen jede erdenkliche Spur. Wir setzen alles daran, den Täter zu kriegen, bisher leider erfolglos.«

»War Ihr Sohn Linkshänder?«, fragte Emma nach einem kurzen Moment. Dana Waldner nickte. »Gab es auf seiner Hand irgendwelche Merkmale, eine Narbe vielleicht?«

Waldner schluchzte. »Nein, nichts. Nur Flecken vom Filzstift. Wenn er schreibt, wischt er mit seiner linken Hand immer über die Schrift. Er hat es noch nicht gelernt, die Hand beim Schreiben anzuheben.« Sie tupfte sich mit ihrem zerknüllten Papiertaschentuch die Tränen aus den Augenwinkeln.

Ulmer blätterte in seinem Notizblock. »Frau Waldner, der Täter hinterliess bei seinen Opfern eine Botschaft.« Er las den Vers vor. »Kennen Sie den Text, sagt er Ihnen etwas?«

»Nein, noch nie gehört. Ich verstehe nicht, was er bedeuten soll.«

Emma richtete sich an Frau Eibel, die ihre rechte Hand in der Schürzentasche verborgen hielt. »Haben Sie heute Morgen etwas Besonderes gesehen oder gehört, zwischen elf und zwölf Uhr?«

»Ja, einen Knall«, antwortete Frau Eibel, »nicht sehr laut, ich dachte mir nichts dabei.«

»Wann war das?«

»Um zwölf. Vielleicht etwas früher. Ich schälte gerade Kartoffeln.«

»Ist Ihnen sonst noch etwas aufgefallen?«

Frau Eibel nahm ihre Hand aus der Tasche. Emma schien es, als hätte sie darin eine Perlenkette aus Holz gesehen. »Kurz zuvor brachte ich einen Kübel mit Kompost in den Keller, um Platz zu schaffen für die Kartoffelschalen, da kam mir ein Mann im Treppenhaus entgegen.«

Emma horchte auf.»Ein Mann? Wie sah er aus?«

»Gross. Hager. Er murmelte einen Gruss, sein Gesicht konnte ich kaum erkennen, er wandte sich ab.«

»Brille?«

»Nein.«

»Wie war er gekleidet?«

»Er trug einen schwarzen Mantel und eine grosse Tasche.«

»Sonst noch etwas?«

»Ja. Sein rechter Arm steckte in einer Schlinge.«

»Schlinge?«

»Ja, als ob er verletzt wäre.« Frau Eibel strich mit beiden Händen über ihre Schürze.»Er roch eigenartig.«

Emma bemerkte, dass Dana Waldner wie elektrisiert zuhörte. Sie hob fragend die Augenbrauen.»Können Sie den Geruch beschreiben?«

»Süsslich. Nach Raumspray oder Räucherstäbchen.«

Dana Waldner drehte die leere Teetasse in ihren Händen.»Auf dem Nachhauseweg bin ich am Landenbergpark einem Mann begegnet«, sagte sie leise,»schwarz gekleidet. So gegen ein Meter neunzig gross. Dünn. Der Mantel schlotterte um seinen Körper.«

»Konnten Sie sein Gesicht sehen?«, fragte Emma.

»Nein. Er eilte an mir vorbei. Aber er trug keine Armschlinge. Da bin ich mir sicher.«

Emma nahm ihr Handy aus der Tasche.»Theo, der Schuss fiel um etwa zwölf Uhr. Die Nachbarin sah zur Tatzeit einen grossgewachsenen hageren Mann mit dunklem Mantel und schwarzer Tasche. Seinen rechten Arm trug er vermutlich in einer Armschlinge. Vielleicht hat ihn eine Überwachungskamera erwischt.«

***

Die Neonröhre an der Decke flackerte auf und erlosch mit einem metallischen Klack, als Glauser die Sachbearbeiterkonferenz eröffnete. Lukas Oppliker stand auf und drückte mehrmals den Lichtschalter – vergebens. Eine Seite des Sitzungszimmers blieb im Dunkeln. Die Strassenlaternen an der Zeughausstrasse warfen ein grünliches Licht in den Raum. Es war neunzehn Uhr vier. Die Nacht brach herein. Um den u-förmigen Tisch hatten sich die Spezialisten vom Forensischen Institut, das Ermittlerteam der Kripo und Sokrates versammelt. Staatsanwalt Konrad Pfister liess sich entschuldigen. Der Chef der Sta IV hatte ihn in sein Büro zitiert. Die Serienmorde machten den Oberstaatsanwalt nervös. Glauser sass am Kopfende der langen Tischreihe. Er beugte sich nach vorne und schaltete den Hellraumprojektor ein. Der Lichtkegel erhellte das Zimmer. »Drei Morde«, begann Glauser, »und wir sind dem Täter noch keinen Schritt näher gekommen. Den einzigen Tatverdächtigen, Metzger Lothar Oehler, den wir wegen starker Indizien festgenommen hatten, mussten wir wieder laufen lassen. Er konnte den Mord an Darius nicht begangen haben. Und auch die Helveter haben mit den Verbrechen nichts zu tun. Uns rennt die Zeit davon.«

Glauser öffnete seine Mappe. Er war hundemüde. »Tragen wir zusammen, was wir bisher ermittelt haben: Der Täter ermordete Darius nach dem gleichen Muster wie seine anderen Opfer. Die Tat trägt die gleiche Handschrift. Er setzte dem Jungen einen Bolzenschussapparat aufs Genick und drückte ab. Das bezeugen die beiden Schmauchhöfe um das Stanzloch. Darius kannte seinen Mörder. Er öffnete ihm die Tür und schrieb für ihn eine Karte. Der Schuss fiel gegen zwölf Uhr. Mehrere Bewohner hörten einen Knall. Kurz zuvor sah eine Nachbarin einen Mann die Treppe hochsteigen. Gross. Hager. Er trug eine Armschlinge. Wohin er wollte, wusste sie nicht. Sie hatte ihn noch nie gesehen.«

Glauser schaute in die Runde. »Lukas, was zeigen die Bilder der Überwachungskameras?«

»Heute Nachmittag konnte ich vier Videoaufzeichnungen auswerten«, antwortete Oppliker mit kauendem Mund. Er hatte in ein Salamisandwich gebissen, das Glauser in einer Metzgerei am Stauffacherplatz besorgt hatte. Glauser wusste, dass seine Leute seit dem Frühstück nichts mehr gegessen hatten und ihnen der Magen knurrte. »Eine Überwachungskamera am Röschibachplatz hat um Viertel vor zwölf Uhr aufgezeichnet, wie ein langer, dürrer Mann am Bahnhof Wipkingen vorbei eilte«, erklärte Oppliker. »Er trug eine schwarze Tasche. Sein rechter Arm steckte in einer Schlinge.«

»Das ist unser Mann!«

»Ja, und es kommt noch besser. Ich spulte die Videoaufnahme eine halbe Stunde vor. Kurz nach zwölf Uhr – er muss Frau Waldner beinahe in die Arme gelaufen sein – überquerte er wieder den Röschibachplatz. Er kam vom Landenbergpark.« Oppliker schaute triumphierend in die Runde.

»Und?«, fragte Glauser.

»Er trug keine Schlinge mehr.«

»Was! Kein Zweifel?«

»Nein, die Kamera schoss zwar nur grobkörnige Bilder, das Gesicht des Mannes ist darauf leider nicht zu erkennen, aber die Armschlinge fehlt.« Der Polizist kramte in seiner Tasche und zog Fotokopien hervor. Er reichte sie seinem Chef. »Ich habe Screenprints anfertigen lassen. Hier kannst du es deutlich sehen: Unser Mann vor und nach zwölf Uhr.«

Glauser betrachtete die Fotos eingehend. Seine Müdigkeit war im Nu verflogen.

»Warum nur verkleidet er sich mit einer Armschlinge?«, fragte Emma.

Glauser nickte ihr zu. »Ein weiteres Rätsel, das wir lösen müssen.«

Er gab die Fotokopien Sokrates, der rechts neben ihm sass. Der Rechtsmediziner sah sie genau an. »Anhand der unscharfen Bilder können wir sein Alter nur schätzen. Kein Greis. Kein Jugendlicher. Zwischen vierzig und sechzig Jahre alt. Er geht aufrecht mit weit ausgreifenden Schritten. Er ist also gesund. Grösse etwa ein Meter neunzig, höchstens siebzig Kilogramm schwer. Glatte kurze Haare. Farbe unbekannt. Der lange Mantel verhüllt seine Kleidung. Aber es ist durchaus denkbar, ja sogar höchstwahrscheinlich, dass er Schuhe der Grösse sechsundvierzig trägt.«

»Woher weisst du das?«, fragte Glauser erstaunt.

»Grosse Menschen leben auf grossem Fuss«, antwortete Sokrates. »Ich habe noch keinen Menschen obduziert, bei dem das anders war. Zudem zeigen wissenschaftliche Studien, dass die Körpergrösse mit der Schuhgrösse korreliert. Es gibt eine Formel, mit der man das ausrechnen kann: Schuhgrösse = 0,3 x (Körpergrösse − 179,75) + 42,5. Bei einer Grösse von ein Meter neunzig ergibt das eine Schuhgrösse von fünfundvierzig Komma fünf.«

Die Polizisten schauten ihn entgeistert an. »Solche Formeln speicherst du im Kopf?«, platzte Ulmer heraus. Sokrates zuckte mit den Schultern.

»Dann ist dieser Mann auf den Überwachungskameras höchst verdächtig«, sagte Glauser.

»Ja, das ist er in der Tat.« Sokrates zog seine Brille aus und hielt die Kopie dicht vor seine Augen. »Zudem hängt seine Tasche auf dem Rückweg etwas tiefer, wie wenn sie schwerer wäre – die Hand des Jungen. Aber vielleicht bilde ich mir das auch nur ein.«

Im Sitzungszimmer war es still. Glauser hustete. »Danke Sokrates. Wir fahnden also nach einem ein Meter neunzig grossen Mann mit Schuhgrösse sechsundvierzig, hager, glatte Haare, der nach Raumspray riecht.«

»Raumspray?«, fragte Philip Kramer.

»Ja, die Nachbarin nahm diesen merkwürdigen Geruch wahr, als er ihr im Treppenhaus begegnete«, erklärte Glauser. Er klatschte in die Hände. »Gute Arbeit, Leute! Wir kommen weiter. Was haben wir sonst noch? Philip?«

»Seit heute Nachmittag liegen uns die Ergebnisse der DNA-Analyse vor. Bei Sara Helbling und Valentin Egloff fanden wir identische Spuren, winzige Hautschuppen, die vom Täter stammen müssen. Leider gab es keinen Hit. Im CODIS ist der Kerl nicht registriert.«

Glauser trommelte mit seinen Fingern auf den Tisch. Er fühlte eine gewaltige Anspannung, aus Angst etwas zu übersehen, das den Fall lösen würde. Er schoss seine Fragen ab wie Salven. »Paul, konntest du die Fingerabdrücke auf der Karte von Darius mit den andern Spuren vergleichen?«

»Ja, auch auf dieser Karte hinterliess der Täter Fingerabdruckspuren. Die Papillarleisten von Daumen und Zeigefinger stimmen mit den Abdrücken auf den anderen Karten überein.«

»Was sagen uns die Spuren, die wir auf den Kleidern der Opfer gesichert haben?«

»Nichts, der Täter operierte vorsichtig, er hinterliess keinerlei Fasern, Fusseln oder Haare. Auch eine andere Spur verlief im Sand: Gestern Abend analysierte ich die Zusammensetzung der Tinte, mit der die Opfer den Vers niedergeschrieben hatten. Das Ergebnis ist eindeutig: Der Füllfederhalter enthielt eine Tintenpatrone von Pelikan, Nummer 4001 GTP/5 in königsblau, eine Dutzendware, die man in jeder Papeterie kaufen kann.«

»Emma und Franz, was bedeutet der Spruch auf der Karte?«, fragte Glauser und griff sich ein Schinkensandwich. »Seid ihr mit euren Nachforschungen weitergekommen?«

Emma schaute verlegen auf ihre Hände. Ulmer räusperte sich: »Nein, das Gedicht bleibt rätselhaft. Wir schickten den Text neun Professoren in Zürich, Bern und Basel mit Lehrstühlen in Altphilologie, Literaturwissenschaft und Geschichte. Keiner der Gelehrten hatten die Verse je zuvor gesehen. Sie sagten übereinstimmend, dass die Reime nicht sehr elegant komponiert seien. Das Gedicht spricht Menschen

Trost zu, die in seelische Not geraten waren, er soll sie ermutigen. Warum der Täter diese Botschaft von seinen Opfern schreiben liess, und was er uns damit sagen will, auf diese Fragen fanden die Professoren keine Antwort.«

»Fassen wir zusammen«, fuhr Glauser fort, »der Täter ermordet drei Menschen, die sich nicht kannten, darunter ein Kind. Eines aber ist sicher: die Opfer kannten ihren Mörder. Sie liessen ihn in ihre Wohnung, ohne misstrauisch zu sein. Sie kehrten ihm den Rücken zu, während sie für ihn die Karte schrieben. Sie hatten ihm vertraut. Wer könnte das sein?«

»Möglicherweise kannten sie ihn gar nicht persönlich«, erwiderte Sokrates nachdenklich. »Vielleicht ist der Täter ein Prominenter, ein Politiker, ein Fernsehstar oder Sportler, jemand, dem man nichts Böses zutraut.«

»Du hast recht«, erwiderte Glauser. »Auf diese Idee bin ich gar nicht gekommen. Das müssen wir in Betracht ziehen.«

»Oder der Täter trug unter seinem schwarzen Mantel eine Uniform«, warf Emma ein. »Wenn er sich als Polizist oder Feuerwehrmann verkleidet hatte, kann es durchaus sein, dass seine Opfer keinen Verdacht schöpften.«

Glauser lächelte, seine junge Kollegin hatte ihn mit ihrer Kombinationsgabe ausgestochen. »Ein schlauer Gedanke, Emma. Weiter so.« Emma errötete leicht. Ulmer boxte ihr mit dem Ellenbogen anerkennend in die Rippen. »Verfolgen wir die These weiter, dass die Opfer ihren Mörder nicht persönlich kannten, ihm dennoch vertrauten, weil er eine Uniform trug oder ein Prominenter ist. Wer könnte das sein?«

»Wir sollten den Kreis der möglichen Täter einschränken«, schlug Sokrates vor.

»Wie meinst du das?«

»Es macht Sinn, von der Annahme auszugehen, dass der Täter seinen späteren Opfern mehrmals begegnet war, bevor er sie tötete. Die Opfer müssen ihn nicht persönlich gekannt haben, aber er kannte sie. Er hatte sich mit ihnen befasst. Etwas muss ihn ja dazu bewogen haben, sie zu ermorden. Damit schliessen wir Menschen als Tatverdächtige aus, die den Opfern nur durch einen dummen Zufall über den Weg gelaufen sind. Ein Prominenter kommt daher eher nicht in Frage«, nahm Sokrates seine eigene Idee zurück.

»Ein Mann in Polizeiuniform dagegen ist durchaus denkbar«,

erwiderte Glauser. »Er muss ja kein echter Polizist sein.«

»Vielleicht ist es auch jemand von der Heilsarmee«, schlug Ulmer vor. »Die sehen in ihren Uniformen so harmlos aus wie wir.«

Emma fing an zu kichern. »Entschuldigt bitte«, gluckste sie.

»Aber eine Frage bleibt«, sagte Oppliker, »ein Polizist mit einer Armschlinge. Macht das Sinn? Was hatte der Täter damit bezweckt?«

Das Ermittlerteam diskutierte noch eine Weile verschiedene Tatabläufe und Tatmotive, bis Glauser in die Runde rief: »Leute, Schluss für heute. Das Wochenende fällt ins Wasser, das Wetter ist ohnehin wüst, wir müssen die Ermittlungen morgen vorantreiben.«

***

Sokrates stieg in das Tram und setzte sich wie immer auf die linke Seite. Durch das Fenster drang die Nacht herein. Die Deckenlampen gaben nur spärlich Licht. Im Wagen befanden sich wenige Fahrgäste. Eine alte Frau mit grauen Haaren, die sie zu einem Dutt gebunden hatte, sass drei Reihen vor ihm, sie war ihm zugekehrt. Die linke Hand, übersät mit Leberflecken und dunkelblauen Adern, hatte sie am Fensterrahmen abgestützt. Ihr Gesicht war eingefallen, ihre Augen blickten erschöpft, Kinn und Mund schienen kraftlos. Sie leidet an Diabetes, dachte Sokrates, ihm schien, als könne er auf ihrem Gesicht die Zuckerkrankheit ablesen. Unsinn, schalt er sich selbst, gerade so gut könnte man auf den Gesichtszügen Gebärmutterkrebs, Arthrose oder Gallensteine erkennen. Ein guter Arzt sei zwar imstande, an fieberglänzenden Augen eine Grippe, an geschwollenen Lymphknoten eine Mandelentzündung oder am dunkelroten Gesicht einen Bluthochdruck abzulesen. Er sucht die Physiognomie der Krankheiten. Aus äusseren Zeichen am menschlichen Körper, insbesondere des Gesichts, versucht er auf innere Krankheiten zu schliessen, also von glasigen Augen auf eine organische Entzündung. Er folgert aus Puls, Gesichts- und Zungenfarbe auf eine Krankheit. Medizinische Semiotik ist die Kunst, aus sichtbaren Zeichen den inneren Zustand des Körpers zu erkennen, hatte Sokrates gelernt. Doch im Grunde verriet die Körperoberfläche wenig vom Innern des Menschen, das Gesicht war kein Arztrapport, worauf die Diagnose geschrieben stand, war er überzeugt.

Im Tram war es ruhig, nur das monotone Rattern nahm Sokrates von Ferne wahr. Am Wagenende sah er eine leere Bierdose auf dem dunkelgrauen Plastikboden, verschmutzt mit klebrigen Flecken, hin und her rollen. Auf den blauen Stoffsitzen lagen Gratiszeitungen. Es roch sauer nach Körperausdünstungen. Sokrates schaute aus dem Fenster. Die Strassenlampen zogen an ihm vorbei. An einem Café war die Hausnummer 11 angebracht, die fünfte Primzahl. Er begann die Primzahlen zu zählen, hörte damit aber bald wieder auf, weil die siebenundzwanzigste Primzahl die 103 war, eine so hohe Hausnummer gab es in dieser Strasse gar nicht. Sokrates hätte die Chance verspielt, dass sein Abend irgendwie noch zu retten gewesen wäre.

Am Horizont schien der Vollmond, rund und schön. Er leuchtete durchs Tramfenster und warf Schatten. Sokrates betrachtete die Krater und Gebirge, die sich dunkel auf der Mondoberfläche abzeichneten. Er suchte den Mann im Mond. Er musste nur ein wenig seine Phantasie spielen lassen, dann sah er ihn in den grauen Flecken. Warum nur vermeinen wir in allem ein Muster zu sehen, fragte sich Sokrates, hinter allen Dingen vermuten wir eine Bedeutung? Unser Hirn sucht und erkennt Muster auch dort, wo es keine gibt. Sokrates erinnerte sich an eine Frau aus Florida, die 1994 eine Scheibe Brot getoastet hatte und nach dem ersten Bissen feststellte, dass auf dem Toast das Gesicht der Heiligen Maria abgebildet war. Eine Erscheinung Gottes. Sie hörte sofort damit auf, das Bild der Mutter Gottes zu verspeisen und bewahrte den Toast zehn Jahre lang in einer Plastikdose auf, bevor sie ihn auf Ebay für profanes Geld versteigerte. Unser Hirn ist darauf angelegt, hinter allem ein Muster zu suchen. Wenn es keine gibt, erfinden wir welche.

Vor dem Schauspielhaus stieg Sokrates aus dem Tram. Die Luft war kühl. Sein Atem beschlug die Brille. Langsam schritt er den Seilergraben hinunter, so langsam, als wollte er die Ankunft zu Hause hinauszögern. Im Treppenhaus streifte er die Schuhe ab. Er schloss seine Wohnungstüre auf und trat ein. Es war dunkel, das Licht liess er ausgeschaltet. Nur die Umrisse seiner Möbel konnte er erkennen. Er stellte seine Tasche auf den Boden und hängte sein Jackett über eine Stuhllehne am Esstisch. Für einen kurzen Augenblick blieb er stehen, unschlüssig, was er tun sollte. Dann ging er in die Küche. Schwer setzte er sich auf einen kleinen Aluminiumstuhl. Sein Buckel begann wieder zu schmerzen. Der Mond warf einen Schatten vom Fensterkreuz an die Wand. Es war ruhig. Kein Geräusch drang von der Stadt hinauf in die Wohnung, nur das Gluckern der Heizung war zu hören. In der Stille fühlte sich Sokrates einsamer als sonst.

Nach einer Weile stand er auf, schlurfte die Treppen hinunter in sein Schlafzimmer und öffnete die Tür zum Einbauschrank. Auf der linken Seite waren Fächer und Schubladen angebracht. Im obersten Fach befand sich eine grosse Kartonschachtel. Sokrates streckte sich und zog sie heraus. Vorsichtig stellte er sie auf sein Bett und setzte sich daneben. Die Schachtel war mit Sonnenblumen bemalt. Seine Tochter hatte sie ihm einst zu Weihnachten geschenkt, als sie sieben Jahre alt war. Sokrates nahm seine Brille ab und rieb sich mit einem Handballen die Augen. Sie brannten. Die Brillengläser waren von innen her beschlagen. Er atmete schwer. Auf seinem Brustkorb lastete ein Gewicht wie von einem zentnerschweren Stein, sein Kehlkopf schmerzte, als ob er mit einer spanischen Garotte erdrosselt würde. Sokrates schluckte leer. Nachdem er ein paar Minuten still dagesessen hatte, hob er den Deckel von der Schachtel. Zum Vorschein kamen zwei grosse Klarsichtbeutel, die mit Klebeband verschlossen waren. Darin hatte Sokrates eine hellblaue Bluse, einen Seidenrock, BH, Slip und Nachthemd hineingelegt. Kleider, die seine Frau am Abend vor ihrem Tod getragen hatte. Er hatte sie aus der Schmutzwäsche gefischt. Heute war ihr Todestag.

Als die Polizei vor vier Jahren spätabends vor seiner Tür gestanden hatte, wusste Sokrates sofort, dass seiner Frau etwas zugestossen sein musste. Er hatte den ganzen Abend auf sie gewartet und sich Sorgen um sie gemacht. Sie hatte sich nicht gemeldet, was sonst nicht ihre Art war. Die beiden Stadtpolizisten informierten ihn in jener Nacht über den Tod seiner Frau. Sokrates nahm die Nachricht gefasst entgegen. Er zeigte keinerlei Regungen. Nur seine Kehle presste sich zusammen, und sein Magen fühlte sich an wie eine glühende Faust. Als er wieder alleine war, ging er aufs Klo und übergab sich. Er kotzte alles aus sich heraus. Vier Tage lang funktionierte er wie ein Roboter. Er meldete den Todesfall dem Kreisbüro, verschickte Trauerkarten, besprach mit dem Pfarrer die Abdankungsfeier, wählte im Friedhof Nordheim eine Urne aus, organisierte die Beerdigung und erledigte all jene Dinge, die Angehörige tun müssen, wenn sie einen Menschen verlieren. Die Arbeit betäubte seinen Schmerz. Bei alledem half ihm seine Tochter, die sich um ihren Vater Sorgen machte, weil er sich wie ferngesteuert bewegte.

Am Tag nach der Beerdigung, als alles vorbei war, und er nachts nicht einschlafen konnte, weil das Bett neben ihm so leer war, er immer wieder aufschreckte, sobald er wegdämmerte, weil seine Hand im Schlaf seine Frau suchte und sie nicht mehr fand, brach Sokrates zusammen. Er verlor seine Stimme, mehrere Tage lang brachte er keinen Ton heraus. Er zitterte am ganzen Körper. So sehr er es auch versuchte, er schaffte es nicht, das Schütteln abzustellen. An diesem Morgen schrieb er auf ein Blatt Papier »Psychiatrische Uniklinik« und ging zum Central. Er zeigte den Zettel einem Taxifahrer, der ihn ins Burghölzli fuhr. Sokrates hatte sich selbst für zwei Wochen in die Psychiatrie eingewiesen. Seit dem Tod seiner Frau, so schien es vielen, die ihm nahestanden, war sein Buckel gewachsen.

Sokrates nahm einen Klarsichtbeutel aus der Schachtel und legte ihn auf seinen Schoss. Vorsichtig löste er das Klebeband. Er beugte sich vor, umschloss mit beiden Händen die Beutelöffnung und führte sie an seine Nase. Er atmete tief ein, roch den Duft seiner Frau, der an ihren Kleidern haften geblieben war, roch den Geruch von Zedernholz, Amber und Orangenblüten. Ganz fein nahm Sokrates auch einen Hauch von Pfingstrosen wahr. Er sog die Luft ein, wie ein Süchtiger, der sich an einer Plastiktüte mit Klebemittel berauscht. Er steckte seinen Kopf in den Beutel, bis er mit seiner Stirn das Nachthemd berührte, das zuoberst lag. Der Baumwollstoff streichelte seine Haut, er grub seine Nase in das Hemd, das Bild seiner Frau tauchte vor seinem inneren Auge auf, wie sie lachte, wie sie ihn anblickte. Er roch ihren Duft, den er so vermisste. Das Lachen von Jugendlichen, das von der Gasse zu ihm heraufdrang, hörte er nicht. Nach einer halben Stunde richtete sich Sokrates auf. Nur mit Mühe konnte er von seiner Frau lassen. Er schloss den Beutel, klebte ihn sorgfältig zu, damit der Geruch in der Wäsche erhalten blieb und stellte die Schachtel wieder zurück in den Schrank.

Sein Blick war leer, sein Gesicht grau. Sokrates ging in die Küche und entkorkte eine Flasche Rotwein. Er füllte sich ein Glas, den Fassgeschmack nahm er gar nicht wahr, seine Gedanken waren woanders. Er setzte sich an den Küchentisch und leerte das Glas in einem Zug. Gegessen hatte er nichts, er hatte keinen Hunger. Die Zeit verging. Sokrates schaute aus dem Fenster. Er schenkte sich ein weiteres Glas ein. Am nächsten Morgen plärrte der Radiowecker, die Wettervorhersage weckte Sokrates, er lag mit angezogenen Kleidern auf der Bettdecke, »Jim Knopf« neben sich. Nicht einmal die Socken hatte er ausgezogen. Seine Brille war ihm von der Nase gerutscht. Er konnte sich an nichts mehr erinnern.

***

»Hierauf hiess Don Gianni die Gevatterin Gemmata nackt, wie sie zur Welt gekommen war, sich ausziehen und auf Händen und Füssen sich so auf die Erde stellen, wie die Stuten stehen ...« Maria stand auf allen Vieren in ihrem Schlafzimmer. Sie war nackt, ihr Rücken bildete eine geschwungene Linie, die am runden Gesäss ihren weiteren Verlauf nahm. Vor sich auf dem Parkettboden lag aufgeschlagen »Das Dekameron« von Boccaccio, neunter Tag, zehnte Geschichte.

Leo kniete hinter ihr, um seine Lenden hatte er ein Priestergewand geschlungen, das Maria unter einem Vorwand vom Kostümfundus des Schweizer Fernsehens geborgt hatte.

»Dann begann er, ihr mit den Händen Gesicht und Kopf zu streicheln, und sagte dabei: ›Dies sei ein schöner Stutenkopf.‹ Ebenso berührte er ihre Haare und sprach: ›Dies sei eine schöne Stutenmähne‹, und ihre Arme betastend: ›Dies seien schöne Beine und Füsse einer Stute.‹«

Leo strich mit seinen Fingern durch die braunen Locken von Maria, streichelte ihre Schenkel und Schultern.

Maria las weiter vor, wobei sie zwischendurch immer wieder innehielt, weil sie die Liebkosungen von Leo genoss. »Als er dann ihre Brust befühlte und sie fest und rund fand, erwachte einer, der nicht gerufen worden war, und erhob sich. Don Gianni sagte aber: ›Und dies sei eine schmucke Stutenbrust.‹«

Leo tat es dem Priester Don Gianni gleich. »Zuletzt als ihm nichts mehr übrigblieb, als den Schwanz zu machen«, hob Leo das Priesterhemd auf, »nahm den Pflanzstock, mit dem er Menschen zu pflanzen pflegte, und schob diesen schnell in die dazu bestimmte Furche.«

Maria hörte auf zu lesen. »Don Gianni«, stöhnte sie, »ich will keinen Schwanz, ich will keinen Schwanz.« Doch schon war der »Wurzelsaft, der alle Pflanzen keimen macht, gekommen«, als Leo das Pflanzholz zurückzog.

Nach dieser Interpretation der Novelle sanken sie keuchend auf Marias Bett. Leo rieb seine Nase an ihrer linken Brustwarze, die sich steil und dunkel nach oben richtete, schob sich langsam nach unten, kreiste mit seiner Zunge um den Bauchnabel und küsste die Innenseite ihrer Schenkel. Maria spürte ein Kratzen an ihrem rechten Knie, als seine Bartstoppeln daran entlang glitten. Als er ihren grossen Zeh in den Mund nahm, verspürte sie plötzlich Lust auf Stachelbeerkuchen. Sie kicherte. So vergnügten sie sich die ganze Nacht, in der Leo noch

»dreimal das Paternoster bestieg.« °

Als Maria Leo eingeladen hatte, zu ihr nach Hause zu kommen, war er unschlüssig gewesen, ob er Lust auf ein Rollenspiel hatte. Wie so oft, liess er auch dieses Mal das Schicksal entscheiden. Er warf einen Stein gegen einen Baum. Traf er ihn, war das für ihn ein Zeichen, dass er mitkommen sollte. Maria hatte ihn deswegen schon häufig geneckt. Als sie merkte, dass Leo extra auf die Baumkrone zielte, um den Baum ja nicht zu verfehlen, hatte sie sich gefreut.

Der Morgen brach an, als Leo leise aufstand und in seine Kleider schlüpfte. Maria hörte, wie er auf Zehenspitzen aus ihrem Schlafzimmer schlich. »Wenn du magst, kannst du bei mir übernachten«, sagte sie leise, als er die Türe erreicht hatte.

Leo drehte sich um, seine blonden Strähnen hoben sich in der Dunkelheit ab, die Iris seiner Augen glänzte. Er lächelte im Dunkeln, was Maria aber nur erahnen konnte. Er zog sich wieder aus und kroch zu ihr unter die Decke.

»Löffelstellung«, murmelte Maria nur. Leo schmiegte sich ganz dicht an ihren Rücken.

FÜNF

»Der Mensch, und sei sein Charakter noch so verwerflich, ist ganz Natursprache. Gott als Schöpfer der Seele im Menschen ist der Autor, der Buchstaben auf das Gesicht eingemeisselt hat. Aber nicht nur im Gesicht: Alles in der Natur, jede Frucht, das geringste Blatt hat seine Physiognomie, seine Natursprache. Weil Gott alles geschaffen hat, verbirgt sich hinter jedem Naturding eine Bedeutung. Alles ist Zeichen. Gott ist der Garant dafür, dass die Welt lesbar ist, und dass eine Harmonie zwischen Körper und Seele herrscht. Denn Gott lügt nicht.

Es ist eine unverzeihliche Sünde wider die Natur, und, wenn ich es sagen darf, beinahe eine Lästerung des Geistes der Natur, dass man behaupten durfte: Die Natur setze Gesichtsteile zusammen, wie der Buchdrucker Buchstaben. Buchdrucker setzen Lettern zusammen, ohne auf ihre Bedeutung zu achten. Ausserdem haben vereinzelte Buchstaben noch keine Bedeutung. Erst zusammengefügt ergeben sie einen Sinn. Es sei denn, Gott ist ein Affe, der wild auf eine Schreibmaschine hämmert und damit zwar auch Buchstaben und Zeichen produziert, die aber nichts bedeuten. Doch das sei ferne. Alle Zeichen in der Natur verweisen auf den grossen Plan Gottes.

So lässt sich auch in den Gesichtern der Menschen unschwer ihr zukünftiges Handeln ablesen. Unser späteres Sinnen und Trachten wurde uns schon als Neugeborenes in die Wiege gelegt, ja schon im Mutterleib schrieb Gott fest, wer wir sein, und was wir einst tun werden.

Wir sind alle Gezeichnete. So steht es in der heiligen Schrift: Nachdem Kain seinen Bruder Abel erschlagen hatte, ritzte Gott ein Zeichen auf seine Stirn. Kains abscheuliche Tat konnte jeder in seinem Gesicht lesen. Dieses Mal war schon sichtbar als Kain geboren wurde, als er noch ein Säugling war, noch lange bevor er an etwas Böses gedacht hatte. Die Botschaft Gottes auf Kains Stirn hatte zuvor nur niemand bemerkt. Hätte Abel Gottes Zeichen gelesen und verstanden, wäre er in der Lage gewesen, sich vor dem Angriff seines Bruders zu wappnen.

Auch Kinn, Wangenknochen und Jochbein von Darius Waldner offenbarten mir seine Schlechtigkeit. Es handelte sich um die Physiognomie eines Unmenschen, in dem eine dunkle Kraft wie in einer Mördergrube wirkte. Der Umriss der Stirn und besonders die Kontur seiner Nase zeigten an, welche Verbrechen er in Zukunft begehen würde. Er hatte noch nichts getan, was den Tod verdiente, er war ja noch ein Kind, aber auf seiner Stirn stand es *geschrieben: In wenigen Jahren würde er sexuelle Abartigkeiten entwickeln, Frauen foltern und schänden. Das musste ich verhindern. Alle Menschen, die ich getötet habe, hatten mir zuvor verraten, ohne es zu wissen, was sie im Schilde führten, denn ich wusste, welche Pläne sie schmiedeten. Sie trachteten danach, grosses Leid über Menschen zu bringen. Davon musste ich sie abhalten. Ich habe sie aus Nächstenliebe getötet.«*

***

»Glauben Sie an Gott?«, fragte Sokrates unvermittelt, während ihm Eva mit der Brause das Haar befeuchtete. »Bisher schien mir die Frage zu intim. Doch meine Neugier nimmt heute offensichtlich überhand. Sie haben Theologie studiert und tragen ein Kreuz an ihrer Halskette. Welche Bewandtnis hat es damit auf sich?«

Eva lächelte amüsiert. »Sie stellen mir die Gretchenfrage.«

»Ja, genau«, erwiderte Sokrates mit der Stimme eines Deutschlehrers und zog seine rechte Augenbraue nach oben. »Wie hältst du's mit der Religion?«

Sokrates fühlte sich erstaunlich munter. Seine Kopfschmerzen klangen ab. Als er sich morgens aus dem Bett gequält hatte, nachdem er mit angezogenen Kleidern die ganze Nacht wie ein Walross auf der Matratze gelegen war, spürte er ein dumpfes Pochen hinter seinen Schläfen. Die grauen Haare standen ihm wie bei Albert Einstein kreuz und quer vom Kopf. Er streifte seine Socken ab und schlurfte ins Badezimmer. Verkatert schaute er in den Spiegel. Unterhalb seiner grauen Augen hatten sich Tränensäcke gebildet. Aus dem Schrank nahm er zwei Aspirin. Er beugte sich unter den Hahnen, trank siebenundzwanzig Schlucke kaltes Leitungswasser, bis sein Durst gestillt war und zerkaute die Tabletten. Daraufhin wackelte er unter die Dusche. Den Mischer stellte er auf eiskalt, das tat er sich sonst nie an. Der harte Brausestrahl vertrieb den Nebel in seinem Kopf. Zitternd vor Kälte rubbelte er sich mit einem Handtuch warm. Vor dem Spiegel gab er sich zwei Ohrfeigen, das geschah ihm zu Recht. Dummkopf, hatte er sich gescholten, Dummkopf. Kurz darauf ging es ihm wieder besser. Es war Samstagmorgen um sieben Uhr dreiundfünfzig. Er musste heute arbeiten und den Jungen obduzieren. Doch jetzt genoss er den Besuch bei Eva. Nur so würde er den Tag überstehen.

»Ich bin nicht sehr religiös«, antwortete Eva. »Hin und wieder besuche ich in der St. Peterskirche den Gottesdienst. Ich versuche an

Gott zu glauben.«

»Sie versuchen es«, wiederholte Sokrates und runzelte fragend die Stirn, »warum?«

»Aus Notwendigkeit und Verzweiflung.«

Sokrates richtete sich auf und schaute Eva in die Augen, er merkte, dass es ihr ernst war. Eva drückte ihn wieder sanft in den Coiffeurstuhl und massierte seine Kopfhaut mit langsamen kreisenden Bewegungen. Die Schaumbläschen platzten in den Ohren von Sokrates.

»Ich dachte, wir könnten ein wenig über Gott und die Welt plaudern, doch Sie antworten mit so schweren Gedanken, dass sie meine volle Aufmerksamkeit erfordern.« Sokrates schloss seine Augen. Das Shampoo duftete. Er genoss die Kopfmassage. »Jetzt bin ich bereit, legen Sie los. Sie glauben also an Gott aus Notwendigkeit und Verzweiflung, was meinen Sie damit?«

»Ich versuche an Gott zu glauben. Ich versuche es aus Notwendigkeit, denn ohne Gott gäbe es keine universellen Werte. Ohne ihn hätte nichts Gültigkeit. Ohne ihn gäbe es keine Gerechtigkeit, woher sollte sie kommen? Es gäbe kein Gut und kein Böse. Warum sperren wir Verbrecher hinter Gitter? Warum jagen wir sie? Haben sie etwas Verwerfliches getan? Wer sagt das?

Nun: Es ist gut, Menschen zu schützen, die sich nicht wehren können, Schwächeren zu helfen, Arme zu unterstützen. Ohne Gott wären diese Werte nur vergänglicher Staub. Sie hätten keinerlei Bedeutung inmitten von Milliarden Sonnensystemen.«

Sokrates öffnete seine Augen und schaute Eva erstaunt an. So hatte er sie noch nie reden gehört. Als wolle sie sich selbst überzeugen. Eva spülte mit der Brause das Shampoo aus den Haaren von Sokrates. Das Wasser war angenehm warm.

»Vielleicht hat uns die Evolution gelehrt, dass ein gewisses Mass an Solidarität mit den Schwächeren auch die Überlebenschance der Stärkeren erhöht«, gab Sokrates zu bedenken. »Für diese Erkenntnis braucht es keinen Gott. Überleben ist alles. Unsere Werte sind womöglich nur entstanden, weil sie sich im Überlebenskampf als nützlich erwiesen haben.«

»Das mag sein.« Eva und rubbelte die Locken von Sokrates trocken. »Aber wer sagt, dass Überleben alles ist, wer hat dies bestimmt? Für mich ist es plausibler, hinter all den Werten einen Gott zu vermuten, der sie aufgestellt hat.« Sie schlang das Handtuch wieder um die Schultern von Sokrates.

»Hm«, sagte Sokrates, »und warum glauben Sie aus Verzweiflung?«
Eva nahm die Bürste und kämmte die grauen Locken von Sokrates.
»Ohne Gott wäre für mich die Vorstellung unerträglich, dass wir
sterben müssen. Ich könnte den Gedanken an den Tod nicht aushalten.
Milliarden von Galaxien, unendlich viele Paralleluniversen, die seit
Ewigkeiten entstehen und wieder vergehen, nein. Ich hoffe nicht, dass
wir in den Tiefen des Weltalls so verloren sind. Für mich macht das
Leben nur einen Sinn, wenn nach dem Tod nicht alles vorbei ist.« Sie
griff vom Tablett eine Schere und stutzte die dichten Augenbrauen von
Sokrates.

»Und Sie, glauben Sie an Gott?«, fragte Eva, ohne ihren Blick von der
Schere abzuwenden.

»Nein, aber ich wünschte, ich könnte an ihn glauben. Ich bin ihm
noch nie begegnet. Ob es ihn gibt, weiss ich nicht. Ich bin Agnostiker.«

Eva hörte ihm zu, während sie etwas Haarwasser in ihren Händen
verrieb.

»Wenn Gott seine Spuren in der Welt hinterlassen hat«, fuhr Sokrates
fort, »muss es ein grausamer Gott sein. Ich sehe viel Schlechtes. Tod.
Leid. Schmerz.« Er dachte an seine Frau. Ihren frühen Tod würde er
Gott nie verzeihen. »Gestern hat der Täter ein drittes Opfer gefordert,
ein Kind. Ich verstehe nicht, wie ein gütiger Gott solche Verbrechen
zulassen kann. Warum stoppt er den Mörder nicht, warum fällt er ihm
nicht in den Arm?«

Eva blickte ihn im Spiegel an. »Ich weiss es nicht. Es ist furchtbar,
was dem Jungen widerfahren ist. Und seiner Mutter, die unsäglich
darunter leidet, dass ihr Kind nicht mehr lebt. Ich weiss nicht, warum
Gott dieses Leid zulässt. Es ist ein Fluch. Wir sind tatsächlich wie Wesen
auf der Tischplatte, von denen Ihr Vater erzählt hat, wir sehen Gutes
und Böses nur als Schatten. Gott, der diese Schatten wirft, können wir
nicht begreifen. Er, der Raum und Zeit erschaffen hat, entzieht sich
unserer Vorstellung.«

Sokrates nickte. »Ja, Sie haben recht. Über Gott können wir keine
Aussagen machen, das wäre nicht zulässig. Deshalb bin ich Agnostiker.
Ich habe keine Antwort auf die Frage, ob Gott existiert. Und wenn es ihn
gäbe, ob ihm etwas an uns liegt.«

Eva nahm das Handtuch von seiner Schulter und beugte sich nach
vorne. Sokrates roch den Duft von Zeder und Orangenblüten. Ihre
Brüste berührten wie zufällig seine Schulter. »Darf ich Ihnen noch einen
Espresso anbieten?«, fragte sie und schaute ihn im Spiegel an. Ihre

Locken hatte sie hochgesteckt.

Sokrates bemerkte feine Härchen, die sich an ihrem Nacken kringelten. »Ja, gerne, und lassen Sie uns nicht weiter philosophieren«, sagte Sokrates mit einem vergnüglichen Lächeln, »denn die Philosophie ist, so habe ich gelesen, wie jemand, der in einem stockdunklen Raum mit verbundenen Augen eine schwarze Katze sucht, die es gar nicht gibt.«

Eva warf ihren Kopf in den Nacken und lachte. »Ja, und die Theologie ist wie jemand, der in einem stockdunklen Raum mit verbundenen Augen eine schwarze Katze sucht, die es gar nicht gibt – und aber ruft: ›Ich hab sie.‹« Sokrates stimmte in ihr Gelächter ein. Seit Langem hatte er sich nicht mehr so sehr amüsiert.

Eva ging in den Nebenraum und machte Kaffee. Durch die Türe sah ihr Sokrates zu. Sie bewegte sich graziös, während sie in der Küche hantierte. Das goldbraune Kleid schmiegte sich um ihre Hüften und Schultern. Sokrates sog die Luft ein. Es roch nach Mokka. Er setzte sich auf den Lederstuhl von Lissoni. Zwei Vasen mit frischen Sonnenblumen blickten freundlich in den Salon. Er zählte. Bei siebenundzwanzig stellte Eva ein Tablett mit zwei Espressotassen, Spekulatius und einem Krug Wasser auf den Tulpentisch. Sokrates freute sich. Ein guter Tag. Vielleicht sogar ein sehr guter. Die Schwere der gestrigen Nacht war wie weggewischt.

»Fand die Kripo am Tatort neue Spuren, die der Mörder hinterlassen hat?« Eva setzte sich.

»Der Täter funktioniert wie ein Uhrwerk. Er plant alles exakt. Er verschafft sich Zutritt in die Wohnung, bringt seine Opfer dazu, eine Karte zu schreiben und tötet sie dann mit einem Genickschuss. Dieses Mal verschüttete er etwas Formalin neben der Leiche.«

»Formalin? Wozu das?«

»Vermutlich konserviert er damit die Hände, die er abschneidet.« Sokrates rührte einen Löffel Zucker in seinen Espresso. »Darius, so heisst der Junge, war erst neun Jahre alt. Er liess seinen Mörder in die Wohnung. Wir glauben nicht, dass er ihn kannte. Trotzdem öffnete er ihm die Tür, obwohl ihn seine Mutter immer wieder davor gewarnt hatte, Fremden zu vertrauen. Er liess ihn eintreten, ohne Argwohn. So wie die anderen Opfer.«

»Was schliessen Sie daraus?«

»Wem vertrauen wir, den wir nicht kennen? Vielleicht ist es eine Amtsperson oder jemand, der sich dafür ausgibt, der alle unsere

Bedenken wegwischt. Würden Sie einem Mann in Polizeiuniform die Türe öffnen?«

»Ja, vermutlich schon.«

»Ich auch.« Sokrates nickte. »Ich würde nicht einmal nach seinem Ausweis verlangen, so unbedarft bin ich.« Er schlürfte seinen Espresso. »Wenn wir etwas erwarten, beeinflusst das unser Denken. Das macht mir Sorgen, wir ziehen falsche Schlüsse daraus. Von einem Mann in Polizeiuniform erwarten wir Schutz und keine Bedrohung. Alles andere blenden wir aus. Wir könnten gar nicht sehen, wenn er Böses im Schilde führte, auch wenn es dafür deutliche Anzeichen gäbe.«

Sokrates erzählte Eva von mehreren Studien, von denen er gelesen hatte. Wissenschaftler gaben Testpersonen Wodka-Tonics zu trinken, die keinen Alkohol enthielten, aber so schmeckten. Die Probanden hatten erwartet, dass der Alkohol ihre Sinne benebeln würde – und tatsächlich liessen sie sich in dem Versuch von den irreführenden Informationen verwirren. Nach mehreren Drinks waren sie betrunken. Psychologen publizierten in den letzten Jahren viele solcher Studien: Die gleiche Schokolade schmeckte besser, wenn die Konsumenten glaubten, sie stammte aus der Schweiz statt aus China. Wer einen Energydrink zum vollen Preis trank, konnte mehr Aufgaben lösen, als wenn er ein preisreduziertes Getränk mit gleichem Inhalt konsumierte. Ein Placebo steigerte die Leistung von Sportlern, Wein schmeckte besser, wenn er angeblich teurer war, und auch Medikamente wirkten stärker, wenn sie viel kosteten. Selbst Tabletten mit entspannendem Wirkstoff, empfanden Patienten als belebend, wenn ihnen dies vorher so gesagt worden war. Erwartungen übertrugen sich sogar: Richter beeinflussten im Gerichtssaal die Geschworenen mit ihrer Erwartung. »Das ist sehr gefährlich«, schloss Sokrates, »deshalb bin ich stets auf der Hut.«

Eva, die seinen Ausführungen die ganze Zeit aufmerksam gefolgt war, fing plötzlich an zu grinsen.

»Habe ich etwas Dummes gesagt?«, fragte Sokrates und konnte sich ein Lächeln nicht verkneifen. »Das wäre nicht das erste Mal. Das passiert mir ständig.«

»Nein, überhaupt nicht. Ihre Gedanken höre ich gerne. Aber noch vor wenigen Minuten schlugen Sie vor, nicht mehr zu philosophieren.«

Sokrates kratzte sich am Kopf. »Sie haben mich erwischt. Schluss damit.« Sie plauderten noch eine Weile über dieses und jenes. Dann stand Sokrates schweren Herzens auf, nahm sein Portemonnaie hervor und wollte Eva fünf Franken geben.

»Nein, danke«, sagte sie vergnügt, »dieses Mal spendiere ich Ihnen die Haarwäsche.«

Sokrates lächelte. »Das Geschenk nehme ich gerne an. Aber nur, wenn ich Sie morgen nach dem Kunsthaus zum Essen einladen darf.«

Eva gab ihm vorsichtig die Hand, die sich zerbrechlich anfühlte. »Einverstanden, Sokrates. Bis morgen.«

Sie schaute ihm nach, als er ihren Coiffeursalon verliess.

Die Sterne meinten es gut mit ihm, sagte Paula und zwinkerte Sokrates zu, als er kurze Zeit später gut gelaunt den Empfang passierte, Menschen im Sternzeichen Widder hätten Glück in der Liebe. Die Zeit sei günstig.

***

»Glatte, kurze Haare.«

»Welche Farbe?«

»Dunkel, vielleicht auch grau. Ich konnte sein Gesicht kaum erkennen. Im Treppenhaus war das Licht ausgeschaltet, und als ich an ihm vorbeiging, drehte er seinen Kopf zur Seite.«

Frau Eibel musterte konzentriert die Konturen eines Gesichtes auf einem Computermonitor. Neben ihr sass Constantin Xavier, Mitte vierzig, korpulent, Glatze, der ein Grafikprogramm bediente. Er arbeitete für die Fachgruppe Personenidentifizierung der Kantonspolizei. Die Kripo hatte Vera Eibel vorgeladen, um den mutmasslichen Serienmörder möglichst exakt zu beschreiben. Denn sie war bisher die einzige, die den Tatverdächtigen gesehen hatte. Mit ihrer Hilfe erstellte der Experte nun ein Phantombild.

Die Software bot fünfhundert Frisuren zur Auswahl, hatte Xavier ihr erklärt. Mit dem Cursor zog der Polizist eine Frisur auf die Oberfläche. Immer wieder wischte sich Frau Eibel mit einem Taschentuch über die Stirn. Im winzigen Büro roch die Luft abgestanden. Mehrere Monitore, Farbkopierer, Drucker, Scanner und ein Faxgerät erhitzten das Büro im dritten Stock des Kripogebäudes. Die Jalousien waren heruntergelassen, die gekippten Lamellen warfen Streifen an die Wand. Von der Decke brannten zwei kleine LED-Leuchten, die den Raum aber kaum erhellten. Die Wanduhr zeigte neun.

Zuvor hatte Frau Eibel geduldig dreihundert Fotos betrachtet, die Xavier aus dem Verbrecheralbum, wie er es nannte, zusammengestellt hatte. In dieser Datenbank waren sechzigtausend Porträts von Tatverdächtigen gespeichert, die nach ihrer Verhaftung erkennungsdienstlich behandelt worden waren. Ein Polizist hatte ihre Gesichter von vorne und im Profil farbig fotografiert. Xavier erklärte seinem Gast jeden Schritt. Aus dem Verbrecheralbum wählte er Fotos von Männern mit hagerem Gesicht und glatten Haaren, die der Person auf den Bildern der Überwachungskamera glichen. Die Angaben, die Frau Eibel zum Signalement des Täters gemacht hatte – Hautfarbe: weiss, Statur: hager, Sprache: vermutlich Schweizerdeutsch, Alter: vierzig bis sechzig. Grösse: mindestens ein Meter achtzig – schränkte seine Auswahl ein. Tausendzweihundert solcher Wahlbildkonfrontationen führte die Kripo in diesem Jahr bereits durch, erklärte Xavier, während er ihr ein Foto nach dem andern zeigte. Damit sollten Kriminelle, die bereits im System erfasst waren und ein neues Verbrechen begingen, überführt werden. Nach einer Stunde schüttelte Frau Eibel den Kopf. Der Serientäter war nicht auf den Bildern.

Daraufhin wählte Constantin Xavier ein Foto, von dem sie gesagt hatte, es sehe dem Serienmörder am ähnlichsten und erstellte daraus ein Phantombild.

Die Software, mit der er arbeitete, erfuhr Frau Eibel, enthielt siebzehn Elemente, aus denen er das Gesicht am Computer zusammensetzte. Der Polizist begann mit der Frisur, weil sich viele Zeugen daran am besten erinnern würden. Nachdem er mit dem Grafikprogramm die Haare an den Schläfen etwas grauer gefärbt hatte, öffnete er die Palette mit Augen. Frau Eibel schaute fasziniert hinein. Xavier konnte aus tausend Augenpaaren wählen, grosse und kleine Pupillen, geschminkte, entzündete und wässrige Augen, Glubschaugen, Schlitzaugen und Mandelaugen, solche mit Tränensäcken oder mit Lachfältchen.

»Können Sie sich an seine Augen erinnern?«

Frau Eibel dachte nach. »Dunkelbraun oder schwarz, wie Knopfaugen von einem Mäusebussard.«

»Mäusebussard?«, fragte Xavier belustigt und fuhr ernst fort: »Trug er eine Brille?«

»Nein.«

Der Polizist setzte ein Augenpaar mit schwarzbrauner Iris ins Gesicht. »So in etwa?«

»Nicht ganz. Sein Blick war bohrender. Als er mich einen kurzen Moment lang anstarrte, zuckte ich zusammen.«

Xavier nahm einen virtuellen Stift und formte die Augen zu

schmalen Schlitzen, sodass die Pupillen oben und unten von den Lidern überdeckt waren.

»Ja, genauso schaute er mich an«, rief Frau Eibel mit einem Mal. Sie beugte sich nach vorne zum Monitor, um die Zeichnung besser betrachten zu können. »Aber seine Augen lagen tiefer in ihren Höhlen.«

Der Polizist nahm einen Pinsel und malte einen Schatten um die Augen. Mit dem Handrücken wischte er sich über die Stirn. Im Büro war die Temperatur gestiegen. Frau Eibel bemerkte Schweissflecken unter seinen Achseln.

»Die Augenbrauen stimmen nicht«, sagte sie nachdenklich.

Sie versuchte sich vorzustellen, wie sie die Treppenstufen hinunterstieg, ihr der Mann entgegenkam, sein Mantel ihren Oberschenkel streifte, als er sich an sie vorbeidrängte, und wie der Geruch eines süsslichen Raumsprays in ihre Nase drang. »Er hatte dicht gewachsene Augenbrauen, die aber an der Nasenwurzel nicht zusammengewachsen waren.«

»Sie haben ein hervorragendes Gedächtnis«, lobte Xavier sie, während er die Brauen buschiger malte. »Solche Augenzeugen erleben wir selten.« Frau Eibel blickte verlegen auf ihre Hände. Anschliessend nahm Xavier eine schmale Nase aus einem elektronischen Ordner und setzte sie ins Gesicht. Mit dem Stift modellierte er die Nasenwurzel.

Frau Eibel schloss ihre Augen. »An die Nase kann ich mich nur schlecht erinnern. Aber ich glaube, dass sie länger war und spitz zulief.«

Xavier zog die Nasenspitze mit dem Cursor nach unten.

»Den Mund hielt er zusammengepresst«, fuhr Frau Eibel mit geschlossenen Augen fort. »Er sah verbissen aus, zu allem entschlossen.« Plötzlich richtete sie sich auf. »Wissen Sie, vielleicht bilde ich mir sein Gesicht nur ein, vielleicht spielt mir meine Phantasie einen Streich.«

Xavier lächelte. »Ja, das kommt vor. Unsere Erinnerung vermischt manchmal Traum und Realität. Das muss Sie nicht kümmern. Sie sind eine aussergewöhnlich gute Beobachterin.«

Der Polizist holte aus seinem virtuellen Setzkasten einen dünnen Mund hervor und verformte die Lippen zu Schlitzen. Frau Eibel steckte das Papiertaschentuch in die Jackentasche, worin sie auch ihren Rosenkranz trug. Mit den Fingern berührte sie die Perlen. Sie dachte an Dana Waldner, an ihr verzweifeltes Gesicht, die traurigen Augen, den Schatten auf ihrer Stirn. Gestern hatte sie sich den ganzen Nachmittag um ihre Nachbarin gekümmert. Am Abend war die junge Frau von ihrem Bruder abgeholt worden, der mit seiner Familie in Rheinfelden lebte.

»Jetzt beginnen wir mit der Feinarbeit«, riss Xavier sie aus ihren Gedanken, nachdem er alle Gesichtsteile platziert hatte. »Stimmen die Proportionen?«

Frau Eibel öffnete die Augen. Sie legte ihren Kopf etwas zur Seite und betrachtete die Phantomzeichnung. »Der Kopf war schmaler, wie bei einem Greifvogel, die Haut spannte sich über die Backenknochen, und das Kinn sprang spitz hervor«, sagte sie schliesslich.

Xavier wischte sich die rechte Hand an seiner grauen Bundfaltenhose ab, bevor er wieder zur Computermaus griff. »Trug er einen Bart?«

»Nein, er war glatt rasiert. Es war nicht einmal der Schatten eines Bartwuchses zu sehen. Auf seinem Gesicht konnte ich auch keine Falten ausmachen.«

Vorsichtig verschob der Polizist die Gesichtsteile, veränderte die Schädelform, probierte ein spitzeres Kinn aus.

»Der Haaransatz stimmt noch nicht«, sagte Frau Eibel, nachdem Xavier das Kinn modelliert hatte. »Die Stirn wölbte sich stärker.« Mit ein paar Klicks legte der Polizist die Augen etwas tiefer und zog den Scheitel nach oben, sodass die Stirn markanter hervortrat. Er nahm zwei Ohren und setzte sie links und rechts ans Gesicht. Nach einer Stunde hatte der Polizist das Werk fertig gestellt.

»Faszinierend«, sagte Frau Eibel, als sie das Phantombild musterte, »so sah der Mann aus, dem ich begegnet bin. Sie sind ein Künstler, Herr Xavier.«

Xavier schaute betreten auf seine Fingernägel. »Handwerker, Frau Eibel, ich bin nur ein Handwerker, der ohne Ihre Beobachtungsgabe keinen Strich hätte malen können.«

Zum Schluss nahm Constantin Xavier einen Weichzeichner und verwischte die Konturen des Gesichts. »Das Gesicht darf nicht allzu realistisch erscheinen. Die Betrachter sollen ihre Phantasie spielen lassen und im Phantombild den Täter sehen können.«

»Wozu brauchen Sie das Bild?«, fragte Frau Eibel.

»Unsere Pressestelle schickt das Bild an alle lokalen Medien der Stadt, an Tageszeitungen, Quartiersblätter und an Tele Züri. Schon heute Nachmittag werden Online-Zeitungen das Bild aufschalten. Wir hoffen, dass jemand den Täter darin erkennt und sich bei uns meldet.«

***

Theo Glauser beobachtete Lara Odermatt, die mit ihrer Digitalkamera dokumentierte, wie Sokrates die Klinge durch die Haut des Kindes zog, im leichten Bogen entlang des Schlüsselbeins schnitt, von der linken bis zur rechten Schulter. Eine rote Locke, die unter der Kapuze ihres Overalls herausgerutscht war, klebte an ihrer Wange. Die Augen blickten müde. Ihre Schultern, die sie sonst wie eine Tänzerin nach hinten drückte, liess sie hängen. Während sie Fotos schoss, als Sokrates den schmächtigen Körper öffnete, kaute sie auf ihrer Unterlippe. Glauser spürte, wie sehr die Polizeifotografin unter der Obduktion litt. Er verstand sie gut. Die Obduktion eines Kindes war nur schwer zu ertragen. Sokrates dagegen schien die Ruhe selbst. Glauser bewunderte ihn deswegen. Der Rechtsmediziner stand am Chromstahltisch, vermummt mit einem Spritzschutz aus Plexiglas. Er durchschnitt die Bauchdecke und führte das Messer bis zum Schambein. Nik reichte ihm die Zange, womit Sokrates die Brustknorpel herausbrach. Der Körper von Darius sah aus wie von einem mageren Hündchen. Die Rippen stachen durch die gelbliche Haut, sie schienen durchsichtig wie Pergamentpapier. Glauser wandte seine Augen ab.

Am Kopf der Leiche assistierte Anna Zumsteg. Die pechschwarzen Strähnen verdeckten ihre Augen. Die Lippen hatte sie schwarz geschminkt, die Fingernägel waren ebenso lackiert. Auf ihrer puderweissen Stirn trat eine Ader hervor.

Theo Glauser verfolgte die Obduktion von der Tür aus. Die rechte Hand hatte er in seiner Hosentasche vergraben. Seine Finger glitten über die blaue Glasmurmel. Ihm fiel auf, dass Lara die Digitalkamera auch dann vor ihr Gesicht hielt, wenn sie keine Fotos machte. Die gesamte Obduktion schaute sie sich auf ihrem Display an, als suche sie dahinter Schutz. Es war ruhig im Seziersaal. Nur die leise Stimme von Sokrates war zu hören, wenn er seine Befunde diktierte. »Keinerlei Hämatome erkennbar, Gewalteinwirkung unmittelbar vor dem Tod ist ausgeschlossen.«

Glauser ertrug es nicht länger mit ansehen zu müssen, wie Sokrates die Leiche des Jungen öffnete und die winzigen Brustmuskeln mit Messer und Pinzette wegpräparierte. Er schloss seine Augen. Intensiv nahm er die Geräusche der Obduktion wahr: das Knacken, wenn Sokrates mit der Zange die Rippen durchtrennte und das Brustbein herauslöste, das Pfeifen der Luft, wenn er in das Lungenfell stach und die Lungenflügel zusammensackten, das Schmatzen, Schlürfen und

Gluckern, wenn er den Dickdarm aus der Bauchhöhle entnahm und Nik Leber und Nieren wog. Er hörte das Summen der Neonröhren, das Klappern vom Bestecktablett und das Klicken der Digitalkamera. In seine Nase stach der Geruch von Desinfektionsmitteln.

»Der Mageninhalt besteht aus dickflüssigem Brei. Hundertdreissig Milliliter, gelbliche Farbe, säuerlicher Geruch«, hörte er Sokrates von Weitem.

Vor der Obduktion war die Leiche des Jungen in der Röhre des Computertomografen geröntgt worden. Das Einschussloch am Nacken war in der 3D-Ansicht gut abgebildet: acht Zentimeter tief, zwei kreisrunde Schmauchhöfe, fehlende Austrittswunde. Darius wurde wie die andern Opfer mit einem Schlachtschussapparat getötet. Auch die virtuelle Autopsie brachte keine neuen Spuren hervor.

»Der Täter hat die linke Hand mit einem scharfen Messer an den Knorpeln des Handgelenks abgetrennt«, diktierte Sokrates leise, nachdem er den Armstumpf des Jungen untersucht hatte. Glauser trat einen Schritt an den Obduktionstisch heran, um Sokrates besser verstehen zu können.

Nik notierte den Befund. Glauser merkte, dass die Augen des Assistenten feucht glänzten. »Nik, denk daran, was ich dir gesagt habe«, hörte er Sokrates flüstern. »Die Leiche ist nur eine leere Hülle, sie ist wie ein Mantel, den Darius abgelegt hat. Sie hat mit dem Buben nichts mehr zu tun.«

Nik seufzte. »Ja, ich werd's mir merken.«

Anna strich die struppigen Haare von Darius nach vorne über die Stirn und durchschnitt die Haut quer über den Scheitel von Ohr zu Ohr. Dann präparierte sie die Kopfschwarte weg, zog die Haut mit beiden Händen auseinander, bis der Schädel frei lag.

In dem Moment, als sie die elektrische Säge am Schädelknochen von Darius ansetzte, mit der Flexscheibe ein kreisrundes Loch herausfräste und sich der Geruch von verbrannten Knochen ausbreitete, unterbrach das Handy von Theo Glauser die Stille im Obduktionsraum und pfiff die Melodie von Edvard Grieg. Glauser sah auf dem Display die Nummer, runzelte seine Stirn und nahm den Anruf entgegen. Nachdem er kurz zugehört hatte, sagte er nur: »Verstanden« und legte auf. Anna hatte die elektrische Säge ausgeschaltet. Glauser schwieg eine Weile mit gesenktem Kopf und rieb sich mit beiden Handballen die Schläfen. Sokrates und Nik blickten ihn fragend an.

»Ein vierter Mord«, erklärte Glauser schliesslich mit belegter

Stimme. »Der Serientäter hat wieder zugeschlagen. Das Opfer ist eine Frau in der Altstadt.«

Anna hielt sich vor Entsetzen die Hand vor den Mund. Lara biss sich auf die Lippen. Sokrates und Nik standen wie versteinert.

»Die Hand, hat er ihr eine Hand abgetrennt?«, fragte Sokrates schliesslich mit stockender Stimme.

»Ja, nach einem Genickschuss. Der Mord trägt dieselbe Handschrift wie bei den andern. Zieh dich um, Lara«, wandte sich Glauser an die Fotografin. »Wir brechen sofort auf.« Dann richtete er sich an Sokrates und Nik: »Beendet die Autopsie. Ihr müsst euch nicht beeilen, die Spurensicherung dauert mindestens zwei Stunden. Kommt nach, wenn ihr fertig seid.«

Er nannte Sokrates die Adresse vom Tatort, nahm sein Handy hervor und gab knappe Anweisungen.

»Lukas, besorge dir die Videoaufnahmen von den Überwachungskameras auf der Rathausbrücke und auf der Schipfe. Der Täter muss dort vorbei gekommen sein.«

Anschliessend rief Glauser die Einsatzzentrale an. Sie teilte ihm mit, dass zwei Dutzend Polizisten durch die Altstadt patrouillierten, die nach einem grossen, hageren Mann Ausschau hielten, fünfzig Jahre alt, dunkler Mantel, Aktentasche. Vom Streifenpolizisten, der als erstes den Tatort betreten hatte, erfuhr Glauser, dass die Frau noch nicht lange tot sein konnte. Eine Nachbarin hatte die Leiche entdeckt. Sie war mit dem Opfer befreundet und hatte sich mit ihr zum Mittagessen verabredet. Im Backofen schmorte ein Lammbraten. Der Timer lief noch. Der Täter musste sein Opfer beim Kochen gestört haben. Er konnte also noch nicht weit gekommen sein.

»Emma, befrage mit Franz die Nachbarn. Vielleicht hat jemand den Täter gesehen.«

Es dauerte zehn Minuten, bis Glauser alles organisiert hatte. Währenddessen verstaute Lara ihre Digitalkamera in der Fototasche und zog ihren Overall aus. Die Polizisten machten sich auf den Weg.

Nachdem sie gegangen waren, begab sich Sokrates zum Kopfende des Chromstahltisches. Mit einem Mal sehnte er den Feierabend herbei wie nie zuvor. Er wollte den Tod vergessen, den Schrecken hinter sich lassen und mit Eva das Kunsthaus besuchen. Morgen würde es endlich so weit sein. Er konnte es kaum erwarten.

Widerwillig entfernte er die Schädeldecke der Kinderleiche. Er wollte gerade damit beginnen, mit einem Skalpell das Grosshirn herauszulösen, als sein Handy klingelte. Sokrates streifte seine Handschuhe ab, klappte den Spritzschutz nach oben und griff in seine Jackentasche.

»Ja, Paula, was gibt's?«

Die Institutssekretärin verband Sokrates mit der Kantonspolizei, es sei wichtig. Sokrates erfuhr, wem der Unterarm gehörte, der seit Tagen in seinem Kühlfach lagerte. Interpol hatte herausgefunden, dass die DNA der Hand mit der DNA einer Leiche übereinstimmte, die Rangierarbeiter vor zehn Tagen auf den Gleisen vor dem Hauptbahnhof in Köln entdeckt hatten.

Ein Bildhauer, siebenundvierzig Jahre alt, der wegen eines unheilbaren Hirntumors in ärztlicher Behandlung gewesen war, hatte sich nachts um ein Uhr vor einen Güterzug geworfen. Die Krankheit hatte ihn dazu getrieben. Die Ärzte gaben ihm nur noch wenige Monate zu leben, vor seinen Augen fing es zu flimmern an, er sah alles doppelt. Das machte ihn verrückt. In seiner Verzweiflung wählte er den schnellen Tod. Er hinterliess eine Frau und vier Kinder. Das ergaben die Ermittlungen. Die Eisenräder zermalmten seinen Körper, rissen ihn auseinander, Leichenteile und abgetrennte Gliedmassen stoben umher. Eine Hand flog gegen die Unterseite eines Wagonbodens und verklemmte sich zwischen Achse und Blattfedern. Der Lokführer bekam von alledem nichts mit. Er steuerte den Güterzug, der mit Braunkohle beladen war, vom Ruhrpott in die Schweiz. Die Kohle war bestimmt für das Zementwerk von Holcim in Siggenthal. Am Güterbahnhof in Zürich rangierte der Lokführer seinen Zug. Die Kohlewagen rumpelten über zahlreiche Weichen und schlugen heftig hin und her. Dabei musste sich die Hand von Achse und Blattfeder gelöst haben und auf das Gleis gefallen sein.

So kam es, dass die Hand des Bildhauers nach einer langen Reise quer durch Deutschland von einem Arbeiter der SBB gefunden worden war.

***

»Ave, Maria«, flüsterte ihr Leo zu, als er in der Bar Bovelli neben ihr Platz nahm. »Bete dreimal den Rosenkranz und sündige hinfort nicht mehr, so wie du in den frühen Morgenstunden getan hast.«

Maria kicherte. »Hochwürden, diese Last ist mir wahrlich zu schwer.

Ich vermag sie nicht zu tragen.«

»Warum nicht, meine Tochter?«

»Die Fleischeslust übermannt mich Nacht für Nacht. Ich kann ihr nicht widerstehen, denn ich bin von Natur aus ein schwaches Weib.« Bekümmert schlug Maria ihre Augen nieder. Ein Gast, der neben ihnen an einem der runden Tische sass und ein paar Worte dieses seltsamen Dialogs aufschnappte, schaute verdutzt zu ihnen rüber. Maria und Leo lachten.

Nach der gemeinsamen Nacht hatte Leo am Morgen ein Weitwinkelobjektiv zur Reparatur gebracht. Maria war zu Hause geblieben und hatte im Internet recherchiert, die Foren durchkämmt und Onlinezeitungen gelesen. Um halb zehn Uhr trafen sie sich im »Bovelli«. An den Tischen nippten Gäste an ihren Kaffeetassen und blätterten in Zeitschriften. Nur das Kreischen der Kaffeemühle durchbrach alle paar Minuten die Ruhe des Morgens.

An der Theke rührte eine Frau, die Mitte vierzig sein musste, in ihrem Latte macchiato und schleckte den Löffel ab. Die Frau trug ein eng geschnittenes moosgrünes Kleid. Ihr Gesicht war hübsch, doch es sah verhärmt aus. Zwei Falten zogen sich von den Nasenflügeln hinunter zu den Mundwinkeln. Ein Schatten verdüsterte ihre Augen. Maria musterte ihr erloschenes Gesicht. Sie hatte mit zu vielen Männern schlechten Sex, dachte sie.

Auf der anderen Seite sass unter einem ausgestopften Elchkopf eine Frau mit hoch toupiertem, blondiertem Haar. Neben sich hatte sie einen Korb hingestellt, so gross wie ein Kinderbettchen, woraus ein Chihuahua schaute, der um seinen Kopf eine rosarote Schleife trug. Die Frau war sehr dünn, ihre cremfarbene Bluse hatte sie bis oben zugeknöpft. Mit abgespreiztem, kleinem Finger führte sie eine Champagner-Flûte zu ihrem Mund, der grellrot geschminkt war. Maria schätzte sie auf Ende sechzig. Das verrieten ihr die Altersflecken auf den Handrücken und der sehnige Hals. Das Gesicht der Frau war nicht zu lesen. Maria konnte darauf keinerlei Spuren entdecken, die das Leben gezeichnet hatte. Die alte Frau hatte alle Falten mit Botox wegspritzen lassen. Ihr Leben mit seinen traurigen und schönen Geschichten, die auf dem Gesicht aufgeschrieben waren, hatte sie wie mit Tipp-Ex übermalt. Sie war eine Frau ohne Vergangenheit, die war wie ausradiert.

Maria stand auf und nahm von einer Metallleiste, die links der gläsernen Eingangstüre montiert war, mehrere Tageszeitungen von den Haken. Leo brachte ihr einen Espresso. Gemeinsam überflogen sie die

Schlagzeilen. Fast jede Zeitung druckte den dritten Mord des Serientäters als Aufmacher. Selbst in der »NZZ« war auf der Frontseite die Geschichte vom Tod des Kindes zu lesen.

»Lass uns zum Friedhof fahren«, sagte Maria, nachdem sie die Nachrichten gelesen hatte. »Für meinen Dokumentarfilm brauche ich Aufnahmen von Sara Helblings Grab.«

Sie trank den letzten Schluck und stand auf. Vom Dok-Redaktionsleiter des Schweizer Fernsehens hatte sie das Angebot erhalten, über den Serientäter einen Dokumentarfilm zu drehen. Da konnte sie nicht widerstehen, auch wenn ihr dieser Auftrag so viel Arbeit bescherte, wie sie kaum würde bewältigen können. Aber einmal einen Dokumentarfilm zu realisieren war ihr grösster Traum.

»Jawoll, schreiten wir hurtig zur Tat«, sprach Leo in der Art eines Theaterschauspielers. Er zwinkerte ihr zu. »Ich denke an unser Spiel von gestern Nacht.«

Maria kniff ihm in den Hintern. Gemeinsam verliessen sie die Bar.

Von der Sihlstrasse steuerte Leo seinen Kastenwagen Richtung Bucheggplatz. Am Fusse des Käferberges fuhr er bis zum Friedhof Nordheim. Nach zwanzig Minuten hatte er sein Ziel erreicht. Das historische Portal tauchte vor ihnen auf. Vor dem Krematorium parkte er seinen VW auf einem kleinen Platz, der inmitten eines Buchenwaldes angelegt worden war. Auf dem rissigen Asphalt klebten verfaulte Blätter. Maria stieg aus dem Wagen und sog die Luft ein. Es roch nach Schnee. Wolken schoben sich von Westen her über den Himmel. Leo schlug den Kragen seiner Gortex-Jacke nach oben und nahm seine Kamera aus der Transportbox. »Weisst du, wo das Grab von Sara Helbling liegt?«, fragte er.

»So ungefähr.« Maria sehnte sich nach einer Faserpelzjacke. »Wir müssen den Friedhof durchqueren. Die Urnengräber liegen im Osten.«

Mit Kamera und Stativ in den Händen stapften sie einen schmalen Weg entlang, der durch den Friedhof führte. Der Kies knirschte unter ihren Schuhen. Ihre Münder und Nasen stiessen Nebel hervor. Unterwegs begegneten sie keiner Menschenseele. An diesem nasskalten Samstagmorgen trieb es niemanden auf den Friedhof.

Bald kamen sie an einem Gräberfeld an, das von einer trapezförmigen Ligusterhecke gesäumt war. Auf der vorderen Hälfte des Feldes wuchs Rasen, der vor wenigen Tagen ein letztes Mal geschnitten worden war. Das nasse Gras blieb an den Sohlen haften, als sie das Feld überquerten. Im hinteren Teil standen Holzkreuze vor Gräbern, die erst kürzlich angelegt worden waren. Seitlich davon befanden sich ältere Gräber mit Grabsteinen aus poliertem Granit und Sandstein. Maria schritt auf die neu errichteten Kreuze zu. Unter einem rot leuchtenden Ahorn fand sie das Urnengrab von Sara Helbling. Auf dem schlichten Holzkreuz waren Name, Geburts- und Todestag eingebrannt. Die humusreiche schwarze Erde, die der Friedhofsgärtner über das Grab aufgeschichtet hatte, hatte sich bereits etwas gesenkt. Das Grab schmückten weisse Orchideen, die in der Kälte ihre Blüten hängen liessen. Ein Kranz mit der Aufschrift: »In liebendem Andenken. Anatol Zaugg« war bereits verwelkt. Maria bemerkte, dass jemand um das Holzkreuz ein Lederarmband mit Glasperlen geschlungen hatte. Sie blickte Leo kurz an. Der verstand sofort und schob seine Kamera auf den Schlitten des Stativs.

Neben dem Grab von Sara Helbling befand sich ein frisch ausgehobenes Grab. Auf dem lackierten Holzkreuz las Maria den Namen von Valentin Egloff. In diesem Grab würde die Asche des Architekten nach der Abdankung und der Kremation bestattet. »Beide Opfer werden bald nebeneinander ruhen«, sagte Maria leise. »Sie kannten sich nicht, nur ihr Mörder verbindet sie. Er allein weiss, warum sie sterben mussten.«

Maria nahm das Glasperlenarmband vom Kreuz. Es sah aus wie ein Freundschaftsband. Langsam liess sie die Perlen, die auf einer Lederschnur aufgereiht waren, durch ihre Finger gleiten. Ein Name stand nicht darauf. Wer hatte Sara Helbling dieses Armband geschenkt? Ein Verehrer? Dieser Frage würde sie nachgehen. Sie hängte die Glasperlenkette wieder ans Kreuz und nahm einen Block aus ihrer Jackentasche. Leo filmte, wie sich Maria vor den Gräbern Notizen machte.

Nach einer Weile schaute Maria auf. »Mach bitte Bilder von beiden Gräbern«, wandte sie sich an ihn, »Grossaufnahmen vom Kreuz, von den Inschriften und vom Blumenschmuck.«

Leo nickte. »Das fahle Morgenlicht eignet sich gut für deine Reportage.« Er zeigte auf die Baumwipfel: »Sieh die Sonnenstrahlen, wie sie durch den Nebel brechen, der über den Tannen hängt.«

Maria lächelte. Sie freute sich, mit einem Kameramann zusammenzuarbeiten, der sein Handwerk verstand. Vielleicht würde sie Leo nach der Arbeit dazu verführen, mit ihr Käsefondue zu essen. Eine Flasche Weisswein hatte sie bereits gekühlt, und auch ein Rest

Kirsch war noch vorhanden. In der Nacht könnten sie die Sage vom »Sennentuntschi« spielen. Sie hatte schaurig Lust darauf. Er müsse keine Angst haben, würde sie später zu ihm sagen, seine Haut ziehe sie ihm nicht vom Leibe, so wie es die Strohpuppe mit dem Sennen getan hatte. Aber ganz ungeschoren käme er bei ihr nicht davon.

Während Leo durch den Sucher blickte, seine Kamera von den Laubbäumen zu den Gräbern hinunterschwenkte und von einer Orchideenblüte die Schärfe zum Kreuz zog, stampfte Maria mit den Füssen. Sie fror. Warum nur vergass sie immer wieder, sich warm anzuziehen, schimpfte sie mit sich selbst. Sie ballte ihre Hände zu einer Faust und blies hinein. Der Atem wärmte die klammen Finger.

»Alles im Kasten«, sagte Leo nach einer halben Stunde. »Hast du noch einen Wunsch?«

»Wir gehen zur Abdankungskapelle. Valentin Egloff ist in einem Abschiedsraum aufgebahrt. Heute Morgen habe ich seine Witwe angerufen. Sie war sehr gefasst und hat mir erlaubt, von ihm Aufnahmen zu machen. Ich habe ihr versprochen, dass du behutsame Bilder drehen würdest. Die Friedhofsverwaltung ist informiert.«

Leo nahm die Kamera vom Stativ und schulterte sie. Es begann zu nieseln. Mit langen Schritten eilten sie durch den Friedhof. Maria schaute auf ihre Armbanduhr. Es war kurz nach elf Uhr.

»Die Zeit drängt«, sagte sie atemlos, weil sie Leo kaum folgen konnte. »Schon bald werden die Leute vom Bestattungsamt Valentin Egloff in die St. Peterskirche transportieren. Dort findet heute Nachmittag die Trauerfeier statt.«

Leo nickte. »Keine Sorge, wir kriegen das hin.«

Nach fünf Minuten erreichten sie das Krematorium. Ein Steinweg führte über eine Wiese zu einem Flachdachgebäude, das rechts neben der Abdankungskapelle erbaut worden war. Darin befanden sich die Aufbahrungsräume. Maria öffnete eine kupferbeschlagene Türe, vor der zwei Betonkelche mit Blumen standen, und betrat mit Leo das Gebäude. Maria blieb kurz stehen. Ihre Augen mussten sich zuerst an das Dämmerlicht gewöhnen. Langsam gingen sie den schmalen Gang entlang und gelangten schliesslich in den Aufbahrungstrakt. Die einzelnen Abschiedszellen lagen in Fünferreihen nebeneinander. Maria zählte dreiunddreissig Räume. Neben den meisten Türen stand ein senkrecht aufgestellter Sargdeckel. Sie zeigten an, dass in diesem Raum ein Toter aufgebahrt war.

»Hier drin liegt die Leiche von Valentin Egloff«, flüsterte Maria Leo zu, als sie auf dem Sargdeckel einen Zettel mit dem Namen des Toten las. »Gehen wir rein.« Sie drückte die Klinke nach unten. Im Aufbahrungsraum roch es nach Raumspray. Maria rümpfte die Nase. »Vor uns hat jemand eine widerliche Duftmarke hinterlassen.«

Leo baute seine Kamera auf. Das gedämpfte Licht im fensterlosen Zimmer reichte knapp aus, er musste keine zusätzlichen Lampen aufstellen. Maria trat fast ehrfürchtig vor den geöffneten Sarg. Sie fühlte sich wie in einer Kirche. Das Innere des Sarges war mit einer weissen Polsterung ausgekleidet. Valentin Egloff trug ein helles Leinenhemd, von dem aber nur der Kragen zu sehen war. Der Leichnam war bis zum Hals zugedeckt. Leo bückte sich und begann zu drehen. Maria musterte das Gesicht des Toten. Die Haut spannte sich wachsgelb um den Schädel und glänzte. Die schwarzen Locken schienen auf dem weissen Kissen wie frisch gefärbt. Die Nase mit dem Höcker stach scharf hervor. Der Mund war grau und schmal. Die Leiche von Valentin Egloff glich einer Puppe. Wenn man sie aufrichtete, stellte sich Maria vor, würde sie ihre Augen öffnen. Sie erschauderte bei diesem Gedanken. Kaum hatte Leo seine Dreharbeiten beendet, die Kamera vom Schlitten genommen und die Diskette in der Hülle versorgt, klopfte es an der Türe. Zwei Leichenbestatter traten ein, grüssten ernst, und schraubten den Deckel auf den Sarg von Valentin Egloff.

***

Als Seefahrer 1798 in Australien erstmals ein Schnabeltier erblickt hatten, dachten sie verblüfft: So etwas gibt es gar nicht. Denn das seltsame Tier mit plattem Schwanz und Entenschnabel legte Eier und säugte seine Jungen, nachdem sie geschlüpft waren. Ein Schnabeltier war also beides – Reptil und Säugetier. Ein biologisches Kuriosum, riefen sie. Diese Entdeckung hatte ihre Vorstellung, wie ein Tier zu sein hat, auf den Kopf gestellt.

An diese Begebenheit dachte Sokrates, als er der Limmat entlang auf die Gemüsebrücke zusteuerte. Ihm gefielen solche Schnabeltier-Erlebnisse, Eva würden sie auch gefallen. Denn kurios war nicht das Schnabeltier, kurios war die wissenschaftliche Brille der Entdecker, mit der sie die Welt betrachteten. Denn das Schnabeltier existierte bereits seit Jahrmillionen, lange bevor Wissenschaftler die Welt in Schubladen einteilten. »Vielleicht ist Gott ein Schnabeltier, das ebenfalls in kein Schema passt.« Sokrates war sich bewusst, dass auf der Nase seines

Verstandes eine Brille sass, die von der westlichen Kultur geprägt war und viele Wahrheiten herausfilterte. Jemand, der mit einer grünen Sonnenbrille auf die Welt kam, glaubt zutiefst, die Welt sei grün. Er kennt nichts anderes.

Vor einem dreihundert Jahre alten Haus unweit der Fortunagasse machte Sokrates Halt. Der Tatort lag an der Schipfe am Fusse des Lindenhofes. Das blaue Emailleschild oberhalb der Eingangstüre trug die Nummer 37. Das mächtige Gebäude zählte fünf Stockwerke. Die Fassade war lachsfarben gestrichen, die graublauen Fensterläden tropften vor Nässe. Sokrates stellte seine schwarze Nylontasche auf das Kopfsteinpflaster und klappte den Regenschirm zu. Er sah sich um. Der Citroën von Nik parkte an der Ufermauer hinter Eternitkästen, in denen Rosmarinbüsche wucherten. Sein Assistent war vorausgefahren und hatte die Materialkiste ausgeladen. Der Mercedes-Kastenwagen der Kriminaltechniker stand abseits in einer Seitengasse. Polizisten waren keine mehr zu sehen. Sie hatten die Umgebung bereits nach Spuren abgesucht. Sokrates drückte den obersten Klingelknopf, ein Namensschild fehlte. Ein Streifenpolizist öffnete ihm die Türe, grüsste ernst und hob das rot-weiss gestreifte Absperrband. Sokrates bückte sich und schlüpfte hindurch.

Was dann geschah, daran konnte sich Sokrates später nur noch schemenhaft erinnern. Sein Hirn verweigerte ihm den Dienst. Es war wie in einem Traum, aus dem man am Morgen erwacht und lange nicht weiss, welche Bilder wahr sind und welche nicht:

Er steigt die Treppe nach oben, mit der rechten Hand umklammert er den geschwungenen Handlauf. Er ist unruhig. Etwas stimmt nicht. Plötzlich nimmt er den Duft von Orangenblüten wahr. Er atmet durch die Nase, saugt jedes Geruchsmolekül ein, das die Luft im Treppenhaus geschwängert hat. Ganz fein riecht er das Aroma von Zedernholz und Jasmin. Er schliesst die Augen. Seine Gurgel drückt sich zusammen. Er bekommt kaum noch Luft. Stufe für Stufe steigt er nach oben. Wie in Zeitlupe. Noch zwei Stockwerke muss er bewältigen. Schweiss rinnt ihm von der Stirn. Sein Brustkorb presst sich zusammen. Ihm ist, als würde er gleich zusammenbrechen. Seit dem Tod seiner Frau hat er sich nicht mehr so elend gefühlt. Im fünften Stock bemerkt er vor der Wohnungstüre eine Porzellanvase mit Sonnenblumen. Eine dunkle Ahnung steigt in ihm auf, wie Nebel, der über die Hügel kriecht. Schwer atmend bleibt er stehen. Mit dem Ärmel wischt er sich die Stirn ab.

Als er die Türklinke drücken will, öffnet ihm Nik die Tür. »Hallo

Sokrates«, begrüsst ihn sein Assistent durch die Schutzmaske. Er hält inne. »Du siehst blass aus, geht es dir nicht gut?« Sokrates hört die Worte von weit her, wie wenn ihm jemand den Kopf unters Wasser gedrückt hätte.

»Mach dir keine Sorgen«, presst er heiser hervor.« Aus der Materialkiste holt er einen Overall und zieht sich um. Im Flur stehen Staatsanwalt Konrad Pfister und Theo Glauser, die mit starren Mienen die Arbeit der Spurensicherung verfolgen. Ein Kristallleuchter hängt an der Decke, die Swarovskigläser werfen Regenbogenfarben an die weissen Wände. Sokrates blinzelt mit geröteten Augen in das Licht. Er spürt seine Brille, die ihm auf die Nase drückt. Auf dem Riemenboden steht ein elfenbeinfarbener Spiegelschrank mit eingravierten Eisblumen. Lara Odermatt baut den Laserscanner auf. Ihre roten Locken hat sie zu einem Pferdeschwanz gebunden. Langsam tappt Sokrates den Flur entlang, den Kopf nach vorne gebeugt, sein Buckel quält ihn wie schon lange nicht mehr. Die Tür zum Wohnzimmer steht offen. Ein Hauch Pfingstrosen steigt in seine Nase. Und der rostige Geruch von Blut. Sokrates sieht sie auf dem Boden liegen, ihre linke Hand in den Schoss gebettet, das goldbraune Kleid fliesst um ihre Hüften. Die rechte Hand fehlt. Das goldene Kreuz schimmert zwischen ihren Brüsten. Sokrates presst seine Faust gegen die Zähne, bis sie an seinen Fingerknöcheln Bissspuren hinterlassen. Eva ist tot. Der Mörder hat ihr die schwarzen Locken gekämmt. Sie rahmen ihr Gesicht ein. Eine Haarsträhne klebt in der frischen Blutlache. Die Augen von Sokrates brennen. Eva sieht aus, wie wenn sie schliefe, die Augen geschlossen, der rote Mund leicht geöffnet, feucht glänzend von Lippenpomade. Friedlich. Entspannt.

»Sokrates, du kannst gleich mit der Legalinspektion beginnen«, riss ihn Glauser aus seiner Erstarrung. »Die Spurensicherung ist bald abgeschlossen.«

Sokrates schaute ihn mit erloschenen Augen an. Mechanisch klappte er seine Nylontasche auf und griff nach dem Leichenschauformular. Alles was um ihn herum geschah, sah er wie auf einer Kinoleinwand, unwirklich, surreal: Philip Kramer pinselte Pulver an die Türklinke, Paul Kirchner kniete am Boden und drückte eine schwarze Gelantinefolie auf einen Fussabdruck neben dem Sekretär, Ein anderer sicherte mit einem Klebeband Fusseln und Haare auf einem flaschengrünen Sofa. Keiner sagte ein Wort. Ihre Augen blickten allesamt aus zementgrauen Gesichtern.

»Es ist seltsam, Theo. Dieses Mal hat der Täter sein Opfer nicht dazu gebracht, für ihn eine Karte zu schreiben«, raunte Philip Kramer leise. Sokrates hörte ihn nur von Weitem.

Glauser kratzte sich am Kinn, wie so oft, wenn er nachdachte. »Vermutlich wollte der Täter kein Risiko eingehen. Es stand in allen Zeitungen, dass er seine Opfer eine Botschaft schreiben lässt. Eva Vontobel hätte Verdacht geschöpft.«

Kramer drehte einen Wattebausch unter den rot lackierten Fingernägeln. Dann nahm er die Fingerabdrücke von der Leiche. Währenddessen schleppten die Forensiker die Kisten mit den Tatortspuren nach unten und packten sie in ihren Transporter.

Nik wollte soeben beginnen, die Leiche zu entkleiden, als Sokrates plötzlich neben Eva auf die Knie sank. Mit dem Zeigefinger strich er ihr eine Locke aus der Stirn. Er beugte seinen Kopf zu ihr hinunter. So tief, dass er mit seinem Mund fast ihre Lippen berührte. Es schien, als wolle er die Tote küssen. Irritiert schaute Nik seinen Vorgesetzten an. Glauser hob die Augenbrauen. Sokrates achtete nicht darauf. Mit geschlossenen Augen hielt er seine Nase dicht über das Gesicht von Eva und sog den Duft von Puder ein. Als er an ihrer Stirn schnupperte, stutzte er und richtete sich auf. »Olivenöl. Es riecht nach Olivenöl«, sagte er flüsternd. »Ich brauche ein saugfähiges Küchenpapier.«

Theo Glauser trat heran. »Olivenöl? Was hat das zu bedeuten?«

»Das weiss ich nicht«, antwortete Sokrates.

Kramer holte aus einer Kiste eine Packung mit grünen Papier-Servietten und reichte sie Sokates. Vorsichtig legte Sokrates eine Serviette auf die Stirn von Eva. Nach ein paar Sekunden entfernte er das Papier wieder und schaute sich den Ölfleck an, der darauf abgebildet war. Als er erkannte, was er bedeutete, erschrak er. Der Fleck hatte die Form eines Kreuzes angenommen. Sokrates schloss die Augen. »Ein Kreuz auf der Stirn. Mit Öl gezeichnet. Theo, vielleicht verabreicht der Täter seinen Opfern die letzte Ölung. Vielleicht wurde Eva von einem Priester getötet.«

Kaum hatte er den Satz beendet, klingelte sein Handy.

***

Orgelklänge erfüllten das Kirchenschiff von St. Peter. Die Organistin spielte mit durchgedrücktem Rücken das Adagio g-moll von Tomaso Albinoni. Die Pedale klapperten. Maria gefiel das berühmte Werk des venezianischen Komponisten aus dem 17. Jahrhundert. Sie stand auf der Empore neben Leo und blickte auf die Trauergäste. Die Holzbänke waren bis zum hintersten Platz besetzt. Selbst die geschnitzten Chorstühle an den Seitenschiffen hatten Gottesdienstbesucher in Beschlag genommen. Vor dem barocken Taufstein war der Sarg von Valentin Egloff aufgebahrt. Links und rechts davon brannten weisse Kerzen. Maria zählte siebzehn Kränze mit Würdigungen an den Verstorbenen. Leo filmte von der Brüstung der Empore herab den schlichten Sarg aus Zypressenholz, dessen Oberfläche honiggelb gebeizt war. Konzentriert blickte der Kameramann in den Sucher. Langsam zoomte er mit seiner Kamera von der Trauergemeinde auf das Kreuz, das im Sargdeckel eingebrannt war. Maria erkannte in der vordersten Reihe die Witwe mit ihren drei Kindern. Victoria Egloff trug ein schwarzes Kostüm und einen Hut mit Trauerschleier. Neben ihr hatten weitere Familienangehörige Platz genommen. Hinter der Trauerfamilie blickten Würdenträger der Stadt mit ernster Miene, darunter die Stadtpräsidentin und der Baudirektor des Kantons Zürich. Es roch nach Kerzenwachs und Lavendel. Die runden Fenster erhellten den Emporensaal nur spärlich. Die mächtigen Kristalllüster, die vom Tonnengewölbe herabhingen, warfen Schatten an die mit Stuckaturen reich verzierte Decke. Hinter einer Säule bemerkte Maria Fotografen und Zeitungsjournalisten. Blitzlichter zuckten. Auf der linken Seite der hufeisenförmigen Empore entdeckte sie einen VJ-Journalisten von Tele Züri, der Bilder von der Trauerfamilie aufnahm. Die Turmuhr schlug zwei Mal.

Als das Eingangsspiel der Orgel verklungen war, stieg Pfarrer Kaspar Probst auf die Kanzel. Eine seltsame Gestalt, fand Maria. Der Talar hing ihm von der schmalen Schulter wie ein nasser Sack, sie war für den hageren Mann viel zu weit geschnitten. Mit seinen knochigen Fingern blätterte er in der ledergebundenen Bibel, die auf dem Podest der Kanzel lag. Als er die richtige Stelle gefunden hatte, richtete er sich auf. Seine stechenden Augen musterten die Trauergemeinde. Vereinzelt war noch ein Husten zu hören. Der Pfarrer wartete, bis es vollkommen still war in der Kirche.

»Sorget nicht um euer Leben, was ihr essen und trinken werdet; auch nicht um euren Leib, was ihr anziehen werdet. Ist nicht das Leben mehr als die Nahrung und der Leib mehr als die Kleidung?«, las er aus der Bergpredigt. Seine sonore Stimme erschallte im ganzen Kirchenschiff. Sein Gesicht strahlte Würde aus. »Seht die Vögel unter dem Himmel an: sie säen nicht, sie ernten nicht, sie sammeln nicht in die Scheunen; und euer himmlischer Vater ernährt sie doch. Seid ihr denn nicht viel mehr als sie?«

Der Adamsapfel stach über dem weissen Pfarrkragen hervor. Kaspar Probst wollte mit der Lesung fortfahren, da bemerkte Maria, wie er seinen Blick mit einem Mal weg von der Bibel hob und sie auf der gegenüberliegenden Empore ansah. Der Pfarrer hielt kurz inne, als ob ihn etwas erschreckt hätte. Seine schmale Nase zuckte, das spitze Kinn zitterte leicht. Die bleiche Haut spannte sich über die hohen Wangenknochen. Sogleich fasste er sich jedoch wieder und beugte seinen Kopf über die Bibel. »Und warum sorgt ihr euch um die Kleidung? Schaut die Lilien auf dem Feld an, wie sie wachsen: sie arbeiten nicht, auch spinnen sie nicht. Ich sage euch, dass ...«

Maria überlegte, was den Pfarrer so irritiert haben mochte.

Kaspar Probst hob seine Hand wie zu einem Segensgruss, senkte sie aber sogleich. Seine Stimme klang mit einem Male matt: »Liebe Trauergemeinde, Gott, der Allmächtige, weiss, wessen wir bedürfen. So spricht er es uns in der Bergpredigt zu. Noch bevor er uns erschuf, war unser Weg vorgezeichnet. Schon in der Wiege lag unser Leben vor ihm offen wie ein Buch.«

Maria bemerkte, wie Kaspar Probst immer wieder zu ihr hinüber starrte. Der Pfarrer wirkte nervös, sein Gesicht war blass. Etwas stimmt nicht mit ihm, dachte sie.

»Gott kennt unsere Sorgen und Nöte«, fuhr er stockend fort, »doch wir müssen uns nicht sorgen. Er sorgt für uns. Alle unsere Haare auf dem Haupte sind gezählt steht im Matthäusevangelium. So fürchtet euch nicht. Nichts geschieht auf dieser Welt ohne sein Zutun. Er hat den Lauf der Dinge vorherbestimmt...«

Maria drehte sich um und tippte Leo auf die Schulter. Er schaute sie fragend an. »Nach dem Gottesdienst bitte ich den Pfarrer, mir ein Interview zu geben«, flüsterte ihm Maria zu. »Vor zwei Tagen hat er Sara Helbling beerdigt. Heute Valentin Egloff. Vielleicht kannte er die beiden Mordopfer.« Leo nickte.

»Liebe Familie Egloff«, hörte Maria den Pfarrer von Weitem, »Ihnen ist Furchtbares zugestossen. Sie haben einen lieben Menschen verloren. Gott weiss um Ihre Trauer. Heute Morgen habe ich Valentin Egloff in der Aufbahrungshalle im Friedhof Nordheim besucht. Er sah friedlich aus, als wolle er sagen, mir geht es gut.« Probst richtete seinen Zeigefinger gegen die Gemeinde. »Ich bin gewiss, Gott hat ihn nach seinem weisen Ratschluss zu sich gerufen.« Victoria Egloff tupfte sich mit einem zerknüllten Taschentuch die Augen. Maria stieg auf Zehenspitzen die Treppen von der Empore hinab und setzte sich neben eine Gerichtsreporterin von der »NZZ am Sonntag«. Sie öffnete ihr Notizbuch und schrieb sich Fragen auf, die sie dem Pfarrer stellen wollte.

Nach der Predigt und dem gemeinsamen Vaterunser stimmte die Gemeinde das Schlusslied an. Die Nummer im Kirchengesangbuch war rechts vom Altar an einer der toskanischen Säulen angeschlagen: Lied 290, Strophe eins bis drei. Maria schlug ihr Gesangbuch auf. Die Orgel setzte ein, der Gesang der Trauergemeinde hallte durch das Kirchenschiff: »Bei der Hand will er dich fassen; scheinst du gleich von ihm verlassen, glaube nur und zweifle nicht.«

Der Pfarrer stand auf der Kanzel, die Augen geschlossen, inbrünstig singend. Maria summte die Melodie mit. Als die Gemeinde die dritte Strophe anstimmte, erschrak Maria wie noch nie zuvor in ihrem Leben. Ihr Herz setzte für einen Schlag aus. Das Blut pochte in ihren Ohren. Entsetzt las sie den Liedtext: »Bald wird dir sein Antlitz funkeln; hoffe, harre, glaub im Dunkeln! Nie gereut ihn seine Wahl. Er will dich im Glauben üben; Gott, die Liebe, kann nur lieben, Wonne bald wird deine Qual.« Die Liedstrophe enthielt Worte wie sie der Täter von seinen Opfern schreiben liess. Maria zählte nach. Drei Verse aus der Liedstrophe hatte der Mörder für seine Botschaft übernommen: »Antlitz funkeln«, »harre im Dunkeln«, »Wonne bald wird deine Qual.« Das konnte kein Zufall sein.

Nach dem Lied stieg Probst von der Kanzel herab und nahm auf einem Chorstuhl Platz. Maria versuchte einen Blick auf seine schwarzen Lederschuhe zu werfen. Doch sie sass zu weit weg, um zu erkennen, ob er grosse Füsse hatte.

Unruhig rutschte Maria auf der Kirchenbank umher. Sie konnte das Ende des Gottesdienstes kaum abwarten. Nach dem Segen stürzte sie nach draussen. Es hatte aufgehört zu regnen. Aber es wehte eine kalte Bise. Maria knöpfte ihre Jacke zu und setzte sich auf einen feuchten Mauervorsprung an der St. Peterhofstatt. Während die Orgel das Stück Air aus der Suite D-Dur von Bach spielte, die gedämpft auf dem Kirchenvorplatz zu hören war, wählte Maria mit zittrigen Fingern die Nummer ihres Vaters. »Max, der Mörder ist vielleicht Pfarrer Kaspar Probst«, stiess sie leise hervor. Atemlos erzählte sie vom Kirchenlied, in dem die Botschaft des Mörders zu lesen war. Dann verstummte sie und hörte zu. »Nein!« rief sie, »ein vierter Mord!« Maria erfuhr von ihrem

Vater, dass der Täter auf die Stirn von Eva Vontobel mit Olivenöl ein Kreuz gezeichnet hatte. Die Polizei vermutete deshalb bereits, dass ein Priester die Taten begangen haben könnte. Kaspar Probst als Täter, das passte ins Bild. Ihr Vater versprach, Glauser sofort über diesen Verdacht zu informieren. Maria war erschüttert. Ihr Vater klang niedergeschlagen. So bedrückt hatte sie ihn schon lange nicht mehr erlebt. Sie sprach ihn darauf an. Er habe Eva gekannt, sagte er nur. Sie seien sich nahe gestanden. Dann legte er auf.

In diesem Moment öffnete sich das Kirchenportal, die Orgel hatte aufgehört zu spielen. Kaspar Probst erschien als erster. Mit ausgreifenden Schritten eilte er an Maria vorbei ohne sie anzusehen und verschwand im Pfarrhaus, das rechts der St. Peterhofstatt gelegen war. Langsam traten die Gottesdienstbesucher auf den nasskalten Kirchenvorplatz. Die Glocken läuteten. Maria schlug ihre Hände vors Gesicht. Ihre Augen füllten sich mit Tränen. Sie nahm ein Taschentuch aus ihrer Manteltasche und schnäuzte sich. Da setzte sich Leo neben sie. Seine Kamera hatte er auf den Mauervorsprung abgestellt. Er schaute sie an und legte seine Hand auf ihre Schulter. »Was ist passiert? Du siehst geknickt aus.«

»Das Schlusslied im Gottesdienst.« Maria schluckte leer.

»Was ist damit?«

»Die dritte Strophe enthält die gleichen Verse, wie sie der Täter auf seiner Botschaft hinterlassen hat: Harre im Dunkeln. Wonne bald wird deine Qual. Pfarrer Kaspar Probst muss etwas mit den Morden zu tun haben.«

»Was? Das ist ja unglaublich. Hast du deinen Verdacht der Polizei gemeldet?«

»Ja, die Kripo ist informiert. Sie wird gleich anrücken.«

»Aber das sind doch gute Nachrichten, der Fall ist bald gelöst, warum bist du so bedrückt?«

»Heute Mittag vor der Trauerfeier wurde ein vierter Mensch getötet. Eine Frau.«

»So ein Wahnsinn«, stiess Leo hervor.

»Ja, und ich hätte das verhindern können.«

Leo runzelte die Stirn. »Wie denn?«

»Das Lied hörte ich zum ersten Mal an der Trauerfeier von Sara Helbling, doch ich habe nicht auf den Text geachtet. Wie nur konnte ich die Botschaft des Mörders darin übersehen? Zwei Menschen wären noch am Leben, wenn ich nicht versagt hätte.« Sie vergrub ihr Gesicht in den Händen.

Leo schüttelte den Kopf. »Nein, Maria. Kaspar Probst hatte einfach Glück. Mach dir deswegen keine Vorwürfe. Auch Glauser besuchte die Abdankung von Sara Helbling. Und viele Journalisten. Keiner hatte bemerkt, dass im Liedtext die Worte des Mörders auftauchten. Ich auch nicht.«

Maria lächelte zaghaft. »Ein schwacher Trost, Leo. Aber hab Dank.« Sie hob kämpferisch den Kopf. »Warum hat Kaspar Probst diese vier Menschen getötet? Sie haben niemanden etwas zuleide getan. Das müssen wir herausfinden.«

»Und wozu schnitt er ihnen eine Hand ab? Diese Rätsel wird der Herr Pfarrer bald lüften.«

***

Es hatte wieder zu regnen begonnen, als Theo Glauser und Lukas Oppliker in ihrem Dienstwagen vorfuhren. Sie parkten den Opel auf der St. Peterhofstatt, am Fusse der Treppe, die zur Kirche hinaufführte. Die Kirchturmglocke schlug drei Mal. Eine halbe Stunde zuvor hatte Emma mit dem Waidspital telefoniert. Ja, der Spitalleiter kenne Kaspar Probst, berichtete sie Glauser, der Pfarrer besuche dort regelmässig Kranke und feiere mit ihnen Gottesdienste in der Spitalkapelle. Ulmer erfuhr vom Rektor der Schule Letten, dass Kaspar Probst in der dritten Primarklasse Religion unterrichtete. Darius Waldner war ein Schüler von ihm gewesen. Valentin Egloff hatte die St. Peterskirche besucht, als er für eine Architekturzeitschrift einen Aufsatz über die Formensprache von Sakralbauten schrieb. Das bestätigte seine Geschäftspartnerin.

Nach diesen Auskünften erliess Staatsanwalt Konrad Pfister sofort einen Vorführungsbefehl. Glauser nahm das Schreiben entgegen. Er wollte gerade aufbrechen, da bemerkte er Sokrates, der aussah, als würde er auf der Stelle zusammenbrechen. »Geht's dir nicht gut?«, fragte er besorgt.

Eva sei seine Coiffeuse gewesen, sagte er nur. Sie hätte hin und wieder den Gottesdienst in der Kirche St. Peter besucht.

Mit dem Vorführungsbefehl in der Tasche stiegen die beiden Kriminalpolizisten aus dem Opel und lockerten die Sicherungsriemen an den Pistolenholstern. Mit dem Daumen berührte Glauser das kühle Metall der P30. Die Grenadiere der Einheit Diamant hatte er nicht aufgeboten. Er glaubte nicht, dass der Pfarrer bei seiner Verhaftung

Widerstand leisten würde. Glauser schaute sich um. Auf dem Kirchenvorplatz war kein Mensch zu sehen. Das scheussliche Wetter hatte Klein und Gross in die warmen Stuben getrieben. Auf der gegenüberliegenden Seite der St. Peterhofstatt, an der Ecke zur Schlüsselgasse, entdeckte er Maria, die frierend neben Leo stand. Die Haare hingen ihr nass ins Gesicht. Der Kameramann blickte gebückt durch den Sucher und hantierte am Objektiv. Maria hatte einen Schirm aufgespannt, um die Kamera vor Wassertropfen zu schützen. Sie selbst stand im Regen. Glauser schritt auf die beiden zu. »Guten Tag, Maria«, begrüsste er sie und reichte ihr die Hand. »Deine Information hat uns sehr geholfen. Wir konnten zwischenzeitlich ermitteln, dass Kaspar Probst mehrere Opfer kannte. Der Pfarrer wird deshalb dringend verdächtigt, die Tötungsdelikte begangen zu haben. Wir nehmen ihn jetzt fest.«

Maria blickte Glauser, der sie um einen halben Kopf überragte, schlotternd vor Kälte an. »Theo, du weisst ja: die Presse – dein Freund und Helfer. Hoffentlich endet jetzt der Alptraum, die Bevölkerung von Zürich hat panische Angst vor weiteren Morden.«

»Ja«, knurrte Glauser nur.

Leo fragte Glauser, von wo er die Verhaftung filmen könne.

»Bleiben Sie auf der St. Peterhofstatt. Von hier aus können Sie Bilder machen«, antwortete Glauser. »Beachten Sie aber den Persönlichkeitsschutz. Kaspar Probst wird zwar verdächtigt, die Taten begangen zu haben, aber er ist noch nicht verurteilt.«

»Selbstverständlich. Wir halten uns an die Gesetze.« Er grinste. »In der Regel.«

Oppliker trat hinzu. Er hatte aus dem Dienstfahrzeug noch Handschellen und einen Pfefferspray geholt.

»Gehen wir«, wandte sich Glauser an ihn, »bringen wir es hinter uns.«

Ohne Hast, aber mit energischen Schritten, stiegen die beiden Polizisten die Treppenstufen hinauf bis zum Pfarrhaus, ein herrschaftliches Gebäude, das rechter Hand vom Kirchenvorplatz erbaut worden war. Vor der Haustüre blieben sie stehen. Ein kupfernes Vordach, von Patina grün verfärbt, schützte sie vor dem Regen. Glauser klingelte. Niemand öffnete. Der Polizist klopfte an die Tür. Einmal. Zweimal. Dreimal. Keine Reaktion. Er drehte den Türknauf. Das Pfarrhaus war nicht abgeschlossen. Glauser und Oppliker blickten sich an und zogen ihre Pistolen. Mit dem Schuh stiess Glauser die Türe auf.

Seine Waffe hielt er mit beiden Händen, die Mündung war zur Decke gerichtet. Vorsichtig betrat er mit Oppliker einen lang gestreckten Flur, von dem mehrere Zimmer abgingen. Glauser registrierte jedes Detail. Der Boden war mit Terrakottaplatten belegt, weisslackierte Täfer schmückten die Seitenwände. Von der Decke brannten zwei runde Lampen aus Milchglas. Es roch nach Myrrhe und trockenem Gips. Aber es lag noch ein anderer Geruch in der Luft. Der Gestank von Ammoniak stach ihm in die Nase.

»Herr Probst«, rief Glauser, »Kriminalpolizei Zürich. Treten Sie mit erhobenen Händen heraus.«

Nichts rührte sich. Die beiden Polizisten gingen Schritt für Schritt den Flur entlang. Glauser öffnete die erste Türe, die rechts vom Flur abging. Dahinter befand sich eine kleine Kammer. Es roch nach Chemikalien. Der Polizist knipste das Licht an. Eine rote Lampe flammte auf. In einer Ecke standen zahlreiche Behälter mit Entwicklerflüssigkeit und Kunststoffwannen mit Fixiermittel, daneben Kanister mit Essigsäure. Mehrere Kartons mit Fotopapier waren aufeinander gestapelt. In einem Waschbecken lagen rote Schalen, an die Holzzangen geklemmt waren. Zwischen den Wänden der Dunkelkammer hatte Kaspar Probst Schnüre gespannt, an denen Wäscheklammern hingen. Fotos waren keine daran befestigt. Glauser schloss die Tür.

Neben einer schlichten Holzkommode, worauf ein siebenarmiger Leuchter stand, führte eine Tür ins Schlafzimmer. Die Vorhänge waren zugezogen. Im Halbdunkel erkannte Glauser ein schmales Bett aus Metall, das nur für einen Menschen genügend Platz bot. Auf dem Nachttisch lag eine aufgeschlagene Bibel. An der Wand hing ein Kreuz. Das karge Zimmer glich einer Mönchsklause. Glauser zog die Türe wieder zu. »Kriminalpolizei Zürich«, rief er erneut. »Kaspar Probst, geben Sie sich zu erkennen.« Keine Antwort. Plötzlich schepperte es. Etwas war zu Boden gefallen. Das Geräusch kam vom Ende des Flurs. Glauser und Oppliker eilten zu einer verschlossenen Türe. Ihre Pistolen hatten sie nach vorne gerichtet. Links und rechts neben dem Türrahmen blieben sie stehen. Glauser griff mit der linken Hand zur Klinke und drückte sie nach unten. Er stiess die Türe mit dem Absatz auf und stürmte ins Zimmer, dicht gefolgt von Oppliker. Der Anblick, der sich ihm bot, würde Zeit seines Lebens in seinem Gedächtnis haften bleiben. Im Raum brannten Dutzende Kerzen. Ihre Flammen warfen zuckende Schatten an die Decke. In den Ecken glimmten Räucherstäbchen. Sie verströmten den Duft von Weihrauch, konnten den penetranten Gestank von Urin aber nicht überdecken. Gregorianische Gesänge klangen leise aus einem Lautsprecher. Die Wände waren ringsum mit massiven Holzregalen verstellt. Bücher und Leitzordner türmten sich bis zur Decke. Vor einem Fenster, so gross wie eine Schiessscharte, stand ein mächtiger Kastenschreibtisch aus poliertem Nussbaum und gedrechselten Füssen. Davor sass Kaspar Probst. Seinen Kopf hatte er auf die Tischplatte gelegt, der dürre Körper war seltsam verkrümmt. Der Talar, den er beim Trauergottesdienst trug, war ihm von den knochigen Schultern gerutscht. Ein Keramikbecher lag in Scherben auf dem Parkettboden. Theo Glauser und Lukas Oppliker entsicherten ihre Pistolen und näherten sich dem Pfarrer von hinten, der wie leblos auf seinem Stuhl sass. »Kaspar Probst«, rief Glauser. »Heben Sie Ihre Hände und drehen Sie sich um.« Keine Reaktion. Oppliker stupste den Pfarrer mit seinem Pistolenlauf an die Schulter. Da kippte der Körper seitlich weg, schlug mit dem Kopf auf die Tischkante auf und fiel mit einem Poltern zu Boden. Die Polizisten wichen zurück. Kaspar Probst hatte die Augen weit aufgerissen, die Pupillen waren gebrochen, die Zunge hing ihm dick aus dem Mund, schwarz verfärbt. Glauser stürzte heran, ging in die Hocke und versuchte mit seinen Fingern den Puls zu ertasten. Der Hals des Pfarrers war noch warm.

»Notarzt?«, fragte Oppliker.

»Nein, Kaspar Probst ist tot«, antwortete Glauser rau. »Wir kamen zu spät.«

»Verdammt!«, rief Oppliker, »der Pfaffe ist uns entwischt. Er muss seine Strafe nicht absitzen. Hoffentlich schmort er in der Hölle!«

Glauser verstand seinen Kollegen. Als er jünger war, dachte er genauso. Mittlerweile hatte er zu viel gesehen, um noch an Gerechtigkeit zu glauben. Er steckte seine Waffe wieder ins Holster und griff zum Handy: »Philip, Kaspar Probst ist tot. Er hat sich selbst gerichtet. Kommt rasch vorbei und sichert im Pfarrhaus die Spuren. Nimm Sokrates mit. Er wird uns hoffentlich sagen können, woran Probst starb.«

Nachdem Glauser aufgelegt hatte, benachrichtigte er Staatsanwalt Konrad Pfister und die Einsatzzentrale. »Löschen wir die Kerzen und sehen uns um«, wandte er sich an Oppliker. Aus seiner Jackentasche klaubte er Latexhandschuhe hervor und stülpte sie über. Er drückte auf die Aus-Taste der Stereoanlage. Die Gregorianischen Gesänge verstummten. Vom Boden hob er eine zerbrochene Keramikscherbe auf.

An ihr hafteten Tropfen einer Flüssigkeit. Glauser roch daran. Sie stank nach Urin. »Vermutlich hat sich Kaspar Probst vergiftet«, sagte er. »Allerdings habe ich keine Ahnung, mit welchem Gift er sich das Leben nahm.«

»Der Geruch ist seltsam«, stimmte ihm Oppliker zu, während er die Kerzen ausblies. »Ich kenne kein Gift, das so riecht.«

Der qualmende Russ der Kerzen füllte die Bibliothek. Der Duft von Bienenwachs breitete sich aus. »Unsere Kollegen von der Forensik werden die Flüssigkeit analysieren«, erwiderte Glauser.

Er stieg über die Leiche hinweg und öffnete vorsichtig die silberbeschlagenen Schubladen am Schreibtisch. »Sieh einer an«, rief er, als er die rechte Schublade herauszog. Darin lag ein Schlachtschussapparat, Marke Karl Schermer GmbH. Glauser hielt seine Nase an den Schlagbolzen. »Die Tatwaffe. Sie wurde erst kürzlich abgefeuert. Jetzt fehlt uns nur noch das Tatmotiv.« Er öffnete einen Klarsichtbeutel, die er immer bei sich trug, und legte die Waffe hinein.

Auf dem Kastenschreibtisch lag ein zigarrendicker Füllfederhalter von Pelikan. Daneben befand sich ein A5-grosses Briefkuvert, worauf in blauer Schrift »Sokrates« geschrieben stand. Glauser lief um die Leiche herum und wollte nach dem Umschlag greifen, besann sich aber anders. Er wollte die Spurensicherung abwarten. Nach kurzem Nachdenken wandte er sich den Bücherregalen zu. Sie waren vollgestellt mit theologischen Abhandlungen, Klassiker der Weltliteratur, Kunstbänden und philosophischen Werken. Neben einem Regal stand ein massiver Eichenholzschrank mit drei Türen. Glauser versuchte sie zu öffnen, doch sie waren verschlossen.

In einem Regalfach standen mehrere Leitzordner, die mit »Physiognomische Studien« beschriftet waren. Glauser nahm den ersten Ordner heraus, legte ihn auf eine Kommode, die rechts vom Schreibtisch stand, und öffnete ihn. Der Ordner enthielt Dutzende Schwarz-weiss-Fotos von Leichen, die in ihren Särgen aufgebahrt waren. Kaspar Probst hatte ihre Gesichter fotografiert und die Fotos vergrössert. Auf jedes Foto hatte er ein Pauspapier gelegt. Darauf waren mit einem feinen Tuschestift horizontale und vertikale Linien gezeichnet. Von jeder Leiche hatte der Pfarrer die Masse der Gesichtsproportionen eingetragen: den Abstand zwischen den Augen, die Höhe der Stirn, das Verhältnis von Kinn und Mund. Jeden Totenkopf hatte er exakt vermessen. An den Rand schrieb der Pfarrer Name, Alter, Geburtsort, Sternzeichen und Charaktereigenschaften des

Verstorbenen. Glauser blätterte Seite um Seite um. Kaspar Probst hatte im Ordner die Daten und Masse von vierundfünfzig Leichen aufbewahrt. Auch die anderen Leitzordner enthielten Fotosammlungen von toten Gesichtern. Der Pfarrer musste seine physiognomischen Studien seit vielen Jahren betrieben haben.

In aller Eile sicherten die Kriminaltechniker die Spuren. Dreizehn Kisten mit Material schleppten die Forensiker in ihren Kastenwagen. Sechs Paar schwarze Lederschuhe, Grösse sechsundvierzig, verstaute Paul Kirchner in Papiertüten. Er würde die Sohlen im Labor unter die Lupe nehmen. Aber er war sich jetzt schon sicher, dass sie zu den Schuhabdruckspuren an den Tatorten passten. Vom Flur aus verfolgte Glauser die Arbeit. Er stand stumm da, erschöpft von den letzten Tagen, aber auch erleichtert, dass der Fall bald abgeschlossen sein würde. Lara Odermatt schoss mit ihrer Vermessungskamera Fotos. Die Kapuze des Overalls hatte sie heruntergezogen. Ihre roten Locken wippten, wenn sie durchs Zimmer schritt. Den 3D-Laserscanner setzte sie nicht mehr ein. Die Kripo hatte den Mörder überführt, der Aufwand wäre zu gross gewesen, hatte Glauser entschieden.

Mit einem Dietrich öffnete Philip Kramer den wuchtigen Eichenholzschrank. Glauser trat heran. Der Schrank enthielt Kompasse, nautische Instrumente wie Sextant und Jakobsstab, die Nachbildung eines Globus aus dem 17. Jahrhundert, mehrere Sternenkarten und ein modernes Fernrohr. Hinter der rechten Tür, die sich knarrend öffnete, fand Glauser selbstgebaute Geräte, die offensichtlich zur Vermessung des Kopfes gedacht waren, dazu Totenmasken aus Gips.

Alle Utensilien verpackten die Kriminaltechniker in ihre Kisten. Die Polizisten stellten die Pfarrwohnung auf den Kopf. Aber die abgetrennten Hände der Opfer konnten sie nirgends finden. Glauser schickte daraufhin Franz Ulmer und Emma Vonlanthen in den Keller. Irgendwo musste Kaspar Probst die Hände aufbewahrt haben.

Nachdem die Umgebung der Leiche gesichert war, traf Sokrates am Tatort ein. Glauser kniete sich neben den Toten und sammelte die Scherben des Keramikbechers ein. Eine Scherbe reichte er Sokrates, der mit geschlossenen Augen daran roch. Den penetranten Gestank konnte er keinem Gift zuordnen. »Es ist ziemlich sicher ein Pflanzengift. Ein synthetisches Gift halte ich für ausgeschlossen.«

Glauser legte die Scherben in einen Behälter. Morgen würde ein

Chemiker die Rückstände darauf analysieren.

Nach der Spurensicherung entkleidete Sokrates mit Hilfe von Nik die Leiche. Den Gedanken an Eva verdrängte er, so gut er konnte. Immer wieder schob sich ihr Gesicht vor sein inneres Auge. Er hatte ihren Duft immer noch in seiner Nase. Das schnürte ihm die Luft ab. Er biss auf seine Zähne und konzentrierte sich auf seine Arbeit, er zwang sich dazu.

Die Totenstarre hatte wie erwartet noch nicht eingesetzt. Nik konnte die Gliedmassen der Leiche, Knie und Ellenbogen, ohne Anstrengung beugen. Unter dem Talar trug der Pfarrer ein weisses Priesterhemd und Feinrippunterhosen. Sokrates zog sie ihm aus. Die weisse Haut spannte sich um den dünnen Brustkorb, die Rippen stachen hervor, das Becken, mit blauen Äderchen durchzogen, sah aus wie von einem Lagerhäftling. Die aufgerissenen Augen lagen tief in ihren Höhlen, die hohe Stirn war glatt, das spitze Kinn berührte das Brustbein. Nik öffnete das Schiessschartenfenster. Der Geruch von Kerzenwachs, Urin und Räucherstäbchen verzog sich allmählich. Schweigend gingen Sokrates und Nik um die Leiche herum und notierten alle Befunde in die Körperschemazeichnung. Nichts Auffälliges. Keine Operationsnarben, keine Spuren früherer Krankheiten oder eines Unfalls. Der Körper von Kaspar Probst war merkwürdig unversehrt. Einzig der Mund zeigte den gewaltsamen Tod an. Die schwarz verfärbte Zunge hing seitlich heraus und roch nach Urin. »Kaspar Probst hat sich vergiftet«, informierte Sokrates die Polizisten. »Das muss vor etwa zwei Stunden gewesen sein. Nicht einmal Leichenflecken haben sich bisher herausgebildet.« Nach der Legalinspektion waren alle gespannt, welche Botschaft der Mörder im Brief an Sokrates hinterlassen hatte.

Glauser nahm den Umschlag vom Kastenschreibtisch und reichte ihn Sokrates. »Der Brief ist für dich. Er ist unverschlossen.«

Sokrates wog den A5-Briefumschlag aus feinstem Büttenpapier in seiner Hand. Der Umschlag war prall gefüllt. Auf der Vorderseite stand sein Name geschrieben. Die Buchstaben waren mit blauer Tinte akribisch gesetzt, die Bögen von S und k aufreizend selbstbewusst gezeichnet. Sokrates öffnete den Umschlag, der mit Seidenpapier ausgekleidet war, und entnahm ihm vierzehn eng beschriebene Bögen Papier.

Er setzte sich auf einen Stuhl, der vor einem Bücherregal stand, und streckte den Rücken durch. Sein Buckel schmerzte höllisch. Sorgfältig putzte er seine Brille, bevor er die erste Seite des Briefes in die Hand nahm:

»Sehr geehrter Sokrates. Ich hoffe, Sie verzeihen mir, dass ich Sie so nenne wie Ihre Arbeitskollegen«, begann er zu lesen, »aber der Name, den Ihnen Ihre Kommilitonen während des Medizinstudiums in Göttingen verliehen haben, ist klug gewählt. Denn Sie sind dem griechischen Philosophen wie aus dem Gesicht geschnitten.«

Sokrates las im Studierzimmer des Mörders, warum er unschuldige Menschen getötet hatte. Kaspar Probst hielt diese Menschen nicht für unschuldig. »Sie waren böse, die Abscheuliches im Sinne führten. Ich habe Ihre Pläne vereitelt.« Ihre Absichten las der Pfarrer auf den Gesichtern seiner Opfer. Im Gesicht seien die zukünftigen Taten eines jeden Menschen zu entziffern. In jeder Falte stehe geschrieben, was der Mensch eines Tages tun werde, Gutes und Böses.

Plötzlich hielt Sokrates inne. Er blickte auf. »Theo, Kaspar Probst hat auch Arthur Zurlinden getötet. Das steht hier geschrieben.«

»Was? Das ist unglaublich!« Glauser trat an ihn heran. »Warum nur hat der Pfarrer auch den blinden Rentner auf dem Gewissen? Und warum schnitt er ihm den Kopf ab und seinen anderen Opfern die Hand? Lies weiter«, sagte er grimmig.

Staatsanwalt Konrad Pfister, die Polizisten und Nik versammelten sich um Sokrates. Mit verschränkten Armen standen sie um ihn herum.

Sokrates schob sich seine Brille auf die Nase und las vor: »Als ich Arthur Zurlinden zum ersten Mal in der St. Peterskirche erblickte, sah ich ihm seine Lasterhaftigkeit sofort an. Von Zeit zu Zeit höre er dem Orgelspiel unserer Organistin zu, wenn sie unter der Woche probe, hatte er gesagt. Ich erkundigte mich nach seinem Namen, den er mir bereitwillig nannte. Er sei Orgelbauer gewesen, erzählte er, und habe vor dreissig Jahren die Orgel in der St. Peterskirche installiert. Ich musterte seine Gesichtszüge, als ich mit ihm sprach. Sie verrieten mir seine Pläne, sie waren untrüglich. Ich musste ihm das Handwerk legen, weil er danach trachtete, seine pädophilen Neigungen nicht mehr länger zu unterdrücken, sondern sie auszuleben. Mit seinem gottverdammten Treiben würde er die Seelen von Dutzenden Kindern töten.«

Während Sokrates den Brief von Kaspar Probst vorlas, stiegen Emma Vonlanthen und Franz Ulmer die Treppe hinunter in das Kellergewölbe. Die Steinstufen waren blank gescheuert. Es roch nach feuchtem Gips und Spülmittel. Im Keller brannte eine Funzel, die kaum Licht erzeugte und lange Schatten an die gemauerten Wände warf. Emma inspizierte mit ihrem Kollegen jeden Raum. Sie konnte nichts Ungewöhnliches feststellen. Kaspar Probst lagerte in ihnen Rotwein aus dem Languedoc, Birnenkompott und selbst gemachten Himbeersirup. An den Wänden hingen getrocknete Gartenkräuter und Knoblauchzöpfe. Ein Regal, das eine ganze Seite einnahm, war gefüllt mit Kartoffeln, Zwiebeln und Karotten. In einem Kellerraum hatte der Pfarrer alte Kirchenbänke ausrangiert, in einem anderen befand sich ein Schrank mit Abendmahlsbechern, abgegriffenen Kirchengesangbüchern, gusseisernen Kerzenständern und weiteren Utensilien für die Liturgie. Raum für Raum arbeiteten sich die Polizisten vor bis zum hintersten Kellergewölbe. Das war mit einem Vorhängeschloss gesichert.

Ulmer nahm eine grosse Zange aus seiner Tasche und brach das Schloss auf. Emma trat als erste ein. Das Gewölbe war fensterlos. Sie knipste das Licht an. Eine Glühbirne flackerte auf. Auf dem festgestampften Lehmboden stand ein massiger Kommodenschrank aus Mahagoni. Sonst nichts. Der Schrank war mit Schubladen ausgestattet, kleinen messingbeschlagenen Kästchen und mehreren Türen. Ulmer öffnete aufs Geratewohl die mittlere Schranktür. Auf einem Regalbrett standen Gegenstände so gross wie Kochtöpfe, die mit einem schwarzen Tuch abgedeckt waren. Emma schlug das Herz bis zum Hals. Sie streckte ihre Hand aus und zog daran.

»Kurze Zeit später stattete ich Arthur Zurlinden einen Besuch ab«, las Sokrates aus dem Brief von Kaspar Probst vor. »Als Pfarrer bedarf es keiner besonderen Fertigkeit, in eine fremde Wohnung einzudringen. Ich kleidete mich in einen Talar, er erkannte mich, und ich erhielt sofort Einlass. Wie leichtgläubig die Menschen doch sind, sie sehen einen Pfarrerskragen und schon öffnen sie einem Fremden die Tür. Der Unrat in seiner Wohnung bestärkte mich in meinem Vorhaben. Nur ein Mensch mit einer unreinen Seele konnte in solch einem Dreck hausen. Unter dem Talar hielt ich einen Bolzenschussapparat verborgen, eine tödliche Waffe, mit der ich schon als Metzgersbub hantiert hatte und die mir für meine Zwecke am tauglichsten schien.«

Glauser blickte auf die nackte Leiche von Kaspar Probst. Dieser Mann hatte fünf Menschen ermordet, aus einem Wahn heraus.

»Nachdem ich Arthur Zurlinden getötet hatte, empfand ich einen tiefen Frieden, der nur demjenigen zu eigen ist, der weiss, das Richtige getan zu haben. Gott hatte mich für diese Aufgabe auserkoren.«

Sokrates schüttelte fast unmerklich den Kopf. Er konnte es nicht fassen. Der Pfarrer glaubte wirklich, in den Gesichtern der Menschen ihre zukünftigen Taten ablesen zu können. Er bestrafte sie mit dem Tod, noch ehe sie Taten begangen hatten, die ihn verdienen. Nicht einmal vor einem Kind schreckte er zurück. Wie konnte er nur so besessen sein? Wusste er denn nicht, wie viel Leid die Physiognomik schon über die Menschen gebracht hatte? Und wie begrenzt und von Irrtümern behaftet unser Erkennen ist? Fünf unschuldige Menschen verloren ihr Leben, weil er glaubte, jedes Zeichen in der Natur hätte eine Bedeutung. Welch ein Aberglaube! Aber wozu schnitt er ihnen die Hände oder den Kopf ab?

Das schwarze Tuch fiel zu Boden. Obwohl sie damit gerechnet hatte, irgendwo die abgeschlagenen Hände zu finden, schreckte Emma angewidert zurück. Auf dem Regalbrett standen fünf grosse Bülach-Einmachgläser, die mit einer durchsichtigen Flüssigkeit gefüllt waren. In ihnen schwammen Hände, bleich, gelblich verfärbt. An den Stümpfen traten Sehnen und Knorpel hervor. Im rechten Glas erkannte sie die frisch abgetrennte Hand von Eva, daneben schwamm die Kinderhand von Darius Waldner. Links stand ein Glas, das grösser war als die andern, steckte ein Kopf, der seltsam verzogen war. Augen, Mund und Nase waren verzerrt. Die Flüssigkeit entstellte die Gesichtszüge zu einer grotesken Fratze. Das rechte Auge war aufgerissen, als blickte es durch eine Lupe. Die Mimik glich einer verschrobenen Fasnachtsmaske.

»Mit einem Beil trennte ich Arthur Zurlinden den Kopf ab. Der Schädel sollte mir als Beweis dienen, dass ich nicht aus einem Wahn heraus getötet hatte, sondern aus Nächstenliebe. Der Kopf ist ein wichtiges Dokument, das ich aufbewahren musste, um später meine Unschuld belegen zu können. Denn auf dem Gesicht stehen alle Gräueltaten, die Arthur Zurlinden je begehen wollte, wie ein schriftliches Geständnis in einem Polizeiprotokoll.

Die Konservierung seines Kopfes in einem grossen Einmachglas, gefüllt mit Formalin, stellte sich jedoch als schwieriger heraus, als ich gedacht hatte. Obwohl ich die Flüssigkeit regelmässig austauschte und das Glas im Dunkeln lagerte, damit sich keine Ameisensäure bilden konnte, verformte sich der Schädel. Die Gesichtszüge veränderten sich, Falten verschwanden, wurden unleserlich oder bekamen eine andere Bedeutung. Als Beweisstück war der Kopf nutzlos geworden.«

Glauser hörte gebannt zu. Wie verblendet musste der Pfarrer gewesen sein, welcher Irrglaube trieb ihn zu solch grausamen Taten? Er war doch ein Mann Gottes.

Glauser lehnte mit der Schulter an einem Bücherregal. Mit seiner grossen Hand umfasste er die blaue Glasmurmel seines Sohnes. Sie fühlte sich angenehm glatt und kühl an. Dabei musterte er die Bücher und Ordner, die sich bis zur Decke des Studierzimmers türmten. Sein Blick schweifte über die Buchrücken. Plötzlich nahm er einen Leitzordner wahr, der mit »Kainsmal« beschriftet war. Er war unauffällig inmitten von anderen Ordnern eingereiht. Glauser nahm den Ordner vom Regal und blätterte darin, während Sokrates aus dem Brief las. Auf dem Deckblatt standen zweiundvierzig Namen, darunter auch die Namen der fünf Opfer. Von jeder Person hatte der Pfarrer einen Steckbrief verfasst, die in Klarsichtfolien abgelegt waren: Familienväter, Mütter, Witwen, einen Schreiner, eine Grafikerin, zwei Gastwirte, drei Ärzte, einen Lehrling und zwei Kinder. Kaspar Probst hatte von allen eine Charakterstudie angefertigt, die beschrieb, welche Verbrechen sie in Zukunft begehen würden. Von jeder Person lag eine Skizze des Gesichtes bei, die mit Massen, Zahlen und Anmerkungen versehen waren.

Glauser reichte den Ordner dem Staatsanwalt. »Eine Todesliste. Der Pfarrer plante den Tod von zweiundvierzig Menschen.« Er zeigte mit dem Finger auf einen Namen. »Das war der AGT vor einer Woche.« Der Steckbrief war überschrieben mit dem Namen des UBS-Bankers, der Anfang Woche von einer Lungenembolie dahingerafft worden war und mit verschissener Unterhose über seiner Badewanne hing. Kaspar Probst wollte ihn umbringen, weil er Geschäfte mit schmutzigen Waffen plante, die gegen die Genfer Konventionen verstiessen. Die Waffen hätten Hunderten Zivilisten das Leben gekostet. Diese Informationen hatte der Pfarrer im Gesicht des Bankers gelesen. Doch der Banker war ihm mit seinem Tod zuvorgekommen.

Glauser hörte die Stimme von Sokrates, der aus dem Brief zitierte. Er hörte, wie verzweifelt der Pfarrer gewesen war, nachdem er feststellen musste, dass sein Beweisstück, der Kopf von Arthur Zurlinden, unbrauchbar geworden war.

Bei Sara Helbling hatte er deshalb sein Vorgehen geändert. »Anstelle des Kopfes konservierte Kaspar Probst von nun an die Hände seiner Opfer«, fasste Sokrates zusammen. Er neigte seinen Kopf über die Briefbögen: »Eine Hand eignet sich fast ebenso gut als Beweismittel wie der Kopf«, las er vor, »sie erzählt die gleiche Botschaft. Die Ausformung der Fingerknöchel, die Beschaffenheit des Handtellers, die Rillen der Nägel und die Länge der Herzlinie verraten ebenso den Charakter eines Menschen wie jeder andere Körperteil auch. Denn alles bildet eins: Die Kraft, die das Auge bildet, ist dieselbe, und keine andere Kraft bildet die Nase. Die gleiche göttliche Hand, welche die Linien des Mundes eingraviert, knetet nach demselben Plan die Schulterblätter, ritzt Fältchen in die Handgelenke, schneidet das Profil und formt die Waden. Von einem kann auf das Ganze geschlossen werden. Gott widerspricht sich nicht. Das Gesicht erzählt nichts anderes als eine Hand, nichts anderes als Ellenbogen oder Fuss.«

Es zeigte sich, führte der Pfarrer im Brief weiter aus, dass es keiner grossen Kunstfertigkeit bedarf, eine Hand mit ihren Schriftzeichen in Formalin dauerhaft zu konservieren. Die Botschaft blieb lesbar. Sie veränderte sich nicht wie der Kopf. Aber mit der Hand als Beweismittel begnügte sich Kaspar Probst nicht mehr. Er wollte sicher gehen und liess ein Dokument anfertigen, welches die Boshaftigkeit und die perfiden Pläne von Sara Helbling ebenfalls zweifelsfrei belegen sollten. »Ich bat sie, eine Grusskarte mit einem tröstenden Gedicht zu schreiben, die ich am späten Nachmittag einem Kranken im Spital überreichen wolle. Mir selbst sei das Schreiben eine Qual, gab ich vor, da ich unter einer schmerzhaften Arthrose am Ellenbogen leide. Mit einer Schlinge um den Arm trat ich sehr überzeugend auf. Es war rührend anzusehen, mit welcher Hingabe Sara Helbling über die Karte gebeugt Wort für Wort aufs Papier setzte, äusserst darauf bedacht, ihre schönste Schrift zu gebrauchen. Doch sie konnte sich nicht verstellen. Ihre Schlechtigkeit fand Niederschrift auf der Karte. Denn wie der Körper ist auch das Schriftbild Ausdruck unserer Seele. Hohe t-Querstriche, linksläufige Einrollungen und Verschleifungen zeugen von ihrem egoistischen und verlogenen Charakter. Magere Unterlängen, Girlanden und Lassoschlingen im L, betontes Mittelband und der hochzeigende, spitze Endzug ihrer Schrift sind ebenso Zeichen einer Natursprache, die eindeutig kundtun, welche Verbrechen Sara Helbling plante. Sie verriet sich mit ihrer Schrift selbst. Sie hatte im Sinn, altersschwache Patienten aus purer Lust zu ertränken, indem sie ihre Zunge mit einem Spachtel nach unten drückte und so lange Wasser in ihre Lungen einflösste, bis Blutschaum aus ihren Mündern quoll. ›Mundpflege‹, gedachte sie ihre mörderische Behandlung zu nennen.«

Mit der Grusskarte hatte ihm Sara Helbling einen weiteren

schriftlichen Beweis geliefert, den die Polizei finden und sicher verwahren würde. Gleichermassen verfuhr er auch bei Valentin Egloff und Darius Waldner. Sie alle taten Kaspar Probst den Gefallen, einen Sinnspruch niederzuschreiben. Kaum hatten sie das letzte Wort vollendet, trat er von hinten an sie heran und drückte das Bolzenschussgerät auf ihr Genick.

Sokrates legte den Brief auf seinen Schoss. Ein paar Sekunden blieb er ruhig sitzen. Dann hob er die Bögen Papier wieder vor seine Augen.

Als er las, wie wenig der Pfarrer von Eva wusste und aus welch nichtigem Grund er sie tötete, krampfte sich sein Magen zusammen. Eva Vontobel hatte seinen Gottesdienst schon seit Jahren besucht, schrieb er. Bei ihr war er sich zunächst unschlüssig gewesen, ob er sie töten musste. Ihr Gesicht hätte ihm lange Zeit nicht verraten, was sie vorhatte. »Sie konnte ihre teuflischen Pläne hinter einer Maske von Freundlichkeit verstecken. Doch je länger ich mit ihr zu tun hatte, desto deutlicher tat sie mir kund, was sie im Schilde führte. Ich musste sie töten. Es ging nicht anders. Sobald ich sie getötet hatte, empfand ich eine tiefe Liebe zu ihr. Sie hatte Böses vor, doch sie war auch ein Geschöpf Gottes. Vorsichtig legte ich sie auf den Boden, schloss ihre Augen und gewährte ihr die letzte Ölung, ein schöner katholischer Brauch, den ich als reformierter Pfarrer übernommen hatte und seit geraumer Zeit bei Sterbenden ausübte.« Sokrates rieb sich mit dem Handrücken über die Augen. Er nahm die letzte Seite des Briefes hervor:

»Als ich Ihre Tochter zum ersten Mal im Trauergottesdienst von Sara Helbling sah, erkannte ich sofort, dass ich überführt werden würde. Ich sah es in ihren Augen, es stand auf ihrer Stirn geschrieben, die Wölbung ihrer Nasenflügel tat mir mein Schicksal kund. Ich musste die Botschaft nur lesen. Ein Trugschluss war ausgeschlossen, selbst die Form ihres Halses verriet mir, was mir bevorstand – Verurteilung, Gefängnis, Verwahrung. An diesem Abend betrachtete ich mich lange im Spiegel. Ich wollte wissen, was auf meinem eigenen Gesicht geschrieben stand. Es war dieselbe Botschaft, ich hatte sie nur all die Jahre übersehen. Wie blind wir Menschen sind, wenn es um einen selbst geht. Aber jetzt konnte ich die Zeichen auf meinem Gesicht entziffern. Mein Ende stand unmittelbar bevor.

Ich haderte mit Gott. Warum nur wollte er nicht, dass ich meine Mission fortführte? Ich hatte noch so viel zu tun. So vielen Menschen, denen ich begegnet bin, stand das Böse ins Gesicht geschrieben. Jede einzelne Falte ihrer

Gesichter zeugte von ihrer abgrundtiefen Schlechtigkeit. *Die Runzeln der Handrücken, die Wölbungen ihrer Fingerkuppen, das Verhältnis von Zeigefinger zu Ringfinger sprachen Bände. Sie waren imstande, Menschen aus nichtigem Anlass ins Verderben zu stürzen. Ich wollte sie daran hindern. Doch Gott liess mich nicht. Sie können sich nicht vorstellen, Sokrates, welche Verzweiflung ich erlitt. Da erhörte mich der Herr, er vernahm mein Schreien. Am Morgen einer ruhelosen Nacht erwachte ich und ging in den Garten. Meine Augen irrten umher. Da entdeckte ich am Rande der Blumenkohlbeete einen Wiesenkerbel. So dachte ich zuerst. Doch als ich das Gewächs näher betrachtete, erkannte ich, dass es sich um den gefleckten Schierling handeln musste, der in voller Frucht stand. Er roch nach Mäuseurin. Ich nahm den krautigen Stängel in meine Hand. Er war hohl, längs gerippt und ähnlich wie Pflaumen von einer Art blauem Reif überhaucht. Wie kam diese Pflanze in meinen Garten, die sonst nur auf Schutthalden gedeiht? Ein Zeichen Gottes! Ich dankte dem Herrn für seine Vorsehung und pflückte die runden Schoten. In einem Mörser zerstiess ich die Frucht. Daraus mixte ich einen tödlichen Cocktail.*

Vor einer halben Stunde habe ich den Schierlingsbecher an meine Lippen gesetzt und in einem Zuge geleert. Ich spüre die Wirkung des Giftes schon. Meine Finger und Zehen beginnen taub zu werden. Ich habe keinerlei Angst. Wie Sokrates habe ich mich meinem Schicksal ergeben. So beende ich meine Ausführungen mit seinen tröstenden Worten, die er uns vermachte, als er wie ich dem Tod in die Augen sah: ›Es muss wohl so sein, dass es etwas Gutes ist, was mir zustiess, und unmöglich können wir richtig vermuten, wenn wir glauben, das Sterben sei ein Übel. Eins von beiden ist doch das Totsein: Entweder ist es ein Nichts-Sein, und keinerlei Empfindung mehr haben wir nach dem Tode – oder es ist, wie die Sage geht, irgendeine Versetzung und eine Auswanderung der Seele aus dem Orte hier an einen andern. Und wenn es keinerlei Empfindung gibt, sondern einen Schlaf, wie wenn einer schläft und kein Traumbild sieht, dann wäre der Tod ein wundervoller Gewinn, denn dann erscheint die Ewigkeit doch um nichts länger als eine Nacht. Wenn dagegen der Tod wie eine Auswanderung ist von hier an einen andern Ort und wenn die Sage wahr ist, dass dort alle Gestorbenen insgesamt weilen, welches Gut wäre dann grösser als dies, ihr Richter?‹«

Epilog

Sokrates liess sich nie wieder von einer Coiffeuse die Haare waschen.

Dank

Zur Mordgeschichte inspiriert haben mich die physiognomischen Studien von Johann Caspar Lavater, ein berühmter Pfarrer im Zürich des 18. Jahrhunderts, und die Streitschrift seines Gegenspielers, der Physiker Georg Christoph Lichtenberg aus Göttingen.

Wertvolle Informationen über die Arbeit der Kriminaltechniker erhielt ich vom Nachschlagewerk »Spurensicherung« des Schweizerischen Polizei-Instituts.

Besonders danken möchte ich Rechtsmediziner René Majcen, der mir geduldig gezeigt und erklärt hat, wie Rechtsmediziner am Tatort und im Obduktionssaal arbeiten, und Staatsanwalt Daniel Jost, der mir die Abläufe und Zuständigkeiten bei der Kriminalpolizei vermittelt hat.

Mein herzlichster Dank gilt jedoch meiner Frau, die mich bei allem was ich tue, stets unterstützt.

Wolfgang Wettstein, geboren 1962 in München, Lehre als Landwirt im Schwabenland, Zivildienst in einem Kloster, Studium der Germanistik, Philosophie und Kunstgeschichte in Freiburg im Breisgau und Zürich. Mehr als zwanzig Jahre hat er als TV-Journalist beim Schweizer Radio und Fernsehen gearbeitet, zuletzt als Redaktionsleiter des TV-Konsumentenmagazins Kassensturz und der Radiosendung Espresso. Danach studierte er Theologie und schrieb als Printjournalist für ein Konsumentenmagazin. Heute arbeitet er an seiner Dissertation in Theologie und ist als Autor tätig.